Pour Camille.
Pour Valentin et Victor, qui n'ont pas fini
de voir des films en noir et blanc.

« Arletty, c'est Paris. Elle est occupée. »

Jean COCTEAU

AVANT-PROPOS

Paris, 1988

Depuis vingt ans, la nuit est mon royaume. Chaque matin, je m'éveille en elle. La lumière n'est plus qu'une nostalgie. Lumière des projecteurs, lumière de l'écran, lumière des visages, du soleil, des peaux. Lumière qui caresse les passagers du vapeur reliant Le Havre à Deauville, sur cette toile de Dufy qui n'a jamais quitté ma chambre. Voilà deux décennies que je ne l'ai pas vue, mais je ne cesse de la regarder.

Voir ou regarder : terrible nuance. Du temps que je voyais, combien d'heures gâchées ? L'œil est si paresseux. Inconscient de sa chance, il s'égare. Il tolère la laideur, la vulgarité, les mauvais films. Une fois la vue envolée, on comprend le temps perdu. Et la nuit, comme la mort, ne compose pas.

Aveugle, je ne vois plus les choses, mais les regarde *en soi*. J'ai photographié la vie et ma mémoire est une cinémathèque permanente. Aussi je lui parle. On cause, on bavarde. Parfois elle ouvre le dialogue : il suffit d'un parfum, d'une saveur, d'un froissement d'étoffe, et aussitôt remontent les images. Parfois cela vient de moi : un regret, un nom jailli du passé, des traits qui pointent. Alors l'histoire se met en marche.

Mon histoire : celle d'Arletty.

On a beaucoup écrit sur moi. Surtout des conneries. Mais j'aime trop ma liberté pour enrayer celle des autres. C'est pourquoi je n'ai jamais cherché à démentir. On m'a prêté tant d'aventures qu'il m'aurait fallu trois siècles pour les vivre. Je ne suis pas si vieille, mais je frôle les quatre-vingt-dix ans. Je sais que la mort est là. Parfois je la sens passer. Je n'ai pas peur d'elle. Je l'attends, qui viendra me prendre par la main, elle et moi de blanc vêtues. Quand sera-ce mon tour ? Cela reste un mystère, mais j'arrive à mon terme. Voilà pourquoi j'ai eu besoin de mettre de l'ordre. Non pas dans ma vie, c'est trop tard ; ni même dans mes idées, je me suis toujours défendu d'en avoir. Mais dans mes souvenirs. Je l'ai dit : ils sont mes derniers compagnons. Camarades d'obscurité, ils prennent le relais des infirmières ou des amis venus me faire la lecture. Une fois seule, je n'ai plus qu'eux ; alors ils supportent la vieille emmerdeuse, ses insomnies, ses coups de rage, de chagrin, ses crises de rire aussi. Et ils ne disent rien, silencieux mais si présents. À la longue, je me suis sentie en dette. Toutes ces images méritaient que je leur rende hommage ; si j'attends trop, elles seront ma poussière. C'est donc pour eux – ces ombres, ces fantômes – que j'ai allumé ce magnétophone.

Je n'aime pas trop le mot « nostalgie ». Le mot est joli mais ce n'est pas mon genre. Je suis pour ce qui va venir.

Et ce qui va venir, ce sont ces mémoires, *ma* mémoire.

Bienvenue dans ma nuit.

ÇA A DÉBUTÉ COMME ÇA

La nuit, une fois encore. L'incomparable obscurité de ma mère. On dit que tout naît ici, dans cette île silencieuse qui précède la conscience. Les médecins de l'âme en font leur beurre ; ils nous persuadent que nos peurs, nos pulsions, nos brisures, ont germé là, avant les couches. Je me méfie des docteurs : ils n'ont pas su sauver mes yeux. Vous pensez si je respecte ceux qui font commerce du flou.

Mais revenons à la nuit. Celle du 15 mai 1898. Une nuit tiède et végétale ; une nuit de sève : le joli printemps d'Île-de-France.

Il était trois heures du matin et je m'apprêtais à regarder la Seine en face. Enfin ! Voilà si longtemps que je la devinais, de l'autre côté de maman. Les dernières semaines de sa grossesse, elle allait souvent se promener sur les berges. Bien sûr, je recompose, mais c'est mon luxe. J'aime m'imaginer lovée dans le ventre de ma mère, tandis qu'elle flâne sur les bords du fleuve. Les péniches, les yoles, les canotiers. L'herbe verte du printemps. Les arbres qui sourient : un Seurat. Ses amies lingères – maman n'était pas blanchisseuse mais lingère : *fine* lingère – accourent vers elle, posent leur main sur son ventre, se réjouissent, la jalousent. Et ça caquette sur la rive, ça cancane dans le gazon.

— Marie, tu voudrais une fille ou un autre garçon ?

— Peu importe…

Puis me voilà, tout à trac, au cœur de la nuit.

Même en plein jour, il eût fait aussi sombre dans notre rez-de-chaussée sur cour du 33, rue de Paris. Une masure, un pucier. Aujourd'hui, ces rues n'existent plus, remplacées par ces tours qui font bander les promoteurs. À l'époque, Courbevoie, c'était tout un monde. Un monde d'ouvriers, de petites gens, avec ses règles, ses lois, ses joies. On était à un jet de pierre de Paris, mais on avait notre fierté. La Seine nous séparait et l'on s'en flattait. La Seine, mon premier miroir, cette marchande de rêve. Elle m'a toujours chipée, cette rivière. D'ailleurs mes yeux gris-brun ont un peu sa couleur, je crois. Mes yeux, on y revient toujours.

Laissez-moi vous présenter mes parents.

Ma mère, d'abord. Une femme de conviction. Un caractère de cochon. Je tiens d'elle ma fermeté, mon intransigeance. Une Auvergnate pur jus, montée à Paris, et qui n'a jamais craint de laver le linge des autres. Pour elle, la société avait des règles. Tout comme ce Bon Dieu auquel elle croyait dur comme fer, là-haut, dans les nuages. Marie Marguerite Philomène Dautreix respectait les curés, l'ordre établi. Elle était drôle, dans le registre acide. Elle lisait *La Lanterne* de Rochefort et pensait que le capitaine Dreyfus avait une tête de coupable. Une fois par an, elle nous emmenait, mon frère et moi, admirer les riches au bois de Boulogne. On voyait là des calèches, des marquises, des cannes à pommeau, des landaus, des nurses, les premières automobiles… Puis nous rentrions à la maison, des étoiles dans les yeux, avec la conscience de ne pas en être. Ce n'était pas une frustration mais un état de fait. Maman était persuadée que dans ce monde, chacun occupait la place que le Bon Dieu lui avait confiée. Nous, c'était de l'autre côté du fleuve, de notre côté de la vie : à Courbevoie.

Mon père était moins tranché, plus secret. Libre penseur sans excès, laïc mais pas laïcard, il admettait la foi de maman sans l'épouser. Je tiens des deux : athée élevée dans la religion. Ma mère avait les mains dans l'eau, papa affrontait le solide, l'épais. Une vie de métal et de fracas. Mineur dans le Puy-de-Dôme, il était venu à Paris pour devenir chef de traction à la Compagnie des Tramways, la TPDS. À l'époque, c'était une sacrée promotion. Excellent mécanicien, la Niñas au bec, Michel Bathiat était un homme sérieux. Ses collègues le considéraient, ses supérieurs l'estimaient. D'ailleurs il montait régulièrement en grade. C'était le temps de la responsabilité, du mérite.

Papa, maman, mon frère Pierrot et moi étions une famille heureuse et sans histoire, comme on en voyait mille à l'aube du nouveau siècle. Des Arvernes descendus de leurs volcans pour s'établir dans une boucle de la Seine, avec la pudeur des gens honnêtes.

La pudeur : autre marque d'élégance. Jamais je n'ai vu mes parents pleurer. Les yeux sont faits pour voir. L'important est d'accumuler des images. Comme ce Noël de mes trois ans où, plutôt que d'installer un arbre au milieu de l'appartement, papa l'avait dessiné sur une grande feuille de papier. Puis il avait caché des mandarines dans nos souliers, avec leur bonne odeur de rêve. Plus tard, j'ai connu le luxe, le faste, les paquebots, les palaces, la vie en première classe, mais c'est l'un de mes plus beaux souvenirs.

Je vous le dis : nous étions heureux.

À quoi ressemblais-je ? À une gamine de son temps. Mes grands yeux gris mangeaient une bouille ronde comme la lune. J'étais même un peu boulotte. J'ai surtout vite eu l'air d'une tondue de 44 ! Quatre ans, c'est l'âge des poux. À l'époque, ils étaient l'obsession des familles et des cours d'école, l'ennemi à abattre. Voilà pourquoi mes premières années eurent la boule à zéro.

Mais cette vermine capillaire était un moindre mal à côté des problèmes respiratoires qui ne cessaient d'inquiéter ma mère. Voilà plusieurs semaines que je toussais, que je peinais à respirer, que mon sommeil était difficile. Et puis il y avait mes crises de nerfs, qui réveillaient les voisins. Étais-je épileptique comme maman ?

— Votre fille a besoin de bon air, madame Bathiat, décréta le docteur Amat, médecin à Courbevoie.

— Mais nous vivons au bord de la Seine.

— Pour respirer les vapeurs des *steamboats* et les fumées de l'usine De Dion ?

— Alors que faire ?

— Vous n'avez plus de famille en Auvergne ?

— Si, docteur : ma mère et mon frère.

Le vieil homme pencha vers moi son haleine de vieux chien et posa sa paume sur mon crâne nu.

— Léonie, tu vas aller voir les volcans.

Quatre ans et demi : mon premier exil.

AUVERGNE

J'ai toujours admiré la chirurgie. Ces corps qu'on ravaude comme des vêtements. Mes talents ne sont jamais allés au-delà de Poupette et sans doute est-ce mieux ainsi. Il fallait la voir, posée en face de moi, dans le compartiment. On se tenait en chiens de faïence ; elle me fixait avec sa gueule en biais, le cheveu rare, la gambette de guingois. J'avais insisté pour ce vis-à-vis, et le contrôleur n'avait pas osé refuser. Une si petite fille qui voyage seule, ce n'est pas banal. Il avait promis à mes parents que ma poupée et moi arriverions saines et sauves à Clermont-Ferrand.

— Nous vous confions ce que nous avons de plus précieux…, avait gémi maman sur le quai.

Debout à côté d'elle, Pierrot n'avait rien dit, haussant les épaules. Toujours je chipais sa lumière.

Quant à papa, il retenait ses larmes.

— Soyez sans crainte, madame. Le chemin de fer est le moyen de transport le plus sûr qui soit. Quand on pense que certains voudraient voyager par les airs…

— Dieu nous en préserve, fit maman en se signant.

Puis le train s'ébranla et les trois visages s'éloignèrent, avalés par la fumée du quai.

— Tu voyages toute seule ? s'étonna une belle femme rousse aux formes voluptueuses, qui monta à Montargis, empêtrée dans ses valises.

Un voyageur voulut l'aider, mais elle le rabroua.

— Non, mais dites donc ! N'en profitez pas !
— Mais, madame, jamais je…
— Je vous vois venir. Sur le quai, déjà, vous m'avez reluquée.
— Mais voyons !…
— *Ttt ttt ttt…*

À bout d'arguments, le monsieur rougit puis décampa.

La dame s'assit à côté de moi et, sur le ton de la confidence, me parla comme si nous avions le même âge.

— C'est comme ça qu'il faut les tenir, tu comprends ? Tu les gardes à distance et puis un jour, *clac*, tu les ferres. Si tu te donnes tout de suite, ils te dévorent. Ne te laisse pas choisir : choisis ! Tu vois ce que je veux dire ?

Non, je ne voyais pas, mais j'aimais ce ton complice. Jamais une grande personne ne m'avait parlé ainsi. Aussi opinai-je du chef, pénétrée, ce qui satisfit ma voisine.

— J'ai tout de suite su qu'on allait s'entendre, toi et moi.

Sortant différents aliments de son sac à main, elle me demanda qui j'étais et pourquoi je voyageais seule. Mais tandis que je commençais, avec mes mots de fillette, à lui raconter que mes parents m'envoyaient soigner ma toux à Montferrand, chez mon oncle, son attention fléchit. Il ne fallut guère plus de deux minutes pour qu'elle déplie *La Libre Parole* et commence à lire, sans se soucier que je continue à lui raconter mes petits malheurs.

J'aurais pu en prendre ombrage mais m'adressai dès lors à ma poupée. Bientôt, mes mots s'envasèrent, amollis par les cahots du train. La langueur s'installa et mes yeux devinrent lourds. Bonne nuit, Léonie.

De mémoire de petite fille, je n'avais jamais si bien dormi. La cour du 33, rue de Paris résonnait toujours des bruits de la ville. Un locataire qui râle, un cheval que l'on ferre, un bébé qui pleure. Ce compartiment était comme un appel à la sieste.

Lorsque je me réveillai, plus fraîche qu'un lapin, notre train entrait en gare de Clermont-Ferrand.

*

— Voilà donc la petite Léonie.

— Bonjour, monsieur…

Il éclata de rire et tapota ma joue.

— Il n'y a pas de monsieur. Tu peux m'appeler « mon père ». Ou encore mieux : oncle abbé.

— Bonjour, oncle abbé !

Nouveau sourire, tandis qu'il juchait mon petit sac sur son épaule et désignait ma poupée.

— Elle n'a pas bonne mine, dis-moi.

— Poupette aussi a besoin du bon air d'Auvergne.

Ma réponse l'amusa et il prit mes doigts dans sa grosse main paysanne.

Je n'avais jamais rencontré le frère de ma mère. Oncle abbé ne venait pas à Paris – à cette époque, les gens comme nous ne voyageaient guère – et je n'étais jamais allée plus loin que le bois de Boulogne. L'abbé Dautreix était un solide Arverne, qui portait la soutane comme une armure. Il avait les mêmes yeux rêveurs que ma mère, sa sœur cadette. Dans une autre vie, il aurait pu être boucher ou danseur mondain. La destinée avait voulu qu'il prît fait et cause pour le Bon Dieu et il remplissait son office avec une bonhomie sereine.

Cela faisait plusieurs années qu'il était aumônier dans ce couvent de Montferrand.

— Ce n'est pas le bâtiment le plus riant de la ville, mais tu y seras très bien, me dit-il alors qu'il sonnait à la porte.

« Voilà voilà. »

Une religieuse à cornette nous ouvrit, peinant à tirer l'épaisse paroi de chêne.

— Mais c'est notre nouvelle pensionnaire ! dit-elle avec un ton forcé. Elle me serra maladroitement contre elle et je humai un mélange de sueur et d'hostie.

Beaucoup d'adultes gardent un souvenir douloureux de leur séjour en pension. Ils en parlent comme d'une expérience carcérale. Ils y auraient été l'objet de convoitises, d'assauts, de pervers crocs-en-jambe. Ils en conservent des images d'humiliation, mâtinées des fumets rances d'une société sans hygiène.

Pour moi, rien de tout cela. Oncle abbé me l'avait bien dit : le couvent de Montferrand n'était austère que depuis la rue. À l'intérieur, ce n'était certes pas la caverne d'Ali Baba, mais il régnait une générosité affectueuse, que mon jeune âge devait accentuer. On m'avait donné le numéro 1 et je suis restée attachée à ce chiffre.

À Montferrand, j'étais – de loin – la benjamine du gynécée. Mon lien de parenté avait permis cette entorse à la règle, qui voyait les fillettes arriver ici vers sept ou huit ans. Autant dire que j'avais une armée de grandes sœurs, pour qui j'étais la poupée, le bichon.

— Léonie, tu te sens bien ce matin?

— Léonie, tu ne tousses pas?

— Léonie, tu as pris ton sirop?

Religieuses et élèves faisaient chorus, sous la bienveillance soulagée de l'abbé Dautreix, qui pouvait rassurer mes parents.

Papa et maman travaillaient trop pour venir me voir. Chaque semaine, ils m'envoyaient des lettres que leur pudeur et leur maladresse rendaient bien factuelles. Maman rédigeait d'une écriture appliquée (ah, l'école de la IIIe République!) des chapelets de petits moments gris; papa ajoutait un ou deux mots dans la marge; quant à Pierrot, il signait au bas de la page, avec un pâté.

En y songeant aujourd'hui, je pense qu'ils ne m'ont pas vraiment manqué. Bien sûr, le soir, dans l'anonymat d'un dortoir, une fillette se sent seule. Mais mes consœurs étaient si douces, si attentives, qu'elles apaisaient toute ébauche de chagrin.

Serait-ce là que prit racine ce détachement qui me serait si nécessaire au fil de ma vie? La perte de mes amis, l'échec de mes amours, le cachot, la cécité auraient-ils été supportables sans mes années au couvent de Montferrand? Peut-être, qui sait... Il est toujours aisé de recomposer son destin; on se rassure à lui donner un sens. Depuis que je vis dans la nuit, je vois des chemins partout, des sentiers invisibles. Mais je sais bien que nous sommes le fruit du hasard.

On pourrait se dire qu'un séjour chez les nonnes eût fait de moi une dévote ou une bouffeuse de curé. Nous étions aux temps du petit père Combes : laïcards et calotins étaient à couteaux tirés. Une fois de plus, je m'en moquais. Jésus-Christ ne m'inspirait ni haine ni dégoût, juste un ennui un peu fade. Je n'en faisais pas état à mes consœurs – j'étais trop enfant pour formuler ce qui, dans la bouche d'une fillette, eût semblé hérétique. Les années passant, je n'aurais pas la révélation d'un Claudel. On ne retrouve pas la foi comme un parapluie aux objets perdus. Je n'ai jamais cru qu'en la beauté.

MARIETTE

Connaissez-vous Charbonnières-les-Vieilles ? Un village au bout du monde. Un trou. C'est là que vivait Marie Dautreix, ma grand-mère maternelle, qu'on appelait Mariette.

Après six mois au couvent de Montferrand, il fut décidé qu'il me fallait les bons zéphyrs de la montagne. Voilà donc la sœur Philomène qui boucle mon baluchon et m'accompagne jusqu'à cette aïeule que je connaissais à peine.

Merveilleuse découverte !

Fleur de pavé, j'ai toujours aimé la vraie nature. Non pas les arbres sous cloche d'un parc ou d'un square, mais la sauvagerie d'une terre indomptée. Lorsque j'achèterai ma petite maison de Belle Île, au début des années cinquante, je passerai des heures à contempler la mer déchirée par le vent. Quoi de plus rassurant que le spectacle des éléments livrés à eux-mêmes, sans cette pudeur que l'homme a toujours imposée aux choses ? Il y a tellement plus de liberté chez les feuilles, les racines, les mousses, les vagues, jusqu'aux nuages.

À cinq ans, je n'en étais pas à ces considérations, mais je vécus cette découverte comme une seconde naissance.

Pour la gamine que j'étais, le Puy-de-Dôme avait quelque chose de l'éden. La masure de Mariette n'avait pourtant rien d'exceptionnel, mais la simplicité de sa vie relevait de l'évidence.

Le matin, cette petite femme sèche m'offrait un verre du lait de Cora, sa chèvre. Puis elle retournait au rouet avec lequel elle filait des chemises de lin. Ici, rien ne semblait avoir bougé depuis le Moyen Âge. Pas de voitures, pas de train, ni gaz, ni électricité. Mariette elle-même ne savait pas écrire.

— À quoi bon lire pour te faire un milliard, ma chérie ? disait-elle fièrement, en me servant cet exquis clafoutis aux cerises d'Auvergne, qui embaumait la maison sitôt tiré du four.

Son fumet était plus séduisant que l'hideux gaperon, ce fromage très local qu'on dégustait une fois qu'il bougeait dans l'assiette.

— Les vers sont excellents pour la digestion, Léonie !

Je ne sus jamais si Mariette plaisantait, car elle ne riait pas. En revanche, ses yeux luisaient de cocasserie et elle engloutissait sa mixture avec gourmandise.

Aux beaux jours, je suivais ma grand-mère au gour de Tazenat, où elle tenait une buvette. Les curistes de Châtel-Guyon venaient en procession découvrir ce lac étrange, qui forme un cercle parfait.

— C'est un ancien volcan, m'expliqua Mariette, alors que je m'approchais de la rive, la première fois qu'elle m'y conduisit.

Ma grand-mère ouvrait son stand, installant limonade, bouteilles de vin, tonneau de bière.

— Ne va pas trop près, tu coulerais, et moi aussi…

En ce temps-là, les gens ne savaient pas nager. Les paysans n'aimaient que l'eau des nuages ; les ouvriers découvriraient la mer en 36 ; quant aux bourgeois, ils préféraient la contempler depuis la rive ou leurs terrasses.

Les bords du Tazenat n'avaient rien d'élégant, mais il régnait ici une atmosphère préhistorique. La nature vous englobait, prête à vous avaler. Bien avant l'homme, ce lac si rond, si paisible, avait vomi du feu.

— Comme la bouche d'un dragon, murmurait Mariette, espérant m'effrayer.

Cela ne m'en fascinait que davantage, et je me prenais à guetter la forêt, les collines, pour déceler le mufle, les griffes, les ailes, les yeux de la créature.

Ma grand-mère venait ici dès le lever du soleil et nous ne partions jamais avant les premières étoiles. Allongée dans l'herbe, je laissais voguer mon imagination. Il m'arrivait d'apostropher les arbres, comme s'ils étaient mes amis. Bonjour, Tilleul ! Bonjour, Chêne !

J'écoutais également les propos parfois très singuliers des clients.

— Sous ses airs bonasses, la mère Mariette est une solide femme d'affaires. On dit que, dans le temps, en plus de la limonade, elle vendait aux voyageurs sa propre fille, qui allait faire sa petite affaire dans les buissons alentour…

À l'époque, je ne pouvais comprendre. Au ton des conspirateurs, je sus toutefois que ces remarques étaient licencieuses et me gardai d'en faire état à Mariette. Je les remisai dans un coin de ma tête et, bien plus tard, elles remontèrent à ma mémoire. La fille de Mariette ? Ma mère ? Étaient-ce là des ragots villageois ou bien une réalité enfouie ?

Jamais je ne le sus, mais cela contribua à donner à ce petit lac une aura d'interdit qui ne le rendait que plus précieux.

LA DÉFENSE

J'aurais pu faire ma vie dans ce village perdu. Adieu mon destin de plaisirs et de déceptions. Adieu la célébrité, les autographes ; adieu les crachats, le dédain. Au bon air des volcans, peut-être aurais-je conservé mes yeux ?

Perdue dans ma nuit, je me repasse parfois le film et jongle avec les « si ». Et si j'étais restée à Charbonnières ? Avais repris la buvette ? Épousé le petit Jean Puyau, avec qui je jouais ? Si la modiste, mannequin, divette, chanteuse, comédienne, actrice, vedette, était restée paysanne ?

Un ami écrivain me répète qu'il ne faut jamais penser au conditionnel. Il a raison. Je suis allergique aux regrets comme aux remords. Mais le poids des ans fait fléchir les certitudes et l'on se prend à rêver. C'est pourquoi j'imagine, comme un film, la vie de Léonie Bathiat, fermière auvergnate…

Il n'en fut pourtant pas ainsi, puisqu'à peine un an plus tard, en 1904, nous recevions une lettre de mes parents : Michel et Marie occupaient un nouvel appartement, plus clair, plus aéré, et demandaient à Mariette de me ramener à Paris.

*

Passer de Courbevoie à Puteaux vous semblera insignifiant. À l'aube du siècle, c'était une ascension. Nous quittions notre crapaudière de la rue de Paris pour le premier étage d'une maison, à deux pas de la place de la Défense. Un appartement pourvu du confort moderne, dont la très convoitée électricité. Celle-ci était d'ailleurs nécessaire, puisque nous vivions dans l'enceinte même de l'atelier des tramways, lesquels passaient la nuit ici, jusqu'au départ du lendemain matin.

Vous l'aurez compris : papa était monté en grade, devenant chef d'équipe. Et toute la famille bénéficiait de cette promotion.

Sitôt consulté, le médecin estima que mes poumons n'étaient pas encore prêts à affronter une vie uniquement citadine. Pendant cinq années, j'allais me partager entre la ville et la campagne, le bon air et les fumées, le calme et le grouillement, l'étable et les tramways, l'Auvergne et la Défense.

La Défense... Ce lieu évoque désormais un Manhattan français. Une forêt de tours sans âme, venues écraser les fourmillements de mon enfance. La construction du CNIT, dans les années cinquante, sera une première plaie. Puis on est tombé de Charybde en Scylla. Je me félicite d'avoir perdu la vue pour ne pas connaître cette arche grotesque que l'on construit en ce moment, afin de célébrer les massacres du passé. Notre président de droite, qui a fait carrière à gauche, aime persiller Paris de grandes verrues. Grâce à lui, le rond-point de la Défense reçoit le coup de grâce. Il paraît même qu'il veut déplacer la statue de Barrias, qui fermait une perspective venue du Louvre. Ce monument – bien pompier, bien mochard – célèbre les victimes du siège de Paris, en 1870. Il a scandé mon enfance. Combien de rendez-vous j'ai pu donner à mes amis, mes soupirants, sur cette place qui rappelait la Nation, de l'autre côté de Paris.

Reda Caire, dans les années trente, chantera une chanson un peu tarte qui m'a toujours parlé :

« Ma banlieue, ma banlieue,
A des charmes que rien ne remplace.
Pas bien loin, y a des coins,
Où chaque dimanche on se délasse. »

Les hommes d'affaires sortis du RER pour grimper au cinquantième étage ne le connaissent pas, ce refrain. Mais dans mon enfance, Puteaux, Courbevoie, c'était une vie en soi.

On achetait notre lait à la ferme Dumont, rue de Paris, qui avait ses propres vaches. On montait sur le mont Valérien comme on escaladerait le Puy-de-Dôme. On allait au cimetière des chiens à Asnières, voir les mémés pleurer leurs carlins. Depuis les berges de la Seine, on contemplait les riches qui jouaient au tennis sur l'île de la Jatte. J'ai même admiré Buffalo Bill qui s'entraînait au lasso, sur les pelouses de Bagatelle…

L'un de mes souvenirs les plus vivaces reste toutefois ce dimanche où papa m'emmena à la fête foraine de Neuilly.

La célèbre Goulue, ancienne vedette du Moulin-Rouge, y tenait une baraque où elle exhibait des lions. Passer du french cancan aux félins n'est pas banal !

Pendant le spectacle, alors que j'étais assise à côté de mon père, je me pris à dire :

— Mais, papa, ce ne sont pas des vrais crocs, n'est-ce pas ?

J'avais parlé trop fort.

La Goulue leva sur moi des yeux incendiaires et, posant son fouet, prit l'assistance à témoin.

— Mesdames et messieurs, c'est votre jour de chance. Aujourd'hui, un numéro improvisé… Le goûter des lions !

Frisson de plaisir sous le chapiteau, mâtiné d'une terreur sourde.

Bientôt, la voilà devant moi, voluptueuse comme une maquerelle mais aussi raide qu'une ballerine.

— Quel âge avez-vous, mademoiselle ?

— Huit ans, balbutiai-je.

Nouveau regard vers le public.

— Huit ans, mesdames et messieurs. Une agnelle ! La chair la plus tendre, la plus savoureuse…

Sans que j'eusse le temps de me débattre, elle me saisit avec une poigne de docker et me souleva du banc.

Papa fut si surpris qu'il ne réagit pas. Je vis surtout son œil hilare. Mais c'est toute l'assistance qui riait, désormais, devant cette fillette portée comme un fagot.

Moi, j'étais tétanisée.

Et lorsque la Goulue me hissa au-dessus de la fosse aux lions, comme une banale entrecôte, je sentis mon corps se recroqueviller.

Le public ne semblait pas s'en offusquer, il hurlait de joie.

— Bon appétit, les lions!

— Vive la chair fraîche…

Pour être honnête, les trois félins ne me prêtèrent qu'une attention de principe. Tout juste l'un d'eux leva-t-il un mufle morne, sans même rugir, avant de se rasseoir lourdement sur ses pattes.

— Alors, ces crocs? rit la dompteuse en me reposant.

J'étais si terrifiée que je ne pus articuler un mot.

La Goulue quitta alors son masque cruel et caressa ma joue.

— Comment t'appelles-tu? chuchota-t-elle.

— Léonie…

Voix de stentor :

— On peut applaudir Léonie!

Bon enfant, le public me fit une ovation, tandis que, frissonnante, je rejoignais mon père sur le banc.

C'était la première fois que je montais sur scène.

LE QUAI

En 1909, ma famille quitta la Défense pour le quai National, et je bichai de retrouver la Seine !

N'allez le chercher sur aucun plan, ce quai National : il est aujourd'hui rebaptisé De Dion-Bouton. Nous vivions à côté de l'usine où les célèbres inventeurs assemblaient leurs automobiles. À l'époque, la route était un sport de gentlemen, un violon d'Ingres pour nantis créatifs. Et il fallait les voir arriver, messieurs De Dion et Bouton, élégants et poudrés, avec leurs faux cols et leurs moustaches Belle Époque. J'adorais les voir passer – souvent, ils me faisaient un petit signe, comme des souverains en goguette. Le plus étonnant, c'était leur chauffeur, un négrillon en costume rose qui répondait au nom de Zélélé.

Des scènes amusantes, j'en voyais tous les jours, sous mes fenêtres : les femmes qui se houspillaient aux bateaux-lavoirs, les ouvriers qui allaient et venaient dans les ateliers de réparation de tapisserie, les longs tubes métalliques qui sortaient de l'usine de tuyaux, et puis les vapeurs enivrantes qui provenaient de la distillerie La Madone.

Nous habitions au dépôt des tramways et, depuis la fenêtre de ma chambre, où je dormais dans un lit-cage, j'observais chaque soir les véhicules que l'on mettait en place pour le lendemain.

J'acquis vite un statut privilégié et les enfants du quartier rivalisaient pour obtenir mes faveurs.

Dans la cour du dépôt, un tramway désaffecté nous servait de salle de jeu, le repaire de notre bande. Possédaient-ils un aussi beau train électrique, tous ces rupins que nous voyions passer, sur l'île de la Jatte ou dans les allées du bois de Boulogne ? Ivre de cette bonne fortune, je jouais les reines de Saba. La jouissance de ce wagon – et le gris de mes yeux de fillette – faisait de moi la mascotte du quai. La plupart des enfants du quartier avaient des parents italiens, qui avaient fui la famine et tenté leur chance de notre côté des Alpes, s'établissant à Aubervilliers ou à Puteaux. Dans certaines familles, on était fondeurs de père en fils… et d'aucuns survivaient en fabriquant de la fausse monnaie !

Enfants honnêtes ou marlous, je les traitais avec un même dédain affectueux, consciente de tous me les attacher. J'avais gardé en mémoire le conseil de cette femme rousse, dans le train pour Clermont. Et cela fonctionnait à merveille !

— Léonie, que fais-tu aujourd'hui ?

— Léonie, peut-on venir jouer chez toi ?

— Léonie, tu veux bien être mon amie ?

Il fallait les voir m'obéir, lorsque j'improvisais des promenades sur les berges et leur intimais de mettre leurs pieds nus dans le fleuve, en plein mois de janvier !

N'allez pas croire que je jouais les Messaline. J'étais encore une très jeune fille. Je les initiais plus volontiers aux osselets, jeu appris en Auvergne, ou bien nous caressions le petit chat noir qui habitait notre tramway.

J'aimais aussi passer du temps seule dans mon wagon, allongée sur les banquettes à lire ces journaux, livres et illustrés que nous récupérions chaque soir. C'est en effet chez nous, au dépôt, qu'étaient entassées les revues oubliées par les voyageurs.

À chacun son école buissonnière.

*

J'étais une petite fille mal élevée. Je pense surtout que je me suis élevée toute seule, car on me laissait dire n'importe quoi.

Jamais on ne me donnait du « tais-toi ! » ou du « va dans ta chambre ! ». En cela, j'eus des parents merveilleux : je les ai admirés, c'est peut-être ça, ma chance. Papa et maman avaient compris qu'il fallait me lâcher la bride, ce qui a fait de moi une autodidacte. Mon premier éveil à la poésie, je le dois aux chanteurs des rues, dans les marchés de Courbevoie ou de Puteaux.

Quand bien même, mes parents étaient trop occupés pour me surveiller. Papa avait ses responsabilités à la TPDS puis, avant de rentrer à la maison, il faisait halte à la guinguette-hôtel *Ma Campagne* pour siroter un Pernod ou un Picon.

Maman le voyait arriver avec irritation mais se taisait. Papa était l'homme.

Marie Bathiat avait toutefois son mot à dire quand il était question de la vie familiale. Ainsi opposa-t-elle un non catégorique lorsqu'on proposa à mon père une place en or : la responsabilité du dépôt des tramways de… Rio de Janeiro.

— C'est hors de question !

— Mais, Marie, tu imagines quelle nouvelle vie ce serait ?

— Chez les nègres ? Avec toutes leurs maladies ?

— Ce n'est pas l'Afrique, c'est l'Amérique. L'Amérique du Sud !

Intrigués par les cris provenant de leur chambre, Pierre et moi nous étions approchés pour coller nos oreilles à la porte.

— Tu sais où je me la carre, ton Amérique ? Ça a déjà été difficile de venir d'Auvergne. Alors un océan, très peu pour moi…

Mon frère et moi perçûmes les grognements de mon père, sa déception rentrée. Nous ne pouvions distinguer son visage mais le devinions. Il affectait cette expression à la fois butée et résignée que nous lui voyions si souvent. Sans doute se disait-il qu'il possédait désormais une monnaie d'échange lorsque Marie lui ferait un reproche pour un retour tardif ou une haleine avinée. Nous entendîmes alors des froissements de draps et de petits bruits aigus.

Pierrot saisit aussitôt mon poignet et joua les grands frères.

— Viens, on retourne se coucher !

— Ils font quoi ?

— Viens, je te dis…

Une fois dans mon lit, je demandai à Pierrot :

— Rio, c'est dans quel pays ?
— L'Inde, je crois. En tout cas, c'est en Amérique.
Regardant par la fenêtre le bec de gaz qui éclairait le quai, je m'endormis, impressionnée par la science de mon aîné.

*

Nous allions parfois dans Paris – à l'époque, on ne traversait pas la porte Maillot sans passer par l'octroi : « Vous n'avez rien à déclarer ? » – et rallions la rue de Turenne. Léonie, ma marraine – je portais son prénom –, était concierge au 124. Elle était amie d'une ouvreuse de l'Alhambra, qui nous faisait entrer par la coulisse. Je découvris ainsi le clown Little Tich, les rats bicolores des frères Adamov ou les chansons de Fragson.

D'autres fois, maman m'emmenait voir son amie Julia, femme de chambre dans un appartement près de la tour Eiffel. Lorsque les propriétaires n'étaient pas là, j'avais le droit de m'aventurer dans ces pièces immenses, qui – dans ma mémoire – auraient pu contenir notre maison. Je retrouvais là le petit Juan, fils de Julia. Ce garçonnet étrange m'expliquait avec aplomb que son père était un explorateur toujours en voyage, qui bientôt viendrait le chercher pour faire le tour du monde avec lui. Juan était si convaincu, que j'étais prête à le croire. Quelques années plus tard, quand je fus en mesure de comprendre, maman m'expliqua la triste vérité : Juan était le bâtard que Julia avait eu avec un homme très riche, qui avait refusé de le reconnaître. Elle était ainsi réduite à la domesticité, peinant à élever son petit dans de bonnes conditions.

Touchée par cette histoire, j'avais dit à ma mère : « Salaud de riche ! »

Je crus qu'elle allait me gifler.

— Ne dis pas de bêtises, Léonie ! Les riches ne sont pas des salauds : ils sont juste riches. Tout comme nous sommes pauvres. Chacun son rang, son rôle, voilà tout.

J'ai toujours été frappée par la résignation agressive de ma mère. Qu'était-il arrivé pour qu'elle acceptât la fatalité du quotidien avec tant de renoncement ? Je sentais en elle une hargne contenue, une frustration muette, comme si elle s'interdisait de rêver, comme si elle n'en avait pas le droit.

Expiait-elle une faute originelle ? Avait-elle commis un impair, bien avant ma naissance, dont elle estimait devoir se racheter par une vie de labeur ? Est-ce pour cela qu'elle avait refusé la proposition du poste à Rio ? Comme s'il fallait payer, suer, et refuser toute possibilité d'une vie plus lumineuse.

Étrange Marie Bathiat, que j'aimais de l'amour instinctif que l'on porte à sa mère, mais qui était parfois si dure. Les années suivantes pousseraient cette intransigeance jusqu'au point de rupture.

CIEL

J'attendais la vie avec le sourire, sans ambition. J'observais sans espoir. Puis, un jour, le ciel.

J'avais jusqu'alors vécu entre parenthèses. Mes quinze premières années n'avaient été qu'un galop d'essai. Sans celui que j'ai toujours surnommé Ciel, Léonie Bathiat demeurait une esquisse. Avec lui, j'éprouvai la profondeur des choses, leur relief. Sa présence m'apprit à voir. Ses yeux si bleus, si beaux, furent les miens.

On reste à jamais marqué par son premier amour. Pour chacun, c'est une cicatrice, une blessure de guerre. Certains le connaissent à huit ans, d'autres à soixante-dix. Il est rare qu'on y échappe. Tant mieux, d'ailleurs. Je ne sache pas d'expérience plus formatrice qu'une passion primitive : on découvre au même instant la beauté des choses et le dégoût du monde. Les sensations deviennent sentiments et l'on croit tout comprendre, puis les certitudes se muent en lucidité, en souffrance, en désespoir. On enfouit alors cela au plus profond de son cœur, comme une escarre de l'âme, puis l'on peut passer une vie à faire semblant, à faire « comme si », alors que chaque nuit vous met en tête à tête avec vos fantômes.

Ciel n'avait rien d'un spectre. C'était même un bouillonnement de vie, d'énergie, de joie. Il possédait cette volonté adolescente qui veut pourfendre le monde. Il se sentait gorgé d'une sève gourmande avec, pourtant, une désinvolture très adulte, presque désabusée, comme s'il n'était jamais dupe de ses emportements.

Soixante-dix ans ont passé et Ciel est toujours là, dans ma nuit, rayonnant de lumière, aussi beau que sa jeunesse foudroyée.

Nous étions en 1914 et je venais d'avoir seize ans. Nous avions encore déménagé deux fois, regagnant Puteaux, avenue de la Défense, dans une maison à jardinet. Papa avait été nommé chef de traction du nouveau dépôt des tramways. Bon an mal an, changeant souvent d'école – à la communale, chez les religieuses, puis dans l'institution de Mlle Barbier –, j'avais obtenu mon certificat d'études. Mon père, qui écrivait à peine et casait du patois auvergnat dans toutes ses phrases, était fier des ambitions de sa fille : me voilà inscrite à l'école Pigier, boulevard Bonne-Nouvelle, où j'apprenais la sténographie.

— Léonie sera secrétaire ! bramait-il en levant son verre de Picon.

— Attends donc qu'elle ait fini ses études, tempérait maman.

— Marie, que tu es rabat-joie…

Ma mère jouait-elle les Cassandre ? N'était-elle pas plus lucide que son époux, moins aveuglée par son amour ? Disons qu'elle avait été fille, elle aussi. Elle avait connu les poussées de sève, le printemps dans les veines. Le cœur qui bat, la gorge qui se serre. Et puis cette sensation que tout est possible, que le bonheur est là, au bout du chemin. Elle voyait surtout cette bande de jeunes gens qui raccompagnaient souvent Pierrot, le soir, à la maison. Tous avaient dix-huit ans et le ton aguicheur.

— Bonsoir, madame Bathiat.

— Bonsoir, les garçons.

— Elle est là, Léonie ?

— Qu'est-ce que vous lui voulez ?

Ma mère savait les éconduire et je la laissais faire. Cela lui donnait l'illusion de jouer les matrones, mais je n'avais pas besoin de sa permission pour les retrouver ailleurs.

Au départ, je ne l'avais pas remarqué. Tous ces messieurs se ressemblaient un peu : des fils d'immigrés italiens qui rêvaient de jouer aux Apaches mais filaient doux, car leurs parents étaient plus sévères que les miens. Ils chantaient les louanges de la bande à Bonnot, décapitée deux ans plus tôt, mais découchaient rarement.

On leur avait appris à respecter l'ordre d'un pays qui les avait adoptés.

Puis, au début du mois de juin, il jaillit du décor.

C'étaient les premiers beaux jours. Nous sortions d'un printemps humide, sans charme, gris, et le soleil se décidait enfin à paraître. La journée de cours se finissait et je quittais l'école Pigier avec quelques camarades. Nous bavardions sur le trottoir, devant l'un de ces nombreux cinémas qui fleurissaient sur les boulevards, et disions du mal de Mlle Chauvier, une vieille pie qui nous enseignait les bases de la dactylographie.

— Quand elle se penche sur nous, ça sent le maroilles, riait Sylvette.

— Tu exagères, dis-je d'une voix lointaine, car je venais de l'apercevoir.

Il était là, en face, adossé à un réverbère.

Les fracas du boulevard, le bruit des fiacres, le grondement des passants pressés de rentrer chez eux, les cahots des automobiles, le raffut de ces travaux qui n'en finissaient pas depuis un demi-siècle : tout s'atténua. On venait de mettre un chapeau sur la ville. On avait fait le noir et braqué un projecteur sur cette silhouette gracile, légère, qui me fixait.

Malgré sa casquette à la diable, je distinguais son iris d'azur. C'est pourtant sa bouche, que je vis en premier. Des dents éclatantes, étrangement blanches, comme s'il les frottait à l'eau de Javel. Un frisson parcourut ma colonne vertébrale et trois gouttes perlèrent sur ma nuque. Je n'avais jamais ressenti cela. Croisant enfin mon regard, il sembla perdre en assurance : il était aussi ému que moi.

— Léonie, tu es avec nous ?

Je ne les entendais plus. Comme un chasseur après un long affût, j'étais face à la bête. Était-ce à moi de m'avancer ? Ou bien à lui ?

Tels deux automates, nous marchâmes alors l'un vers l'autre avec maladresse. Je ne pouvais quitter ses yeux.

— Léonie ? reprit Sylvette.

Je ne me retournai pas.

J'étais hypnotisée. Jamais je n'avais vu des yeux si clairs, si bleus. Au-dessus de nous, plus un nuage. Le gris de la ville se drapait également de bleu profond.

— On dirait le ciel, murmurai-je.

— Pardon ? fit-il, tout aussi intimidé.

— Vos yeux.

— On ne se tutoie plus ?

Je reconnus alors l'un des amis de Pierrot. Nous nous étions croisés de nombreuses fois ; sans doute avions-nous même bavardé, au gré des virées de la bande. Mais ces souvenirs n'en étaient plus. Je voulais que tout commence maintenant, qu'il n'y ait jamais eu d'avant. Lui et moi naissions au monde.

— Je m'appelle...

D'un geste instinctif, je posai un doigt sur ses lèvres. Il rougit et ses yeux n'en furent que plus bleus.

— Ne dites rien. Pour moi, vous êtes le ciel.

Puis je cachai ma main dans mon dos, afin de masquer le tremblement de mon corps.

— Vous êtes là depuis longtemps ?

— Depuis ce matin.

— Vous m'avez suivie ?

Il baissa les yeux et balbutia :

— Un petit peu, oui.

— Dans ce cas, vous me raccompagnez ?

Il fut inondé de lumière.

Je lui tendis mon bras.

— Je crois qu'on a perdu Léonie, railla la voix de Sylvette.

Perdu ? Au contraire, j'avais trouvé.

*

Mes amis, mes proches, mes biographes, jusqu'aux journalistes : tous ont voulu que je leur parle de Ciel. J'ai toujours refusé. Je ne suis pas un perroquet. Ciel est mon jardin secret. Mes autres amours ont été commentées, jugées, jaugées. Certaines ont failli me coûter la vie. Ciel est la part d'innocence qu'a su garder mon cœur, pendant soixante-dix ans.

Pour tout vous avouer, je serais bien en peine de vous le décrire, mon petit amoureux. J'en viens même à me demander si j'ai jamais su son nom. À quoi bon ces détails? Notre passion fut si brève, si foudroyante, qu'elle se fond dans ce bouillonnement lointain qu'on appelle la jeunesse. Voilà ce qu'il fut, Ciel : ma jeunesse. Mon innocence. D'ailleurs elles étaient bien chastes, nos échappées, nos virées nocturnes sur les berges de Seine, sous les arbres de la Défense, dans les ruelles du quartier Bonne Nouvelle. Des baisers volés, des étreintes sous des porches, des serments à la lune. Il était d'une délicatesse infinie avec moi. Lorsqu'il me chuchotait des mots d'amour, lorsque nous nous lovions l'un contre l'autre, dans les hautes herbes du bois, il n'y avait jamais un geste de trop.

— Je te respecte, Léonie. Jamais je n'ai autant respecté quelqu'un.

Il était si sérieux, tout à coup. Si grave. Comme si l'amour vrai se passait de légèreté. Comme si nos deux vies entraient en jeu.

Aurais-je voulu qu'il aille plus loin? Voilà soixante-dix ans que je me pose la question. Bien sûr que je bouillais de désir, que je devais dompter mes mains, ma bouche, pour ne pas guider ses gestes, les forcer. Mais son respect appelait le mien, et nous étions des Tristan et Iseut de banlieue, qui avaient une vie devant eux pour apprendre à s'aimer.

L'amour change les lois du temps. Elle le dilate. Plus tard familière des histoires longues, à rebondissements et répétitions, je vécus avec Ciel une passion de météore. Trois mois, trois petits mois qui donnèrent sens à toute une vie. Tant de certitudes, de décisions capitales sont nées de cette bluette prodigieuse. Car qu'était-ce, sinon une amourette, un flirt? Aux yeux des autres – nos amis, mes parents, mon frère –, nous étions deux jeunes gens un peu tartes, qui marchaient main dans la main et se cognaient aux passants.

— Léonie, arrête de sourire bêtement, grommelait ma mère, agacée de mes silences énamourés à la table familiale.

— Laisse-la donc, Marie, riait papa. Tu ne vois pas qu'elle est heureuse?

Ma mère haussait les épaules.

— Depuis quand le bonheur fait-il bouillir la marmite ?

— Pas le tien, en tous les cas…, concluait papa en se replongeant dans son assiette.

J'écoutais à peine leurs disputes. Mon bonheur était pour eux prétexte à des échanges amers. Aux antipodes de ma joie. Ciel et moi aurions aussi notre maison, un jour ; notre foyer, nos enfants. Mais jamais nous ne ressemblerions à ces parents désabusés, enlisés dans l'aigreur. Notre vie ne serait que lumière.

— Tu veux beaucoup d'enfants ?

— Pas trop. Juste deux. Pour être sûr de bien les aimer.

— Et moi, tu m'aimeras encore ?

— Comment veux-tu que cela s'arrête ? Nous sommes condamnés à l'amour.

Ces dialogues si puérils, nous les susurrions, allongés le long de la Seine, les yeux plongés dans les étoiles.

Chaque soir, je quittais la maison, une fois mes parents endormis. Je retirais mes chaussures pour ne pas faire grincer les marches de l'escalier. Il m'arrivait de croiser papa, assis dans la cuisine, les yeux perdus par la fenêtre, un verre vide à la main.

— Tu ne diras rien à maman ?

— Profite, ma Léonie. Tu as l'âge où le monde est beau. Je ne laisserai personne te voler ce mirage.

Bien sûr, papa ne le formulait pas ainsi. Mais voilà des années que je recompose cette scène, que je la récris, et c'est ce qu'il voulait dire. Prophétie terrible, d'ailleurs : ma fille, ton bonheur est en sursis, bois-le jusqu'à la lie.

Avec Ciel, je quittai l'adolescence. Je ne devins pas une grande personne, encore moins une adulte, mais j'entrai dans cet état intermédiaire, si bref, si subtil, où l'hiver tourne au printemps. Ce sont des détails, une peau plus douce, des gestes alanguis.

Autour de nous, tous le remarquaient.

— Léonie, que tu es belle, en ce moment.

— C'est la vie qui est belle, répliquai-je, fière de cette réponse de midinette.

Mais j'étais trop ivre de ma joie pour verser dans le cynisme.

Voilà bien ce dont elle était dépourvue, notre passion : d'ironie, de second degré. Nous nous aimions de façon absolue, radicale. Sans le commode filet du sarcasme. Nous entrions dans l'amour, pieds nus et les mains ligotées.

De ces mois de bonheur absolu, trois souvenirs remontent spontanément.

Le premier est ce beau dimanche de juin, à Longchamp. Je n'étais jamais allée aux courses et Ciel avait cassé sa tirelire pour nous offrir deux places dans les tribunes.

— Comme les duchesses, m'avait-il dit crânement.

Voilà pourquoi nous nous étions sapés, pomponnés, comme si nous voulions entrer dans une photographie.

Y avait-il des duchesses, autour de nous ? Des grands noms, des rupins ? Sûrement, mais je m'en moquais. En toute autre circonstance, j'aurais dévoré des yeux ce spectacle inédit, qui horripilait ma mère.

— Voilà qu'il l'emmène aux courses, maintenant ! avait-elle pesté, le matin même, tandis que j'attachais mes cheveux en un savant chignon.

Je n'étais qu'avec Ciel. Les autres étaient des figurines, des silhouettes de bois peint, du décor. Jusqu'à ce cheval sur lequel nous avions parié – Sardanapale, de l'écurie des Rothschild –, qui semblait planté dans le sol, comme une monture de carrousel.

C'était le dimanche 28 juin, l'été nous inondait de sa lumière. Ni Ciel ni moi ne savions que le même jour, à Sarajevo, un archiduc, un vrai, était assassiné.

Le deuxième souvenir est plus populaire, plus sensuel aussi : le bal du 14 Juillet. À cette époque, je croyais encore à la France. Illusion de jeunesse. J'avais même planté une petite cocarde dans mes cheveux, et nous étions entrés dans Paris alors que le jour déclinait. Là encore, ma mémoire n'a conservé de cette journée qu'une profonde tendresse, un bien-être serein.

Ciel, à nouveau. Sa lumière, ses yeux énamourés, la chaleur de sa main dans la mienne, la douceur de ses gestes, l'épuisement de nos corps qui voltigeaient au son de la musique, prêts à rompre les planches de ce pont des Arts où valsaient des amoureux par centaines.

— Regarde la lune, mon amour.

— Je m'en fous de la lune.

Et l'on riait, l'on riait.

Elle est rebattue, cette formule qui veut que les innocents dansent sur un volcan ; elle est pourtant tragiquement juste. Je ne connaissais alors que ceux de l'Auvergne de mon enfance – éteints et doux comme des agneaux – et ignorais que sous nos semelles grondait une lave qui allait charrier des millions de cadavres.

Troisième souvenir, comme un coup de tonnerre : le 1er août 1914.

Notre été avait la gueule de bois. Nous ne pouvions y croire, la tête embrumée par tant de plaisirs, ces houles de bonheur.

Pierrot qui déboule à la maison, alors que j'aidais maman à préparer la soupe.

— Papa, maman, c'est la guerre !

La guerre ? C'était impossible. Quelle guerre ? Qui contre qui ? La France n'avait pas d'ennemis. La France, c'était la paix, le soleil, les longues nuits d'été, le bonheur avec Ciel.

Mais non. La France, c'étaient ces jeunes gens qui braillaient dans la rue, fiers de leur pays, excités par l'aventure. Enfin il se passait quelque chose !

— À Berlin ! entendis-je alors, depuis le trottoir de l'avenue de la Défense.

Dans ma tête, une seule idée : Ciel !

Au même instant, il arrivait chez nous.

Cette vision me glaça. Il avait troqué le costume du doux apache pour une tenue neutre et une veste trop chaude. Sur son épaule, un sac qui le faisait ployer.

Mon cri les fit tous sursauter.

Même ma mère n'osa pas m'en tenir rigueur, tant elle lut de désarroi sur mon visage.

— Les journaux disent que cela ne va pas durer, tenta Ciel sans conviction. En septembre, je serai rentré.

— En septembre ? répétai-je, comme j'aurais dit « dans vingt ans ? ».

Septembre, c'était déjà une autre vie.

La guerre n'eût-elle duré qu'un mois, il n'en serait pas revenu.

Le 15 août 1914, Ciel était foudroyé.

LA GUERRE

Ni veuve de guerre, ni mère de soldat : telle est ma devise depuis l'été 1914. À tous les hommes qui m'ont proposé la botte, offert leur nom, leur fortune, leur titre, leur lignée, j'ai fait cette réponse lapidaire. Mais je le pense encore. Et sans regret.

Ma souffrance, lorsque j'appris la mort de Ciel, fut abyssale. Personne ne pouvait autoriser une chose pareille! Comment croire en un Dieu d'amour, après ça? La réalité du monde me crachait à la gueule, et ce réveil brutal, inhumain, allait être suivi d'une longue apathie.

Il me semble avoir vécu comme une somnambule. J'étais là sans y être. Un pied en bord de Seine, l'autre quelque part, là-bas, dans la boue des tranchées. Je n'avais rien d'une veuve éplorée, je ne passai pas mes journées à sécher mes larmes – je pleurai très peu, sinon le premier jour, la pudeur prenant le dessus. Mais une partie de moi était morte avec Ciel, sans espoir de résurrection. N'est pas Jésus qui veut. Ce qu'aurait été ma vie, si Ciel était revenu? Je me répète : penser au conditionnel est une lèpre. J'ai toujours assumé ma vie, mes choix, mon destin. Et j'ai toujours vécu avec ce fantôme. Un être qui a le don de donner la vie ne devrait pas être soldat.

La guerre ne se limitait hélas pas à mon petit malheur. Semaine après semaine, Paris perdait sa virilité. La France se déplumait de ses hommes. Pères, maris, fiancés, tous étaient peu à peu appelés pour renforcer le front, absorber les obus.

C'est en janvier 1915 que Pierrot reçut son avis d'incorporation.

— J'ai l'âge, maman, nous dit-il avec fatalisme, tout en bombant le torse.

Ma mère tentait de garder son calme, mais la mort de mon amoureux l'avait frappée ; elle y avait vite associé le départ irrévocable de son propre fils.

Depuis des mois, toutes les mères de France vivaient dans la peur. Chaque matin, elles accueillaient le facteur, nœud au ventre.

— Pas de courrier pour vous, mame Bathiat, nous répétait Déodat, l'employé des postes.

Maman était alors prise d'un mélange de soulagement et de dépit, car elle aurait bien voulu qu'il lui écrivît, son fils chéri.

Mais Pierrot n'avait jamais été bon avec les phrases. Et puis les rares lettres que nous recevions étaient biffées par la censure. Comparant celles reçues par une voisine du boulevard, ma mère constata que les mots étaient les mêmes.

— Ce ne sont pas des lettres mais des dictées.

Un matin, nous reçûmes pourtant une missive de l'état-major.

— Mon Dieu ! Michel ! Pierrot est blessé ! Au pied et au bras !

Effroi dans la maison : mon frère avait été frôlé par un obus. La peur fut heureusement de courte durée, car le courrier nous apprenait que la blessure était bénigne et que Pierrot passerait sa convalescence à Courbevoie.

L'effroi tourna à la surprise, puis à la joie.

Mes parents en auraient presque béni les Allemands !

Je partis en claquant la porte.

Pierrot passa plusieurs semaines à la maison. Il ne parvenait pas à profiter de nous, car il était pris d'une angoisse sourde : celle de bientôt repartir. Il était hanté par des images funèbres mais refusait de rien décrire.

— Vous ne pourriez pas comprendre. Il faut être allé là-bas…

Avec moi, il était moins lapidaire. Il avait vu mourir bon nombre de ses camarades et savait quel sort avait été celui de Ciel. Aussi affectait-il une vraie douceur, lorsque je rentrais du travail, le soir.

Diplômée de chez Pigier depuis septembre 1914, j'enchaînais les emplois de secrétaire.

Après quelques mois chez le directeur de cabinet du garde des Sceaux – Aristide Briand, excusez-moi du peu ! –, je travaillais désormais chez un armateur de la rue Blanche, qui faisait du fret d'anthracite. Autant dire que je mourais d'ennui ! Du moins cela m'aidait-il à estomper mon humeur morbide.

Cette humeur était pourtant le reflet d'un esprit général.

Quoique loin de la ligne de front, nous vivions dans la peur. Peur de perdre un proche, peur de perdre la guerre. Les nouvelles étaient ravaudées par la censure, mais nous savions lire entre les lignes.

Ainsi se passaient nos journées, nos semaines. Conscients d'être à l'abri de la vraie guerre, nous vivions les combats par procuration. Les restrictions étaient grandissantes, l'esprit à l'austérité, l'angoisse sourde mais générale.

Pierrot repartit bientôt au front. Elle semblait si loin, l'allégresse de l'été 1914. On s'était bien foutu de nous ! Le plus triste, c'est que personne, parmi le gros des soldats, n'était capable d'expliquer les raisons réelles de ce conflit. Des êtres humains, plantés dans la glaise, s'étripaient pour la possession d'un bosquet, d'une ferme, d'un rogaton de village. Ils s'enfonçaient du métal dans la chair, ils se brûlaient, se haïssaient de bonne foi, sans savoir pourquoi. À travers les nouvelles que nous lisions dans la presse, l'état-major se montrait parfaitement imprécis. On nous rebattait les oreilles avec la gloriole, les stratégies, la fierté cocardière. Mais derrière ces képis, ces casques, il y avait des pauvres gars. Teutons ou Gaulois, ils auraient bien voulu rentrer chez eux, siroter une bière ou un Picon, culbuter Gretchen ou Margot, puis s'endormir avec la certitude que le jour se lèverait, le lendemain matin.

Je suis contre toutes les guerres. Comment a-t-on osé parler de guerre sainte ? Le type qui a dit ça est un beau fumier.

Je n'admire qu'un uniforme : celui des sapeurs-pompiers. Qu'une armée : l'Armée du Salut.

L'ACCIDENT

Soutien de famille, employé d'une entreprise nationale, trop âgé pour l'appel au front, mon père passait la guerre loin des tranchées et en ressentait une certaine culpabilité.

— Ma place n'est pas ici, Marie, disait-il à ma mère, lorsque nous dînions tous les trois.

Sur le buffet de la salle à manger, on avait posé une photo de Pierrot en uniforme. Papa fuyait son regard.

— Ne dis pas de bêtise ! rétorquait maman. Qui ferait fonctionner les tramways, si les gens comme toi étaient appelés au front ?

Papa haussait les épaules et répondait, fataliste, que si cette guerre s'éternisait, sa génération finirait par être incorporée, elle aussi. Tramways ou pas tramways…

À cette prophétie, ma mère se signait, ce qui irritait mon père. Il ne disait pourtant rien et s'efforçait de me sourire en demandant comment s'était passée ma journée.

Ainsi coulaient les semaines, les mois. Je balançais entre l'ennui d'une vie rendue morne par la guerre, la peur pour mon frère et le deuil d'un amour que je ne voulais partager avec personne.

Le 1er décembre 1916, mon existence bascula à nouveau.

J'avais passé une énième journée sans éclat, à taper des lettres dont je me moquais. Il régnait dans ces bureaux une atmosphère à la Courteline, le rire en moins. Mon travail était à l'image du ciel et de l'époque : gris. Chaque soir, je rentrais à la maison par ce tramway qui descendait de l'Étoile à la Défense. Une population essentiellement féminine s'entassait dans ces voitures malcommodes, les rares messieurs n'hésitant pas à pincer les fesses d'une volière qu'ils croyaient tout à eux.

— Non mais, monsieur, qu'est-ce qui vous prend ?! s'offusqua une grosse rombière, outrée du geste mais flattée d'être élue. Dans le wagon, elle comptait parmi les moins avenantes.

La scène eut le mérite d'égayer le tramway, saisi d'un éclat de rire général.

Le chauffeur finit par se retourner, hilare, nous rappelant tout de même à l'ordre.

— Pont de Neuilly, messieurs-dames. Pont de Neuilly !

Lorsqu'il se retourna vers la route, il poussa un hurlement.

— MERDE !

Et ce fut le chaos.

Je me retrouvai à genoux, une femme à moitié couchée sur mon dos, son parapluie fiché dans mon mollet. Le chauffeur avait freiné si fort que les passants s'étaient précipités pour venir voir.

Alors que nous nous relevions peu à peu, ankylosés et étourdis, nous fûmes surpris par la foule autour du tramway.

— Il se passe quelque chose…, murmura d'une voix sinistre un monsieur à chapeau melon, en s'approchant de la vitre.

— Ne sortez pas ! hurla le chauffeur au même instant, avant de descendre dans la rue, hagard.

Les mains de l'homme au melon se plaquèrent contre la paroi de verre et je vis ses épaules tressauter.

— Mon Dieu…

Tandis que je m'approchais, il se retourna et me supplia de rester où j'étais.

Mais j'étais déjà contre la vitre.

Alors tout s'emballa. Il me sembla perdre contact avec le réel, la tête dans un étau de coton.

Ce corps, allongé sur la chaussée, juste devant le tramway. Cette position aberrante, qui muait les os en culbuto. Cette rigole de sang qui entourait la silhouette, poissant les chaussures des infirmiers accourus pour le hisser sur une civière. Cette figure défaite, ahurie, qui scrutait le ciel comme si elle ne savait s'il fallait implorer ou maudire. Et puis ce cri, poussé par le chauffeur qui venait de reconnaître son collègue, son ami.

— Michel !

Comment je parvins à m'extirper de la foule, à descendre, à m'avancer jusqu'à la civière ? Je ne le sais même plus.

Pourtant les autres me laissèrent faire. Bientôt, le bas de ma jupe fut trempé. Contre mes genoux, je sentis le froid de la chaussée et la tiédeur du sang.

— Papa…

Pendant un long moment, il me dévisagea. Je pense qu'il ne m'identifia pas tout de suite. Perdu dans sa douleur, il ne savait plus exactement qui j'étais. Il parvint à tendre le bras et à dégager une mèche rebelle qui était tombée sur mon front.

— Je suis foutu, mon p'tit gars…

*

Le hurlement de ma mère reste un de mes souvenirs les plus douloureux. Aucun enfant ne devrait connaître la souffrance de ses parents. C'est comme les surprendre à faire l'amour. Il est des choses qui doivent garder la chambre. Mais pour ma mère, c'était trop. Elle était exsangue, perdue. Elle ne comprenait pas.

Les cris dans la rue, alors qu'elle préparait le dîner. Ces gens qui avaient frappé à sa porte. L'invasion de sa cuisine, avec cette civière qu'on avait posée à même la table. Et puis moi, qui suivais la petite troupe, blafarde.

— Que… que s'est-il passé ? finit-elle par me demander.

J'étais incapable de répondre, mais le chauffeur ne m'en laissa de toute façon pas le temps.

— C'était au pont de Neuilly. On allait arriver. Michel a traversé. Je crois que je ne l'ai pas vu…

Sinistre résumé… De toutes les personnes qui pouvaient se trouver là, à cet instant précis, il avait fallu que ce soit mon père.

Ce que je ne comprends toujours pas, c'est la raison qui poussa ses confrères à le ramener chez nous, au lieu d'aller directement à l'hôpital.

— C'est la procédure, m'avaient-ils dit, alors qu'ils hissaient la civière pour rallier Puteaux.

Procédure d'autant plus absurde que papa resta moins d'une heure à la maison, car une ambulance arriva bientôt pour le transférer à Beaujon.

— Rassurez-vous, madame Bathiat, votre mari est entre de bonnes mains, lui certifia un responsable de la TPDS, venu avec morgue constater le transfert de son employé.

À une heure du matin, papa mourait des suites de ses blessures.

*

L'enterrement eut lieu le 25 décembre 1916, trois interminables semaines après sa mort. La TPDS avait exigé une autopsie, mais les médecins légistes étaient tous appelés sur la ligne de front. Il fallut donc attendre que l'un d'eux fût disponible. Pendant ce temps, papa resta « au frigo ».

Étrange ironie du sort, qui voulut que l'athée Michel Bathiat fût inhumé le jour de Noël. Je ne pense pas que maman y vit un clin d'œil du destin. Au vrai, elle oublia quel jour nous étions et organisa les funérailles de son époux comme elle régentait sa vie : avec ordre, sérieux et efficacité. La messe se tint à l'église de Courbevoie et l'enterrement dans le cimetière voisin. L'église était pleine à craquer. Mon père avait de nombreux amis et beaucoup étaient venus, aussi bien ses anciens camarades de la mine, arrivés d'Auvergne, que ses confrères des tramways. Certains hauts « gradés » de la TPDS avaient même fait le déplacement, délaissant la dinde familiale pour rendre hommage à l'un de leurs plus zélés serviteurs.

Sous une pluie glaciale, le cortège suivit le corbillard jusqu'à la tombe de papa. Nous marchions en rangs serrés, transis de froid. Pierrot était revenu du front pour l'occasion.

À la maison, maman avait organisé un vin d'honneur où chacun y alla de sa phrase de circonstance. Rien n'est plus délicat à partager qu'une douleur dont on veut se protéger. Le deuil est une réjouissance égoïste. Mon amour pour mon père m'appartenait ; je n'allais pas m'effondrer en public, comme Sarah Bernhardt.

Lorsque tout le monde fut parti, maman monta dans sa chambre et en redescendit avec une grosse boîte d'acajou.

À cette vision, la mort de mon père devint étrangement tangible.

C'était sa montre. La vieille montre de papa. Un objet que je lui avais toujours connu, imperturbablement logé au fond de sa poche, quels que fussent le jour, l'heure, la tenue. Je pense même qu'il dormait avec.

— Tiens, me dit maman d'une voix étranglée. Il voulait que tu l'aies…

Je pris la lourde montre de métal et la serrai entre mes paumes, comme une chaufferette. Puis je la pressai contre mon oreille et me sentis étrangement rassurée. Combien de fois papa me l'avait-il fait écouter, admiratif, en susurrant : « Mon cœur, écoute le temps qui passe. »

Certains jours, il m'autorisait même à la remonter, suivant chacun de mes gestes, de peur que je ne force le mécanisme et le brise. Mais j'avais des gestes délicats.

— Tu as des doigts de fée, Léonie. Tu es une artiste.

Cette montre ne m'a plus quittée. Jamais. Malgré les vicissitudes de la vie, malgré la cécité, je l'ai toujours. Elle dort en ce moment même dans le tiroir de ma table de chevet. Parfois, au cœur de ma nuit perpétuelle, je la sors comme un talisman. D'ailleurs, depuis quelques semaines, elle fonctionne mal. J'ai voulu la faire réparer et l'horloger m'a dit que c'était un miracle qu'elle ait tenu jusqu'à maintenant.

— Cette montre a un siècle, madame Arletty !

— Moi aussi, ai-je rétorqué. Ou presque…

Il n'a rien osé répondre mais je sais ce qu'il pensait. C'est dans l'ordre des choses : tout finit par se briser.

OUVRIÈRE

Six cents francs par an : tel est le prix du labeur et du dévouement. Mon père avait consacré sa vie aux tramways et voilà à combien la TPDS évaluait sa mémoire. Un quignon de pain, une obole. Il fallut même une décision de justice pour que la somme soit validée. Au départ, l'ancêtre de la RATP estimait que mon père n'avait pas subi d'accident du travail. Mais lorsqu'ils apprirent le montant, les anciens supérieurs de papa durent être rassurés : Michel Bathiat ne leur coûtait pas cher.

Pour maman, la déconvenue fut terrible. Sans parler de la douleur de l'absence, il fallut repenser l'équilibre du ménage. Les pompes funèbres lui réclamaient douze cents francs que nous n'avions pas, et mon père était mort sans économies. Ce n'étaient pas ses gages de lingère qui allaient combler nos dettes. Encore moins mes appointements de secrétaire dactylo.

Les premières semaines de janvier furent redoutables. Maman et moi vivions dans un brouillard perpétuel. Jusqu'alors, mon frère et mon père avaient fait le tampon entre les deux femmes. Désormais, nous étions livrées l'une à l'autre, avec nos caractères trempés. Mais la situation était trop difficile pour que nous perdions notre énergie à nous chamailler. Il fallait faire front, et nous rangeâmes nos inimitiés au placard. Reste que les soirées étaient longues et tristes.

Dès que je rentrais à la maison, je cherchais la casquette de papa, pendue à la patère. Mon nez humait en vain son odeur de tabac froid et d'huile de vidange. Et le vieux fauteuil devant le poêle était vide. Ni maman ni moi n'osions nous y asseoir, comme si cela pouvait confirmer, *valider* son absence.

Au début, les proches passaient, en amis. On frappait à la porte, une voisine apportait un quatre-quarts, une bouteille de ratafia. Puis tout passe. Chacun regagna son train-train et le deuil retrouva sa béance égoïste. L'imperturbable travail de l'oubli.

Vers le milieu du printemps, maman sembla reprendre espoir.

— Léonie, je crois que nous allons pouvoir rembourser nos dettes... mais il va falloir que tu quittes ton emploi de secrétaire.

Maman m'expliqua qu'elle nous avait trouvé un emploi de « tourneuses » chez Darracq, à Suresnes, et je me cabrai.

— L'usine d'obus ?!

— Ils ont besoin de main-d'œuvre. Et ils payent bien...

J'étais désemparée. À quoi bon ce diplôme chez Pigier si je devenais simple ouvrière ?

— Le salaire est bien plus intéressant, objecta maman.

J'aurais pu refuser, arguer que j'étais trop qualifiée pour la tâche, mais je me retins. Ç'aurait été rabaisser ma mère, l'humilier. Depuis la mort de son mari, ma pauvre maman vivait un calvaire quotidien.

Je m'autorisai toutefois à exposer une objection morale.

— Nous allons fabriquer des armes, maman, dis-je en montrant la photo de Pierrot, en uniforme. Nous devenons nous aussi des machines à tuer.

— C'est la guerre, Léonie...

*

Tourneuse d'obus ! Si l'on m'avait dit ça ! Je passais désormais mes journées à contrôler ces engins qui avaient foudroyé mon Ciel.

Il régnait dans cette usine une atmosphère étrange : toutes ces femmes, dont maris, frères et fils étaient au front, songeaient-elles au carnage qu'autoriserait leur précision ? Combien de pauvres gars perdus dans la boue allaient être déchiquetés par ces fuseaux de métal ?

Lorsque Pierrot fut à nouveau blessé, je décidai de me rebeller.

Mon frère était revenu passer quelques semaines de convalescence à la maison, pour avoir pris des éclats d'obus dans la joue, et je refusai d'être complice de ses souffrances.

— Mais c'est le contraire! m'objecta-t-il. Grâce à maman et toi, nous défendons notre pays. Tous ensemble.

— Pour que des Pierrots boches aient eux aussi la gueule en bouillie?!

— C'est la guerre, Léonie…

Combien de fois j'ai pu l'entendre, cette réponse, censée clouer le bec à tous les défaitistes, les pacifistes, les mutins. Autant dire « c'est la vie » le jour d'un enterrement.

À l'été 1917, je me trouvai un nouvel emploi. Ma mère ravala sa colère lorsqu'elle apprit mon salaire.

Oh, il n'était pas bien passionnant, ce poste de sténo dans une usine de produits chimiques, à Saint-Denis. Et c'était plus loin de Courbevoie. Mais j'avais le sentiment – illusoire? – d'échapper à la complicité générale.

Une fois de plus, cette collaboration fut éphémère…

Dès mon arrivée, je fus reluquée par M. Loubat. Il travaillait au secrétariat général mais ne manquait pas une occasion de venir me voir. Peu importait le prétexte, pourvu qu'il trouvât à se frotter à moi.

Mes collègues le remarquèrent et, comme souvent dans ces cas-là, au lieu de prendre ma défense, rivalisèrent de quolibets.

— La petite Bathiat sait se faire aimer des patrons.

— Léonie, c'est la pute à Loubat…

Ces remarques, je les entendais à couvert, dès que j'avais le dos tourné. Elles illustraient ce mélange de jalousie, de frustration et de bonhomie vacharde qui hante les collectivités humaines. Je finis par en concevoir une véritable humiliation.

Un matin que Loubat s'était montré insultant et caressant, je lui administrai une gifle sonnante.

Dans le bureau, tout le monde se tut. La désapprobation générale allait de mon côté, tandis que mon supérieur, suffoquant de surprise, manquait s'étouffer.

Le soir même, j'étais renvoyée.

*

Pour être honnête, je n'en dis rien à ma mère. D'autant que pesait maintenant sur nous la menace d'une expulsion : notre maison, près du dépôt des tramways, appartenait à la TPDS.

Comment lui avouer que je n'avais plus de travail ?

Chaque jour de l'été 1917, je pris donc la direction de Saint-Denis, comme pour me rendre à l'usine. Une fois là-bas, j'évitais de croiser mes anciens collègues et allais traîner de l'autre côté de la ville, près de certains cafés où je retrouvais une bande connue à l'époque de Ciel. La plupart étaient des enfants d'immigrés italiens, qui vivaient dans une semi-clandestinité, ayant échappé à la mobilisation.

— Nous ne voulons pas nous faire tuer pour engraisser ces généraux débiles ! grognaient-ils, avant de clamer leur foi en l'anarchie et leur nostalgie de Bonnot et Ravachol.

Leurs combats se limitaient à des rodomontades de comptoir, mais j'aimais leur esprit, leur esprit provocateur. Il y avait alors une anarchiste en moi. Si on m'avait poussée, j'aurais posé des bombes.

*

Au mois de septembre, tout se précipita. Maman reçut l'avis d'expulsion officiel et il fallut quitter Courbevoie.

Supporte et abstiens-toi, dit l'adage. Telle aurait pu être la devise de Marie Bathiat. Il en fallait pourtant, du stoïcisme, pour s'installer dans cet appartement sombre et étouffant du 124 rue de Turenne. Voilà des années que nous venions ici rendre visite à ma marraine, qui y était concierge. Mais je n'étais jamais montée dans les étages.

— Ce n'est pas grand, mais vous y serez tranquilles.

Adieu le pavillon, la courette, les petits arbustes, la Seine à deux pas. Adieu mon enfance, l'ombre de papa, tous mes souvenirs. Nous nous retrouvions dans un réduit sans charme, plus sombre qu'un confessionnal, où j'allais partager la chambre de ma mère.

— Je dormirai dans la cuisine, dit aussitôt maman.

Mais je ne pouvais ajouter à son dépit…

Il fut donc décidé que, tous les soirs, nous pousserions la table et tirerions un matelas. Notre nouvelle vie avait grise mine…

Pour ne pas passer mes journées dans ce réduit, il me fallut vraiment trouver un travail. Je répondis tout d'abord à une annonce du journal : une vieille dame de la rue Tronchet réclamait les services d'une lectrice. Lorsque je sonnai à la porte, je m'étonnai. Pas de vieille dame mais un septuagénaire en robe de chambre de satin mauve qui me fit asseoir sur une banquette défoncée, au centre d'un cabinet de curiosités. L'objet le plus curieux était l'orvet gluant qui jaillit de son peignoir. La seule vieille dame était cette triste coulemelle dont il entendait que je fisse mon quatre-heures.

— Mais, mademoiselle, je vous paierai !

Je partis sans me retourner, laissant les deux lézards en tête à tête.

Mon expérience fut un peu plus heureuse dans les bureaux parisiens de Schneider, la fameuse entreprise du Creusot, où mes compétences de sténodactylo furent enfin exploitées.

Ma mère en conçut même une véritable fierté, comme si cet emploi honorable apaisait son chagrin.

Le soir, lorsqu'elle arrivait de chez Darracq dans notre crapaudière de la rue de Turenne, je la sentais plus sereine, moins angoissée.

Aussi, quand je lui annonçai que j'allais quitter ce travail, maman resta sans voix. Et lorsque j'ajoutai que c'était pour un homme, elle manqua s'évanouir.

EDELWEISS

Je suis une fille du trottoir. J'ai toujours aimé me balader. Les grands tournants de mon existence ont souvent eu lieu au détour d'une rue, comme si le destin s'invitait dans ma vie. Était-ce lui qui avait placé cet élégant jeune homme sur la plateforme de mon tramway, un matin de l'automne 1917 ? Je m'étais réveillée en retard. Maman partait avant moi pour les usines Darracq et souvent je dormais une heure de plus. J'étais généralement tirée du sommeil par le laitier, qui passait à sept heures. Mais ce jour-là le gamin était malade. Me voilà donc qui courais pour descendre la rue de Turenne jusqu'à la rue Saint-Antoine, le cœur battant, car j'ai toujours détesté arriver en retard. Malgré ma jupe où s'emmêlaient mes talons, je trouvais le moyen de consulter ma montre, ce qui faisait rire les passants.

— Attendez ! hurlai-je, tandis que l'omnibus partait à l'instant où j'atteignais l'arrêt.

Furieuse de l'avoir manqué, je me mis à courir encore plus vite, sous le regard surpris des passagers qui balançaient entre compassion et cruauté : tous rêvaient que je m'étale par terre pour avoir une bonne histoire à raconter.

Malgré la sueur qui brouillait ma vue, je vis deux yeux sombres, presque maquillés. Puis un sourire juvénile et très lumineux. Enfin, cette main qui surgit de la masse humaine, provoquant l'irritation des passagers.

— Mademoiselle, vous voyez bien que le tramway est plein !

Je réussis pourtant à happer cette poigne qui me hissa sur la plateforme.

Les gens étaient furieux.

— Vous ne pouviez pas attendre le suivant ?

— Poussez pas, nom de Dieu !

Sans même répondre, le jeune homme joua des coudes et des épaules, afin de me mitonner un petit espace au cœur du magma. Nous étions si serrés que je me trouvai collée à lui. Son haleine douce sentait la menthe sauvage et la réglisse.

— Vous avez le truc pour lever les filles, vous ! dis-je sans vraiment plaisanter.

Le jeune homme ne s'en émut pas et haussa les sourcils. Puis il nous fraya un nouveau passage et nous nous retrouvâmes contre le petit parapet, Paris défilant sous nos yeux.

— C'est comme un bateau en pleine mer.

— Ou simplement en chemin de fer, corrigea-t-il. En Suisse, certains trains à crémaillère montent presque à flanc de montagne, et il faut se tenir pour ne pas glisser.

— Je ne connais pas la Suisse.

— J'y suis né. Chacun ses défauts.

— C'est pour ça que votre bouche sent la menthe sauvage ?

Ma remarque le fit tressaillir, mais il gagna en intensité.

— Vous êtes directe, vous.

— C'est vous qui m'avez pêchée, monsieur… monsieur ?

— Lévy. Jacques-Georges Lévy.

— Lévy ? C'est pas un peu juif, ça ?

— Je vous l'ai dit : chacun ses défauts.

Mon éclat de rire le dérida.

Il descendit en même temps que moi, à la Concorde.

— Vous travaillez dans le coin, vous aussi ?

Lévy secoua la tête, énigmatique.

— Vous habitez là ? insistai-je.

— Non plus.

— Vous me suivez, en fait ?

— Et si c'était le cas ?...

Je n'osai plus rire, car la légèreté de notre rencontre laissa place à autre chose. Un sentiment plus profond mais moins enjôleur. Une forme d'appréhension, de douleur sourde, vint assombrir l'allégresse de cette matinée inattendue.

Nous ne disions plus rien. Le jeune homme marchait à côté de moi et je devinais qu'il hésitait à m'offrir son bras. J'étais aussi intimidée qu'une collégienne qui découvre sa nouvelle classe.

J'étais pourtant saisie d'un bien-être tel que je n'en avais pas connu depuis longtemps. Nous n'appartenions plus au monde extérieur, comme deux personnages en couleurs marchant dans un film en noir et blanc. Je sentis bientôt monter l'inquiétude, car nous arrivions devant l'entrée de Schneider. Tout s'arrêterait donc si bêtement ?

J'ignore si mon bel inconnu pensait la même chose, en tout cas il me sembla fébrile.

Lorsque nous fûmes devant l'entrée, je pris enfin son bras.

Il ne dit rien, mais il avait compris : d'un même pas, nous dépassâmes l'immeuble.

Je sus que j'allais aimer cette journée.

*

Jacques-Georges Lévy connaissait admirablement Paris. Il était à son aise aussi bien dans les quartiers populaires que les avenues de la plaine Monceau. Il possédait un remarquable sens de l'observation et me pointait à chaque rue un détail, un commerce, que je n'avais sans doute pas remarqué.

— Quand on vient de la montagne, il faut savoir se repérer.

— Elle est loin, la montagne…

— Pas forcément, dit-il en me montrant la vitrine d'une petite librairie, du côté de l'église Saint-Sulpice. Plusieurs ouvrages de botanique y étaient exposés. Notamment un guide des fleurs d'altitude, ouvert à la page de l'edelweiss.

— E-del-weiss, dis-je en articulant chaque syllabe.

— C'est ma fleur favorite, confia-t-il en me la décrivant avec une précision poétique.

Il ajouta qu'elle avait le charme discret des fleurs qui ne se donnent pas tout de suite, qu'on ne remarque pas aussitôt, et qui cependant occupent tout l'espace une fois qu'on les a découvertes.

— Comme vous dans le tramway, dis-je en faisant mine de plaisanter. Edelweiss..., répétai-je à mi-voix, alors que nous entrions dans le jardin du Luxembourg.

Voilà bientôt quatre heures que nous marchions, et il avait commencé à me raconter sa vie.

Jacques-Georges Lévy avait mon âge. Il était même de un an mon cadet, mais sa mise désuète, son melon et son faux col lui donnaient des airs de rond-de-cuir. Il était tout sauf conformiste et cachait ses incongruités sous une élégance glacée. À dix-huit ans, ce descendant du fondateur de la Banque du Rhin menait une vie oisive et raffinée, travaillant lorsque l'envie le prenait. Il lui arrivait de faire « quelques affaires », me disait-il, puis de profiter d'une existence constituée de voyages, de curiosité et bien entendu de plaisir. J'en rencontrerais beaucoup, par la suite, des rentiers qui passaient leur temps à dépenser un argent qu'ils n'avaient pas gagné, à coups de festins et de bamboche. Rien de tout cela avec Edelweiss, comme j'allais vite le surnommer.

Jusqu'aux tréfonds de son âme, il était un être de savoir. On ne parlait pas encore de « culture », ce mot devenu tant à la mode. Jacques-Georges Lévy respirait le goût des arts, la passion des joies de l'esprit et un constant besoin d'affûter sa sensibilité.

Que j'allais en apprendre, des choses ; en découvrir, des livres ; en visiter, des musées, des pays...

Au terme de cette journée, nous n'en étions pas encore là. J'avais les pieds en compote et nos pas nous avaient tout naturellement conduits à l'arrêt du tramway où nous nous étions rencontrés, le matin même.

— Rendez-vous demain, même lieu, même heure ?

J'éclatai de rire.

— Oh ben vous alors, vous êtes sûr de vous !

— Je n'aime pas perdre de temps.

— Chacun ses défauts...

*

Maman passa la soirée à s'étonner de ma bonne mine.

— Tu es rose comme si tu arrivais de la campagne.

— De la montagne, corrigeai-je, avec un air coquin.

Elle ne voulut pas en savoir davantage et je me réjouis de la voir partir au lit. J'allais être toute à lui dans mes rêves.

Tu parles de rêves ! Je ne dormis pas de la nuit. La silhouette d'Edelweiss était partout, sinueuse et câline. Dès que je parvenais à trouver le sommeil, un parfum de menthe sauvage me tirait de la torpeur. Au petit matin, j'étais pourtant fraîche comme l'eau claire.

— À croire que Schneider te met le rose aux joues, remarqua ma mère avec circonspection.

Ce matin-là, maman commençait plus tard. Nous prîmes le café ensemble et descendîmes de conserve dans la rue. Lorsqu'elle me dit qu'elle allait faire un détour pour m'accompagner au tramway, je sentis mon sang se glacer. Improvisant un rendez-vous imaginaire, je sortis fébrilement ma montre et m'épouvantai :

— Mon Dieu ! J'ai oublié ! Ce matin, je devais être au bureau une heure plus tôt !

Avant même qu'elle n'eût le temps de répliquer, ma mère me vit disparaître en courant.

— À ce soir, lui criai-je sans me retourner.

Lorsque j'arrivai rue Saint-Antoine, Edelweiss était là.

*

Cette comédie dura deux semaines.

Chaque matin, Edelweiss m'attendait à l'arrêt d'un tramway que nous ne prenions pas.

— Où voulez-vous aller, belle enfant ? commençait-il toujours, avant de me donner son bras.

Maintenant, ce geste allait de soi.

Avec lui, j'avais le sentiment de tout redécouvrir. En réalité, je *découvrais*. Mais il était si délicat qu'il ne me donnait jamais l'impression d'un professeur devant une élève. Il écoutait mes remarques, s'étonnait de mes vues, s'enchantait de ma spontanéité.

— Vous avez un œil pour les jolies choses, Léonie, savez-vous ? chuchotait-il dans les galeries sombres du Louvre, après que je m'étais arrêtée devant un Clouet.

— Je suis à bonne école.

À cette réponse, il rougissait, puis nous reprenions notre route.

Vous imaginez sans doute que nos promenades se finissaient dans des hôtels ou des garnis. Pas du tout ! Edelweiss était d'une prévenance oppressante. Plusieurs fois, j'aurais voulu qu'il me serre sous un porche, m'embrasse violemment. Depuis la mort de Ciel, il était le premier à qui j'avais accordé tant d'attention ; il était surtout le premier qui ait su, enfin, rouvrir mon cœur. Je me prenais tout à coup à éclater de rire sans raison.

— Ma fille, tu es bizarre, ces temps-ci...

Comment lui dire que j'étais en train de tomber amoureuse ? Comment surtout lui avouer que je n'allais plus au travail depuis des semaines ! Je m'en étais d'ailleurs ouverte à Edelweiss, qui s'était cabré :

— Vous croyez que ces promenades vous sont moins utiles que ce travail absurde ? Vous-même me dites que vous n'avez jamais autant appris, en dix-huit ans.

— Je ne dis pas le contraire, mais vos balades ne payent pas mon loyer...

Edelweiss avait alors froncé les yeux, sans un mot.

Le soir même, tandis que j'accrochais mon manteau à la patère, je trouvai dans la poche une enveloppe épaisse. Entre les billets de banque, une fleur séchée manqua s'effriter. C'était un edelweiss.

J'aurais pu m'offusquer, lui rendre son argent, mais le coup me semblait régulier. Edelweiss était riche et généreux ; je lui accordais mon temps, ma curiosité.

— Tu es sa poule, quoi ! me dirent les rares amies à qui j'avouai l'aventure.

À cette remarque, je n'osai répliquer : « Si seulement... »

Je me répète : pas un baiser, pas un geste équivoque. J'en venais à me demander si messire Lévy n'était pas de la jaquette flottante.

À cette époque, les philopèdes n'avaient pas pignon sur rue. À part certaines figures des arts ou de la littérature, les sodomites restaient discrets. J'en avais connu quelques-uns, à Courbevoie ou Puteaux, qui se retrouvaient à la nuit tombée sur les bords de Seine. C'était souvent de vrais mâles bien drus que rien n'associait au goût de la braguette. Edelweiss, en revanche, était plus précieux. Je finis d'ailleurs par le lui demander.

Nous étions assis à une terrasse et sirotions un chocolat chaud.

— Dites-moi, Edelweiss, vous avez une fiancée?

Il manqua s'étouffer dans sa tasse.

— Alors c'est peut-être *un* fiancé?

Autant lui donner une gifle!

Il pâlit, ses mains tremblèrent, et maintenant nos voisins nous épiaient avec insistance.

— Mais... mais enfin... Léonie... vous ne comprenez pas que... depuis toutes ces semaines... je...

Alors je me sentis si bête. Si sotte. Si cruche. J'eus surtout une subite envie de l'embrasser.

Avec un naturel qui le désarma, je posai mes lèvres sur les siennes, le laissant médusé.

À la table d'à côté, plus personne ne parlait. Ils dégageaient un mélange de surprise, d'effroi et de désir. Seul un petit garçon applaudit entre ses mains gantées, en criant : « Encore! Encore un baiser! »

FEMME

À la fin novembre, Edelweiss m'invita chez lui. Voilà bientôt deux mois que nous nous retrouvions presque tous les jours, et qu'il m'enseignait le monde. Nous déjeunions parfois avec certains de ses amis, qui tous affectaient la même courtoisie. Ils m'observaient non sans curiosité, mais ne semblaient pas s'étonner de ma présence. Pour eux aussi, Edelweiss était un être surprenant.

La surprise, la vraie, dut se lire lorsque j'entrai dans son jardin. Je m'attendais à ce qu'il vécût dans un joli endroit, mais pas un tel palais.

— Bienvenue chez Ali Baba, dit-il en pénétrant dans cette grande villa de Garches, nichée au détour d'une rue cossue.

La maison était en plein cœur d'un ravissant parc, que la grisaille de l'automne ne parvenait pas à rendre triste.

— Vous vivez seul ici ?

— Ou presque..., dit-il en m'ouvrant la porte d'entrée.

Je n'en revenais pas ! Jamais je n'avais vu tant de livres, de tableaux, d'objets. Les formes mêmes de la maison étaient enjôleuses : ces courbes, ces obliques presque organiques.

— La villa a été dessinée pour mes parents par Hector Guimard.

— Le monsieur des bouches de métro ?

— Entre autres, oui. Mes parents l'ont occupée longtemps. Maintenant qu'ils vivent en Suisse, j'y suis toujours seul...

J'avançai comme dans une église. Mes mains effleurèrent les boiseries, caressèrent la rampe d'escalier, flattèrent les tranches de ces livres qui couraient sur de larges rayonnages.

— On pourrait passer une vie entière sans sortir, dis-je pour moi-même.

Edelweiss glissa sa main dans la mienne.

— Cela te plairait ?

C'était la première fois qu'il me tutoyait.

Sur son visage, je lus une lueur plus vive. Plus violente, aussi. Sans lâcher ma main, il prit la direction de l'escalier. Un nœud se forma dans mon ventre. Était-ce de l'excitation, du plaisir ou de l'appréhension ? Les trois, sans doute. Pourtant je le suivis, frémissante. Des images remontaient : des souvenirs d'enfance avec les garçons du quartier, à Puteaux ; des baisers échangés sous les frondaisons du bois de Boulogne, ou dans les voitures abandonnées du tramway ; des gestes ébauchés, inachevés, qui toujours s'arrêtaient au seuil d'un monde que je ne voulais pas connaître trop vite ; et puis Ciel, mon beau ciel. Ses yeux, le goût de ses lèvres, la douceur de sa peau. Mon petit homme, ma mémoire. Mon joli soldat, avec qui je n'avais jamais échangé que des baisers. Tout se finirait-il donc aujourd'hui, en haut de cet escalier ? Edelweiss préparait-il son « coup » depuis deux mois, bâtissant pas à pas une forteresse de douceur, m'apprivoisant avec une patience de moine copiste, pour me conduire… ici ?

Je ne connaissais pas les meubles de Louis Majorelle, et ce lit gigantesque, avec ses arabesques florales, me fit l'effet d'une énorme grenouille d'acajou. Je m'attendais à voir sa bouche s'ouvrir, prête à m'avaler.

Edelweiss sentit ma réticence et lâcha ma main.

— Tout va bien, Léonie. Je te montre juste ma chambre. Elle te plaît ?

Sans attendre de réponse, il marcha jusqu'à la fenêtre, qu'il ouvrit en grand. Malgré sa fraîcheur, l'air du dehors me fit du bien.

Un vieux chêne nous tendait ses branches, dont les dernières feuilles caressaient le toit de la maison.

Je m'appuyai au rebord et contemplai cette vue.

— On est si loin de tout, ici…

Edelweiss passa derrière moi, appuya son menton sur le haut de mon crâne avant de poser un baiser au creux de ma nuque.

À nouveau, ses doigts se glissèrent dans les miens.

Lorsque je me retournai, il m'observait tel un petit enfant rieur, qui sait qu'il a gagné la partie.

Il avait raison : je n'avais plus peur.

*

— T'installer chez lui ?!

Maman était blafarde. Tout son corps tremblait. Elle tituba jusqu'au broc d'eau, posé sur la table. Mais elle était si fébrile qu'elle ne parvint pas à se servir. Je voulus l'aider.

— Ne me touche pas !

Son cri me fit tressaillir. Détournant la tête, elle alla s'asseoir sur la chaise, contre le poêle tiède, et but son verre d'eau, longuement, les yeux perdus.

Je ne l'avais pas ménagée… En un quart d'heure, elle venait de tout apprendre. Marie Bathiat vivait sous le même toit qu'une menteuse, une fainéante, une traînée. Sa respiration était saccadée et elle tournait le verre entre ses mains, comme pour y chercher une explication, un soupçon de logique.

— Et ça fait deux mois que ça dure…, murmura-t-elle sans quitter le verre des yeux.

Il m'en avait fallu, du courage, de la volonté pour tout avouer : la rencontre avec Edelweiss, nos journées de balade, mon absence chez Schneider, ma découverte de la grande villa à Garches, et enfin la proposition de mon amant, qui m'offrait de m'installer avec lui.

— Cela te laissera plus de place. À deux, on étouffe…

L'argument la fit grincer des dents.

— Je te rappelle que le loyer est à moitié payé par ton salaire, Léonie.

— Je te donnerai de l'argent, rassure-toi…

Ses sourcils se froncèrent.

— D'ailleurs d'où vient ton argent, puisque tu ne travailles plus… ?

Cette question me désarçonna et je ne sus comment répondre. Maman se dressa sur sa chaise et me toisa.

— C'est lui, n'est-ce pas ? Tu es sa cocotte, sa petite catin…

— Maman, je t'en supplie…

— Tu ne me supplies de rien du tout !

Maman avait crié si fort que les voisins du dessus frappèrent au plancher.

« C'est fini, oui ?! »

Mais elle n'avait hélas pas terminé. Loin de là ! Les mots sortirent de sa bouche comme autant de serpents. Après soixante ans, j'en frémis encore. À songer aux traits déformés de ma mère, à cette expression de dégoût, à la fureur de ses yeux, j'en ai la nausée. Parfois cette vision me hante, au cœur de ma nuit perpétuelle. Comme ces cauchemars que l'on a faits, enfant, et qui ont gardé tout leur pouvoir d'effroi.

Il me semblait découvrir une autre femme. Cette créature n'était pas ma mère, mais l'expression vivante, humaine, de la fureur et du dépit. Voilà tant d'années qu'elle accumulait, qu'elle encaissait sans rien dire, car telle est la position de la femme dans la société. La dureté de son travail, la mort de mon père, la peur pour mon frère, l'humiliation du déclassement, ces tâches qui s'enchaînaient sans répit. Et puis maintenant, sa fille qui partait vivre avec…

C'était peut-être cela, qui l'écœurait le plus.

Elle se tourna vers moi et je vis les larmes qui ourlaient ses yeux, sans parvenir à couler.

Maman désigna le crucifix au-dessus de la porte conduisant à sa chambre. Une branche de buis achevait de s'y dessécher.

— Tu me quittes, tu nous abandonnes pour aller vivre avec un Juif…

Cette remarque me laissa abasourdie. De tout ce que je venais de lui avouer, cette goutte seule faisait déborder le vase. Que je puisse tomber sincèrement amoureuse d'un Juif allait au-delà de son entendement. Un péché contre nature.

— Quand je pense aux sacrifices de ton père, à ton frère qui risque tous les jours sa vie… Et tu vas faire la vie avec un homme qui n'a même pas le courage de prendre un uniforme, un planqué.

— Maman ! Il est Suisse !

— Il est Juif ! Ces gens-là ont la traîtrise dans les veines. Tu es trop jeune pour te rappeler Dreyfus, mais on a vu qui ils étaient…

La conversation devenait absurde. Je manquais d'arguments, car maman était incohérente. Je n'avais surtout plus aucune envie de débattre. En un sens, ma mère me facilitait la tâche. Si elle m'avait suppliée de rester, si elle m'avait prise contre elle, serrée, embrassée. Si elle m'avait rappelé qu'elle était ma mère, et non cet être sec, gorgé d'une haine abstraite, peut-être aurais-je hésité. Mais là, je me sentis pousser des ailes.

Ma mère ne m'accusait plus de fuir : elle m'y acculait, m'y aidait. Voyant que j'entassais des vêtements dans un sac, elle partit d'un rire sardonique.

— C'est ça, petite putain. Va retrouver ton maquereau.

Alors que j'allais passer la porte, je me retournai une dernière fois ; j'espérais que maman flancherait, qu'elle aurait un sursaut de tendresse, d'amour. Mais non…

Elle me sembla même apaisée. Sa voix avait perdu sa hargne. Maman avait atteint l'autre côté de la colère.

— Si tu pars, c'est pour toujours. Tu es morte pour moi.

EN MÉNAGE

Jamais je n'avais connu le confort, encore moins l'insouciance. Il fallait remonter à mon enfance, à mes séjours chez ma grand-mère, en Auvergne, pour retrouver cette douceur de vivre, cette absence de contrainte, cette liberté.

La villa du 18, avenue Alphonse-de-Neuville, à Garches, était un palais des mille et une nuits. Elle était surtout le laboratoire où Edelweiss opéra ma transformation. En dix-huit mois, la petite sténographe de Courbevoie devint une femme. Je ne parle pas seulement de sexe, de fusion charnelle : Edelweiss avait une nature de pédagogue. Il ne pouvait s'empêcher de me faire découvrir des choses, attiser ma curiosité.

Dès la première semaine, il m'annonça qu'il devait partir quelques jours en Suisse pour ses « affaires ».

— Je pourrais bien sûr t'emmener, mais tu t'ennuierais, et je préfère que tu m'attendes ici…

— Comme un petit chien ? m'étonnai-je, alors que je venais de tout quitter pour lui.

Grimpant sur un escabeau vers les plus hauts rayonnages de sa bibliothèque, il en descendit les bras lourds de livres.

— Ne crois pas que je vais te laisser en friche.

Puis il posa la pile sur un guéridon, qui jouxtait un canapé, lui-même proche d'une cheminée où crépitait un feu de bois.

— Je retourne à l'école, c'est ça ?

— À l'école de la beauté, dit-il en me prenant dans ses bras. La véritable école : celle du regard.

Edelweiss avait raison. Pendant une semaine, je plongeai mon nez – parfois rétif – dans Nietzsche, dans Chateaubriand, dans Flaubert, dans Hugo, et même dans ce Proust dont tout le monde parlait avec un mélange d'admiration et de méfiance. Que je feuillette un livre ou m'y absorbe entièrement, j'avais à cœur de tout essayer, comme s'il s'agissait d'un défi. D'autant qu'Edelweiss avait tout mis en place pour que je ne sois pas distraite de ma tâche. Sa villa était sous la férule d'un maître d'hôtel, d'une cuisinière et d'une femme de chambre, qui me traitaient comme une princesse.

Quelle chance j'avais! Le matin, un petit-déjeuner m'arrivait sur un plateau, que je butinais dans notre grand lit Majorelle, en feuilletant des histoires de la peinture, de la sculpture, qu'Edelweiss avait laissées sur la table de nuit. Puis j'allais me promener dans le quartier, au gré de ces ruelles arborées, emmitouflée dans un épais manteau que mon amant m'avait offert lors de nos virées parisiennes. Je croisais parfois notre plus proche voisine, la sèche et intimidante Gabrielle Chanel, qui occupait une villa mitoyenne.

— Vous êtes la coqueluche du petit Lévy, n'est-ce pas? me demanda-t-elle la première fois, en me déshabillant des yeux.

Elle s'apprêtait à monter dans une automobile qui l'attendait pour la conduire à sa maison de couture, à Paris.

— Coqueluche? répétai-je sans savoir comment le prendre.

Coco Chanel m'observait avec une acuité maternelle. D'un revers de sa main gantée, elle caressa ma joue.

— Tu es jolie comme un fruit tombé de l'arbre. Quel âge as-tu?

— Dix-neuf ans…

Elle éclata de rire. Dix-neuf ans! Puis elle commença à me palper le corps, les épaules, la chute des reins. J'étais si surprise que je n'osai même pas la repousser.

— Il a de la chance, ton petit Lévy. Ces gens-là sont très forts…

— Ces gens-là?

Balayant la remarque, elle se recula pour me considérer avec plus de précision.

— Tu te tiens droite, tu as l'air de savoir marcher, tu as le regard vif. Si tu t'ennuies, toute seule, dans tes livres et tes tableaux, viens donc avec moi, un matin. Je suis sûre que je trouverai de quoi t'occuper. Des jolies plantes comme toi sont des denrées rares. Tu ferais un mannequin parfait…

Sans attendre de réponse, elle sauta dans l'automobile. Alors que le chauffeur démarrait, elle passa la tête par la fenêtre.

— Un dernier conseil : n'oublie jamais que la femme est l'avenir de l'homme, et non l'inverse.

*

Sans que je comprenne vraiment ce qu'il signifiait, le conseil de Coco Chanel s'inscrivit dans ma mémoire. Et puis elle m'avait parlé comme une mère… De la mienne, je n'avais plus de nouvelles et ne comptais pas en prendre. Une partie de moi souffrait de son absence, une autre se réjouissait de la fin d'une emprise. Bien sûr, maman croyait bien faire. Mais elle obéissait à des carcans qu'elle n'avait jamais songé à briser. Maman était esclave d'un système mis en place par une société rigide, forcément masculine. Ajoutez à cela cette foi du charbonnier qui lui permettait d'estomper le moindre doute, lorsqu'elle-même flanchait. Toujours la rigueur morale de Marie Bathiat reprenait le dessus : elle jouait son rôle de femme, de veuve, de mère, car c'était la vie qu'elle devait mener.

Je songeais souvent à elle, prisonnière de sa mansarde, rue de Turenne. Elle devait en remâcher, de l'aigreur, chaque soir en rentrant après une journée épuisante chez Darracq, alors que je ne fréquentais que le beau et le bon. Je n'en concevais pas de culpabilité : j'avais dix-neuf ans, je ne devais rien à personne et j'étais entourée d'amour. Maman n'aurait-elle pas plutôt dû se réjouir pour moi ? Devais-je embrasser une vie de soumission par respect pour un équilibre qui s'enlisait à Verdun ? Au contraire, si quelque chose devait naître de cette boucherie, c'était la refonte d'un système vacillant. L'absence des hommes, tous au combat, montrait combien on avait besoin des femmes. Les borner à la cuisine, la couture, le ménage était une honteuse régression. Il suffisait de voir le succès de Mlle Chanel, qui avait Paris à ses pieds.

Je n'en étais pas encore là, mais ces considérations me trottaient dans la tête, entre deux lectures, un voyage ou une leçon de piano.

Edelweiss ne s'absentait jamais longtemps. Au contraire, il mettait un point d'honneur à me « couver », sans pour autant me donner le sentiment qu'il pilotait mes choix. Preuve d'intelligence : il possédait une générosité de cœur, une passion sincère pour ce qu'il décelait en moi, et faisait tout pour m'ouvrir à moi-même.

— Tu es la chance de ma vie, lui disais-je souvent.

Cette réflexion le laissait songeur et un peu triste.

— Je suis la chance de ta *première* vie.

Cette réponse nostalgique provoquait un mélange d'excitation et d'inquiétude. Ma vie, mes vies me réserveraient sans doute bien des surprises.

Si je découvris avec lui le goût de la lecture, la merveilleuse immersion dans les mots des autres, Edelweiss m'initia également aux voyages. Après m'avoir fait découvrir *Mémoires d'outre-tombe*, il m'emmena en Bretagne, sur les traces de Chateaubriand. Puis nous prîmes l'Orient-Express pour rallier Venise, sur les pas de Sand et Musset, dans leur suite du Danieli.

— On ne peut comprendre un auteur que lorsqu'on a respiré le même air que lui.

— Mais toi qui aimes tant les mots, pourquoi n'écris-tu pas ?

Cette question avait le don de l'irriter.

— Crois-tu que l'écriture soit une décision qu'on prenne à la légère, une tocade ? Rien ne s'improvise, dans la vie, Léonie. Il y a des choses qui s'apprennent, comme ces voyages que nous faisons, ces musées que nous visitons, ces livres que je te fais lire. D'autres qui sont innées. L'écriture, c'est une nécessité intérieure, un appel. Jusqu'à présent, je n'ai pas été appelé.

— Edelweiss, tu as dix-huit ans !

Mon amant haussait les épaules, presque rageur.

— Je suis jeune dans mon corps mais vieux dans mon âme. Je viens d'une lignée qui a bientôt six mille ans, et qui a vu grandir le monde. Aussi je laisse aux autres, aux innocents, aux âmes plus fraîches, plus neuves, plus vives, le soin d'enchanter les choses. Moi, je suis un passeur, et qui sait si mon chef-d'œuvre, ce ne sera pas toi ?

Étrange Edelweiss, qui parlait comme un vieux sage mais n'avait pas vingt ans.

Combien j'ai pu en découvrir, grâce à lui ! Jusqu'alors, je ne connaissais du théâtre que les clowns de l'Alhambra. Pour être honnête, je ne nourrissais aucune fascination pour la scène. C'est presque avec ennui que je l'accompagnai entendre Mounet-Sully, considéré comme le plus grand comédien de l'époque. Doux Jésus cette emphase, cette pompe, ces répliques haletées, proches du barrissement ! Et pourtant la salle se pâmait, comme elle se pâmait devant Sarah et se pâmerait devant Cécile Sorel. J'ai toujours préféré le naturel, la spontanéité. Les classiques ne doivent pas être montés comme des pièces de musées. On n'est pas chez Grévin. Pourquoi Phèdre ne parlerait-elle pas comme votre voisine de palier, après tout ?

Je me débrouillais toujours pour faire passer de l'argent à ma mère, par le biais de ma marraine. Cet argent lui était nécessaire et elle le prenait, sans pour autant me remercier. Je ne lui en voulais pas : cette commune indifférence nous faisait du bien. Mon frère, en revanche, me manquait. J'appris qu'il était non plus à l'hôpital, mais aux fers. Volontairement ou non, il s'était retrouvé embrigadé dans une de ces mutineries qui vérolaient le front. Les soldats n'en pouvaient plus. Certains espéraient la mort plutôt que ces combats pour rien. Et voilà que mon Pierrot risquait d'être fusillé.

Je m'en ouvris à Edelweiss, qui s'efforça de calmer mon angoisse.

— Rassure-toi, Léonie. Je m'en occupe.

— Mais comment ?

— Laisse-moi faire, me répondit-il, énigmatique.

Il s'isola dans la pièce qu'il appelait son bureau et je l'entendis téléphoner. L'attente fut longue, d'autant qu'Edelweiss parlait très bas. Deux fois il éleva la voix avec un ton péremptoire que je ne lui connaissais pas. Puis il réapparut, serein, tel un illusionniste fier de ses tours.

— Et voilà..., dit-il en me prenant dans ses bras.

— Voilà quoi ?

— C'est fini. Ton frère est hors de danger.

Je peinai à le croire et il me fallut attendre la confirmation de ma marraine, quelques jours plus tard, pour être totalement rassurée.

Jacques-Georges Lévy connaissait du beau monde. Grâce à ses parents, il était à tu et à toi avec les barons de la finance, les ténors de la politique et les hauts gradés de l'état-major. Qui avait-il appelé pour arranger le sort du 2e classe Pierre Bathiat ? Il ne voulut jamais me le dire. J'en conçus à la fois une gratitude et une forme de méfiance. Était-ce ainsi que se jouait cette guerre ? Si j'avais connu Edelweiss plus tôt, Ciel serait-il encore en vie ? Je ne pouvais non plus oublier le reproche de ma mère à propos de mon amant : alors que l'Europe virait à la boucherie, il sirotait du prosecco au Danieli. Qu'il fût Suisse ne suffisait pas. Disons que j'étais encore tiraillée entre mon horreur de la guerre et un patriotisme hérité de mes parents, qui s'offusquait de voir toute une jeunesse dorée profiter de l'existence.

— Tous ces types devraient être aux côtés de Pierrot, dans les tranchées.

— Et qui assurerait le salut de l'humanité, si tous les hommes étaient sacrifiés ? Il faut bien des géniteurs. C'est le lot du monde.

— L'avenir repose donc sur une bande de jouisseurs planqués et pistonnés.

— Sans le piston d'un planqué, ton frère aurait été fusillé…

ARMISTICE

Né de cette guerre, notre amour n'y survécut pas. La folle ambiance du 11 novembre 1918 dévora tout sur son passage. On ouvrait les vannes, on libérait les fous. Pendant un an et demi, j'avais vécu une passion en marge du monde, presque imaginaire. Et voilà que la passion était générale : nous ne naviguions plus dans une parenthèse, nous n'observions plus le monde depuis notre tour d'ivoire de Garches.

Je crois surtout que nos grandes heures étaient derrière nous. Edelweiss m'avait ouvert l'esprit, le cœur et le corps. Il m'avait donné confiance en moi. Et l'incroyable vent de liberté qui soufflait à l'automne 1918 était trop grisant pour que je ne veuille pas le prendre à pleine bouche. Et seule.

— Ainsi tu t'en vas?

— Quelque chose me dit que tu n'es pas surpris.

— Je l'ai toujours dit, Léonie : je ne suis que ta première vie.

— Toi aussi, Edelweiss. Tu en auras d'autres, des petites à qui tu vas donner le goût des choses.

Il affecta cette nostalgie qui lui donnait l'air d'un vieillard grimé en jeune homme.

— Sois prudente. Le monde n'est pas une partie de plaisir.

— Je ne suis plus une enfant, tu sais?

— Tu ne l'as jamais été, et c'est pour ça que je t'aimerai toujours. Tu es un être à part. Un être rare et singulier. Et ta vie sera sans doute ainsi : avec des moments de joie profonde et d'absolu dépit.

Son ton me fit frissonner.

— Je ne sais pas comment le prendre…

— De la même manière que tu prends toujours les choses : avec un détachement rigolard, une distance aussi élégante que charmeuse. Et puis ce rire, Léonie. Ton rire en saccades, comme des rivières de perles.

Sans chercher à m'embrasser, il prit mes mains dans les siennes.

— Sais-tu où tu vas aller ?

— Pas encore, mais j'ai confiance.

— Tu as raison. Et loin de moi l'idée de te donner des conseils. Sache juste que je serai là. Toujours.

Ce toujours me tira des larmes aux yeux et je le serrai contre mon cœur.

— Je t'ai aimé très fort, tu sais ?

— Je sais…, dit-il dans un souffle.

Puis il se recula et sourit avec tristesse.

— File, maintenant. Ta vie t'attend, là-bas, dans la grande ville. Et quelque chose me dit que tu ne vas pas t'ennuyer…

INDÉPENDANCE

Pour être honnête, elles me parurent étranges, ces premières nuits dans un hôtel miteux, à deux pas de la Madeleine. Jamais je n'avais vécu seule, cependant je ressentais la nécessité de cette indépendance.

Conscient que mes débuts seraient difficiles, Edelweiss m'avait donné de l'argent; j'allais tout de même devoir travailler.

Songeant aux conseils de Coco Chanel – sans pour autant aller frapper à sa porte, car je voulais tout obtenir par moi-même –, je proposai mes services à plusieurs maisons de couture. Je fus vite engagée comme mannequin, d'abord chez Tiburce, puis chez Poiret. Sans me vanter, j'étais une belle plante : grande, racée, avec un joli profil. J'avais surtout une silhouette qui prenait la lumière. Lorsque j'étais habillée, les couturiers redécouvraient leur création.

— Sous quel nom doit-on vous enregistrer, mademoiselle?

La question m'étonna.

— Eh bien, Léonie. Léonie Bathiat.

— Vous êtes sûre? Beaucoup de nos mannequins prennent des pseudonymes.

— Pourquoi? Elles ont honte?

— Disons qu'un vêtement, c'est comme un rôle, une nouvelle identité. Aussi pourquoi ne pas s'inventer un nom?

— Je suis contente du mien.

Cette suggestion me fit pourtant réfléchir. Toute la nuit, dans mon petit lit de la rue Godot-de-Mauroy, je remâchai cette idée.

Pour chercher le sommeil, je me plongeai dans un roman de Maupassant, chipé chez Edelweiss : *Mont-Oriol.* Cette histoire d'amour et d'argent n'est pas le chef-d'œuvre de son auteur mais, tandis que mes yeux devenaient lourds, je fus frappée par une scène pourtant banale : deux personnages discutaient du prénom à donner à leur petite fille et tombaient d'accord sur Arlette. « Arlette... Arlette... C'est très gentil... tu as raison... », dit le mari à son épouse.

J'ai toujours aimé les A dans les prénoms, cela donne une classe supplémentaire. À l'inverse, « Léonie » me semblait trop ancillaire, un petit côté bonniche sous Louis-Philippe. Enfin, la mode, à l'époque, était aux prénoms en « ette ». Ils faisaient jeune, un brin canaille, aguicheur mais pas vulgaire.

— Vous voyez que vous y venez, me dit la secrétaire, le lendemain, lorsque je lui annonçai ma décision. Arlette Bathiat, ça sonne bien !

*

Cette nouvelle vie fit long feu. Dès l'été 1919, je quittai la maison Poiret. Je venais de rencontrer une bande d'amis qui avaient loué une maison à Deauville, pour deux semaines, et comptais bien en profiter.

— Mais, Arlette, vous n'y songez pas ?! s'offusqua M. Poiret, sidéré qu'on le traite avec tant de légèreté.

— Décalez plutôt votre défilé de deux semaines ?

Mes camarades mannequins suivaient la scène avec un effroi admiratif. Poiret me toisa et, non sans regret, car il estimait que ma silhouette était faite pour ses vêtements, il conclut :

— Vous voulez aller à Deauville ? Restez-y...

Je ne me le fis pas dire deux fois. Je n'avais pas choisi l'indépendance pour être prisonnière des caprices d'un tiers.

Mais lorsque je revins à Paris, mes finances étaient en chute libre.

*

Il me fallut déménager, car le quartier de la Madeleine était trop cher. J'avais entendu parler d'un petit meublé au 69, boulevard Berthier, face aux anciennes fortifications. L'endroit n'était pas le mieux fréquenté et la présence des fortifs lui donnait des allures interlopes, mais je n'avais pas grand choix. Aussi m'installai-je dans ce deux-pièces que l'absence de vis-à-vis – les friches de la zone étaient mon belvédère – rendait très clair.

J'y arrivai avec mon trousseau : deux paires de draps et trente de chaussures !

La précédente locataire était partie sur un coup de tête, sans emporter tous ses objets.

— Il doit y avoir encore quelques vêtements dans l'armoire, précisa la concierge, une petite femme voûtée qui ne cessait de tousser.

Il y avait de nombreux effets qui étaient tous à ma taille. Quelle aubaine !

— Et puis il y a ce machin-là, ajouta la gardienne. Je n'ai jamais compris comment ça marchait, mais ils étaient nombreux à venir ici pour qu'elle le fasse fonctionner.

Le « machin » était un phonographe flambant neuf. Je compris vite pourquoi la locataire l'avait abandonné : après une demi-heure à tenter de le mettre en marche, je conclus qu'il était cassé. Chose d'autant plus agaçante que le phono prenait beaucoup de place. Mais je n'allais pas m'énerver pour si peu. M'appuyant à la fenêtre, je vis la nuit tomber sur les collines du nord de Paris. Je ne savais pas de quoi demain serait fait et c'était le sel de la vie.

Je restai ainsi une bonne heure, à contempler la beauté du crépuscule. J'étais abîmée dans mes pensées et n'entendis pas frapper à la porte. Lorsque je me retournai, l'homme était là, au milieu de la chambre.

Je voulus crier mais il semblait encore plus surpris que moi.

— Où est Camille ?

— Je m'appelle Arlette.

Il était perdu.

— Camille revient à quelle heure ?

— Il n'y a pas de Camille ici. Vous êtes chez moi…

— Camille est partie ?...

Ce jeune homme ne devait pas avoir vingt ans et n'avait rien de menaçant. Son dépit finit par me toucher et je le fis asseoir sur le rebord de mon lit.

— Ne bougez pas. Je vous apporte un verre d'eau.

Camille était la précédente locataire.

— C'était votre amoureuse ?

La question provoqua une hilarité immédiate.

— Camille ? Vous plaisantez !

Il partit dans un éclat de rire si compulsif qu'il dut presser les mains sur son ventre. Alors qu'il s'apaisait, il se figea.

— Mais… elle l'a laissé ?

De quoi parlait-il ?

Le voilà qui marchait jusqu'au phonographe.

— Si vous savez le faire fonctionner, je vous offre un autre verre d'eau.

Sans même me répondre, il actionna une série de boutons que je n'avais pas repérés, à l'arrière de la machine. À ma grande surprise, le phono s'ouvrit en deux, comme une boîte de bonbons : disque et pavillon étaient un leurre.

Une puissante odeur envahit ma chambre.

— Elle ne l'a pas emporté ! jubila l'inconnu en saisissant des petits flacons, une longue pipe et des récipients de porcelaine.

— Qu'est-ce que c'est ? dis-je, tandis que, sans m'en demander la permission, l'inconnu ôtait ses chaussures et s'allongeait sur mon lit.

— Faites comme chez vous !

— Venez plutôt, dit-il en désignant la place à côté de lui.

Il allumait maintenant un petit brûloir, et ses yeux prirent une teinte lointaine.

Intriguée, je le rejoignis, je goûtai.

*

Je n'avais jamais essayé l'opium. Edelweiss m'avait dit avoir tenté, lors d'un voyage au Siam, sans trouver cela agréable. Papa fumait des cigarettes dont j'aimais l'odeur, car elle me rappelait sa présence. Moi, je fumais très peu. En revanche, la sensation provoquée par cette première « visite » me séduisit. Ladite Camille faisait partie d'un cénacle d'opiomanes qui se retrouvait chez elle. Elle hébergeait leur vice; en échange, ils approvisionnaient son phonographe. Je crois que certains d'entre eux ne remarquèrent même pas le changement d'hôtesse. Deux soirs plus tard, lorsque l'inconnu – qui s'appelait Lucien – revint avec trois amis, ils prirent place sans même me saluer.

J'aurais pu en prendre ombrage, les mettre dehors, mais la situation était trop cocasse. J'y trouvai surtout mon compte : lorsque je voulus payer mon terme, à la fin de la première quinzaine, la concierge me dit avec surprise :

— De quoi vous me parlez, mademoiselle Bathiat? Monsieur Lucien est passé hier. Il ne vous l'a pas dit?

BRISTOLS

L'opium avait ses charmes, mais je ne pouvais m'en contenter. Au bout de quelques semaines, j'eus le sentiment de perdre une indépendance durement obtenue.

C'est pourquoi je retournai flâner dans le centre de Paris. Si quelque chose devait arriver, ce ne pouvait être que là.

À l'époque, il était normal de repérer une femme, la suivre, l'aborder. Un peu d'insistance, voire de muflerie, n'était pas déplaisant. Les mœurs étaient moins corsetées, la méfiance plus souple.

Paul Guillaume me suivait-il depuis longtemps ? M'avait-il remarquée dès ma sortie du métro ? Ou bien étions-nous vraiment tombés nez à nez, devant la vitrine d'Old England ?

J'ai toujours aimé ce vaste magasin de vêtements britanniques, où Sherlock Holmes aurait trouvé son bonheur. Un festin de tissus écossais, tenues de chasse, vestes d'intérieur et chemises de nuit. Il était surtout au cœur même des Grands Boulevards, juché entre la Madeleine, l'Opéra et le Grand Hôtel. Autant dire que son trottoir était la promesse de mille rencontres.

Alors que j'observais, depuis la rue, une casquette à double visière, j'entendis un murmure dans mon dos.

— Mademoiselle ?

Je me retournai.

L'homme me convoitait avec appétit, et tout portait à croire qu'il me reluquait depuis un moment. Les traits ronds et un peu lourds, élégant et cravaté, il s'inclina et ôta son chapeau de feutre pour me saluer.

— Paul Guillaume.

— Et après ?

— Comment ça, après ?

— Eh bien oui. Vous me dites votre nom : ça signifie que vous attendez quelque chose, non ?

Guillaume perdit ses moyens. Il ne devait pas être habitué à tant d'aplomb.

— Vous voulez peut-être me montrer votre collection de céramiques, et plus si affinités ?

Il rougit si fort que j'éclatai de rire. Mon hilarité l'apaisa.

— La céramique n'est pas mon domaine, commença-t-il en serrant son chapeau entre ses doigts. Je suis plutôt dans la peinture…

— Vous voulez que je pose nue ?

L'homme semblait avoir repris ses esprits et conserva son sérieux.

— Pas forcément. En tout cas, pas pour moi. Je ne suis que marchand d'art…

— Pour qui, alors ?

— Est-ce que les noms de Soutine, Vlaminck, Utrillo, Picasso, Modigliani vous disent quelque chose ?

Son ton était devenu condescendant, et je décidai que le madrigal avait assez duré.

— Écoutez, monsieur…

— … Guillaume.

— Monsieur Guillaume, voilà. Je ne connais pas vos oiseaux et je ne m'effeuille pas pour le bifteck. Vous pouvez aller chasser ailleurs.

Loin de l'effaroucher, ma réplique le mit en joie.

D'un œil de spécialiste, il recommença à m'inspecter de pied en cap. Je retrouvai l'acuité de Poiret, lorsqu'il me faisait essayer un nouveau vêtement.

— Ce qui est certain, mademoiselle, c'est que vous avez de la repartie.

— C'est un reproche ?

Nouvel éclat de rire.

— Vous ne laissez rien passer, vous!

— Si les femmes participaient aux guerres, elles dureraient moins longtemps.

Cette saillie l'égaya et il prit mon bras avec une telle délicatesse que je le laissai faire.

— Je vous comprends, mademoiselle : poser pour des artistes serait réducteur. Vous avez trop d'esprit pour un rôle muet. Vous n'avez jamais pensé à monter sur scène?

L'idée me parut si saugrenue!

— Ah ben vous, alors!

— Vous avez une voix, vous savez? Et puis vous savez marcher. Vous ne voudriez pas jouer la comédie?

Avant même que je ne lui réponde, il avait sorti de sa poche deux petits bristols à son nom. Au dos de chacun, il griffonna quelques mots, d'une jolie encre violette, puis il me les tendit.

J'eus du mal à déchiffrer ses pattes de mouche.

— Pardonnez-moi, j'écris comme un cochon.

— Paul… Gavault? dis-je en approchant la carte de mes yeux.

— C'est le directeur de l'Odéon. Un très bon ami. Allez le voir de ma part…

Je commençai à trouver la scène excitante.

La seconde carte était plus lisible.

— Et qui est cet… Armand Berthez?

Paul Guillaume désigna l'autre côté du boulevard.

— Encore un ami à moi. Il dirige le théâtre, là-bas…

Je repérai l'immeuble du théâtre des Capucines et avouai n'y être jamais allée.

— C'est bien plus joyeux que l'Odéon. Beaucoup moins sérieux! On y voit les spectacles les plus drôles de Paris.

Dans ma main, les cartes devenaient aussi douces que de l'or.

— Et vous pensez vraiment que…

— Je ne pense rien, mademoiselle. C'est à vous de penser, de choisir. Je ne peux que vous donner un conseil : vous avez quelque chose, un charme, une voix, une allure, et je serais bien surpris que Gavault ou Berthez pensent autrement…

— Et il suffit que je me pointe comme une fleur?

— La vie est une question de culot, non ?

Brusquement, j'adorai cette journée. J'adorai cette bienveillance qui avait perdu son ambiguïté. Je m'approchai même de Paul Guillaume et posai deux baisers sur ses joues.

— À bientôt, Pygmalion.

Il éclata d'un rire paternel, voyant que je traversais le boulevard pour rallier le théâtre des Capucines.

— Rendez-vous sur scène, belle inconnue, cria-t-il. Je serai le premier à vous applaudir ! Mes fleurs vous attendront dans votre loge !

À quoi tient une carrière ? À un trottoir.

AUDITION

Le public me connaît pour une poignée de rôles, dans une demi-douzaine de films, mais ma vraie carrière, mon vrai métier, c'est la scène. Comme Raimu et Fernandel, je dois tout au théâtre. Le théâtre, c'est de la vie arrêtée, c'est le contact vrai, le trac, la conscience qu'on n'est pas parfait, que rien n'est figé. C'est la vie elle-même, mouvante, ambiguë, changeante. C'est un art soumis aux lois du temps, à l'humeur, à la pluie. Un mauvais coup de vent et hop, le spectacle est cul par-dessus tête ; mais lorsque le soleil brille, lorsque les étoiles s'alignent, alors rien n'est plus beau que cette sublime insincérité. Je suis en cela disciple de Diderot : sur scène, il ne faut rien éprouver, tout feindre. Le suprême art du mensonge.

Ce n'est pas une menteuse qui passait le porche bourgeois du théâtre des Capucines, en cette belle journée d'automne 1919, mais une jeune femme culottée qui n'avait rien à perdre.

Dans la courette, un homme courtaud aux joues crémées mâchonnait une cigarette en s'énervant sur son nœud papillon. Face à lui, une jolie brune s'amusait de cet agacement.

— Au lieu de te moquer, aide-moi donc !

— Ah, ces hommes, dit-elle en chipant sa cigarette pour la jucher entre ses lèvres. Il faut tout leur faire...

Et la voilà qui nouait la cravate d'un geste souple et sensuel, non sans se retenir de rire, faisant friser son nez en trompette.

— Je t'entends rigoler, Henriette...

— Et après ?
— Je suis ton patron, merde.
— Ça interdit de se marrer ?
— Et la dignité, Henriette ?
— La dignité, mon cul, répondit-elle en donnant une tape sur les fesses du petit homme, comme à un cheval qu'on vient de seller.
À cet instant, c'est moi qui explosai de rire. Ils se tournèrent dans ma direction, surpris.
— Le théâtre n'est pas ouvert, grommela le petit homme en se juchant sur ses talons.
— J'aurais pas cru. Il était drôle, votre sketch.
L'homme restait méfiant, mais sa compagne avait les yeux luisants.
— Quand je te dis que tu devrais essayer la scène, Armand...
Ledit Armand ne me quittait plus des yeux. Quelque chose en moi l'intriguait. Pour ma part, je découvrais cette jolie petite cour, ce perron, ces affiches de pièces dont les titres ne m'évoquaient rien – *Le KWTZ*, *La Sauvegarde*. Il régnait ici un étrange apaisement, comme si l'on vivait en marge du vacarme. Une île dans la ville.
— Vous cherchez quelque chose ?
— Oui, dis-je en tirant la carte de mon sac à main pour déchiffrer les pattes de mouche de mon bienfaiteur : monsieur... Berthez ?
Un éclair de jalousie traversa la jeune femme.
— T'es un vernis, mon Armand...
L'homme s'avança vers moi d'un pas vif et happa la carte. Lorsqu'il lut le nom de Paul Guillaume, il s'amadoua aussitôt, retrouvant même un air coquin.
— C'est Popol qui vous envoie ?
— Selon lui, je devrais faire du théâtre.
La brunette perdit encore un peu de ses couleurs. Son nez en trompette se fronça.
— Vous croyez qu'on fait la charité ?
Armand lui décocha un regard incendiaire.
— Henriette ! Qui est le patron, ici ?
Henriette baissa les yeux, comme une enfant punie, et rentra dans le théâtre en grommelant.

— Excusez Davia. On n'est pas bonne actrice si l'on n'est pas un peu jalouse, glousse le directeur en s'approchant de moi.

Il semblait heureux que nous soyons seuls.

D'un geste de l'index, il me fit signe de tourner sur moi-même. Pas bégueule, je m'exécutai, telle une toupie.

— À force de vendre des tableaux, Paul a le don du peintre. Pour ce qui est de l'allure, il a du flair. Vous savez jouer la comédie ?

— Pas du tout !

Mon aigu sembla l'enchanter. Il eut cet air gourmand que provoquent les trilles de mon rire.

— Tant mieux ! Il n'y a rien de pire qu'une bonne comédienne. Ça sent la poussière ! Et chanter ?

— Une casserole !

Cette réponse le rembrunit.

— C'est plus embêtant. Si vous ne savez pas chanter, je ne peux pas grand-chose pour vous.

Sans me démonter, je répliquai que cela n'avait aucune importance. J'avais été heureuse de le rencontrer et j'étais sûre qu'on finirait par se recroiser : j'adorais flâner sur les boulevards.

Me doutant que cela le ferait réagir, je sortis la seconde carte remise par le marchand de tableaux.

— Monsieur Guillaume m'a aussi conseillé d'aller voir M. Gavault…

Berthez ne me laissa pas le temps de finir.

— À l'Odéon ? glapit-il en arrachant le second bristol pour le froisser d'un geste sec. Vous n'y pensez pas, malheureuse !

Il passa son bras sous le mien et m'entraîna dans le hall du théâtre.

— Avec un aussi joli rire, je suis sûr que vous avez un brin de voix, mademoiselle… mademoiselle ?

— Bathiat. Léonie Bathiat.

— Mouais. Ça aussi, ça se travaille…

*

La salle du théâtre des Capucines était petite, exiguë, mal foutue mais charmante. Quand je pense au nombre de revues qui furent montées dans cette bonbonnière, je me dis que le public n'était pas difficile. Seule importait l'atmosphère, la magie du moment. En 1919, on avait traversé l'horreur et l'on voulait du divertissement, de la joie. Le maître mot était l'optimisme, et c'est à cette école que j'appris mon métier.

Sur la scène, un pianiste avec une gueule à la Cervantès déchiffrait une partition, pendant que trois grisettes tentaient de danser en rythme.

— On fait une pause ! fit Berthez en claquant dans ses mains. Les filles, allez vous débarbouiller ; Esteban, tu restes là.

Tandis que les donzelles disparaissaient dans la coulisse en caquetant, le pianiste leva sur nous une bouille de vieux mâtin.

— C'est qui, elle ? dit-il avec un fort accent espagnol, en me désignant de son menton en galoche.

— Pour l'instant, personne. Mais ça va dépendre de toi.

Manifestement habitué aux tocades de son patron, Esteban Marti me fit signe de monter sur scène, à côté de lui, alors que Berthez s'asseyait au premier rang.

— Vous voulez chanter quoi ? demanda le musicien en m'indiquant une pile de partitions, posées sur une petite table de l'autre côté de l'instrument.

Sans même y jeter un œil – à quoi bon ? je ne savais pas lire la musique –, je répondis d'un air crâne : *Tipperary* !

Le pianiste inspira profondément, sans expression particulière, puis il consulta son patron.

— Va pour *Tipperary*, fit Berthez, sourire en coin, car la scène commençait à l'amuser.

Sans attendre que je prenne la pose, Marti attaqua les premiers accords de cette célèbre chanson qu'on entendait si souvent sur les boulevards, depuis un an. La victoire de 1918 avait laissé à Paris une anglomanie persistante, et l'on goûtait tout ce qui sonnait *british*.

Lorsque je lançai, de ma voix de crécelle, « *Itseu longwaiii tou tipeurariiii...* », Berthez et Marti se raidirent. Mon timbre était acide, mais je les avais prévenus. Cependant, à mesure que je débitais mon anglais de Parigote, je me pris au jeu et commençai à mimer la chanson, minaudant, avec des œillades au pianiste et au directeur. Tout à coup, le piano jouait en moi, pour moi. Cette musique de mirliton prenait une dimension charnelle, me soufflant un déhanché, un chaloupé qui agissait comme une vapeur hypnotique.

Le silence qui suivit n'en fut que plus éloquent.

Marti et Berthez semblaient satisfaits, et le directeur alluma une cigarette en étalant ses jambes jusqu'au bord de la scène.

— Nous avons une nouvelle revue dans dix jours, et il nous manque une choriste et une danseuse. Tu te sens de faire les deux rôles ?

Voilà qu'il me tutoyait ! Brusquement, tout me semblait aller trop vite.

— Dans dix jours ? Mais ça veut dire que je dois commencer… ?

— … tout de suite.

ARLETTY

« *On tenaille les mamelles,*
On retourne les prunelles,
On pince les parties naturelles,
C'est nous les p'tites bourrelles. »

Évidemment, ça n'est pas du Racine. Et puis il fallait nous voir, costumées en femmes bourreaux, sautillant sur scène, aguicheuses, devant une salle en spirale. Car c'était le rire qui importait, et le rire seul. On ne monte plus de revues, aujourd'hui, hélas. Ces spectacles mélangeaient sketches, chansons, mime, et enchantaient le public parisien. La revue *CGT roi* était signée André Barde et Michel Carré et jouait sur la grande peur que les bourgeois avaient alors des syndicats. J'eus de la chance : cette revue fit un carton ! Cent vingt-six représentations à guichets fermés.

Le soir de la première, je n'en menais pourtant pas large... Je revois encore Davia, dont l'hostilité s'était envolée, qui entrouvrait discrètement le rideau de scène.

— Viens voir...

Et me voilà collée à ma consœur, qui venait de se crémer le dos, les bras, les cuisses, et dégageait une odeur ambrée.

— Tu sens bon, chuchotai-je, troublée par cette fragrance.

Davia me scruta avec surprise, puis passa sa main derrière ma nuque et approcha doucement ma tête de l'embrasure du rideau.

— Regarde, ils sont tous là…
— Qui donc ?
Je ne voyais que des messieurs en habits et des femmes en robes longues, qui me semblaient trop apprêtés. À croire qu'ils s'étaient vus refouler de l'opéra, cent mètres plus loin.
— Tu ne reconnais personne ? s'étonna Davia.
— Reconnaître qui ? répliquai-je, piquée.
— La belle femme un peu ronde avec ses cheveux magnifiques, c'est Colette.
— Qui ça ?
— Trois places plus loin, tu as Anna de Noailles. À côté d'elle, c'est Sem, un grand caricaturiste. À droite, c'est Robert de Flers. Derrière lui, Maurice Rostand. À l'opposé, Forain. Juste devant, Albert Willemetz…
Perdue devant cette liste de grands noms, je me reculai.
— Et ils viennent tous ici ?
— Évidemment ! Tu as bien fait de ne pas aller à l'Odéon.
Au même instant, Berthez déboula derrière nous :
— Eh bien, eh bien, mesdemoiselles, dit-il en nous donnant deux tapes sur les fesses, en place, nom de Dieu !
L'instant d'après, nous prenions la pose et le rideau se levait. Pour moi, il allait se lever pendant plus de quarante ans.

*

Mon nom ne plaisait pas à Armand Berthez.
— Léonie, c'est trop commun…
Je savais qu'il disait vrai, mais je n'aimais pas ce ton méprisant.
— Dites tout de suite que je suis vulgaire.
— Ce n'est pas ça, Léonie, répliqua-t-il en passant le bras autour de ma taille, avant de s'asseoir de l'autre côté de la loge – je partageais l'espace réservé aux choristes et aux figurantes. C'est important, un nom. Ça doit claquer, imprimer la mémoire…
— C'est vous, l'homme de théâtre…
Il réfléchit un instant et je vis ses lèvres articuler des mots muets. Mais à chaque fois, sa tête tournait, insatisfaite. Je me

rappelai alors mon prénom d'emprunt, durant mon bref passage chez les couturiers.

— Arlette, vous en pensez quoi ?

Il plissa les yeux.

— C'est mieux…

Ses lèvres reprirent leurs palabres silencieuses.

— Arlette… Arlette… C'est très français…

— Je suis de Courbevoie, pas de Colomb-Béchar. Vous ne voulez pas que je me rebaptise Bamboulette ?

Berthez éclata de rire. Il adorait ma repartie. Cet abattage l'avait convaincu d'engager une grande bringue à voix de crécelle.

— Depuis l'armistice, les Anglais ont la cote, ajouta-t-il. Il nous faut un nom angliche.

Peu convaincue, je haussai les épaules, tandis que mon directeur égrenait la liste des prénoms à consonance britannique : Dolly, Daisy, Lily…

— Vous voulez du « y », quoi…

— Ce serait malin.

— Arletty, ça existe ?

Un instant, il happa le mot, le fit tourner dans sa bouche et le prononça avec application :

— Ar-le-tty…

Puis, comme si je n'étais plus dans la pièce, il tapa dans ses mains.

— Alphonse ?

Aussitôt son secrétaire, un petit homme à tête de fouine, accourut dans la loge.

— Monsieur Berthez ?

— Appelle l'imprimeur. On va refaire quelques affiches. Il faut changer un ou deux noms.

— Bien, monsieur Berthez.

Puis il se tourna vers moi, lumineux.

— Bonjour, Arletty !

FIGURANTE

À dater de cet automne 1919, je n'ai plus quitté la scène. Si je dresse la liste des spectacles qui se sont enchaînés, j'en ai le vertige. C'est bien simple, il y avait près d'une pièce par saison. Pour la seule année 1920 : *Mazout alors*, à la Potinière ; *Le Danseur de Madame* et *Le Scandale de Deauville*, aux Capucines ; *L'École des cocottes* aux Variétés, et j'en oublie !

Un spectacle chassait l'autre. Ces revues et pièces démarraient en fanfare et pouvaient s'arrêter d'un coup. Le succès était volatil, mais on ne prenait pas les bides au tragique. Aussitôt les directeurs sortaient un nouveau projet de leur tiroir, monté en quelques jours. Je ne jouais encore que les utilités mais laissais le métier infuser en moi. J'étais arrivée aux Capucines par curiosité et par défi, pourtant, au bout d'un an, je compris que le théâtre m'avait chipée : je trouvai là une famille, une bande, un clan.

*

Le théâtre donne le goût des vies parallèles. Sans couper les ponts avec mon ancienne vie, j'étais tout absorbée par la nouvelle : nouveaux repères, nouveaux horaires, nouveaux amis. Pierrot, mon frère, n'osait pas venir me voir au théâtre. Sans doute obéissait-il à une injonction maternelle, car je n'avais toujours pas renoué avec ma mère.

Après l'austérité des années de guerre, le vaudeville était partout. Paris était un chassé-croisé éruptif et libertin, dans lequel je m'amusais beaucoup. Avec mon amie Lilas, éphémère camarade de bamboche rencontrée sur une revue, nous jouions les hirondelles. Sitôt quitté le théâtre, nous filions dans les beaux quartiers où les fêtes battaient son plein. Le défi était de s'inviter dans ces bals. Soit nous nous mêlions à la foule des invités, soit nous passions par l'entrée de service, conservant ces tenues de domestiques portées sur scène.

— Un jour, ce sera chez nous, tu sais ? avait prophétisé Lilas, tendant sa coupe de champagne vers la lune, alors que nous nous étions installées dans un étonnant jardin qui cascadait de la place d'Iéna jusqu'à la Seine.

— Tu n'aurais pas peur de t'emmerder ?

Éclat de rire de Lilas.

— Si, bien entendu, mais je pourrais toujours penser à nos jeunes années. Je ne trouve rien de plus chic que d'avoir la nostalgie de la mouise quand on vit dans les diamants.

J'aurais pu moi aussi choisir une vie de bijoux et de soie. Les jeunes actrices font bicher les messieurs, et je collectionnais les prétendants.

À l'époque, mon soupirant le plus assidu était même de haute volée.

Cela avait commencé par des fleurs, tous les soirs, pendant deux semaines. Dès que je sortais de scène, un bouquet m'attendait à côté de mon paravent.

— Il est chaque jour un peu plus gros, remarquait Lucette, l'habilleuse des Capucines.

— C'est vrai, avouais-je en lui donnant le bouquet du soir, car je n'avais plus de place chez moi.

— Toujours pas de nom ? reprenait Lucette.

— Toujours pas…

Puis, un soir, rien.

Lucette sembla plus vexée que moi.

— Tu penses qu'il s'est lassé ?

— Qu'est-ce qui te dit que c'est un homme ?

Deux heures plus tard, tandis que je quittais le théâtre pour rentrer chez moi, une voiture attendait devant l'entrée des artistes.

— Mademoiselle Arletty ? demanda le chauffeur en m'ouvrant la portière.

J'aurais pu tourner les talons, mais j'ai toujours aimé les surprises.

Au vrai, le voyage fut très court. Trois minutes plus tard, la voiture se garait à l'angle des rues Cambon et Saint-Honoré : le restaurant Voisin était alors l'une des meilleures tables de Paris.

— Mademoiselle Arletty, sa seigneurie vous attend…

— Sa seigneurie ? Tu t'es trompé de pièce, coco. Généralement, c'est moi qui apporte le potage !

Sitôt dans le hall, trois serveurs se ruèrent sur moi. Avec des gestes de prestidigitateurs, ils prirent mon manteau, mes gants, mon chapeau et furent si surpris par la modestie de ma tenue que je me sentis obligée de plaisanter :

— J'avais pas prévu de manger du caviar…

Stupeur générale, heureusement brisée par un maître d'hôtel.

— Mademoiselle Arletty, je vous conduis à sa seigneurie.

Je sentis mon cœur s'accélérer. Qui donc était ce fantôme ? Je fus surprise par la pénombre de ce salon particulier. Je ne voyais que la pointe du cigare, qui faisait une tache rouge, telle une luciole.

— Il faut excuser mes yeux, fit une voix caverneuse, mais ils sont très sensibles, ces temps-ci.

D'où venait cet accent ? Je n'en avais jamais entendu de semblable.

L'ombre s'approcha si vite que je me reculai instinctivement. Mais déjà son rire élégant brisait le silence et sa main prit la mienne, qu'il effleura d'un baiser.

— Ce n'est pas un traquenard, mademoiselle, mais je suis tenu à une certaine discrétion. Pardonnez-moi…

Je restai muette, de plus en plus intimidée.

Alors que le maître d'hôtel allumait plusieurs bougies sur la petite table ronde qu'encadrait une banquette circulaire de velours rouge, je pus enfin voir sa figure : des traits ronds et affaissés, une moustache en bataille, une peau trop mate.

— Mais je vous connais, vous ! Vous venez…

— … chaque soir, oui…

Pour faire cet aveu, il avait baissé la tête, et je n'y lus aucune affectation. L'inconnu était sincère.

Voilà en effet deux semaines que j'avais repéré cet homme aux costumes clairs, parfois blancs, toujours assis à la même place, au troisième rang, côté jardin.

— Les fleurs, c'était vous ?

— Je sais, je manque d'imagination. Mais je n'osais pas me permettre des offrandes plus personnelles. Du moins pas encore.

À ces mots, il sortit de sa poche un petit coffret qu'il me tendit. Sur le boîtier de cuir, en lettres d'or, était gravé le nom *Cartier*.

J'étais trop étonnée pour faire le moindre mouvement.

— Ouvrez donc.

Quand je découvris le bracelet, je crus que j'allais tout laisser tomber sur le sol. L'inconnu le sentit et prit délicatement le coffret de mes mains, puis entreprit, avec la même élégance, d'accrocher le bijou à mon poignet.

Je devinais sa nervosité. La respiration saccadée, il tentait de feindre la décontraction, mais il était aussi tendu que moi.

— N'allez pas croire que je suis coutumier du fait, mademoiselle. Je suis même si surpris que vous ayez accepté de me rejoindre ce soir…

— Sinon vous les auriez donnés à qui, vos saphirs ?

J'avais parlé avec rudesse et il se recula.

— Ce sont des diamants, précisa-t-il avec une pointe de sécheresse. Des diamants bleus.

Je n'en revenais pas !

— Mais qu'est-ce que…

Avant que je n'aie le temps de finir ma phrase, il me fit signe de m'asseoir sur la banquette, à ses côtés.

— L'étrangeté de cette soirée mérite bien un peu de champagne, non ? murmura-t-il en esquissant un geste vers la pénombre.

Aussitôt le maître d'hôtel réapparut, emplissant deux coupes qu'il nous tendit dans le plus parfait silence.

— Vous pouvez nous laisser, Raymond.

— Bien, votre seigneurie…

Puis il s'éclipsa, fermant la porte derrière lui.

Le silence me sembla interminable. Mon généreux inconnu était aussi intimidé qu'un collégien. En un sens, son malaise me redonnait de la contenance. Je me forçai même à planter mes yeux dans les siens, détaillant son faciès d'Oriental replet, délicat, qui devait avoir dépassé les cinquante ans.

— Seigneurie de quoi, au juste ?

Il eut la gratitude du comédien devant son faire-valoir.

— C'est une très longue histoire, mademoiselle Arletty…

— De moi, vous n'aurez jamais plus qu'une oreille attentive, alors racontez-moi.

Il grimaça un sourire, mais sembla enchanté de ma franchise. Puis, tandis que le maître d'hôtel posait devant nous une grande jatte de caviar, sa seigneurie commença d'une voix mystérieuse :

— Savez-vous qui sont les Ismaéliens ?

*

Au risque de vous décevoir, je n'ai jamais couché avec l'Agha Khan. À quoi bon être la énième cocotte d'un demi-dieu, quand on peut devenir son vieux camarade ?

— Avouez que ça vous arrive rarement, votre seigneurie ?

L'Agha Khan concéda que j'étais une première.

— Généralement, les diamants bleus font leur effet.

— Parce que vous faites le coup à toutes les comédiennes qui disent « madame est servie » ?

— À toutes celles qui le méritent, chère amie, dit-il en me baisant la main. Mais je sais surtout que vous aurez bientôt des rôles plus ambitieux, dans des pièces plus importantes.

— Dites tout de suite que je fais de la merde.

Éclat de rire de l'Agha Khan.

— Votre tempérament est une merveille, Arletty. Avec ou sans diamants, votre vie va faire des étincelles.

Aurais-je dû accepter les bijoux et la vie de cocotte ? La « seigneurie » m'avait bien fait comprendre qu'il connaissait les plus grands directeurs de théâtre de Paris. Mais je n'ai jamais eu l'âme d'une putain. Quand je me donne, c'est par désir, non par intérêt. Jouer les horizontales pour quelques répliques ? J'ai trop de fierté pour ça. Et puis je ne me sentais pas prête. Imposée dans des rôles trop lourds pour moi, je me serais ridiculisée. Mon apprentissage était loin d'être terminé et cela aurait décapité ma carrière. Alors que mon refus scellait une amitié qui allait durer jusqu'à la guerre.

Dès lors, à chacun de ses passages à Paris, mon pote l'Agha ne manquerait pas de me donner rendez-vous chez Voisin pour que je lui fasse ma gazette. Il écoutait le récit de mes aventures sur scène, de mes équipées amoureuses, de ma vie de petite enfant de Courbevoie lancée dans la nuit parisienne.

— Arletty, vous êtes une merveilleuse échotière.

Au vrai, il ne disait presque rien. J'avais toujours à cœur de mettre mon bracelet bleu. Si je ne le portais pas, l'Agha s'en étonnait.

— On vous l'a volé ? Vous en voulez un autre ?

J'arguais alors que je l'avais oublié à la maison, ou bien prêté à une amie qui devait se rendre à un bal rupin. En réalité, lorsque les mois étaient un peu courts, le bracelet faisait un séjour au clou, comme on va en cure à La Bourboule. D'ailleurs il y est resté. Mais on s'en fout, non ?

DEUIL

La vie et les spectacles filaient, mais une ombre vint noircir le tableau.

Nous étions à la mi-janvier 1921. Il faisait un froid de gueux et les loges des Capucines semblaient polaires. Je nous revois encore, ôtant nos écharpes et nos plaids pour entrer en scène. Puis on les remettait sitôt regagnée la coulisse.

— On ne pourrait pas monter le chauffage ? demandai-je à Berthez, qui affectait de rester en petit veston, malgré ses doigts bleuis.

— C'est vivifiant, Arlette ! Ça réveille !

Tu parles d'un réveil ! L'équipe grelottait et le public était tétanisé.

— Ils ont trop froid pour rigoler !

— Je ne vais pas distribuer du bouillon, quand même ?!

Durant cette représentation, je remplis mon rôle avec une conviction très relative, comme si je devinais que la soirée serait funèbre.

Alors que je filais me rhabiller après les saluts, Lucette m'arrêta à l'entrée des loges.

— Arlette, y a une dame pour toi.

— Une dame ? Avec des fleurs ?

— Non, c'est pas le genre. Elle t'attend devant la sortie des artistes.

— Fais-la entrer : elle va geler, la pauvre.

— Elle ne veut pas.

Intriguée, je m'enrobai dans une tenue épaisse et gagnai le froid du boulevard.

La femme m'attendait sous un réverbère. Elle semblait nerveuse et faisait les cent pas sur le trottoir.

— Vous voilà ! dit-elle en m'apercevant avec inquiétude.

— On se connaît ?

— Vite ! Il faut que vous veniez avec moi !

Et voilà déjà qu'elle prenait mon bras.

— Mais vous êtes qui ? Et vous voulez quoi ?

L'inconnue secoua la tête, visiblement navrée d'être si incohérente.

— Il faut m'excuser, mais j'ai passé la journée à son chevet, sans manger. Et ce froid me fait tourner la tête.

— Le chevet de qui ?

— Je suis Denise. J'habite rue de Turenne, au-dessus de chez votre mère.

Une sueur glacée m'inonda la nuque.

— Maman ?

— Vite, insista Denise en me poussant dans un taxi. J'espère qu'il n'est pas trop tard…

*

L'odeur, d'abord. Un fumet médicamenteux, âcre, qui envahissait le nez avant de gagner la bouche, la langue. En entrant dans la pièce, je crus mordre un tissu imbibé d'éther.

Les deux bougies donnaient aux lieux une aura morbide. Pourquoi ne pas allumer l'électricité ? Sans doute la lumière des ampoules était-elle trop violente pour ses yeux abîmés. C'est pourtant eux que je vis en premier. Deux prunelles inertes, perdues dans le vague, qui s'enflammèrent lorsqu'elle m'aperçut.

— Léonie ?

Je sursautai. La dernière fois, j'étais encore Léonie, la fille de Marie Bathiat. Mais en découvrant le corps épuisé de ma mère, recroquevillée sur son lit de douleur, en sueur malgré l'hiver, j'eus l'impression que plusieurs vies s'étaient écoulées depuis que nous

nous étions quittées si violemment. Trois ans déjà. Même un peu plus. En quarante mois, maman avait pris quarante ans. D'un geste tremblant, elle me fit signe d'approcher. J'aperçus alors les deux ombres à son chevet : Pierre et Léonie, ma marraine. L'un et l'autre affichaient des expressions livides mais douces, comme si la rancune, les reproches, étaient désormais hors de propos.

Maman me souriait. Malgré la douleur, sa bouche s'ourlait et je vis les larmes envahir ses yeux. Elle voulut parler mais partit d'une violente quinte de toux, qui la plia en deux.

Aussitôt Léonie la redressa et Pierrot rajusta un oreiller sous son dos. Devant l'efficacité de leurs gestes, je compris qu'ils devaient les répéter depuis longtemps. La culpabilité commençait à monter, par vagues. Je pris la main de ma mère. Elle était bouillante.

Maman avait retrouvé son calme, cependant, d'un haussement de sourcils impuissant, elle me fit comprendre qu'elle renonçait à parler.

— Ça fait combien de temps ? finis-je par demander à mon frère, qui posait maintenant un linge humide sur le front de maman.

Le regard de Pierrot s'embua aussitôt, et ce fut ma marraine qui répondit :

— Ça a commencé à l'automne. Un mauvais rhume. Trop de fatigue. Et ça s'est aggravé. Très vite.

Léonie parlait par saccades, comme si elle rechignait à en dire trop. Comme si un développement, une explication, pouvait mener à un règlement de compte. Et elle ne voulait pas de cela au chevet de ma mère.

— C'est la phtisie, ajouta Pierrot d'une voix neutre.

Je ne pus me retenir de tressaillir. J'allais demander, « C'est grave ? », mais les mots moururent dans ma gorge.

Si on était venu me chercher au milieu de la nuit, j'avais ma réponse…

À nouveau, maman m'indiqua d'approcher. Ses lèvres tentaient d'articuler des mots, mais seul un petit râle en sortait.

— Tu dois te reposer, Marie, murmura Léonie en recalant l'oreiller.

Maman lui fit signe de se taire. Ma marraine n'en prit pas ombrage et consulta Pierrot. Tous deux haussèrent les épaules, résignés, puis reculèrent de l'autre côté de la pièce.

Maman sembla retrouver un peu d'énergie. La douleur laissait place à une sérénité blafarde.

Elle me demanda de m'allonger contre elle, sur la petite paillasse. Son corps était si décharné que nous tenions toutes les deux contre l'oreiller. Par un réflexe de fillette, je laissai ma tête tomber sur son épaule et sa main tremblante caressa doucement mes cheveux.

— Ils ne sont pas un peu longs ? chuchota ma mère.

Cette question me bouleversa, comme si nous nous étions quittées la veille.

— Je vais chez le coiffeur la semaine prochaine.

— C'est bien…

Le silence qui suivit n'avait plus rien de funèbre. De ses doigts, maman lissait mes mèches, parcourait mon front, l'arête de mon nez, mes paupières, telle une aveugle.

— Tu es heureuse ? demanda-t-elle.

— Très…

Le sourire trancha encore ses traits, et ses yeux regagnèrent en éclat.

— Je vois ta lumière, ma Léonie. Elle est là, partout autour de toi. Et je te souhaite tant de bonheur…

Pour moi, c'était trop. Les larmes montèrent d'un coup, inondant mes pommettes, mes joues, formant de grosses auréoles sur l'oreiller de maman. Elle restait pourtant calme, au-delà du chagrin, de toute émotion.

— Je crois que je t'ai tout de suite pardonné, reprit-elle avec douceur. Mais je savais qu'il fallait te laisser avancer seule. Tu seras toujours indépendante, ma petite. Toujours libre.

Après un temps d'hésitation, comme si elle n'osait pas ajouter cette précision, elle finit par murmurer :

— Cette liberté est ton trésor et ta malédiction, Léonie. Prends toujours garde, tu veux bien ?

J'étais trop bouleversée par cet aveu pour tenter d'en comprendre le sens. Ma mère me pardonnait : c'était la seule chose qui importait. Elle me pardonnait et me faisait ses adieux…

— Je t'aime si fort, ma petite, ajouta-t-elle en serrant à nouveau mes doigts dans les siens.

Terrassée par le chagrin, je me blottis davantage contre son corps bouillant.

— Moi aussi, maman…

Nous restâmes ainsi longtemps, enlacées comme des amoureux. Je sentais battre son cœur, fébrile et anarchique, sous la vieille chemise de nuit de lin. J'entendis surtout sa respiration s'apaiser, à croire que ces aveux lui apportaient une sérénité qu'elle cherchait en vain depuis longtemps.

— Elle dort, chuchota ma marraine en s'approchant. Voilà des semaines qu'elle ne s'est pas endormie comme ça.

Elle me fit signe de me lever sans réveiller ma mère, dont la poitrine se soulevait avec régularité.

Nous allâmes nous asseoir sur les trois chaises qui entouraient la table de la cuisine. Posées autour de maman, les deux bougies l'éclairaient telle une gisante.

À trois heures du matin, les flammes s'éteignirent doucement. Une heure plus tard, ce fut le tour de maman. Elle avait quarante-six ans.

PIERROT

— Je ne pensais pas être orpheline si tôt, dis-je à Pierrot, tandis que nous marchions tous deux au bord de la Seine, après l'enterrement.

La cérémonie à Courbevoie avait été rapide et nous avions eu besoin de nous retrouver en tête à tête.

— Tu es orpheline depuis longtemps, Léonie.

Je voulus rebondir, mais c'était inutile. Mon frère me reprochait d'avoir abandonné maman, alors que lui-même était parti vivre sa vie. Il était mécanicien et partageait un petit appartement à Courbevoie avec Noémie, une vendeuse de vingt-huit ans, qu'il épouserait l'année suivante. Il ne voyait notre mère qu'une ou deux fois par an. Sans la maladie, ils ne se seraient jamais retrouvés. Et s'il m'avait prévenue plus tôt, je serais venue.

Mais à quoi bon récrire le passé ? Pierrot était ma dernière famille et je ne comptais pas y renoncer. Une question ne cessait pourtant de tourner dans ma tête. Alors que nous nous asseyions sur un petit banc pour voir passer les péniches sur une Seine si froide qu'elle charriait des glaçons, je finis par demander :

— Pourquoi n'es-tu jamais venu ?

— Où ça ?

— Depuis un an et demi, je suis tous les soirs en scène et je t'ai toujours envoyé des invitations…

Pierrot se renfrogna. Je touchais une corde sensible. Comme papa, mon frère était un homme de peu de mots.

— C'est à cause de maman, c'est ça ?

Pierrot secoua la tête.

— Au contraire, elle m'a souvent demandé d'y aller pour lui raconter. Elle-même n'osait pas. Elle disait qu'il fallait te laisser trouver ta voie.

Cet aveu me serra le cœur.

— Alors pourquoi ? Même pas une fois ?

Pierrot semblait impuissant à répondre.

— Je ne sais pas quoi te dire, Léonie. Tu es devenue quelqu'un d'autre. Même ton nom a changé.

— Ça s'appelle le théâtre, Pierrot.

— Justement, objecta-t-il sèchement, ce n'est pas fait pour moi.

— Et pourquoi ça ?

— Je suis un type simple. Les personnes que je connais portent un vrai nom, vivent une vraie vie, avec des vraies gens.

Je sentis monter l'agacement.

— Tu juges ma vie, en fait.

— Bien sûr, dit-il sans agressivité. Comme tu juges la mienne, la nôtre. Tout le monde fait ça. C'est naturel, c'est normal. Alors que ton théâtre, justement, n'est ni naturel, ni normal. C'est… autre chose…

— Et cette chose te fait peur ?

Pierrot haussa à nouveau les épaules.

— Ça ne me fait pas peur, ce n'est juste pas fait pour moi. En un sens, ça n'a rien à voir avec toi. C'est juste que tu seras toujours Léonie, ma petite sœur, et que je ne veux pas que ça change…

Rarement j'avais eu une conversation si intime avec mon frère. Aussi étrange qu'il pût paraître, son raisonnement se tenait. Du moins y croyait-il dur comme fer et je n'avais pas le droit de le détromper. En quarante ans de théâtre, Pierre Bathiat n'est jamais venu m'applaudir une seule fois. Sa constance force le respect.

BAMBOCHES

Pas le temps de porter le deuil de ma mère : la scène passait avant tout.

Soyons honnêtes, mes talents de comédienne et de chanteuse étaient très relatifs dans des pièces ou revues comme *Bo Ko Mo Fo Li*, *Y a du feu*, ou *Simone est comme ça*. Mais ainsi se passait mon apprentissage, parfois d'un mois sur l'autre, des Capucines au Perchoir, de revues en spectacles de chansonnier. Chaque nouvelle production était l'occasion de rencontrer un auteur, un comédien, un artiste avec qui je nouais souvent des relations amicales.

À l'occasion de *Pourquoi m'as-tu fait ça ?* je rencontrai le dramaturge Yves Mirande, génie du boulevard bien troussé. *Ce que l'on dit aux femmes* me permit de connaître Tristan Bernard, l'un des plus fins esprits de son temps, dont je sauverais la vie vingt ans plus tard. *La Danseuse éperdue* de Fauchois me mit sur la même scène que l'extraordinaire Montel, le seul acteur qui n'avait ni loge, ni maquillage, et passait directement du métro à la scène ! Il me faut encore citer mon cher Dalio, connu aux Deux Ânes à l'occasion d'une fantaisie sur le cartel des gauches, baptisée *Hé ! Ris haut !* Voilà un acteur qui refusait qu'on fasse la poussière de sa loge car il s'en servait de fond de teint !

Il n'y avait pas de hiérarchie entre nous. Le théâtre était une famille. Lorsque nous sortions de scène, les soupers pouvaient se finir très tard. Combien de nuits passées avec Rip, Maurice Chevalier et Mistinguett, sur les banquettes du Bar des Capucines ?

Tout comme les soirées au Franco-Italien avec la « bande des moins de trente ans », dont faisait partie mon cher Henri Jeanson, la plume la plus acérée de son époque. C'est avec eux que je fis la connaissance de Tigre de Régnier, qui tenait la chronique mondaine dans *Gringoire*. Lorsque nous voulions aller dîner après les spectacles, Tigre rechignait toujours.

— Venez plutôt dîner à la maison !

— Chez toi ? Mais il est deux heures du matin. Nous allons réveiller tout le monde !

— Et alors ? Germaine n'attend que ça.

Germaine, la cuisinière, nous accueillait avec une bonhomie confondante. Nous la tirions du lit, et, en chemise de nuit, elle nous mitonnait de magnifiques omelettes tout en lisant, debout dans la cuisine, un exemplaire dédicacé de *Du côté de chez Swann* !

Tant de souvenirs, de fous rires, de nuits blanches, de camaraderie, d'insouciance...

Comme un spectre amical, Edelweiss venait souvent me voir. Il m'arrachait parfois à mes propres spectacles pour m'emmener au théâtre.

— Il faut que tu connaisses les grands noms de ton époque, Arlette.

Et nous voilà roupillant devant *La Gloire* de Maurice Rostand, dans laquelle une Sarah Bernhardt de soixante-seize ans ahanait un texte ampoulé.

— Plus personne ne joue comme ça, Edelweiss.

— Justement ! Sarah est unique...

Deux ans plus tard, je suivais par respect son enterrement, dans les rues de Paris. Un certain style de théâtre disparaissait avec elle, ce qui n'était pas une mauvaise chose.

Edelweiss m'emmenait aussi en voyage, se faisant un point d'honneur à nous prendre des chambres séparées.

C'est ainsi que je découvris le Berlin éruptif des années vingt : un déferlement de sensualité à côté duquel mes quelques soirées au Chabanais et au One Two Two, avec les jeunes Auric et Lazareff, paraissaient bien pâles. L'Allemagne se vengeait d'elle-même par le stupre et la luxure. Elle se vautrait dans une volupté absolue, comme on plonge dans la drogue. Elle niait la réalité de son échec, plutôt que d'en affronter les conséquences. On a beaucoup parlé de la décadence de la République de Weimar, et je dois dire que ces boîtes interlopes, où l'on ne savait plus qui était quoi, mâles ou femelles, pédérastes ou lesbiennes, étaient un spectacle d'une liberté sidérante. La décontraction avec laquelle les jeunes femmes se pendaient à mon cou, caressaient mes épaules, m'embrassaient la nuque, les bras, les cuisses, tandis qu'Edelweiss et moi étions simplement assis à un bar, était très inspirante.

J'étais ivre de ma liberté, de cette époque où tout semblait possible. Obtenir mon permis de conduire, en septembre 1922, fut une nouvelle plume à mon chapeau. Rares étaient les femmes au volant, à l'époque. Et les messieurs ne m'en convoitaient que davantage.

— Tu es une vraie femme, Arlette ! s'enflammait Tigre.

— Non, corrigeait Jeanson, Arletty est une plus-que-femme.

La formule est jolie, mais je ne sais si elle me définit vraiment. Je me voulais libre, indépendante, sans attache. L'essentiel était de vivre de mes choix, ne jamais subir.

JEAN-PIERRE

Mes amours étaient à l'image de ma carrière : chaotiques, joyeuses, sans logique, d'une asphyxiante liberté.

— Tu devrais un peu te poser, Arlette, me conseillait Jeanson, qui me voyait brûler la chandelle par les deux bouts. Il n'y a donc pas un homme qui te plaise plus que les autres?

J'avais désormais trente ans et ne pouvais plus jouer les midinettes. Était donc venu le temps du sérieux? de la rigueur?

Puis il y eut cette nuit de Noël 1928...

La soirée avait commencé au théâtre, après quoi, de bar en bar, de coupe en coupe, notre petite bande avait joyeusement dérivé au gré de la nuit parisienne. La troupe était menée par Tigre de Régnier qui, grimpant sur un banc de la place Dauphine, prit des airs de sénateur romain pour déclarer : « J'ai faim! »

— C'est vrai, confirmai-je, voilà huit heures qu'on ne fait que boire. Il faudrait peut-être éponger, non?

Conservant sa morgue de politicien, Tigre descendit de son banc et passa derrière moi, faisant mine de me couronner.

— La reine Arlette a raison! Mes amis : mangeons!

Pour beaucoup, c'était le signal du départ.

— La nuit s'arrête ici, s'excusèrent la plupart de nos camarades, qui titubèrent vers le métro, lequel allait bientôt ouvrir. D'autres s'étaient déjà assoupis sur des bancs ou contre les troncs de petits arbres déplumés.

Dépité, Tigre se tourna vers moi.

— Ne me dis pas que toi aussi, Arlette ?

Pour être honnête, le sommeil me chatouillait les paupières. Mais Tigre fit sa tête d'orphelin et je ne me sentis pas de l'abandonner.

— Où m'emmènes-tu ?

Déjà il partait d'un bon pas vers le Pont-Neuf. Désignant la rive droite endormie, dont les façades se reflétaient sur une Seine paisible, il répondit :

— À quatre heures du matin, la nuit de Noël, je ne connais pas de plus belle crèche que les Halles.

Puissiez-vous avoir connu les Halles à leur grande époque. C'était l'impalpable, l'irrationnel : un monde qui se réinventait à chaque instant, comme la plage est façonnée par le ressac. Un grouillement, une ville dans la ville, un concentré de merveille et de misère, de beauté et de crasse. Et puis ce flot continu, inlassable, car jamais les hommes n'ont cessé d'avoir faim.

— Même la nuit de Noël…, me dit Tigre, tandis que nous débouchions au pied des vastes pavillons de métal.

— Noël, ils s'en foutent pas mal, ici, dis-je en observant ce petit monde, les épaules écrasées par des carcasses, les bras ensevelis sous des montagnes de légumes, des paniers de fleurs, d'étranges amas de tripailles. Le seul être immobile était ce vieux percheron qui sommeillait debout, à l'angle de la rue Sauval. Ses naseaux projetaient une petite vapeur à un rythme régulier.

— Il dort comme un jésus, fit Tigre.

Intriguée, je m'approchai. Le cheval dégageait une chaleur douce et musquée. Hésitante, je finis par poser mes mains sur son encolure, comme on effleure une étoffe.

— Ne le réveille pas.

— T'inquiète, je sais faire.

Je me rappelai les étables de mon enfance, en Auvergne.

Je pressai ma joue contre son cou ; son pouls battait lentement. À cet instant, je crois que j'aurais pu m'endormir là, debout, contre lui. Mais Tigre n'y comptait pas.

— Je sais que tu aimes les étalons, Arlette, mais j'ai faim.

Non sans réticence, je me redressai, un peu groggy.

Tigre désigna un bistro de l'autre côté de la rue.

— Onglet grillé ou soupe à l'oignon ?

— Les deux, mon capitaine !

Alors que nous allions entrer dans le bouclard, mon ami manqua perdre l'équilibre.

— Eh là ! grommela une voix à nos pieds.

Les réverbères étaient éteints, et nous avions pris ce clochard pour un tas d'ordures.

— Pardon, monsieur, dis-je aussitôt, fouillant dans mon sac à main pour en tirer une pièce de monnaie.

— Je ne prends que les chèques...

Cette voix n'avait rien du timbre éraillé d'un vagabond. Le ton était pointu, presque snob. Et puis cette haleine de champagne, bien différente des remugles de piquette. Aussitôt l'homme se déplia et je m'étonnai que, malgré sa position, son habit n'eût pas contracté le moindre pli. Même son nœud papillon était resté droit.

Avisant son reflet dans la vitrine du restaurant, le jeune homme repoussa une mèche brune sur son front, puis s'étira tel un chat.

— Rien ne vaut un petit somme pour couper la nuit en deux, vous ne trouvez pas ?

Tigre et moi restions circonspects. Quel âge avait-il ? Vingt-deux ans, à peine ?

Voilà qu'une étrange chaleur me montait au ventre.

— Eh bien, Arlette, s'inquiéta Tigre. Il faut vraiment que tu manges quelque chose.

Mais je ne pouvais détacher mes yeux de l'inconnu, qui ne prêtait plus attention à nous. D'une démarche nonchalante, il s'avançait vers le cheval. Se penchant à son oreille, il lui chuchota quelques mots, qui réveillèrent l'animal. Le percheron se mit à piaffer joyeusement, comme une automobile dont on fait ronfler le moteur. Puis, avec un naturel confondant, le jeune homme sauta à califourchon.

Nous étions médusés. D'autant que l'animal ne semblait pas étonné d'avoir un homme à cru sur son dos.

Un instant, l'inconnu s'immobilisa et, dans un geste théâtral, mit sa main en visière.

— Qui est ce type ? murmura Tigre, lui aussi séduit par la scène.

— Je ne sais pas, mais c'est le début de quelque chose…

J'avais parlé pour moi-même. Comme s'il m'avait entendue, le jeune homme se tourna vers moi et, l'air étonné, me désigna la place derrière lui :

— Qu'est-ce que vous attendez ?

Sans réfléchir, je le rejoignis. Sous les yeux effarés de Tigre, je saisis la main du jeune homme et me juchai dans son dos.

— Vous ne montez pas en amazone ?

— Je ne monte pas du tout. Autant le faire comme un homme, non ?

Ma réponse l'enchanta et il joua des talons sur les flancs du cheval. Alors, d'un mouvement lent, l'animal s'ébroua.

— Je m'appelle Jean-Pierre, chuchota mon beau cavalier sans se retourner.

— On m'appelle Arletty.

— Vous feriez bien de vous accrocher, Arletty, fit-il en guidant mes mains contre son torse.

Puis, tandis que notre monture arrivait à l'angle de la rue Berger, il me demanda :

— On va où ?

Le souffle coupé, je répondis :

— Jusqu'au bout…

*

Jean-Pierre Dubost était un rupin, un vrai. En dix ans, j'avais croisé des héritiers, des souverains, des maharadjahs, mais aucun ne possédait cette désinvolture aristocratique, cette élégance naturelle. Il avait pourtant un nom bien ordinaire, mon Jean-Pierre. Son attitude, cependant, contredisait cette banalité. Il était l'exemple même du dandy des Années folles tel qu'on en croisait dans les romans de Paul Morand. Une liberté de ton, un détachement presque tragique, qui cachait bien entendu une sensibilité à fleur de peau. Rien ne pouvait l'atteindre, car tout se noyait dans des saillies, des ruptures de ton, des gestes fantasques. Pour la beauté d'une phrase, il était capable de se brouiller avec des amis. C'était son côté Cyrano.

Notre équipée à cheval fit long feu, car le propriétaire de l'animal nous retrouva en vociférant. Nous avions tout de même eu le temps de rallier Saint-Eustache.

— On continue à pied ?

— Je suis bonne marcheuse.

— Avec moi, il vaut mieux...

Notre balade dura la journée entière, au gré de nos inspirations, de nos envies. Lorsque nous avions faim, nous nous arrêtions dans l'un des rares cafés ouverts un jour de Noël. Puis nous reprenions notre route, sans but précis. Parfois des êtres que rien ne devait rapprocher se découvrent avec un sentiment d'évidence presque inquiétant. Qu'avais-je en commun avec cet être généreux et nihiliste, rentier patenté et cossard flamboyant ?

— Je ne peux pas croire que vous pensiez des choses pareilles, Jean-Pierre, m'offusquais-je sincèrement lorsqu'il se lançait dans des saillies trop élitistes.

— Mais je ne *pense* pas, Arlette. J'ai suffisamment d'argent pour m'éviter cette vacuité. Je me contente de profiter, de vivre. Vous savez bien que tout peut disparaître en un instant, comme la vie elle-même.

Dans ces paroles grandiloquentes se nichait toujours une ironie à froid, car Jean-Pierre n'était dupe de rien, surtout pas de lui-même. Il s'était forgé un personnage huilé à l'extrême, et c'est cela que j'admirais : il était encore plus comédien que moi. Je jouais des pièces quand il jouait sa vie. Et nous nous retrouvions à la lisière de nos deux mondes.

Durant cette longue promenade, Jean-Pierre me raconta d'où il venait. Il avait six ans de moins que moi, autant dire un enfant. Mais cet enfant avait grandi dans la poussière de jolis meubles et l'ombre de rideaux damassés. Son grand-père avait compté parmi les fondateurs du chemin de fer métropolitain, aux côtés du baron Empain. À l'instar du célèbre entrepreneur, il avait bâti une fortune colossale. Un de ses grands-oncles avait été un temps président du Sénat. Toutefois, le personnage le plus étrange de son arbre généalogique était sa mère. Jeanne Dubost faisait partie de ces hôtesses incontournables des années vingt, chez qui se pressaient les esprits les plus brillants. Dans son hôtel particulier de l'avenue d'Iéna, on pouvait croiser Louis Aragon, Marie Laurencin, mais surtout beaucoup de musiciens : Poulenc, Ravel, Milhaud, le pianiste Horowitz.

— Ça ne me dit pas grand-chose, tous ces gens.

— Peu importent leurs noms, Arlette. Ce qu'il faut, c'est les entendre. Et vous les entendrez.

— Ah oui ?

— Vous savez bien que notre histoire ne fait que commencer.

Jean-Pierre avait parlé avec tant d'évidence que je sentis remonter ce pincement au ventre. J'aimais cette étrange certitude. Mais il fallait tout de même jouer mon rôle.

— Vous êtes bien sûr de vous, jeune homme.

— C'est de *vous* que je suis sûr, chère amie, dit-il en prenant ma main, glacée par le froid de l'hiver.

Je ne répondis rien et le laissai réchauffer mes doigts.

— Aimez-vous les cadeaux ? demanda-t-il en se dressant d'un bloc.

J'éclatai de rire.

— Que comptez-vous m'offrir ?

— Pour commencer, des gants.

Lorsque le jour se mit à décliner, la fatigue me tomba dessus comme la pluie. Nos pas nous avaient conduits au faîte de Montmartre, pour admirer le coucher de soleil. À mesure que l'astre s'abîmait dans l'horizon, le monde réel reprenait ses droits : je n'avais pas dormi depuis trente-six heures.

— Mais je ne vais pas tenir en scène, moi !

Jean-Pierre était hilare.

— Vous jouez ce soir ?

— Dans deux heures…

Il me poussa aussitôt chez le premier bougnat venu et commanda un café très fort. Non contente de me réchauffer, la boisson s'instilla dans mes nerfs et je devins presque fébrile.

— C'est malin, dis-je, manquant glisser sur les pavés de la rue Lepic. Je suis une pile électrique !

— Vous n'en serez que plus lumineuse.

Je trébuchai à nouveau et il me rattrapa, tel un mannequin de chiffon. Nous avions eu de nombreuses occasions de nous embrasser, dans des cadres très romantiques : les berges de la Seine, le Luxembourg, la place des Vosges, pourtant il choisit ce moment-là. Oh, ce ne fut pas un grand baiser langoureux, mais un baiser picoré, claquant, plus amical qu'amoureux. Je n'en sentis pas moins un éclair parcourir ma colonne vertébrale.

— La nuit blanche vous va très bien, chère amie.

— Parce que vous m'avez connue reposée ?

— Pas encore, mais dès demain ce sera chose faite.

Jean-Pierre disait vrai : le lendemain matin, je m'éveillai à ses côtés.

EN COUPLE

Qu'est-ce qu'un couple ? Je me suis souvent posé la question. L'association de deux sensibilités ? Des affinités électives ? Ou seulement le fruit d'un heureux hasard ? Surtout : combien de temps cela dure-t-il ? Parfois les couples se fortifient sous les coups du sort : à deux, le malheur est moins lourd. Ou bien ils sont une convention sociale : on s'accouple comme les animaux ou les notaires, car cela se fait ainsi.

Pour ma part, je ne me suis jamais sentie « en couple ». La dictature d'une vision commune, de sorties partagées, m'a toujours rebutée. Sans doute ma vie eût-elle été plus simple. Je n'en serais pas à quémander l'aide de mes amis pour descendre à la boulangerie ou m'aider à trouver une chemise. Mais c'est ainsi, je ne suis pas faite pour la cohabitation. Ciel était le seul avec qui j'aurais pu bâtir un vrai couple. Edelweiss, c'était déjà trop tard. Même si je vivais chez lui, je ne vivais pas avec lui. Peut-être n'est-ce qu'une vue de mon esprit, mais partager un toit n'est qu'une circonstance matérielle. Un couple, c'est autre chose.

Aux yeux de nos amis, de nos familles, Jean-Pierre et moi passions toutefois pour un couple. À la fin de l'hiver 1929, j'appris que le bail de mon petit appartement du boulevard Berthier n'était pas renouvelé. Cela faisait bientôt dix ans que je vivais dans cet endroit et je n'étais pas mécontente de changer.

— Pourquoi ne pas habiter chez moi, Arlette ?

— On ne va quand même pas se mettre en ménage ?

Jean-Pierre n'en prit pas ombrage. Depuis trois mois, nous ne nous quittions guère et il avait appris à me connaître.

— Il ne s'agit pas de se mettre en ménage mais de nous épargner des allers-retours. Nous dormons ensemble tous les soirs, chez toi ou chez moi.

Mon amant n'eut pas à insister longtemps. J'avais pour lui une profonde tendresse et il me rassurait. Et puis je m'habituais à cette vie insouciante et terriblement confortable.

— Très bien, dis-je, mais souviens-toi que j'ai beaucoup de chaussures.

Quelques jours plus tard, j'emménageai au 21, rue Mirabeau, au cœur du cossu XVIe arrondissement.

— Je te promets qu'on ne va pas s'ennuyer, s'enthousiasma Jean-Pierre.

— J'ai beaucoup de défauts, mais je m'ennuie rarement…

Comment aurais-je pu me lasser ? Les spectacles s'enchaînaient, parfois des succès, parfois des bides. Au mois de mars, je chantai dans l'opérette *Jean V* de Maurice Yvain, au théâtre Daunou. En mai, c'était *Vive le roi*, aux Capucines. L'été suivant, je me retrouvai même à faire un tour de chant au Café anglais, à Londres, avec quelques-uns de mes camarades. Le résultat ne fut guère glorieux, mais Jean-Pierre et moi en profitâmes pour nous promener dans le pays. Il adorait cette contrée et ses rites, ayant un respect profond pour l'élégance britannique. Si souvent il m'a reprise – lorsque je me montrais grossière ou grivoise – en assenant d'un ton pointu : « *English manners, please!* »

Fidèle à son grand train, Jean-Pierre avait fait venir en Angleterre cette voiture avec chauffeur qu'il possédait depuis quelque temps.

— On aurait pu prendre des taxis, tu sais ?

— Comme ça, je me sens un peu chez moi.

Et nous voilà qui parcourions les petites routes de la campagne anglaise, aussi jolies qu'un tableau de Constable.

— Ça n'a pas grand-chose à voir avec l'Auvergne, dis-je un peu sottement, alors que nous nous étions arrêtés pour nous asseoir devant une exquise petite rivière, sous un vieux saule.

— Pourquoi ce besoin de toujours comparer…, fit Jean-Pierre, défait.

— Qu'est-ce qui te prend ?

Jean-Pierre haussa les épaules et se recroquevilla sur lui-même, passant les bras autour de ses genoux.

— J'ai parfois l'impression que tu ne peux rien vivre au présent, que tu dois toujours mettre les choses en perspective…

Son reproche était étrange, presque incongru. Mais ses yeux restaient féroces. Je sentis qu'il s'en voulait de me faire une scène, que c'était cependant plus fort que lui.

— Tu as le droit de vivre ta vie, Arlette, tu sais ? Rien n'est forcément fatal…

Alors je compris. Quelques semaines plus tôt, tandis que nous buvions un verre d'eau dans la cuisine de la rue Mirabeau avant d'aller nous coucher, il m'avait demandée en mariage.

J'avais explosé de rire, croyant qu'il plaisantait.

— Je suis sérieux, Arlette.

— Mais je ne suis pas quelqu'un qu'on épouse.

— Et pourquoi pas ?

— Tu connais ma devise : ni veuve de guerre…

— … ni mère de soldat, je sais. Mais ne serait-il pas temps d'en changer ?

Sans me donner la peine de répondre, j'avais remis le verre sur la vieille table de bois, contre des cosses de haricots oubliées par la cuisinière. Puis j'avais déposé un baiser affectueux sur le bout du nez de Jean-Pierre.

— Viens te coucher au lieu de dire des bêtises.

Jamais il n'en avait reparlé, jusqu'à ce que, de façon détournée, tout remonte tandis que nous étions allongés dans ce paradis de verdure.

Je me roulai contre lui et chatouillai ses pommettes avec un brin d'herbe un peu rêche.

— Tu n'es pas heureux, Jean-Pierre ?

— Si, justement. Et je voudrais que ça continue.

— Tu penses que la meilleure méthode serait de me mettre en cage ?

— Pour toi, le mariage est une cage ?
— Je ne sais pas…
— Cette réponse ne me suffit pas.
— Pourtant tu n'en auras pas d'autre, dis-je en me redressant, avant d'épousseter ma robe couverte de brindilles.
Puis je regagnai la voiture et m'y assis, sans un mot.
Jean-Pierre m'y rejoignit.
— Léon, nous rentrons à Londres.
— Bien, monsieur.
Durant les trois heures de trajet, nous n'échangeâmes plus une parole.

*

Jean-Pierre était trop amoureux pour renoncer à moi. Cette déception resterait une cicatrice douloureuse, mais je l'aimais et ne pouvais lui mentir. Le mariage eût été une impasse, voire un suicide. Et puis, je l'avoue, j'étais égoïste. J'avais encore trop à vivre, trop à découvrir pour m'emmurer dans un modèle bourgeois dont je me serais, bien entendu, arrachée. Autant tuer le mal dans l'œuf.

Jean-Pierre s'y conforma. Il aimait à me surnommer « l'indéchiffrable », comme si j'étais un sphinx. Mais c'est cela qui attache : les énigmes, les non-dits. La transparence a le charme de l'eau claire : elle rassure puis ennuie. Alors que le mystère entretient le désir, c'est vieux comme le monde.

Si j'étais perfide, je dirais que les rêves matrimoniaux de Jean-Pierre étaient une manière de combler le vide de sa vie. Alors que j'étais happée par mon travail, il passait ses journées à des tables de jeu.

— Tu joues trop, Jean-Pierre, lui disais-je, consciente de toucher une corde sensible.

Cette remarque avait le don de le hérisser.

— Je fais ce que je veux de mon argent ! Je te demande le prix de tes chaussures ?

Jean-Pierre entretenait un rapport compliqué avec l'argent, comme s'il conjurait une malédiction en dilapidant sa fortune.

— Nous comptons sur vous pour refréner ses envies, chère Arlette, me disait souvent Jeanne Dubost, qui m'appréciait beaucoup.

Elle avait du respect pour mes origines modestes et aimait que son fils m'ait choisie. Elle aussi aurait bien voulu que j'épouse Jean-Pierre, mais ne m'en fit jamais la remarque. Reste que les dépenses de mon amant étaient un vrai sujet d'inquiétude : outre sa mère, son oncle et son cousin surveillaient constamment ses comptes, n'hésitant pas à lui couper les vivres, en fin de mois.

— Ma famille veut ma mort, Arlette ! se lamentait-il, tandis qu'un fournisseur venait de tambouriner à notre porte pour réclamer qu'on lui rende un costume et des chemises que Jean-Pierre avait réglés avec un chèque en bois.

— Au contraire, ils veulent que tu dures encore un peu.

Mais Jean-Pierre ne pouvait admettre qu'on pilote ses finances. Je crois qu'il ne comprenait rien à l'argent. À l'automne suivant, l'annonce du krach boursier de New York le laissa indifférent.

— C'est une catastrophe, s'alarma son oncle.

— Pourquoi ? C'est aux États-Unis, nous sommes en France.

L'oncle leva les yeux au ciel.

— Jean-Pierre, descends de ton nuage. L'épidémie va traverser l'Atlantique. Tout est lié. Cela va peut-être prendre un ou deux ans, mais ça peut signer notre ruine.

— Profitons des deux ans qui nous restent, dans ce cas, conclut Jean-Pierre qui courut finir sa soirée à la roulette.

CINÉMA

Demandez aux acteurs vétérans de ma génération ce qu'ils pensent du cinéma, tous vous feront la même réponse : le théâtre était notre luxe, le cinéma notre argent de poche. Au théâtre, on joue ; au cinéma, c'est joué. Je suis parfois étonnée quand je rencontre aujourd'hui des jeunes comédiennes qui n'aspirent qu'à l'écran. Elles se bercent d'illusions, pensent qu'on connaît le grand frisson sur les plateaux de cinéma, qui sont d'immenses salles d'attente battues par les courants d'air. On a tellement mythifié le cinéma, qui est au théâtre ce que le musée Grévin est au Louvre. La comédie est un art qui ne s'apprend que sur scène, en respirant le même air que le public, en risquant chaque soir un faux pas. D'ailleurs, on a rarement vu un acteur de cinéma faire un malheur au théâtre. Il ne connaît pas les codes. Le cinéma est un art prodigieux, mais reste une illusion ! Le théâtre, en revanche, ne triche jamais.

Nous étions au printemps 1930. Jusqu'à l'arrivée du parlant, le cinématographe suivait sa voie et le théâtre la sienne. Mais depuis que les films causaient, les producteurs avaient flairé le bon filon : pourquoi ne pas « mettre en boîte » tous les grands succès des scènes parisiennes, avec leurs acteurs célèbres, évitant ainsi l'écueil, le temps et les frais d'épuisantes tournées en province ? Lorsqu'on me proposa de jouer une dactylo dans *La Douceur d'aimer* de René Hervil, je commençai par refuser.

— Je ne vais pas savoir faire. Et puis on les entend si mal, ces films, maintenant qu'ils causent.

— On s'en moque, me dit Victor Boucher, qui allait être la vedette du film. Fais comme moi : prends ton cachet et profites-en. Ça ne mord pas sur les représentations et ça améliore l'ordinaire.

Jean-Pierre était tout aussi méfiant, quoique pour d'autres raisons.

— Tu n'es jamais là le soir. Si maintenant tu disparais pendant la journée, qu'est-ce que je vais faire ?

— Travailler ? Il y a des gens très bien qui font ça…

J'étais très intriguée par ce nouveau monde. Habituée à la nudité d'une scène de théâtre, je me retrouvais dans une ruche, avec des gens qui criaient, s'engueulaient, rivalisaient, les mains lourdes de câbles, la bouche collée à un porte-voix, le nez rivé à un plan de travail. Et puis ces producteurs, race bien étrange, dont on n'entendait pas parler pendant des jours et qui déboulaient tout à trac, suant, anxieux, expliquant qu'il fallait tout changer, que le budget était sacrifié, que nous devions modifier la moitié de l'intrigue.

Cette expérience aurait d'ailleurs pu tourner court, car lorsque le film sortit, en octobre 1930, je fus épouvantée.

— C'est moi, ça ? dis-je tout haut, lors de la première au Colisée.

Mes voisins se retournèrent et Jean-Pierre, gêné, chuchota : « Moins fort, Arlette ! »

Mais cette vision m'horrifiait !

— Je t'en foutrais, des gros plans ! Au théâtre, on me voit de loin. Ici, je suis chez le dentiste.

Jean-Pierre comprit et ne put retenir un rire attendri.

— Mais tu es ravissante, voyons.

— Avec les dents du bonheur ? Tu te fous de moi ? C'est la dernière fois que je fais un film !

Ce vœu pieux dura quelque temps. Pendant des mois, je déclinai tous les rôles, prétextant que le cinéma n'était pas fait pour moi. Jouer les gourgandines à trois répliques ne m'amusait pas et j'avais suffisamment à faire au théâtre.

Toutefois, lorsqu'on me proposa le rôle de Josyane Plaisir, je finis par accepter. *Un chien qui rapporte* était une médiocre comédie qui avait connu un succès relatif dans un théâtre parisien. Mais ce personnage de poule de luxe était un vrai premier rôle…

— Je crois que je vais dire oui, confiai-je à Jean-Pierre.

— Et tes dents ?

— Je me ferai une raison.

Comme souvent à cette époque, le tournage fut bouclé en deux semaines. Et lorsque le film sortit sur les écrans, le 1er janvier 1932, il fut l'objet d'une véritable polémique. De manière très fugace, on y entrevoyait mon sein gauche ! À l'époque, la chose était rarissime. Relayée par la presse, la nouvelle fit évidemment les beaux soirs du film… qui devint un succès !

— Je préfère qu'on reluque mes seins plutôt que mes incisives, dis-je à Jean-Pierre, malgré tout agacée d'être jugée sur ma plastique et non sur mon jeu.

— Tu es condamnée à être belle.

Je n'étais pas au bout de mes scandales.

BERLIN

Les films commencèrent à s'enchaîner à un rythme soutenu : Lulu dans *Enlevez-moi*, Totoche dans *Je te confie ma femme*, Anita dans *Une idée folle*… La liste est aussi fastidieuse qu'inutile, car la plupart sont retournés au néant. Et ce n'est pas moi qui vais m'en plaindre. Je tournais pour arrondir mes fins de mois, et le cinéma permettait surtout de voyager.

On est désormais habitué à voir des films sous-titrés ou doublés. À l'aube du parlant, les producteurs trouvaient plus sûr de réaliser deux versions du même film, avec des acteurs différents.

J'allai ainsi à plusieurs reprises tourner à Berlin…

La première fois, c'était au printemps 1932. Reinhold Schünzel et Roger Le Bon y tournaient la version française de *La Belle Aventure*. Cette bluette était le prétexte pour revoir cette ville où je m'étais tant amusée avec Edelweiss, dix ans plus tôt. L'atmosphère n'était vraiment plus la même. Je retrouvai bien sûr cette folie singulière des Berlinois, ce sens de la fête, de la démesure, mais ils étaient muselés par un sentiment crépusculaire. On assistait à la fin d'un monde. La capitale allemande était un univers en déroute, qui perdait un à un ses repères, où les gens s'épiaient avec un mélange de méfiance et de jubilation, comme si les cartes pouvaient être rebattues à chaque instant. Tout semblait en sursis, mais tout semblait possible. Le pays avait subi la grande crise mondiale avec une violence accrue et renaissait de ses cendres. On pointait avec de moins en moins de pudeur les responsables de la débâcle. Il régnait dans les rues une tension palpable et d'ailleurs très excitante. Il y avait une dimension presque charnelle, sexuelle, dans ce printemps épais. L'Allemagne était sur la crête entre deux précipices. Elle allait tomber mais ne savait pas encore de quel côté.

Un an plus tard, les dés étaient jetés. À l'été 1933, je revins pour *La Guerre des valses*, une opérette où je partageais l'affiche avec le chanteur-acteur Dranem.

Une fois de plus, j'avais accepté pour voir la gueule du nouveau Berlin. Et ça valait le voyage ! Désormais, la ville était tout autre : le joyeux bazar de la capitale prussienne était au placard. Il fallait voir ces avenues pavoisées, ces croix gammées à chaque coin de rue, ces messieurs en chemise brune, le regard haut, gaillard et désincarné. Une joie profonde régnait dans la ville, mais elle me semblait étrangement fabriquée. On sentait le soulagement sincère d'une partie de la population, toutefois cet apaisement se doublait d'une pesanteur moite, presque aqueuse, renforcée par la touffeur du Berlin estival, comme si le pays était sous hypnose.

Et puis il y avait les indésirables...

Toute l'équipe du film était logée dans une charmante pension de famille du Kurfürstendamm, la Pension impériale, tenue par un vieux couple de Juifs allemands : les Shapiro.

On savait que le nouveau régime ne tenait pas les Juifs en odeur de sainteté. Les nazis venant d'arriver au pouvoir, les mesures étaient encore discrètes ; du moins n'étaient-elles pas communiquées avec précision à la presse étrangère. Et puis une partie de l'opinion occidentale était favorable à l'émergence d'un pouvoir fort en Allemagne, lequel serait toujours mieux que ces affreux bolcheviques qui dévoraient la Russie.

Mais je n'étais pas aveugle pour autant. Un jour que je revenais du musée Égyptien, où j'étais retournée contempler le buste de Néfertiti, je traversai un quartier juif. En me baladant sous le beau soleil, je vis ces magasins aux vitres fendues, ces étoiles de David barbouillées à la peinture blanche, que les commerçants tentaient d'effacer sous les rires des badauds, ces inscriptions en lettres gothiques, comme des marques d'infamie.

— Il ne faut pas s'inquiéter, me dit M. Shapiro, c'est une mode qui va passer. Ces jeunes gens ont besoin de se défouler. Nous avons l'habitude : ça fait six mille ans que ça dure. Nous tenons cette pension de famille depuis près d'un demi-siècle et sommes avant tout des Berlinois. Ce n'est pas ce petit moustachu qui va nous faire mettre la clé sous la porte, quand même…

Lorsque Dranem ou moi lui objections que certains de leurs coreligionnaires étaient partis pour la France ou les États-Unis, ils haussaient les épaules.

— Au contraire, rétorquait Mme Shapiro, toujours solidaire de son époux, c'est ça qui conforte les nazis. Ça nous fait passer pour des coupables et ils nous montrent du doigt. Alors que si nous restons, ils comprendront que nous sommes du même sang, de la même « race », comme ils disent…

Que répondre à ce couple ? Voyaient-ils plus loin que les autres ou étaient-ils aveuglés par l'amour de leur pays ? Mais ce n'était là qu'une façade.

Un soir, alors que nous rentrions d'une longue journée de tournage, nous les entendîmes se disputer violemment dans la cuisine. Ils avaient laissé la porte ouverte et leurs cris résonnaient dans la cage d'escalier.

— Tu comprends quelque chose ? demandai-je à Dranem, qui s'était immobilisé sur une marche.

Il plissa les yeux et opina.

— J'avais un ami d'enfance dont les parents étaient fourreurs, rue d'Hauteville. J'ai passé de nombreux jeudis chez eux. À la longue, j'ai fini par comprendre le yiddish.

— C'est du yiddish ? m'enquis-je en désignant les deux ombres qui semblaient tourner en rond, telles des phalènes contre une ampoule.

— Elle veut partir…, murmura Dranem en avançant sa tête vers l'embrasure de la porte. Il dit qu'elle exagère, que ça ne sera que passager, mais elle rétorque que tout cela va mal finir… qu'ils risquent de se faire tuer…

Mon ami se faufila jusqu'à la porte, qu'il entrebâilla davantage.

— Il dit qu'ils ne peuvent pas abandonner leur pension… ils n'ont pas d'enfant et c'est leur seule famille… Elle dit qu'il est ridiculement sentimental… que cette nostalgie les tuera… que certains Juifs sont enlevés et emmenés on ne sait où… que…

À ce moment, la porte s'ouvrit en grand et les Shapiro nous fusillèrent du regard.

— Qu'est-ce que vous faites là ?!

Pris sur le fait, Dranem n'eut pas la force de mentir.

— Nous vous avons entendus crier, et nous nous sommes inquiétés…

Après un temps d'hésitation, le père Shapiro finit par demander :

— Vous comprenez le yiddish, n'est-ce pas ?

Dranem parla de son ami d'enfance. Le couple se consulta avec calme, comme si notre intrusion avait apaisé leur rixe.

— Et vous en pensez quoi, monsieur Dranem ? demanda Mme Shapiro. Que devrions-nous faire ?

Dranem réfléchit un long moment puis se tourna vers moi.

— Et toi, Arlette, tu en penses quoi ?

Autant me refiler la patate chaude ! Je fus moi-même surprise de leur répondre avec autant de sincérité :

— Tout ce que je sais des Allemands, c'est qu'ils sont très gentils, très accueillants, mais qu'ils ont mutilé mon frère, décimé une génération et tué mon premier amour… C'est terrible à dire, mais jamais je ne ferais confiance à un boche.

SACHA GUITRY

Dans nos métiers, la confiance est une valeur élastique. Pour avoir du talent, un comédien est forcément un peu menteur : un don que Sacha Guitry maniait avec génie. Il n'en fut pas moins un mentor, un protecteur, un confident. En réalité, on ne pouvait pas être ami avec Sacha, cela aurait impliqué d'être familier de toutes ses incarnations, de tolérer chacun de ses avatars. Il y avait le Sacha des premières, le Sacha des restaurants, le Sacha du matin, le Sacha du soir, le Sacha séducteur et le Sacha bon copain, le Sacha lubrique et le Sacha câlin, le Sacha intime et le Sacha secret. Tous ces personnages parvenaient-ils à s'accorder ? Sacha lui-même était-il en paix avec ces doubles qui sommeillaient en lui, se réveillant à tour de rôle, parfois en même temps, tels les comédiens d'une pièce dont il aurait été l'auteur, l'interprète et – lorsqu'il était seul – l'unique public ? Nul n'aura la réponse.

Le secret profond de cet homme si riche, si complexe, si paradoxal et si génial a disparu avec lui. Sans doute ne savait-il plus lui-même qui il était, derrière sa carapace, ses lunettes en écaille de tortue, sa chevelure argentée, ses tenues de prélat en goguette, sa maison-musée, ses tirades qu'il rodait dans les dîners avant de les rédiger pour ses pièces, ses monologues aussi brillants qu'épuisants, ses théories sur tout et le reste… Sacha Guitry était son propre chef-d'œuvre et n'en finissait pas de s'applaudir. Mais l'amour qu'il se portait était contagieux et il était bien difficile de résister. Il entraînait aussi bien son public que ses proches dans un culte de lui-même, dont on se demandait s'il était vraiment dupe. Peu importe… À l'heure où je dicte ces mots, il est mort depuis près de trente ans mais ses pièces sont encore jouées et certains de ses films – souvent attaqués, méprisés – sont désormais vus comme des modèles du genre. Comme l'aurait dit le vieux Chardonne : Guitry, c'était beaucoup plus que Guitry.

Notre première rencontre fut assez orageuse. Il avait écrit le livret d'*Ô mon bel inconnu*, cependant, trop absorbé par ses propres travaux, il n'en suivait pas le montage de très près. Je ne me suis jamais considérée comme une chanteuse, mais à l'époque, ce n'était pas une option : dans chaque pièce, chaque film, il fallait un refrain que les gens puissent siffler en quittant la salle. Certains airs sont même devenus plus célèbres que l'œuvre dont ils étaient tirés. Je n'en étais pas moins surprise qu'on persiste à vouloir exploiter ma voix de crécelle. C'est pourquoi je fus très intimidée lorsqu'on me proposa de chanter dans *Ô mon bel inconnu*, de Reynaldo Hahn.

Alors que j'entrais en scène pour une répétition, je distinguai une silhouette au fond de la salle, qui n'avait pas ôté son chapeau. L'ombre était entourée d'un halo de fumée. Je n'y prêtai pas trop attention et chantai mon air. Lorsque j'eus fini, contrairement à leur habitude, le metteur en scène et les techniciens restèrent muets. Ils semblaient gênés et finirent par se retourner vers la silhouette. Après un long silence, une voix nasale lança, d'un ton un peu lancinant :

— La jambe est leste, le dos élégant, la poitrine engageante : elle n'est pas maaaaaal votre soubrette…

Piquée au vif, je répliquai du tac au tac :

— Pour vingt francs de plus, je me fous à poil. Ça vous intéresse ?

Un frisson scandalisé passa dans la salle et la silhouette se déplia pour avancer vers la lumière.

Sacha Guitry était jovial et s'approcha en me tendant sa main baguée.

— Parfois l'auteur s'incline devant l'interprète. Ce qui s'arrose : champagne ?

— Et du meilleur, dis-je en descendant de la scène.

Avec des yeux médusés, ils nous regardèrent partir bras dessus, bras dessous.

— Vous savez quitter la scène, mademoiselle, me chuchota-t-il, tandis qu'il poussait la porte donnant sur le hall. C'est un talent rare…

Une fois dans la rue, oubliant ma présence, il monta dans une voiture qui l'attendait devant le théâtre.

— Hervé, à la maison, je vous prie.

Voyant que j'étais toujours là, il baissa la vitre et s'étonna :

— Eh bien ?

— Et mon champagne, alors ?

— Nous ne sommes plus au théâtre, chère amie.

Puis la voiture démarra.

Ainsi était Sacha : capable du meilleur comme du pire. Rassurez-vous, cette première rencontre était un examen de passage. Sacha aimait à tester ses interlocuteurs, surtout lorsqu'il sentait en eux des adversaires à sa mesure. Rien ne l'ennuyait plus que la banalité, qu'il méprisait avec un œil acide.

Les jours suivants, il assista aux répétitions avec une assiduité accrue, et le soir de la générale, j'eus enfin droit à ma coupe de champagne.

— Votre Seigneurie est trop bonne !

— Je dispense mes bienfaits avec parcimonie, chère amie. Que voulez-vous, il y a tant de postulantes…

Les premières semaines, il fit comme avec toutes les femmes : il joua les séducteurs, essayant chacune de ses techniques tel le serpent hésitant avant d'enrouler sa proie. Il comprit vite, cependant, que je lui resterais toujours insaisissable, ce qui scella notre complicité.

— Avec vous, on ne perd pas de temps, Arletty.

Je devins même une familière de sa vie, de ses conquêtes, mais j'y reviendrai, car il me faut maintenant aborder l'une des plus importantes rencontres de ma carrière de comédienne : celle avec l'insupportable et prodigieux Michel Simon.

MICHEL SIMON

En 1934, Michel Simon était déjà un acteur renommé et respecté. Depuis quinze ans, il traînait sa gueule en biais et son accent genevois sur les scènes de théâtre et les plateaux de cinéma. Jean Renoir venait de lui donner certains de ses plus beaux rôles dans *La Chienne* puis *Boudu*. Un petit-bourgeois étriqué et un clochard fantasque : telle est bien l'étendue de son génie. Mais Michel était encore plus extravagant dans la vie. On a tant raconté sur lui, tant brodé. Il faut dire qu'il a prêté le flanc à mille commérages. Rien ne l'enchantait plus que de choquer ses interlocuteurs. Supérieurement intelligent, il savait faire dévier une conversation, la rendre soudain obscène, puis retomber sur ses pattes avec une bouille rigolarde et se défausser en rappelant qu'il était Suisse, comme si cette neutralité autorisait toutes les outrances.

Nous nous sommes rencontrés aux Bouffes-Parisiens, dans l'opérette *Le Bonheur, mesdames!* que Francis de Croisset et Albert Willemetz avaient écrite pour le musicien Henri Christiné. À l'époque, ces trois noms étaient une garantie de succès, ce qui n'avait pas manqué. La pièce fut un triomphe et nous jouâmes à guichets fermés, frôlant les cinq cents représentations! Jamais je n'avais participé à une telle réussite.

— C'est parce que nous sommes les meilleurs, ma petite, plaisanta Michel, lorsque je continuai de m'étonner que la salle ne désemplît pas.

En un sens, il avait raison. La pièce présentait moins d'intérêt que cette synergie indéniable entre Michel et moi. C'était bien simple : nous faisions des étincelles.

— La belle et la bête, disait-il avec ambiguïté, ajoutant qu'on ne savait parfois plus qui était qui.

Si je ne mâchais jamais mes mots, j'étais droite dans mes bottes. Michel était plus complexe, moins lisible. Certains jours, il arrivait au théâtre maussade, ombrageux. Son humeur était si contagieuse qu'une chape de plomb tombait sur toute l'équipe. Sitôt en scène, il redevenait lui-même, acteur génial, prodigieux improvisateur, mais une fois en coulisse le spleen remontait.

— Tu ne peux pas imposer ça à toute l'équipe, finis-je par lui dire, un jour qu'il avait insulté un malheureux accessoiriste.

Ses yeux de vieux chien s'ourlèrent de larmes.

— Elle me rend malheureux, tu comprends ?

Je haussai les épaules.

— Encore tes histoires de cœur ? Tu es impossible avec ça...

Nous savions tous que Michel avait une sexualité débridée, qu'il passait son temps dans les bordels, s'amourachant de prostituées ou de petits travestis.

— Je suis un ogre, Arlette. C'est plus fort que moi : il faut que je dévore...

Mais son humeur changeante dans la coulisse des Bouffes-Parisiens n'était pas due à une bluette. Depuis quelque temps, Michel Simon partageait sa vie avec une certaine Zaza.

— Si tu savais combien elle est belle, affectueuse, prévenante...

— Ma parole, tu es amoureux ?

— Comment ne pas l'être ?

Cela faisait des semaines qu'il nous parlait de cette Zaza sans pourtant nous la présenter.

— Pourquoi ne vient-elle jamais ? Tu as peur qu'un séducteur te la carotte ?

À ces questions, il ricanait, comme si sa sincérité amoureuse se doublait d'un canular.

Puis, un soir, il frappa à ma loge.

Dans le reflet du miroir, je vis sa bouille passer par la porte entrebâillée.

— Arlette, *elle* est là…

— Qui donc ?

— Zaza.

Intriguée, je reposai mon poudrier.

— Dans le public ?

— Oh non, fit-il, choqué. Je l'ai installée dans ma loge. Tu veux la voir ?

Je l'avertis que le rideau allait se lever, ce qui ne m'empêcha pas de le rejoindre : je devais savoir ! Les yeux de Michel brillaient d'excitation.

— Ne dis rien, hein ? Tu es la seule à qui je la présente.

J'allais parler, mais il mit son index sur ses lèvres.

Arrivant devant la porte de sa loge, il y pianota légèrement.

— Mon cœur, c'est moi…

Pas de réponse.

Puis, se courbant tel un commerçant cauteleux, il tourna délicatement la poignée.

— Entre, me dit-il en se reculant.

D'abord je ne vis rien. Puis j'aperçus une petite silhouette de dos, assise sur une chaise, face au mur. La scène était étrange, car elle ne bougeait pas. Sa tenue colorée, riche en fanfreluches, contrastait avec son immobilité.

— Zaza ? fit-il en refermant la porte dans son dos.

Toujours rien.

Je m'approchai et, devant la petite taille de l'inconnue, je réalisai alors que sa maîtresse n'était pas une femme… mais une fillette ! Voilà pourquoi il ne l'invitait jamais, ne la montrait à personne ! Subitement écœurée, je me retournai vers Michel, peinant à trouver mes mots :

— Mais enfin, tu es… tu es un monstre… et un dégueulasse… une enfant ?... Zaza est une enfant ?!

Michel fut si surpris de ma réaction qu'il se plia en deux d'hilarité.

— Et en plus ça t'amuse !

Michel dut s'agenouiller sur le parquet de sa loge tant il se bidonnait. Alors j'entendis un étrange grognement dans mon dos.

Lorsque je me retournai, je poussai un cri strident. Était-ce de l'effroi ? du dégoût ? de la surprise ? du soulagement ?

Tout cela, sans doute. Et puis, moi aussi, je fus prise d'une irrépressible envie de rire.

Sous son petit bonnet de coton rose, vêtue de sa robe enfantine, la guenon me fixait d'un air interrogatif. Ses lèvres se recourbèrent comme deux saucisses noires et Zaza affecta un rictus qui devait ressembler à un sourire.

— Elle t'aime bien, fit Michel en s'approchant du singe, qui sauta dans ses bras.

Et voilà qu'il caressait son front, posait des baisers sur ses naseaux, la laissait lui lécher les joues, les yeux, la bouche, en hoquetant de rire et de plaisir.

— Maintenant, tu comprends ?

Ce que je comprenais, c'est que Zaza ne pouvait effectivement pas assister au spectacle. Je n'osai en revanche demander la véritable nature de leur relation, car l'animal occupait la première place dans son cœur.

Les jours où elle se montrait énervée, irascible, soudain sauvage, Michel arrivait au théâtre plus morne qu'un amoureux éconduit.

— Ce matin, elle ne m'a même pas regardé…

Mais quand elle était joyeuse, Simon avait l'âme au diapason, et toute la coulisse s'en ressentait, car il était jovial, charmeur, ayant un mot gentil pour chacun.

— Nous sommes à la merci des caprices d'un singe, se navrait Willemetz, qui devait parfois recoller les morceaux lorsque Michel était allé trop loin avec un technicien ou un figurant.

Forts du succès de cette opérette, Michel et moi nous retrouvâmes l'année suivante dans une autre création d'Albert Willemetz : *Les Joies du Capitole*.

Au milieu des répétitions, nous vîmes arriver un Michel Simon défait. Ses traits étaient creusés et cet homme de trente-neuf ans en paraissait quatre-vingts.

Il s'assit dans un coin de la salle et, lorsque vint son tour de répéter, il monta en scène mais se montra incapable d'articuler.

— Michel, vous vous foutez de nous ou quoi ? finit par gronder Willemetz.

Simon nous considéra avec apathie, avant de lâcher dans un sanglot :

— Elle est morte...

Une même pensée traversa toute l'équipe : « Il ne manquait plus que ça... »

Aussi absurde que cela puisse paraître, il nous fallut donc répéter puis jouer cette pièce en sentant planer sur nous le fantôme d'une guenon, car Michel Simon était inconsolable. Certains jours, il prenait sur lui. D'autres, il avait l'air d'un spectre maussade, tout à coup agressif.

— À croire que ta Zaza s'est réincarnée en toi, Michel ! finis-je par assener, après une représentation particulièrement tendue. Tu as vraiment une humeur de singe, parfois !

Michel prit la remarque comme une gifle. D'ailleurs il m'en donna une, sèche, pointue, me laissant abasourdie au milieu de la coulisse, devant une équipe sidérée.

Simon ne s'en excusa même pas. Au contraire, sans presser le pas, il tourna les talons et regagna sa loge en grommelant :

— Vous êtes tous si cruels, si cruels...

Les semaines passant, Michel finit par se calmer. À la demande de tout le théâtre, il vint me présenter ses excuses, car nous ne nous adressions plus la parole qu'une fois en scène.

— Arlette, je te demande pardon...

Il me fit l'effet d'un petit garçon penaud, venu implorer la clémence de ses parents. Je n'étais pas rancunière et savais que son chagrin était réel.

— Il était temps, dis-je avec un ton volontairement pincé.

— Je l'aimais, tu sais ?

— J'en ai bien l'impression.

Prenant ma main avec passion, il planta ses yeux dans les miens.

— C'était plus qu'une maîtresse, c'était une femme...

MES HOMMES

Mon singulier attelage sentimental suivait son cours, bon an mal an. Malgré les aléas de la crise financière qui avait sérieusement grevé sa bourse, Jean-Pierre me traitait toujours comme une princesse. Je l'accompagnais à la chasse, chez les amis de ses parents ; il me faisait faire mon baptême de l'air puis m'offrait le nouveau parfum de Guerlain, *Vol de nuit*, que j'allais porter quelque temps ; les week-ends, lorsque je ne jouais pas, nous allions au bord de la mer. Si j'étais bloquée à Paris, nous filions à Barbizon, dans ce charmant restaurant, Les Pléiades, qui était une merveille dès l'arrivée des beaux jours.

Après le repas, nous allions nous promener dans les petits chemins de campagne, où nous parlions essentiellement de moi, ma carrière, mes projets, mes rencontres.

— Parfois je me dis que sans moi, ta vie serait bien vide, Jean-Pierre.

Mon amant haussait les épaules, ne trouvant rien à répondre. Tout juste souriait-il au soleil du printemps, à ces nuages en écharpe, aux paysans que l'on voyait au loin, à l'horizon des champs. Jean-Pierre se laissait porter par la vie. En un sens, il vivait par procuration. Mes joies devenaient les siennes et il savait apaiser mes craintes, mes doutes. Il était souvent de bon conseil mais se gardait toujours de trop appuyer certains choix, lorsqu'ils lui semblaient hasardeux.

*

S'il persistait à ne pas venir m'applaudir au théâtre, mon frère allait voir tous mes films. Il était même d'une assiduité touchante, bien qu'il ne m'en fît jamais la moindre critique, lorsque nous nous retrouvions.

Nous nous voyions de loin en loin, généralement seuls, car il y avait un monde entre ma vie avec Jean-Pierre et le quotidien de mon frère aîné, ouvrier tourneur dans des usines automobiles. La crise de 1929 avait frappé son secteur et il changeait souvent de firme, travaillant chez Darracq, Hotchkiss, Peugeot, Delage, Hispano-Suiza, Panhard et Levassor...

Nous aimions ces moments rien qu'à nous, où nous parlions très peu, car le silence avait toujours été notre intimité. Il suffisait d'un son, d'une odeur, pour que remonte le passé, notre enfance, nos parents. Nous dînions en tête à tête dans des petits bistrots de Courbevoie, au milieu d'une salle pleine de cris et de joie.

Ensuite, nous marchions dans les rues de notre enfance. En passant devant nos maisons, le dépôt des tramways, les bords de Seine où maman lavait son linge, j'étais toujours saisie de nostalgie. Pierrot le sentait, prenait mon bras et me serrait contre lui en murmurant : « P'tite sœur. »

Parfois il surmontait sa pudeur et, d'une voix hésitante, me demandait où j'en étais.

— Tu le sais bien, Pierrot. Tu vois mes films.

— Je te parle pas de ça, Léonie. Ton Jean-Pierre, il va t'épouser ? Vous allez faire des gosses ?

Je lâchais généralement son bras et me reculais.

Il connaissait ma vision de la vie, qui allait à l'encontre de ce qu'il était et de ce qu'il me croyait être.

— J'ai le temps, Pierrot...

Mon frère inspirait alors profondément, sans doute déçu, sûrement peiné, admiratif aussi, envieux de mes choix, de ma liberté.

Nous nous quittions devant le pont de Neuilly, que je traversais toujours à pied.

Sur l'autre rive, le chauffeur de Jean-Pierre m'attendait...

VENISE

Les années passant, Sacha Guitry et moi étions devenus très amis. Ma proximité avec Jacqueline Delubac, son épouse, avait créé un lien assez intime, au point qu'on nous prenait pour un ménage à trois. Jean-Pierre ne s'en offusquait d'ailleurs pas :

— Sacha a toujours aimé qu'on lui tienne la chandelle, plaisantait-il, assez méchamment. La sienne est si petite qu'il a besoin de lumière pour la trouver…

Jamais je ne serais allée interroger Jacqueline à ce sujet, car elle devait y trouver son compte : de figurante elle était devenue vedette des planches et de l'écran. Partager la vie de Guitry devait être épuisant, en revanche cela comportait des avantages. Sacha était hâbleur, autocentré, arrogant, et néanmoins profondément généreux.

Au printemps 1936, les Guitry m'invitèrent à les accompagner à Venise.

J'y étais allée une première fois avec Edelweiss, mais découvrir Venise au bras de Sacha Guitry est une expérience inoubliable. Pas un musée dont il ne sût le trésor méconnu ; pas une église dont il ne fût au courant d'une statue cachée ; pas un palais dont il ne tutoyât le propriétaire, trop heureux de nous faire découvrir son escalier d'honneur et ses fresques murales…

— Votre banlieue, c'est Courbevoie ; la mienne, c'est Venise, aimait-il à dire sans plaisanter, car il avait *sa* suite au Danieli.

Tout m'émerveillait, depuis la faconde des gondoliers jusqu'à ces dîners étourdissants, auxquels nous nous rendions chaque soir. Au milieu d'un pays corseté par un régime très autoritaire, Venise vivait comme un monde parallèle, où rien ne se serait arrêté.

— Ces fascistes ont le sens de la grandeur, disait Sacha. Ils descendent tout de même de Michel-Ange, du Bernin, de Raphaël... Ils auront beau vouloir tout changer dans leur pays, ils sont condamnés à la beauté.

L'Italie de Mussolini ne semblait pas sous la même chape de plomb que l'Allemagne hitlérienne. Mais, dans le cocon ouaté du couple Guitry, pouvais-je être bonne juge ?

Et puis j'eus vite l'esprit très occupé...

Nous étions allés dîner chez un couple de Vénitiens, et le hasard du plan de table m'avait placée à la droite d'un vieux magistrat qui parlait à peine le français et voulut m'entreprendre sur « l'effroyablité du Front populaire », dont il avait lu les recensions dans l'*Osservatore Romano*. Devant mon mutisme (son haleine empestait l'anchois), il se tourna vers sa voisine de gauche, qui ressemblait à un os de seiche grimé en princesse. J'eus alors tout le loisir de profiter de mon second voisin... lequel n'était pas là. J'étais en effet à côté de la seule place vide, ce dont le maître de maison se désola.

— Il faut excuser David, il est incorrigible.

Au vrai, je n'en voulais pas trop à ce David. Les mondanités n'avaient jamais été mon fort et j'étais contente de butiner mon risotto, ma ricotta, un délicieux rouge de Vénétie, tout en contemplant les tableaux sur les murs. De l'autre côté de la table, Sacha faisait son numéro, improvisant un italien de cuisine. Assise entre deux vampires, Jacqueline m'envoyait çà et là des regards compatissants.

Puis, tout à coup, un courant d'air. Comme lorsque des fenêtres s'ouvrent conjointement, aux deux extrémités d'une vaste demeure. On dit que c'est ainsi que pénètrent les fantômes. Ce n'est pourtant pas un spectre qui apparut à l'orée de la grande salle à manger. La silhouette était lumineuse. La maîtresse de maison glapit un « David ! » faussement courroucé, tandis que l'inconnu se précipitait pour lui baiser la main.

— *Mi dispiace, mi dispiace...*, chantonna la voix veloutée, en embrassant la table avec une douceur ironique.

Il se moquait d'être en retard et bichait de cette entrée théâtrale. Coupé au cœur d'une tirade, Sacha lui-même fut agacé par l'irruption.

L'hôte se leva et, tout en exagérant une colère d'arlequin, désigna la place vide à ma gauche.

Alors tout me parut évident : ce voyage à Venise, cette soirée lancinante, ce voisin moribond, cette société capiteuse et désuète, jusqu'à cette place restée vide pendant deux heures. Tout devait conduire à cet inconnu qui s'assit à côté de moi et répéta son « *mi dispiace* » en posant là aussi un baiser sur ma main.

— Je ne parle pas italien.

— Moi non plus, répondit-il en éclatant de rire, avant de vider d'une traite son verre de vin rouge.

— Vous aviez soif.

— C'est que j'ai couru pour vous retrouver.

— Vous vous foutez de moi.

— Bien entendu.

Pour la première fois en sept ans, je sus que j'allais tromper Jean-Pierre.

*

David Mdivani semblait tiré de l'imaginaire d'un écrivain paresseux, qui aurait troqué la crédibilité pour une surenchère de coups de théâtre. David n'avait pourtant rien d'un mythomane. Lorsque je lui disais : « Tu exagères », il s'assombrissait et me répondait, avec une subite gravité : « Tu n'as pas idée combien les hommes sont sauvages. »

Il était le cadet d'une flamboyante famille d'aventuriers géorgiens, qui avaient décidé de conquérir l'Europe occidentale et de la dévorer avec un plaisir rageur. Zacharie, le père, ancien général du tsar, était arrivé à Paris en 1923 avec ses cinq enfants, qui avaient entre dix-huit et vingt-cinq ans. Tous fuyaient l'invasion de la Géorgie par les troupes bolcheviques. Ils étaient nombreux à avoir reculé devant la peste rouge pour trouver asile dans les rues de Paname. Mais les Mdivani n'avaient rien de ces Russes blancs emmurés dans leur nostalgie. Au contraire, ils entendaient vivre avec encore plus de faste, comptant sur leur éducation, leurs titres et leurs bonnes mines. C'est qu'ils étaient beaux, ces Mdivani : les rares fois où ils apparaissaient ensemble, ils faisaient l'effet de quelque incarnation moderne des dieux de l'Olympe à la sauce hollywoodienne. Jeunes, élégants, tous possédaient le raffinement de la vieille Europe avec une pincée de perversité orientale qui rendait leur charme irrésistible. Et les héritières du Vieux Monde ne s'y trompèrent pas, sautant allègrement sur les genoux de ces terribles séducteurs. Serge, l'aîné, épousa successivement l'actrice Pola Negri, la cantatrice Mary McCormic puis la milliardaire Louise Astor van Alen. Cette dernière venait de divorcer d'Alexis, le troisième fils, qui épousa ensuite la comédienne Barbara Hutton avant de vivre avec une Thyssen ! Les deux sœurs, Nina et Isabelle, avaient elles-mêmes de beaux états de service : l'aînée épousa (parmi ses trois mariages) le fils d'Arthur Conan Doyle ; la benjamine réussit à détourner le peintre José María Sert de sa redoutable Misia, pour lui passer la bague au doigt !

Je dois dire que tant de succès, tant d'enchantements, devaient forcément se payer... Comme s'il y avait un équilibre, quelque part dans les limbes. Serge se tua à trente-trois ans en jouant au polo, Alexis mourut à trente ans dans un accident d'auto et Isabelle mourut à trente-deux ans. Seule Nina, l'aînée, est toujours en vie à l'heure où je dicte ces lignes.

Reste David. Mon David...

J'ai toujours eu le goût de la jeunesse. Comme Jean-Pierre, David était mon cadet : six années nous séparaient. Ce n'était toutefois pas la différence d'âge qui allait effrayer ce redoutable don Juan, lequel avait divorcé trois ans plus tôt de Mae Murray, actrice américaine de dix-neuf ans son aînée ! Depuis, le « prince David Mdivani » butinait au gré de la haute société occidentale, de palaces en fastueuses demeures, enchantant des hôtes qui lui passaient tout. Avec ses cheveux ondulés, son air nonchalant et moqueur, David glissait sur les reproches, ce dont il jouait avec une virtuosité fascinante.

Et puis il y avait ce charme, électrique, presque agressif. À l'instar de tous les vrais séducteurs, il semblait n'être qu'à vous, que pour vous. Vous étiez l'unique objet de son attention, comme le félin hypnotise sa proie.

Tout à coup, Venise prit une autre saveur…

— On ne te voit plus, Arlette, me reprocha Jacqueline Delubac, au bout de trois jours.

Sous des prétextes transparents, j'avais annoncé vouloir découvrir la ville par moi-même.

— C'est l'heure du rastaquouère ? demandait Guitry quand je les quittais sitôt pris le petit déjeuner.

Sacha n'aimait pas qu'on lui échappe. Jacqueline était surtout inquiète de mon exaltation.

— Tu ne fais pas de bêtises, au moins ?

— Jacqueline, j'ai trente-sept ans !

— Oui, mais tu sais combien j'aime Jean-Pierre…

— Moi aussi, je l'aime. Mais là, j'ai envie de m'amuser…

Il était convenu que je me promène au hasard de la ville et que David me surprenne, au détour d'un pont, d'une chapelle, d'un *sottoportego*. Mon cœur battait à chaque angle de rue, avec un mélange de crainte et d'excitation. Et s'il jouait avec moi ? Et s'il avait décidé de ne pas venir ? Je me trouvais ridicule de sombrer dans cette ivresse adolescente, mais David me rendait ma jeunesse. Parfois, il me faisait attendre une demi-journée, et quand je m'asseyais, épuisée, déçue, sur un petit banc de pierre, il était à mes côtés, comme s'il n'en avait jamais bougé.

— Vous étiez là ?

— Depuis ce matin.

— Vous me suiviez ?

— Je ne vous ai jamais quittée…

— Dès mon départ de l'hôtel ?

— J'étais dans la salle à manger, la table derrière la vôtre…

— David, je crois que ce jeu ne m'amuse plus.

— Qui a dit que c'était un jeu ?

Mes défenses tombaient une à une, car il prenait ma main et m'entraînait dans les ruelles de Venise, n'hésitant pas à me plaquer contre les parois des immeubles, me pousser dans l'embrasure des porches, pour m'embrasser avec une violence inquiétante.

— David, vous me faites mal.

— Venise est une ville douloureuse.

Ces répliques de mauvais théâtre, il les avait sans doute récitées à mille conquêtes, mais peut-on lutter contre une séduction aussi animale, un désir si brutal ? David était une bête ; la bête la plus raffinée, la plus élégante. Lorsque nous rentrions, le soir, après des heures au Lido, dans les îles de la lagune, sa mise était impeccable et ses cheveux n'avaient pas bougé.

— À demain ? me disait-il à la porte du *Danieli*, avant de me baiser chastement la main.

Puis, sans attendre de réponse, il tournait les talons et se perdait dans la foule, reluquant les belles inconnues.

Ce madrigal dura encore six jours, après quoi il nous fallut repartir.

— Tu vas pouvoir reprendre ta vie ? s'inquiéta Jacqueline.

— Comme toi, je suis comédienne : changer de rôle est ma nature…

Jacqueline n'en croyait pas un mot. J'aperçus alors ma propre image dans le miroir de la salle de bains : mon visage peiné, nostalgique, luttait pour contenir ses larmes.

— C'est très dur d'avoir quinze ans, tu sais ? me dit Jacqueline en posant un baiser sur ma joue.

*

Le retour à Paris demanda quelques semaines d'adaptation. Les Guitry avaient promis de rester discrets et respectèrent leur parole. Jean-Pierre était si amoureux qu'il ne soupçonna rien. Je n'avais conservé de David ni les petits mots qu'il me glissait sur des cartes postales, dans la poche de mon manteau, ni les objets qu'il déposait à la réception de l'hôtel pour qu'on les monte dans ma chambre.

Espérais-je ainsi effacer ces dix jours : cette flamme, cette jeunesse retrouvée ? Avec sa désinvolture habituelle, David avait juré de venir me voir à Paris, mais je savais que pour lui cette aventure n'était qu'un flirt de plus et qu'il allait vite se trouver une nouvelle conquête, pour occuper sa délicieuse oisiveté.

— Il te manque ? me demanda Jacqueline, à la première de gala de *La Garçonne* de Jean de Limur.

— J'ai trop de boulot pour y penser.

— Donc il te manque…

David me manquait-il ? Cette cure de jouvence m'avait marquée au fer rouge, me rappelant combien la vie était faite de surprises, d'angoisses, de sensualité, de séduction ; ce que Jean-Pierre et moi avions abdiqué depuis bien trop longtemps.

Mais en répliquant avoir trop de travail, je disais vrai : l'année 1936 fut encore plus intense que les précédentes car nous œuvrions tous à la réussite d'une nouvelle pièce nommée *Fric-Frac*.

Mais la curiosité la plus insistante fut celle de Sacha Guitry.
— Arlette, je connais Bourdet. Il ne fait jamais rien au hasard…
— Parce que, pour vous, je suis un hasard, Sacha ?

*

La générale et la première furent des soirées comme seul Paris en connaît. Un mélange d'excitation et de méfiance, de suspicion et de frénésie. Depuis la rentrée, la presse cancanait. On disait que Bourdet avait changé de manière, qu'il s'était mis aux couleurs du jour. Fernand Trignol avait pour consigne de ne rien laisser filtrer, mais il était trop vantard pour ne pas plastronner devant les journalistes, déclarant qu'il était le véritable auteur de la pièce.

— Sans moi, votre Bourdet causerait comme un rupin.

— Notre Bourdet, corrigeait Michel Simon, est un vrai dramaturge. Alors réduis la voilure, veux-tu ?

Le soir du 15 octobre 1936, tout Paris s'était donné rendez-vous au théâtre de la Michodière, et le succès fut instantané ! L'élégance distante de Victor Boucher, la gouaille si travaillée de Michel Simon, et puis mon propre abattage : la mayonnaise prit immédiatement. Bourdet et Trignol étaient parvenus à inventer une langue robuste, rigolarde mais toujours intelligible pour ce public en vison.

— C'est gagné, me chuchota Michel, tandis qu'une de mes répliques provoquait l'hilarité de la salle.

Et il disait vrai. L'ambiance se réchauffa aussitôt, alors que les générales et les premières se déroulent d'ordinaire dans une atmosphère de circonspection compassée.

À l'entracte, Bourdet s'approcha de nous, anxieux.

— Vous n'avez pas l'air content, Édouard.

Il crispa les lèvres.

— Je suis superstitieux… Attendons la fin de la pièce.

— Tu parles d'un tue-l'amour, lançai-je à Michel, qui s'amusait de l'inquiétude de l'auteur.

— Tout dépend de nous, maintenant. Sa pièce lui manque déjà…

Sans doute Michel disait-il vrai. Ses pièces étaient ses maîtresses, ses enfants. D'ailleurs, lors des saluts plus qu'enthousiastes qui couronnèrent cette soirée, il monta sur scène, toujours aussi tendu, et s'inclina, blême.

— Les auteurs sont une race à part. Ils souffrent d'écrire leurs textes mais souffrent encore plus de les confier à un tiers. Ces gens-là ne peuvent pas être heureux… et c'est précisément pour ça qu'ils écrivent : avoir l'illusion du bonheur, le poursuivre inlassablement.

Moi, je voulais juste profiter de mon triomphe, et les brassées de fleurs qui m'attendaient dans la loge auguraient une magnifique fin d'année.

Jean-Pierre était là, heureux pour moi. Il avait pourtant dans les yeux ce voile de tristesse qui ne le quittait plus depuis des mois. Je ne lui avais rien dit de mon aventure vénitienne, mais Jean-Pierre me connaissait depuis longtemps. Dès le printemps, notre complicité s'était émoussée.

Il me serra dans ses bras, très fort.

— Tu étais magnifique, mon cœur. C'est ton plus beau rôle…

— On dirait que tu me présentes tes condoléances.

Il allait répliquer, quand les amis se mirent à envahir la loge. Nous fûmes bientôt une vingtaine, chacun y allant de son petit mot.

Je fis ainsi la connaissance de l'étrange Pierre Laval, avec sa moustache de maquignon et sa bouille de gitan. Cette figure inaltérable de la IIIe République était venue accompagnée de sa fille, Josée, et de son gendre, René de Chambrun. Ce dernier avait été avocat stagiaire chez des cousins Dubost. J'avais tout de suite aimé Josée, jeune femme brune et acide, qui s'éclairait quand elle parlait de son père.

« Si Pâpâ savait ça… Pâpâ adorerait cela… »

Et ce soir, dans ma loge, je rencontrai Pâpâ pour la première fois.

— Vous étiez extrrarrdinairre, me dit Laval avec son accent auvergnat.

Les visites s'enchaînèrent ainsi pendant près de deux heures et je dus faire une annonce :

— Mes chéris, je vous adore mais j'aimerais bien me changer…

Ce disant, je commençai à me déshabiller, sans aucune pudeur.

Les invités se carapatèrent, comprenant qu'ils étaient restés trop longtemps. À la fin, seul Jean-Pierre était là, adossé au mur, songeur.

— Quel succès, dit-il avec ce même ton de nostalgie. Je rassemble les troupes et tu nous retrouves au restaurant ?

— C'est parfait, mon cœur.

S'apprêtant à passer la porte, il demanda pourtant :

— Si tu veux, je t'attends devant le théâtre pour marcher avec toi ?

Inconsciente de ma cruauté, je secouai la tête de gauche à droite.

— Pas la peine. Rejoins les autres et fais le plan de table. Je serai vite là.

Il acquiesça sans un mot et s'en alla…

Déjà je me sentais mieux. Jean-Pierre faisait tout pour être discret, mais sa présence me pesait. Et le malheureux s'en rendait compte sans oser rien dire. Je le voyais si souvent se noyer dans ses propres silences, comme on observe un homme à la mer, sans pouvoir lui envoyer de bouée ; ou sans en avoir envie…

— À nous deux, dis-je à voix haute, assise devant ma coiffeuse.

Alors je pensai à ma famille. Pierrot n'avait pas voulu venir, pourtant c'est lui que j'aurais aimé voir, ce soir.

Il m'avait manqué. Il était mon dernier lien avec ce passé dont je m'enorgueillissais dans les dîners, dans les soirées mondaines, telle une coquetterie ; une fierté très travaillée : pour rien au monde je ne serais retournée vivre à Courbevoie ou à Puteaux.

D'un geste désinvolte, comme on chasse un insecte, je repoussai ces mauvaises pensées et commençai à me démaquiller.

— Arletty redevient Léonie, murmurai-je, ôtant le fard de traits qui avaient si peu changé, malgré les années : j'avais déjà trente-huit ans.

— Mais Léonie est aussi belle qu'Arletty.

Je sursautai.

— Qui est là ?!

Dans le miroir de la coiffeuse, j'aperçus deux yeux perdus au milieu des vêtements.

Puis il sortit, tel un diable hors de sa boîte.

Depuis combien de temps était-il caché là ?

— Tu es venu ?!

— On dirait que ça te surprend…

Déjà mon cœur s'emballait, les mots s'embrouillaient, une suée divine couvrait ma nuque. Je me retrouvai comme au premier jour, prise au piège et pantelante. Une gamine !

— Mais… je… non… je n'attendais que toi… je…

Arborant son sourire ravageur, il s'approcha et posa son index sur mes lèvres.

— Tu n'as plus besoin de parler, la pièce est finie.

Alors David m'embrassa, ainsi qu'on ne l'avait sans doute jamais fait avant.

Mes amis m'attendirent longtemps au restaurant. Inquiet, Jean-Pierre revint au théâtre, pour trouver la bouille surprise du veilleur de nuit :

— Bah non, Mme Arletty est partie avec son ami.

— Son ami ?!

Pauvre Jean-Pierre… En sautant dans la voiture de David, je ne pensais plus à lui. Et lorsque je posai mon sac à main sur ce petit tabouret tapissé, à l'entrée de cette suite de l'hôtel Crillon, je ne pensais plus à personne.

Une seule chose importait : ma satanée liberté.

DAVID

Pendant deux ans et demi, je vécus au Crillon. Avec le recul, il me semble n'avoir jamais dormi. Si je tente de trouver une logique dans ces années de folie, c'est peine perdue, car David était une drogue. Non qu'il exerçât sur moi la moindre pression ; au contraire, il était d'une gentillesse exquise, ne cherchait jamais à me forcer, et c'est cela qui était terrible : il était là sans l'être. Comme s'il ne prêtait qu'un intérêt relatif à ce qui me concernait, tout en partageant ma vie de façon fusionnelle. David glissait à la surface des choses ; il semblait toujours sur le point de disparaître, de la même manière qu'il avait surgi dans ma vie.

Et c'était précisément ce qui m'attachait à lui : cette peur de le perdre, quand rien n'annonçait son départ. Mon drame était de ne jamais parvenir à vraiment le lire ; une partie de lui m'échappait, me serait toujours inconnue. David ne me cachait rien, toutefois je ne pouvais m'empêcher d'essayer d'en savoir plus, tout en m'interdisant de le passer à la question, de me montrer insistante, intrusive. Si bien que je finis par museler mon naturel, pour devenir une autre. En un sens, je n'ai jamais été aussi comédienne, à ce point asservie à un homme qui, sans doute, n'était que la projection abstraite de tous les amants dont j'aurais pu rêver, et qui s'incarnaient dans cette figure étrange, mouvante, insaisissable, probablement aussi fabriquée que mon rôle à son bras. De David, je ne savais rien d'authentique. Tout était romanesque et imprécis. Les versions de sa vie changeaient du jour au lendemain, mais il me les racontait avec tant de conviction, tant d'énergie, que j'y croyais toujours. Lorsque je mettais en doute des détails, David fronçait les sourcils comme devant une enfant inattentive :

— Mais non, Arlette. Tu ne suis pas. Ou bien c'est moi qui m'exprime mal. Tu sais bien que je ne suis l'hôte d'aucune langue, un perpétuel exilé.

À ces mots, il prenait une mine penaude, excellant à instiller la compassion et le désir protecteur chez ses interlocuteurs. C'était pourtant lui qui me protégeait, m'entretenait. Et avec un faste extravagant ! Ces deux ans et demi à l'hôtel me firent basculer dans un autre monde. J'y développai un goût du luxe dont je ne me suis jamais départie. Tout allait si vite, avec une simplicité si enivrante, que je croyais que mon destin poursuivait son chemin vers la lumière. Car ces années assirent ma notoriété. *Fric-Frac* étant un triomphe, je devins une actrice courtisée et demandée. Les scénarios s'entassaient sur ma table de nuit. Lorsque nous revenions de quelque soirée arrosée au Tabarin, je passais une heure à feuilleter ces pages, tentant de garder la tête froide car beaucoup de ces scripts étaient médiocres. Si j'étais une célébrité du théâtre, le cinéma m'adoptait sur la pointe des pieds.

Et puis il y eut *Hôtel du Nord*.

HÔTEL DU NORD

Fric-Frac m'avait propulsée au-devant de la scène, *Hôtel du Nord* fit de moi une star de l'écran.

La notoriété tient parfois à peu de chose : un regard, une réplique qui fait mouche. Une adéquation brève mais très intense entre une personnalité et un rôle. Il faut dire que je fréquentais le dialoguiste Henri Jeanson depuis plus de dix ans. Il connaissait mon franc-parler, ce qu'on a appelé ma « gouaille ».

Dans *Hôtel du Nord*, Henri s'en donna à cœur joie. Le dialogue estompe presque la réalisation si subtile de Marcel Carné, que j'avais connu assistant chez Feyder. Les répliques entre le maquereau Jouvet et la pute Arletty sont un feu d'artifice. Ce n'était pourtant pas nous, les vedettes du film. Toute l'intrigue était construite autour de deux magnifiques jeunes premiers, Annabella et Jean-Pierre Aumont. Ils étaient beaux comme des dieux et traînaient leur désespoir le long du canal Saint-Martin. Mais, dès la lecture du scénario, on sentait que Jeanson s'ennuyait à faire parler ces personnages niaiseux, amoureux transis et un peu cruches. Avec la pute et son mac, on montait d'un cran. Mme Raymonde et M. Edmond excitaient sa verve. Ils lui ont même soufflé certaines de ses plus belles tirades. Demandez aujourd'hui qui sont les héros d'*Hôtel du Nord*, personne ne vous citera mes tourtereaux ; on vous dira Jouvet et Arletty.

Quand je découvris le « faux » canal Saint-Martin, reconstitué sous un hangar de Boulogne-Billancourt, je fus soufflée.

— C'est… extraordinaire !

Un petit homme trottina jusqu'à moi, enchanté de mon émerveillement. C'était Alexandre Trauner, le décorateur, un Hongrois aux yeux luisants.

— Vous trouvez ça réussi ?

— J'espère que ça tiendra, plaisantai-je en désignant le petit pont métallique, qui enjambait le faux canal.

— Le temps du tournage, oui.

Puis il sortit d'un carton qu'il tenait sous le bras plusieurs peintures, qui représentaient le même décor.

— Vous êtes peintre ou décorateur ?

— Je dois d'abord peindre la scène, les lieux. Comme une fenêtre qui donnerait sur mon imaginaire. Ensuite, le décor pourra être pensé. Mais si je n'entre pas dans le tableau, je ne peux rien voir…

Cette poésie, cette liberté donnaient le *la* d'un tournage qui ne fut pas simple. Le film faillit d'ailleurs ne jamais être terminé, interrompu par la crise des Sudètes. La politique passant avant le cinéma, Jean-Pierre Aumont fut brièvement mobilisé et ne revint qu'une fois signés les accords de Munich, censés maintenir l'Europe dans une paix durable. À l'époque, nous y crûmes.

— Comme si Hitler avait une parole…, grommela Trauner.

— Vous dites ça parce que vous êtes juif, objectai-je avec maladresse. On lui a donné un os à ronger : il va se calmer…

— Ce type-là ne se contentera jamais d'un os. Il les veut tous : les miens comme les vôtres. C'est un cannibale. Il ne s'arrêtera que lorsqu'il nous aura tous dévorés…

La prophétie me fit frissonner, mais je la repoussai. Pour l'instant, la paix était retrouvée, j'échangeais des répliques étincelantes avec l'un des plus grands acteurs français, et je devinais que ce rôle serait un tournant.

À l'époque, les films se fabriquaient très vite. Le clap de fin tomba le 26 octobre et *Hôtel du Nord* sortit en salle le 10 décembre 1938.

La critique ne fut pas tendre pour le nouveau Carné. Beaucoup pointèrent les répliques trop écrites de Jeanson. On regrettait les dialogues de Prévert, avec qui Carné avait fait *Jenny*, *Drôle de drame* et *Le Quai des brumes*. Mais Jacques – que je ne connaissais pas encore – se trouvait alors aux États-Unis. Personne ne parle comme ça, disait-on. Et alors ? Le cinéma n'est pas une copie de la vie.

Dans mon cas, les six jours de tournage valaient les 1 500 lignes de Cyrano. D'ailleurs les critiques le remarquèrent, qui presque toutes saluèrent ma performance. « Atmosphère », ma célèbre réplique, devint une scie que l'on se répétait de bouche en bouche. Je ne pouvais plus traverser la rue ou entrer dans un restaurant sans que quelqu'un répète, en imitant ma voix : « Atmosphère ! Atmosphère ! Est-ce que j'ai une gueule d'atmosphère ?! » Elle a d'ailleurs fini par me peser, cette citation. Lorsque vous devenez célèbre, le public pense que vous lui appartenez. On vous hèle, comme dans une cour de ferme. Les « madame Arletty, vous voulez bien me dire atmosphère ? », sans même un « s'il vous plaît », devinrent incessants. Au début, bonne fille, je m'exécutais. Passé quelques mois, je décidai d'arrêter et m'y tins. Même sous le couperet, je ne la redirai pas. Ces mots appartiennent au public. Et puis j'ai toujours trouvé grotesque ces gens qui passent leur vie à citer eux-mêmes les répliques de leurs propres films. Je place ma dignité au-dessus !

Reste que ce film m'a fait percer le plafond de verre. Et lorsqu'on me demande aujourd'hui quel est mon film favori, mon rôle chéri, j'avoue toujours que, sentimentalement, mon cœur va à *Hôtel du Nord*.

L'ANNÉE 1939

Certaines années valent un siècle. Il semble qu'on y embrasse trois vies. Quand on est comédienne, ce sentiment est décuplé puisqu'on troque une identité pour une autre, le temps d'un acte, d'une séquence.

Les projets s'accumulaient et je devais faire les bons choix, car ma carrière était à un tournant.

— Prends ton temps pour te décider, me disait David.

— Avec toi, je vis à cent à l'heure!

— Pour tenir, il ne faut jamais s'arrêter.

— Mais je vais m'épuiser!

— Question de souffle…

On me proposait d'incarner la comédienne Ève Lavallière, icône de la Belle Époque, qui avait créé les pièces de Flers et Caillavet, menant grand train, puis était morte en 1929, sous le nom de sœur Ève-Marie du Cœur de Jésus, après avoir distribué sa fortune aux plus pauvres…

Ce rôle me permettrait d'aller vers des incarnations plus graves, mais j'étais tenue par le prochain projet de Carné : *Rue des Vertus.*

— C'est une histoire faite pour vous, m'avait dit Carné, un film de gangsters parisiens, avec des personnages hauts en couleur. Vous y serez parfaite…

Sans trop réfléchir, j'avais signé et m'en mordais maintenant les doigts. On m'offrait un rôle en or et je rempilais chez les pierreuses.

— Vous ne pouvez pas vous désister, Arlette, m'avertit Bunker, mon agent.

Mais parfois la providence vous sourit.

Carné me convoqua chez lui à la mi-janvier ; il semblait embarrassé. Toujours tiré à quatre épingles (je le surnommais « le sou neuf »), il prit mon manteau et l'accrocha à un cintre en se mordant les joues.

— *Rue des Vertus* risque de ne pas se faire...

Je peinai à masquer mon soulagement : à moi Lavallière !

— Je crois que Mlle Arletty n'est pas mécontente de la nouvelle, Marcel...

Je tressaillis. De l'autre côté du salon, un homme était assis dans un nuage de fumée et, narquois, tirait sur sa cigarette.

Carné restait impassible et me désigna l'inconnu.

— Arlette, je vous présente le fautif. C'est lui qui sèche...

Je ne saisissais pas.

Marcel me fit prendre place sur un petit pouf, près d'une cheminée où crépitait un feu joyeux, et me servit une tasse de thé.

L'inconnu écrasa la cigarette dans un cendrier et me tendit la main. Ses yeux étincelaient de malice.

— On s'est croisés plein de fois, mais on ne s'est jamais parlé. Je suis Jacques Prévert.

Il comprit que je n'avais aucun souvenir de lui. Je me serais forcément rappelé une telle intensité : son être dégageait une puissance tranquille et un charme profond. Cet homme n'était pourtant pas dans la séduction racoleuse (à force de vivre avec des dons Juan, on les repère !), car Prévert était bien au-delà : il était dans la vérité instantanée, comme si la vie était trop courte pour se perdre en salamalecs. Il détestait ce que Jean-Pierre, avec son accent d'Eton, appelait le *small talk*. Pour Jacques, la moindre conversation pouvait précéder la fin du monde, donc il ne fallait pas s'égarer. Il poétisait tout. La seule chose qui lui importait chez les autres : leur authenticité, ce que cachait leur carapace. Chez un scénariste, ce talent est une mine pour les acteurs. Jacques savait gratter le vernis et trouver ce que nous avions de plus juste, de plus vrai. Il savait qui nous étions et, surtout, qui nous pouvions être. Il sculptait des personnages qui deviendraient des projections sublimées de notre intimité. C'était sans doute pour cela qu'il avait souhaité me rencontrer. D'ailleurs son acuité devenait dérangeante : le scénariste me radiographiait. L'air de ne pas y toucher, il enregistrait la moindre de mes remarques, la plus petite inflexion de ma voix, comme une matière à exploiter.

Rallumant une cigarette, Jacques Prévert s'expliqua : selon lui, le projet de *Rue des Vertus* était une impasse. Les Américains nous envoyaient suffisamment de films de gangsters pour qu'on leur laisse la primeur de ce genre.

— Donc vous me libérez de mon engagement ?

— Pas forcément…, fit Prévert, malin.

Il tira d'une petite sacoche posée à côté de lui, sur le canapé, une pile de feuilles reliées qu'il me tendit. Le titre me plut aussitôt.

— *Le jour se lève* ?

— Une idée soufflée par mon voisin de palier, dit Carné en s'asseyant à côté de Prévert. Une idée toute simple : à l'aube, un type est enfermé dans une soupente avec un revolver. Son immeuble est assiégé par la police. Alors on remonte le temps pour comprendre ce qui lui est arrivé…

— Les Américains appellent cela un flash-back, précisa Jacques Prévert, mais je préfère le mot « analepse ». C'est plus poétique, vous ne trouvez pas ?

— Et moi, là-dedans ?

— Lisez. Vous verrez…

Je dévorai le scénario dans la journée. Je le lus même comme un roman, frissonnant aux scènes les plus tendues, pleurant devant les instants d'émotion, éclatant de rire à certaines répliques. Je fus surtout éblouie par la limpidité de ce dialogue. Sans chercher à briller, Prévert savait ciseler des phrases d'une élégance, d'une justesse et parfois d'une drôlerie soufflantes. Évitant de tomber dans le naturalisme plat, il avait le don d'enchanter des situations toutes simples, comme si, sous sa plume, la vie prenait une couleur, un reflet qui ne pouvait exister qu'au cinéma. Sans doute est-ce là ce que les critiques ont appelé le « réalisme poétique ». Je l'avais entrevu dans *Le Quai des brumes*, néanmoins ça ne m'avait pas frappée avec tant de force. Pour la première fois, j'étais au cinéma, pas dans du théâtre filmé. Certes, le rôle de Clara était encore celui d'une fille perdue, mais je passais enfin de la gouaille à la gravité. Carné et Prévert cassaient le moule dans lequel je m'étais enfermée pour montrer que la bonne fille de Courbevoie avait une profondeur tragique. Ce n'étaient pas des bons mots, c'était du texte. Tout en étant scénariste, Jacques Prévert ne cessait d'être poète.

Le tournage du *Jour se lève* fut une expérience magnifique. Alexandre Trauner s'était à nouveau surpassé : après le canal Saint-Martin d'*Hôtel du Nord*, il édifia une authentique place de banlieue, avec un étrange immeuble esseulé.

Dans le rôle du dresseur de chiens, Jules Berry était prodigieux. Une performance d'autant plus incroyable qu'il ne connaissait presque jamais son texte et l'improvisait. Il se permettait des fantaisies qui avaient de quoi ulcérer Prévert. Mais Jacques restait en retrait, silencieux. Le plus gêné était Gabin. Malgré son bagout et sa notoriété, Jean semblait intimidé. Mais lorsque nous découvrions certains rushs, le soir, le génie de Berry était si éclatant qu'il fallait rendre les armes. Jules ne venait d'ailleurs jamais à ces projections à huis clos, préférant se livrer à son vice : le jeu. Casinos, tripots, champs de courses : Berry les écumait, dilapidant ses cachets avant même de les avoir touchés, ce qui lui faisait une vie de forçat, l'obligeant à accepter n'importe quel film. À se demander si son métier l'intéressait vraiment. Une forme de génie brut, presque inconscient de son talent.

Sitôt achevé le tournage du *Jour se lève*, je filai retrouver mon frère ennemi, Michel Simon. Pour prolonger le succès de *Fric-Frac*, il avait été décidé d'en faire un film.

C'est à Maurice Lehmann qu'en avait été confiée la réalisation. Cet excellent directeur de théâtre ignorait tout du cinéma et se reposait entièrement sur ses assistants. Pour *Fric-Frac*, il s'appuya sur un jeune homme au caractère éruptif : Claude Autant-Lara. Lehmann passait ses journées assis sur son siège, derrière un journal, se contentant d'un « Moui moui, c'est très bien » lorsque Lara lui demandait si tel plan, tel cadrage, tel découpage, lui convenait. Outre un réalisateur fantôme, il fallut supporter la mésentente croissante entre Michel Simon et Fernandel. Ce dernier jouait le rôle qu'avait incarné sur scène Victor Boucher. Lehmann voulait une affiche alléchante, et réunir deux des plus célèbres acteurs comiques des années trente se défendait. Hélas, les cabots passèrent leur temps à se faire des crocs-en-jambe.

— On dirait des gamins ! leur dis-je un jour qu'ils avaient ruiné une scène.

— Les comédiens sont-ils autre chose que des gosses ? demanda Michel, tandis que Fernandel haussait les épaules et allait s'enfermer dans ce qu'il appelait sa « lôge ».

Ce changement de distribution et la mauvaise ambiance du tournage ne jouèrent pas en faveur du film. La magie que nous avions connue à la Michodière était émoussée par l'artifice du théâtre filmé. Et si *Fric-Frac* compte parmi mes films les plus célèbres, il n'est rien à côté de la pièce.

Le tournage de *Circonstances atténuantes* fut bien plus joyeux. Me voilà encore au bras de Michel Simon, pour cette pochade où un austère magistrat se trouve coincé chez des malfrats et finit par devenir leur mentor. La chanson *Comme de bien entendu* fut sur toutes les lèvres pendant des mois, et ma réplique « pas folle la guêpe » est restée presque aussi célèbre qu'« atmosphère ».

Lorsque j'enquillai enfin avec *Tempête*, une obscure histoire d'escroquerie avec Dalio, Carette, Luguet, Stroheim et quelques autres, je dois dire que le cœur n'y était plus. L'accumulation des tournages, au printemps 1939, n'avait pourtant rien d'un hasard, car j'étais en fuite...

*

Avec David, la griserie des premiers temps s'émoussait et j'entrevoyais la vacuité de cette vie frénétique. Bien sûr, mon cœur battait toujours quand je le retrouvais au Crillon. Mais lorsque je m'échappais, au petit matin, on m'ôtait un poids. Étais-je capricieuse ? Ou bien était-ce une angoisse plus profonde, comme si la fête était finie ?

Fuir l'hôtel, m'éloigner de David, était devenu une nécessité. J'étais épuisée par cette vie.

— Que te faut-il de plus, Arlette ? s'étonnait David, que mes états d'âme ne semblaient pas inquiéter. Le mariage ? Tu n'en veux pas. Les enfants ? Encore moins. Je n'exige d'ailleurs ni l'un ni l'autre. Et pourtant tu n'es pas heureuse… Ce n'est pas moi, le problème, mon amour : mais toi…

David disait vrai : je n'avais rien à lui reprocher. Je me sentais toutefois incomplète, insatisfaite. Quelque chose manquait à cette vie de luxe qui tournait à vide. Me marier aurait-il changé la donne ? Devenir la énième épouse d'un séducteur international, très peu pour moi. Quant aux enfants…

Si je ne dictais pas ces souvenirs, mes doigts se crisperaient sur mon stylo. J'ai toujours été très pudique, mais je suis au soir de ma vie et si je n'évoque pas certains détails, certains événements, ils disparaîtront avec moi… Dès la fin du tournage de *Circonstances*, je commençai à sentir des lourdeurs, des étourdissements. À la moitié de celui de *Tempête*, j'allai consulter un médecin.

— Rien de surprenant, vous êtes enceinte, mademoiselle Bathiat.

Coup de tonnerre ! Le sol se déroba sous mes pieds.

— Venez sur le canapé. Ce n'est pas le moment de jouer les acrobates.

Ma tête bourdonnait comme si l'on venait de me donner cent gifles.

— Enceinte ? Mais j'ai quarante et un ans !

Le médecin restait jovial.

— Cela prouve votre bonne nature ! En revanche, il va falloir être prudente : à votre âge, pas d'excès, pas de voyages, une vie saine et régulière. Il faut que ce petit s'accroche !

Ce programme me donna un fou rire nerveux. Le médecin prit cela pour de la joie.

— Vous verrez, mademoiselle Bathiat, les enfants, cela vous change la vie. Cela donne du sens à chaque chose. Vous allez comprendre ce que c'est que d'être une vraie femme…

Je l'aurais giflé ! Je me contentai de payer ma consultation, sans un mot. Et lorsqu'il me dit, toujours sautillant, « On se revoit dans un mois ? », je ne répondis même pas.

Jamais je ne m'étais sentie si démunie, si vulnérable. Il fallait surtout penser vite et bien. Prévenir David ? Pas question ! Il était pour trois jours à Londres et cette absence était inespérée. En parler à l'équipe du tournage ? J'étais seule responsable de la chose, il fallait prendre sur moi. Mais je ne pouvais pourtant pas rester ainsi…

Je me revois encore, assise sur la petite bergère de notre suite du Crillon, face au ciel magnifique qui inondait la Concorde. Paris était plus beau que jamais, en ce printemps 1939. Et j'étais là, désemparée, à la croisée des chemins, perdue devant ce luxe inutile.

Alors, sans même réfléchir, je décrochai mon téléphone.

— Mademoiselle ? Donnez-moi Mirabeau 43-48.

Bientôt, une voix familière.

— Allô ?

Déjà je me sentais mieux.

— Jean-Pierre ?

Long silence au bout du fil.

— Arlette ? C'est toi ?

— Viens me chercher, s'il te plaît.

— Tu es toujours au Crillon ?

— Suite 23.

— Je suis là dans vingt minutes.

Nous ne nous étions pas parlé depuis deux ans et demi.

ANTOINETTE

La gueule de bois. Le corps anesthésié, le cœur en berne, une inconsistance générale des choses, l'absence de goût, les joies émoussées. Tout semblait enveloppé de gaze ; mon enveloppe elle-même était ouatée. Malgré cela, je me sentais mieux.

Sitôt rentrés rue Mirabeau, Jean-Pierre prit les choses en main. Il m'installa, telle une malade, dans le grand lit de sa chambre d'ami et commença à passer des coups de fil. À la fin de la journée, il m'expliqua le plan de bataille.

— Je me suis renseigné, tu as un peu de temps. Il te reste une semaine de tournage, n'est-ce pas ?

— C'est ça.

— Il va falloir prendre sur toi, faire bonne figure, mais je sais que tu seras parfaite.

Comme s'il hésitait, il finit par ajouter : « Tu es comédienne jusque dans les moments les plus douloureux. » À cette remarque, il se voila.

— Et ensuite ?

— Ne t'inquiète de rien, je m'occupe de tout.

Jean-Pierre Dubost disait vrai : il s'occupa de tout. Le trajet jusqu'à Genève, la clinique au bord du lac, ces médecins adorables. Je ne pensais pas que cela pût être si simple. J'avais lu tant de témoignages terribles, mais Jean-Pierre avait tout organisé avec amour, ne me quittant jamais, prenant ma main lorsqu'il le fallait, sans pour autant se montrer insistant ou nostalgique.

Après la Suisse, nous allâmes passer deux semaines à Capri, pour changer d'air.

— Je rêvais de t'y emmener quand nous étions amants, et je t'y emmène maintenant que nous sommes amis. Ce n'est pas si mal, non ?

— Oui, dis-je en le serrant fort dans mes bras, ce n'est pas si mal…

D'autres auraient profité de la situation, joué les sauveurs amoureux, tenté de me convaincre de ne pas commettre l'irréparable, mais Jean-Pierre me connaissait trop pour cela ; il resta toujours dans son rôle, soudant un lien qui durerait presque toute notre vie.

Quand bien même, je n'étais pas prête à replonger. J'étais rendue amorphe par cette histoire, épuisée par ce bouleversement qui avait secoué mon corps et mon âme.

David et moi n'eûmes pas de véritable explication. Le séducteur prit ma disparition comme il prenait tout dans la vie : avec distance, un froncement de sourcils et son incroyable désinvolture. Ce détachement m'arrangeait bien, car je ne comptais pas me justifier. Il eût été trop douloureux d'expliquer ce voyage en Suisse.

En revanche, je mentirais en disant que mon cœur restait inerte. Disons qu'il ne battait plus pour David depuis déjà un moment car une rencontre du printemps me titillait déjà l'esprit.

Cela s'était passé quelques mois plus tôt, en mars 1939.

David et moi étions allés à la première de *La Chartreuse de Parme*, le nouvel opéra d'Henri Sauguet. La représentation était suivie d'un dîner, qui se tenait cette année chez la cosméticienne Helena Rubinstein, dans l'île Saint-Louis. Immensément riche, la milliardaire avait obtenu le droit de faire raser l'un des sublimes hôtels du quai de Béthune pour le remplacer par un immeuble Art déco. Elle y recevait avec faste le Tout-Paris des arts, de la politique et de l'industrie. Ce soir-là, Sauguet était à la fête. Son adaptation de Stendhal m'avait tiré des bâillements d'ennui, mais les compliments fusaient de part et d'autre de la grande table, illuminée par de hauts chandeliers qui empêchaient de distinguer nos vis-à-vis.

— Henri, cette partition est un chef-d'œuvre.

— Vous renouvelez totalement l'opéra français…

— Votre *Chartreuse* va faire le tour du monde!

Devant ces brassées de fleurs, Sauguet ronronnait avec une bonhomie de prélat. Était-il dupe de ces flagorneries? J'en doute, mais il jouait son rôle. J'étais assise à l'autre bout de la table, à côté d'un David qui s'efforçait de séduire la femme du chef d'orchestre. Je fus bientôt attirée par une silhouette. À la droite du compositeur, une jeune femme très fine, presque maigre, me frappa par sa grâce. Parlant peu, elle considérait l'assemblée avec un mépris de héron; parfois ses mots tombaient, aussi brefs qu'une rafale, puis elle ne disait plus rien, même si on lui demandait de s'expliquer. Sauguet paraissait d'ailleurs hésiter avant de lui faire une remarque, comme s'il s'exposait à un coup de griffe. Et quand l'inconnue souriait, elle était empreinte d'une telle douceur qu'il me semblait découvrir quelqu'un d'autre.

— Vous êtes sous le charme, vous aussi?

Une main posée sur mon poignet me tira de l'hypnose. C'était mon voisin de table, qui m'avait jusqu'alors tourné le dos. Ce petit homme tassé était un de ces vieux aristocrates parisiens comme on en croisait souvent dans les dîners mondains.

— Qui est cette femme?

— Vous ne connaissez pas Antoinette?

Malgré le brouhaha, la belle inconnue avait l'ouïe fine. Comme une biche sent venir le chasseur, elle leva la tête d'un coup. Lorsque ses yeux croisèrent les miens, ils restèrent impassibles, puis, imperceptiblement, ses paupières s'élargirent, jusqu'à lui faire une face de hibou. Un frisson déplaisant me parcourut l'échine. Je me rappelai certaines vieilles femmes croisées avec ma grand-mère, dans la campagne auvergnate.

« Ne les regarde pas dans les yeux, ce sont des sorcières… »

Cette Antoinette, si joliment habillée, aux bijoux sobres et élégants, était-elle une sorcière? Je n'étais plus une enfant mais elle m'évoquait Méduse.

L'impression fut d'ailleurs très fugace. Antoinette se tourna vers Henri Sauguet et reprit son air lointain.

Je restai happée…

— Mais qui est cette Antoinette?

Mon voisin s'amusait de ma curiosité grandissante.

— Une énigme. À l'image de ses poèmes…

— Elle est poétesse?

Moue méprisante et revancharde du petit homme.

— Disons qu'elle a commis un recueil voici deux ans, baptisé *Neiges*, dont Sauguet a eu la mansuétude de mettre en musique quelques vers.

Je fus étonnée par tant de dédain. Mais ce qui me surprit le plus fut ma propre réaction :

— Parce que vous seriez capable d'en faire autant?

Le vieil homme éclata de rire et baisa ma main, enchanté.

— Antoinette est très forte! Vous ne la connaissez pas encore que déjà vous la défendez. Elle a vraiment le chic avec les femmes…

Cette nouvelle remarque m'irrita.

— Comment s'appelle-t-elle?

Avec une neutralité de greffier, mon voisin me répondit qu'Antoinette Gérard descendait d'une famille de députés normands, et qu'elle avait épousé à dix-huit ans le successeur de son père à la députation du Calvados : le fringant François-Charles d'Harcourt.

— C'est l'homme là-bas, à droite d'Helena.

Sans comprendre pourquoi, il me parut absurde qu'elle pût partager la vie de cet élégant si banal.

— Ils ont des enfants?

— Deux, confirma mon voisin, et je me demande bien comment…

À la fin du dîner, tandis que je profitais du frais sur le balcon du salon, une ombre s'approcha.

— Vous embrassez le printemps, vous aussi?

Je fus aussi déconcertée par la gravité de cette voix que par la banalité de la remarque. J'étais pourtant grisée. Voilà un bon moment que j'avais fait mine de m'isoler pour admirer la Seine qui coulait devant l'immeuble, espérant qu'Antoinette finirait par s'approcher. Et je me sentais maintenant prise au piège.

— Vous avez raison, dit-elle, il fait froid.

Ôtant un châle qui lui couvrait les épaules, elle me le passa autour du cou. Son parfum – puissant, presque agressif – me monta au nez et je fus près d'éternuer.

— Et déjà elle s'enrhume, rit Antoinette sans pour autant se dérider.

Puis elle me repoussa dans un coin du balcon, alluma une cigarette et me demanda si je fumais.

— Ça m'arrive, oui.

Elle planta la cigarette entre mes lèvres.

— On partage : comme au régiment.

Son rire flûté ricocha sur l'eau, de l'autre côté du quai. Il faisait une douceur capiteuse et la lune était sortie des nuages, déversant sur le fleuve ses taches de lait.

Pendant un long moment, nous nous fixâmes comme deux gamines enchantées de préparer un canular. Je sentis en moi une familiarité immédiate ; cette inconnue était pourtant aux antipodes de tout ce que je pouvais incarner.

— Vous êtes actrice, n'est-ce pas ?

Impossible de masquer ma surprise.

— Euh… oui, c'est ça.

— Je vous ai blessée, dit-elle en prenant ma main. Les comédiens sont toujours étonnés quand on ne les reconnaît pas.

Je dus en effet museler mon orgueil.

— Je ne vais jamais au cinéma, s'excusa Antoinette, et puis le théâtre m'ennuie. Si je suis là ce soir, c'est pour Sauguet. Mais j'ai passé la représentation au bar du foyer. La musique que je préfère est celle du champagne.

— Vous n'écrivez pas des poésies ?

Antoinette baissa la tête.

— On a fait sa petite enquête…

— C'est juste mon voisin de table qui…

— *Ttt-tt-tt*, fit-elle en resserrant ses doigts. C'est tout naturel. Edmond dit vrai : j'ai publié quelques vers l'an dernier. Et tous ces gens sont si snobs qu'ils les ont jugés réussis.

Tirant sur sa cigarette, elle ajouta que s'il n'avait pas été signé par la duchesse d'Harcourt, son livre n'aurait pas trouvé d'éditeur.

— Des vers de mirliton…

Coquetterie ? Fausse modestie ? Lucidité ?

— Vous vous demandez si je suis sincère, je le vois. Mais ce n'est pas à vous, une comédienne, que je vais apprendre combien la sincérité est relative ? Nous jouons tous un rôle, vous comme moi.

— Et vous, quel est votre personnage ?

Haussement d'épaules impuissant, tandis qu'elle se voilait de tristesse. Elle alluma une nouvelle cigarette, qu'elle fuma en silence, sans me répondre. Puis, d'une pichenette, elle la projeta dans la nuit.

— Moi, je ne suis qu'une figurante.

À son sourire, je sus qu'elle n'en croyait pas un mot. J'eus alors l'irrépressible envie de m'approcher, d'effleurer ses joues, de toucher ses cheveux. Elle-même ne bougeait plus, à l'affût, attendant de voir qui ferait le premier geste.

— Antoinette, nous partons…

Je sursautai.

Dans l'encadrement de la fenêtre, le duc d'Harcourt nous observait avec une pointe d'agacement.

— Mais je ne veux pas t'enlever à ton amie, dit-il sans me quitter des yeux.

— Tu as raison, François. Il est tard. Allons-y.

— Tu ne me présentes pas ? s'étonna le mari, qui s'était raidi devant moi, comme un militaire.

Antoinette affecta une moue offusquée.

— Mon chéri, tu ne reconnais pas Arletty ? Nous l'avons vue dans *Fric-Frac*, la pièce d'Édouard, l'an passé. Et puis c'est elle qui donnait la réplique à Jouvet, dans *Hôtel du Nord*, que tu as adoré.

Le duc s'illumina.

— Mais bien sûr : « atmosphèèère ! »

M'entendre imitée par ce type me donna envie de le gifler. Mais j'étais encore plus surprise par l'attitude d'Antoinette, qui posa un baiser sur ma joue, tout près des lèvres, et s'esquiva en murmurant :

— Rassurez-vous, ça ne fait que commencer.

— Tu avais l'air en pleine conversation avec Antoinette, me dit David, dans le taxi qui nous reconduisait au Crillon.

— Tu la connais ?

Il semblait étonné que je ne l'aie jamais rencontrée.

— C'est une femme… étonnante, avouai-je.

— Une femme, c'est beaucoup dire…

Son dédain m'irrita.

— Elle est belle, mystérieuse, inattendue…

David éclata de rire.

— C'est le grand amour, dis-moi !

Je refusai de répondre à son ironie et me tournai de l'autre côté de la banquette.

La main de David caressa ma nuque.

— Tu as toutes tes chances avec Antoinette, dit-il d'une voix atone. Mais prends garde, c'est une briseuse de cœurs.

Au gré de ce printemps de folie, je ne croisai Antoinette que de loin, à des dîners. Elle s'y montra d'une courtoisie froide, comme si notre conversation sur le balcon n'avait pas eu lieu. En un sens, je ne m'en offusquai pas. J'avais la tête ailleurs. *Le jour se lève*, *Fric-Frac*, *Circonstances atténuantes*, *Tempête* : les tournages laissaient si peu de place aux mondanités. Antoinette restait dans un coin de ma tête, telle une figure obsédante, une énigme idiote que je ne parvenais pas à résoudre.

À la fin du mois de juin, le hasard nous réunit à nouveau. Les deux dernières semaines avaient été harassantes : sitôt rentrée de Capri, j'avais dû faire bonne figure pour les sorties du *Jour se lève* et de *Fric-Frac*, à six jours d'intervalle. La critique avait été sceptique pour le premier et hautaine pour le second. De la « morosité complaisante » et du « théâtre de conserve ». Je dois avouer que la presse, une fois de plus, m'épargna et me salua. « Quelle métamorphose ! Mademoiselle Arletty est en train de devenir l'une des meilleures comédiennes de sa génération ! » Comme j'avais éclipsé Annabella dans *Hôtel du Nord*, j'éclipsai Jacqueline Laurent dans *Le jour se lève*.

— Ce n'est que justice, me confia Jacques Prévert, avec qui je déjeunai dans un restaurant de Montmartre, à la mi-juin.

— Vous pourriez m'en vouloir : Jacqueline est votre amoureuse, tout de même…

L'expression l'amusa.

— La vie peut tricher; la caméra, non. Jacqueline disparaît, alors qu'on ne voit que vous.

Disant cela, Prévert prit une intensité intimidante. Je me plongeai dans ma limonade.

Je n'en fus que plus surprise par la silhouette qui s'avança vers nous, brisant le long silence.

— Bonjour, chère amie…

Antoinette était plus belle que jamais. D'ailleurs ce n'est pas le mot : elle était élégante car elle était née ainsi. L'élégance était sa nature, au même titre que sa couleur de cheveux ou le grain de sa peau.

Presque malgré moi, je grinçai qu'elle m'ignorait dans les salons mais me saluait à la terrasse des bistrots.

— Nous ne sommes pas du même monde, c'est ça?

Elle aima cette pique.

— Heureusement! Le mien est un ballet de crabes, de vieilles barbes qui sentent le pipi, de têtes présumées couronnées, d'hypocrisie et de crocs-en-jambe…

La saillie m'enchanta. Comme la première fois, j'étais happée par ses yeux. Antoinette s'assit sur le petit banc.

— Eh bien, je vais vous laisser à votre madrigal…

Pauvre Jacques, je l'avais totalement oublié. Sans même tourner la tête vers lui, Antoinette demanda si elle me dérangeait. Jacques ne me laissa pas le temps de répondre. Chafouin, il s'ébroua et jeta un billet sur la table.

— C'est pour moi, grommela-t-il en rehaussant la lanière de sa sacoche de cuir. Et si vous en avez le temps, pensez à cette histoire de prison pour adolescents, en Bretagne…

— Oui oui, dis-je, lointaine.

C'était comme si la ville n'existait plus. Les rapins, les commerçants, les bougnats, les marchands de primeurs, les gamins à casquette : tout semblait glisser dans un monde muet et figé. Seule Antoinette semblait en vie, sous le joli ciel de juin.

— Ce type est amoureux de vous, lança la duchesse en coinçant le billet sous la tasse laissée par Jacques, car une bourrasque traversait la place.

— De moi ?

— Ça vous étonne qu'on puisse l'être ?

Ainsi qu'elle l'avait fait sur le balcon, elle prit ma main. Je retrouvai le frisson de l'île Saint-Louis.

— Ça dépend de qui, fis-je à mi-voix, tandis qu'Antoinette commandait une Suze.

Elle avait lâché mon poignet et déjà sa chaleur me manquait.

— Parlez-moi un peu de vous, me dit-elle.

Avec une certaine crainte, je sentis alors le besoin de m'ouvrir à cette femme, de lui raconter tout ce qui s'était passé dans ma vie, ces six derniers mois, surtout le plus douloureux : la fin de David, le séjour à Genève, la convalescence à Capri… Cependant, alors que j'allais commencer, Antoinette m'interrompit :

— Vous êtes très prise, en ce moment ?

— Vous voulez dire : aujourd'hui ?

— Pas seulement…

Son regard était avide.

— Je viens d'enquiller quatre tournages. Mais je ne commence le prochain qu'à la fin septembre ; une adaptation du *Madame Sans-Gêne* de Sardou.

Ces détails ne l'intéressaient pas. Elle les évacua d'un geste irrité et saisit ma main avec une force d'homme, avant de dire, comme un ordre :

— J'ai besoin de voir la mer…

EXODE

Collioure est un petit port de pêche à un jet de pierre de l'Espagne, au pied de collines escarpées qui plongent dans la mer. Une anse gorgée de lumière, vivant au rythme de la Méditerranée, du va-et-vient des bateaux, de la criée aux poissons. Du moins est-ce l'image que j'en ai gardée, d'il y a bientôt cinquante ans.

Antoinette avait réservé à l'hôtel La Balette.

— C'est une merveille, vous verrez..., me dit-elle tandis que nous montions dans le train.

Deux heures plus tôt, Jean-Pierre m'avait vue quitter la rue Mirabeau avec amertume.

— C'est comme ça, désormais ? Tu me siffles quand tout va mal. Puis, une fois guérie, tu disparais ?

L'excitation de ce voyage et le bonheur de respirer à nouveau me rendaient injuste.

— Je ne t'ai rien promis, Jean-Pierre.

— Et moi, je ne te demande rien, sinon un peu d'honnêteté.

Il s'était approché et m'avait caressé la joue.

— Plus on te connaît, moins on te connaît... Qu'attends-tu de ce voyage, au juste ? Une révélation ? Tu es à ce point dégoûtée des hommes que...

Je ne l'avais pas laissé finir. J'avais saisi ma valise et profité de la situation pour partir de façon théâtrale : cela m'épargnait des adieux étranges et douloureux.

Sitôt dans le taxi, les doutes étaient pourtant remontés. Bien sûr qu'il disait vrai. Ce que j'éprouvais pour cette femme, avec qui je partais sur un coup de tête ? J'aurais été incapable de le formuler. Je crois que je n'osais pas. Avais-je honte ? Peur ? Ou juste le besoin de sacrifier à une fascination plus ou moins coupable, pour voir jusqu'où j'étais capable d'aller ?

Toutes ces questions s'estompèrent lorsque Antoinette apparut sur le quai. Son chauffeur l'aidait à hisser sa valise dans notre compartiment.

Comme si ce geste était le plus naturel du monde, elle s'approcha de moi en disant d'un ton détaché : « Arlette, vous voilà, c'est parfait », puis posa un rapide baiser sur mes lèvres, sans craindre les regards.

Je restai figée sur place. C'était la première fois.

— Eh bien, vous venez ? dit-elle, depuis le marchepied de la voiture, tandis que le chef de gare donnait un puissant coup de sifflet et que des toupets de vapeur envahissaient le quai.

Ce voyage en train fut délicieusement ambigu. Antoinette avait réservé un compartiment pour nous seules.

— Nous avons douze heures pour apprendre à nous connaître…

Elle disait vrai : nous ne savions presque rien l'une de l'autre et partions en tête à tête à l'autre bout du pays.

— Qui commence ? demandai-je, intimidée.

Antoinette tourna sa tête vers la vitre. Le train quittait lentement Paris, traversant une campagne hérissée d'usines, de maisonnettes, de tout ce monde ouvrier dans lequel j'avais grandi.

— Toi, dit-elle sans se retourner.

Sans un mot, avec une bienveillance froide, la comtesse Antoinette d'Harcourt écouta Léonie Bathiat lui narrer sa jeunesse, sa famille, ses amours, ses drames. Elle sut comment était née Arletty, combien sa carrière avait mis du temps à éclore, ce qu'était la vie d'une actrice. Jamais elle ne se permit la moindre réflexion. Parfois je sentais qu'elle aurait voulu m'interrompre, insister sur un point, me voir développer une anecdote, mais elle retenait ses mots, avec une courtoisie qui était – je le comprendrais bientôt – un respect admiratif. Antoinette était passionnée par les artistes.

— Je me suis toujours rêvée écrivain, dramaturge, romancière, même si je suis consciente de n'avoir aucun don, m'avoua-t-elle. Mais j'ai à cœur de comprendre les artistes, les défendre, les soutenir, les protéger, à défaut d'en être une.

— C'est pour me défendre et me protéger que tu m'emmènes au bord de la mer ?

Ma remarque l'amusa. Elle picora un petit morceau de ce foie gras qu'elle avait apporté dans un panier, puis concéda : « Pas seulement… »

Antoinette se raconta de façon bien plus succincte.

— Deux ans de ta vie valent toute mon existence : en intensité, en nouveauté, en surprises.

J'étais étonnée par la lassitude sereine de cette femme, qui parlait comme si elle était aussi vieille que le monde, alors qu'elle était de dix ans ma cadette. Elle flottait à la surface des choses, donnant l'impression qu'elle n'y prêtait pas attention. Mais elle retrouvait une vivacité incendiaire dès qu'elle parlait de certains livres, certains souvenirs artistiques, certaines rencontres. Lorsque je lui demandai si elle était heureuse avec son mari, elle me répondit :

— Qui l'est vraiment ? Tu t'es mariée, toi ?

— Je n'ai jamais voulu.

— Tu as ta réponse…

Antoinette aimait parler par énigmes. Nouvelle façon pour elle de faire de la poésie. Elle aimait surtout rester imprécise sur ses goûts, ses désirs les plus profonds. Elle avait un mari, des enfants. Elle avait eu des amants connus dans le grand monde. David puis Jean-Pierre m'avaient pourtant confirmé qu'elle entretenait des amitiés très étroites avec certaines femmes, sans que personne puisse jurer qu'elle allât plus loin. Puisque nous étions à nous dévoiler, j'aurais pu lui demander de s'expliquer. Mais j'éprouvai une étrange aboulie à obliquer la conversation. Je voulais que le « mystère Antoinette » conserve ce charme vénéneux, qui m'avait poussée à partir en lune de miel avec une femme dont je ne savais rien.

Apprenant que nous allions partager la même chambre, j'eus un moment de recul.

Antoinette ne s'en émut pas.

— Nous venons de passer une demi-journée dans un compartiment de chemin de fer. Nous pouvons bien partager une suite, non ?

— Si vous voulez, proposa le réceptionniste en me faisant un étrange clin d'œil, il me reste une chambre au dernier étage ?

Antoinette restait impassible, décidée à ne pas m'influencer. Cela ne rendait la décision que plus délicate.

« Que va-t-il se passer, au juste ? », me dis-je alors, trouvant tout à coup ridicules tant de précautions.

— Non non, nous serons très bien dans la suite.

Antoinette fut inondée de lumière.

— Parfait ! dit-elle en tapant dans ses mains en direction d'un groom, avant de passer son bras sous le mien. Voulez-vous bien monter nos affaires dans notre chambre ? Mon amie et moi allons saluer la mer.

*

Ce furent des semaines merveilleuses. Des moments comme rarement j'en connaîtrais. Bien sûr, il m'arriverait d'être plus heureuse, plus passionnée, mais cet été à Collioure fut d'une insolente liberté et d'une délicieuse insouciance. Partager un même sexe fait gagner un temps fou. Rien à expliquer, à justifier, puisque nos esprits et nos corps sont faits du même bois. Lorsque j'allais proposer une balade, Antoinette comptait faire pareil ; quand elle avait faim, soif, besoin de lumière, de douceur, je m'y conformais avant même qu'elle ne le suggère. Nous respirions à l'unisson, sans contrainte. Nous restions bien sûr dans une séduction réciproque, un jeu de rôles ambigu, mais il était adouci par cette communauté d'âme et d'appétits qui rendait la vie délicieuse et si facile.

Nos journées obéissaient à un rythme régulier, qui était celui du soleil et de la mer. Le matin, nous marchions sur le port, côte à côte, bavardant avec les pêcheurs, rigolant avec les villageois. L'après-midi, nous empruntions une voiture de l'hôtel pour gagner les collines au-dessus de Collioure et ces vignobles de banyuls où parfois nous nous arrêtions faire la sieste, à l'abri d'un olivier. Et le soir, nous dînions dans le délicieux restaurant de l'hôtel ou sur quelque terrasse de ce port si pittoresque. J'étais d'ailleurs tombée en arrêt devant une petite maison, au bout de la jetée. Il me semblait la connaître.

— Évidemment, me dit Antoinette, Albert Marquet a beaucoup peint cet endroit. Et il n'est pas le seul. C'est la plus belle vue du village.

Un petit écriteau *À vendre* fit alors battre mon cœur.

— Tu pourrais t'installer ici, loin de tout ? fit mon amie en se serrant contre moi.

— Je ne sais pas. Tout change tellement, ces derniers temps…

— En pire ou en mieux ?

— Les deux, j'imagine…

Depuis un demi-siècle, mes amis, mes proches, mes amants, parfois même des journalistes indélicats, m'interrogent sur mon amitié avec Antoinette. Pourquoi tant de curiosité ? Notre lien était unique, comme le sont toutes les relations amicales, amoureuses, et surtout celles qui mélangent les deux. Je me doute que vous voudriez des détails, des images fortes. Sachez juste que si je surnommais Antoinette « Fleur-de-Lit », cela n'avait rien d'un hasard. Rarement j'ai rencontré quelqu'un qui sache aussi joliment rendre une femme heureuse. Je serais vaniteuse de dire que je possédais le même talent. Avec ma duchesse, je savais mieux recevoir que donner, mais elle ne me demandait rien. Et c'était l'une de ses nombreuses qualités. La seule fois où elle s'en étonna, je la pris dans mes bras avec toute ma tendresse et lui répondis, sincère :

— Tu sais, Antoinette, je préférerai toujours être habillée et déshabillée par les hommes.

— Je sais bien…

*

Il fallut, hélas, se résoudre à regagner Paris. C'est à regret que nous quittâmes les enchantements de Collioure, mais nous avions décidé de remonter par le chemin des écoliers, car Antoinette se procura une automobile.

— Il faut dévorer cette liberté jusqu'à la dernière bouchée, on ne sait pas ce que nous réserve la suite...

Dieu qu'elle avait raison !

Nous voulions profiter encore un peu de cet été qui avait tout d'un adieu. D'un adieu à quoi, d'ailleurs ? Je n'aurais su dire, mais il me semblait, au gré des routes de France, que nous goûtions aux ultimes feux d'une époque. Comme si les choses allaient changer, bientôt, de façon aussi rude qu'inattendue.

— Tu t'inventes des mondes, Arlette, me raisonnait Antoinette, qui – pour une fois – ne partageait pas cette intuition.

— On verra bien, répondais-je, prise d'une inquiétude sourde.

La rentrée promettait pourtant d'être excitante : j'allais attaquer le tournage de *Madame Sans-Gêne*, réalisé par Roger Richebé, qui serait le premier film français en Technicolor.

Vous l'aurez deviné, ces projets étaient de beaux rêves. Et lorsque, quelques jours après notre retour à Paris, nous apprîmes que la France déclarait la guerre à l'Allemagne, je compris que cette saison marquait la fin de l'innocence.

DRÔLE DE GUERRE

Ça n'allait pas recommencer ! Vingt-cinq ans plus tard, les hommes commettaient la même bévue ?! Tandis qu'on annonçait la mobilisation générale, je voyais remonter des fantômes. Dans Paris, l'atmosphère était électrique. Les gens s'apostrophaient : Et vous, qu'allez-vous faire ? votre mari ? votre fils ? votre neveu ? votre frère ? Et lorsque, dans le salon de l'appartement de la rue Mirabeau, je vis Jean-Pierre en tenue militaire, je dus retenir mes larmes.

— Ça sera peut-être très rapide, tu sais ? me dit Jean-Pierre d'une voix engorgée, tandis que nous sortions du taxi, sur le parvis de la gare de l'Est.

— C'est ce qu'ils disaient tous, en 14. Ils étaient même heureux, à l'époque.

— Ce n'est plus le cas aujourd'hui…, compléta la mère de Jean-Pierre en scrutant les alentours.

Les visages étaient anxieux, les larmes affleuraient. Tous étaient conscients que le monde allait encore basculer. Ils avaient en mémoire les boucheries de Verdun racontées par leurs aînés. Et voilà que c'était leur tour…

Jeanne Dubost avait tenu à accompagner son fils à la gare. Elle aussi retenait ses sanglots, mais ses traits étaient un livre ouvert : elle était terrorisée.

— Maman, tout va bien. S'il y a une offensive, je ne serai pas au front.

À cette objection, sa mère haussa les épaules.

— Lorsque les premières lignes seront décimées, il faudra bien les remplacer…

Jean-Pierre blêmit et j'exagérai ma jovialité :

— Dites donc, les amis, ce ne sont pas les adieux de Fontainebleau. Embrassez-vous et dites-vous : « À tout de suite ! »

Je n'en croyais pas un mot, mais il fallait donner le change. Tandis que mère et fils s'étreignaient maladroitement, un soldat s'approcha de moi, timide.

— Madame Arletty ?

— Oui ?

— Je peux vous demander un autographe ?

La scène détendit l'atmosphère, mais je sentais Jean-Pierre inquiet d'autre chose.

— Qu'est-ce qui ne va pas ? lui demandai-je, alors que sa mère était allée lui acheter des journaux au kiosque.

Il posa ses deux mains sur mes joues et prit une expression résignée.

— Tu ne vas pas vivre avec elle, n'est-ce pas ?

Je me raidis.

— Jean-Pierre, on en a déjà parlé. Je suis une femme libre…

— Libre de tomber dans ses bras…

— Et surtout trop éprise de liberté pour tomber sous sa coupe.

Jean-Pierre n'en croyait pas un mot. Il avait passé un été maussade à me savoir en fuite avec Antoinette. Nous n'étions plus ensemble depuis longtemps déjà, mais le fait de m'héberger rue Mirabeau lui donnait – croyait-il – un droit de regard.

— Je n'appartiens à personne, et toi plus que tout autre devrais le savoir, non ?

J'aurais voulu des adieux plus tendres. Hélas, c'est sur ces paroles amères que Jean-Pierre monta dans le train. Après des années à jouer les ludions, il entrait brutalement dans le monde réel.

*

L'immobilité m'a toujours rendue folle. Pour la première fois de ma carrière, j'étais embastillée par l'Histoire. La drôle de guerre gelait tout : nous devions commencer le tournage de *Madame Sans-Gêne* le 25 septembre, mais la production était reportée *sine die.*

— Il faut faire des restrictions sur tout, me dit Richebé, le réalisateur. La pellicule Technicolor est trop chère. Pour l'instant, on attend…

Je me retrouvai donc sans emploi, livrée à moi-même, à mes doutes, à mes interrogations. Antoinette était toujours dans ma vie, mais elle avait rejoint l'hôtel particulier familial, rue de Verneuil, et reprenait son rôle d'aristocrate ambiguë, souffrant de cette double vie.

— Au contraire, Antoinette, c'est ton équilibre. Tu as besoin des deux.

— Si tu le dis…

— En revanche, ne t'offusque pas si je ne suis pas libre quand tout à coup tu l'es. C'est toi qui vis dans deux mondes.

Antoinette pouvait être très capricieuse, ne comprenant pas que je ne sois tout à elle lorsque son mari ralliait ses terres normandes.

— Je ne suis pas aux ordres et ne le serai jamais.

— Mais, Arlette, tu n'as rien à faire, en ce moment. Profitons-en ! Repartons en voyage. Tu ne veux pas retourner à Collioure ?

Cette insouciance n'était plus de mise et Antoinette ne semblait pas s'en rendre compte.

— Tu ne vois pas ce qui se passe ? Tous ces hommes postés à l'Est ?

— Ils n'ont rien à craindre : la ligne Maginot est invincible.

— Tu en es si sûre ?

Antoinette eut une moue hautaine, qui avait tout d'un mépris de classe.

— Je te rappelle que mon mari est dans la politique. Il dîne souvent avec le ministre de la Guerre.

Blessée par ce dédain, je rétorquai :

— Tu ne sais rien des soldats. Moi, je leur parle tous les jours…

Comme certains de mes amis comédiens, j'étais la marraine d'un régiment. Dès le début de l'automne, j'avais été contactée par l'état-major pour devenir la protectrice du 1er bataillon de chars de combat.

— Vous n'imaginez pas le bien que cela va faire à mes hommes, me dit le commandant Warabiot, que je rencontrai dans un salon du ministère de la Guerre.

— À ce point-là ?

— Vous êtes une vedette, madame Arletty.

— Je déteste ce mot-là…

— Vous êtes surtout une femme du peuple, comme la plupart d'entre nous. Ils ont besoin de combattre pour un idéal.

— Je ne suis pas la France, quand même !

Warabiot gagna en intensité :

— Vous êtes mieux que ça. La France, c'est si flou, si hasardeux. Alors que l'héroïne d'*Hôtel du Nord*, de *Fric-Frac*… S'ils doivent monter au front, c'est à vous qu'ils penseront…

« Sabre au clair », me dis-je, terrifiée par cette image. Mais pouvais-je refuser ? Cela ne serait d'ailleurs pas de tout repos : tous auraient droit de m'écrire et j'aurais pour devoir de leur répondre. Un petit mot, une carte postale, une photo dédicacée, un objet.

— Le plus petit signe leur donnera du cœur à l'ouvrage. Vous n'imaginez pas ce que le temps est long, sur la ligne Maginot.

— Et combien sont-ils ?

Après un moment d'hésitation, il répondit :

— Six cents.

— Six cents ?!

Moi qui n'avais jamais voulu d'enfants, voilà que j'étais reine de la ruche !

BLITZKRIEG

Puis, brutalement, l'assaut. Cela faisait des mois que les armées se regardaient en chiens de faïence, comme on s'abîme dans la contemplation d'un feu. Un feu qui se déchaîna sans crier gare, nous tirant du lit lorsqu'on aurait dû être à pied d'œuvre.

Cette guerre éclair voulue par Hitler fut d'une efficacité redoutable. En quelques semaines, la France était balayée, ses voies laminées, ses habitants jetés sur les routes. Où aller ? Qui appeler ? Fallait-il se réfugier à la campagne, à la montagne, à l'étranger ? Embouteillages, trains bondés, automobiles à l'arrêt, inconnus qui se battaient à même le bitume pour un matelas éraflé, une remarque déplacée. La population entière était à cran, exsangue, chavirée d'angoisse.

— Arlette, il faut partir, m'ordonna Antoinette.

Fleur-de-Lit avait raison. Cette fuite avait sans doute pour elle la saveur d'une nouvelle lune de miel, mais je ne pouvais lui en vouloir.

En comparaison de bien d'autres citadins, nous eûmes beaucoup de chance : lorsque Arletty réserve une chambre, on la lui garde. Nous prîmes la direction du sud-ouest, retrouvant un hôtel de Salies-de-Béarn où nous nous étions arrêtées l'été précédent. Notre arrivée avec chauffeur, valises et cartons à chapeau fit un certain effet. Il y eut des « Oh, c'est Arletty ! » enthousiastes et quelques demandes d'autographe. Mais j'entendis bientôt des voix agacées maugréer que le temps des privilèges était fini. Vedette ou pas, c'était chacun son tour.

— Et chacun pour soi ! dis-je avec un soupçon de cynisme, en me laissant tomber sur le grand lit de notre suite – la plus belle de l'hôtel –, qu'Antoinette venait de payer à prix d'or pour les deux semaines à venir.

Une fois installées, nous constatâmes l'ampleur du désastre... La frénésie du départ et l'hystérie de cette équipée nous en avaient fait oublier la cause. Le réveil n'en fut que plus rude : la France était moribonde. Les nouvelles nous arrivaient par intermittence au gré d'une presse exsangue, d'une radio flageolante, des coups de téléphone qu'Antoinette passait à son mari, ou de mes appels à Josée de Chambrun, qui rétrocédait les consignes de « Pâpâ ». Si les voix discordaient, se contredisaient, il était une vérité aussi unique que désolante : c'était fini. Il avait fallu moins de deux mois pour que le Reich biffe la gloriole française. L'aigle coupait les couilles du coq, le laissant à moitié mort, dans la basse-cour, sous le beau soleil de juin.

— Il paraît qu'ils pensent diviser le pays en une zone libre et une zone occupée, mais je n'en sais pas plus, me dit Antoinette, qui venait à nouveau de parler à son mari, replié à Bordeaux.

La capitale girondine compte d'ailleurs parmi les lieux où nous nous rendîmes, au fil de nos pérégrinations. Il n'est pas une ville, pas un village du Sud-Ouest par lequel nous ne soyons passées, durant l'étrange été 1940. La France de Vichy se mettait en place, les Allemands prenaient leurs quartiers à Paris, et nous roulions de Perpignan à Collioure, de Port-Vendres à Biarritz.

Chacun voyant midi à sa porte, j'étais surtout inquiète pour Jean-Pierre. Chaque jour, j'appelais sa mère qui me répondait sèchement qu'elle n'avait pas de nouvelles. Au ton de sa voix, je savais qu'elle m'en voulait d'être partie. Puis, à la fin juillet, un des grooms vint me chercher sur la plage de l'hôtel de Biarritz.

— Madame Arletty ? Téléphone.

J'étais plongée dans *Milady*, de Paul Morand, et Antoinette sommeillait sous un Mauriac posé sur son front pour l'abriter du soleil.

— Qui est-ce ?

— Le monsieur n'a pas dit son nom.

— Le monsieur ?!

Mon cœur s'emballa et je manquai rater les marches de l'escalier qui menait à la petite cabine téléphonique.

— Allô ?

— Arlette, c'est Jean-Pierre.

Le soulagement peut être une douleur terrible. Comme si le corps retrouvait tout à coup la sensation de chaque nerf.

— Tu es vivant ?

— Je pense, oui.

Sa réponse me donna un fou rire nerveux qui fit se retourner les clients du lobby, enrobés dans leurs peignoirs blancs.

Alors Jean-Pierre m'expliqua : sa bonne étoile l'avait protégé et il avait pu être évacué. Je le bombardai évidemment de questions pour qu'il me raconte.

— Crois-moi, Arlette, tu n'as pas envie de savoir.

Je n'osai pas insister. L'essentiel était qu'il fût en vie.

— Tu es la première personne que j'appelle, tu sais ?

— Avant ta mère ?

— Avant tout le monde…

Une bouffée de tendresse me saisit et j'eus envie de le serrer dans mes bras, à l'étouffer.

— Dès que tu es démobilisé, tu nous rejoins ?

— Nous ?

— Je suis avec Antoinette.

Après un temps de pause, il concéda :

— Il va falloir s'habituer à vivre avec l'ennemi…

Antoinette se montra très fair-play. Apprenant que Jean-Pierre était en vie, elle fut sincèrement heureuse pour moi : elle savait que sa présence était nécessaire à mon équilibre. Mais quand je lui annonçai son arrivée imminente, elle se raidit. Elle était jalouse de ce lien intemporel et aurait voulu occuper cette place qu'elle n'aurait jamais. Elle resta pourtant bonne joueuse et déclara que nous serions comme une petite famille en vadrouille.

— Une famille, vraiment ?

— C'est la guerre, Arlette. Désormais tout est possible.

Et tout était possible, car dès l'arrivée de Jean-Pierre, notre troïka fonctionna sans heurts.

Quelques jours plus tard, je reçus une lettre signée du commandant Warabiot. Malgré l'exode, j'avais souvent pensé à mes joyeux pioupious. Ni eux ni moi n'avions échangé de courriers depuis longtemps, mais ils étaient restés dans un coin de mon esprit.

Warabiot était lapidaire : son régiment avait été décimé. S'il avait pu échapper au massacre, une partie de ses hommes étaient – comme lui – prisonniers en Allemagne, les autres morts au combat. « Nous avons perdu la guerre, mais pas l'honneur », m'écrivait-il.

Levant les yeux sur la côte basque qui s'étirait devant nous, je sentis mon ventre se nouer. Que faisais-je de mes journées, sinon boire du jurançon, manger des fruits de mer, écouter les bavardages d'Antoinette et refuser de connaître les récits de guerre de Jean-Pierre ?

Il me parut impossible de tourner le dos à la réalité.

Le soir même, j'annonçai à mes deux amis :

— Faites comme bon vous semble, moi je rentre à Paris…

OCCUPATION

Cher Paris, pauvre Paris... Ces grandes avenues vides ; ce silence étrange sur les boulevards et les places ; ces passants terrifiés devant les colonnes qui avançaient au pas, splendides et sans vie ; ces panneaux en lettres gothiques ; ces pendules reculées à l'heure de Berlin ; et puis ces immeubles pavoisés d'immenses drapeaux à croix gammée, comme ceux de la rue de Rivoli. Lorsque je découvris ce spectacle, à mon retour de Biarritz, je fus si frappée que j'entrai dans le premier café pour boire un coup de rouge.

— On n'en a plus, madame, désolé, fit le patron en désignant ses rayonnages presque vides.

— Plus de vin rouge ?

— On n'a plus *rien*, répliqua son épouse, qui se pencha sur le comptoir pour me désigner deux soldats, assis à une table de zinc, près de la vitrine. Ils nous prennent tout...

Elle avait parlé trop fort. Les deux Allemands se retournèrent et déjà elle blêmissait.

— Madame Irène ? fit le premier en levant son verre. Un autre, s'il vous plaît.

— Bien sûr, messieurs, s'ébroua la taulière, qui saisit une bouteille de rouge avant de les rejoindre.

Ces soldats étaient tout jeunes, joyeux, et semblaient même embarrassés par l'empressement de « madame Irène ».

— Prenez votre temps...

— Vous pensez ! Ici, on soigne nos bons clients.

Resté près de moi, le patron baissa les yeux, gêné par l'attitude de sa femme. Ce fut mon tour de le rassurer :

— S'il n'y a plus qu'eux, il faut bien que vous fassiez tourner la boutique.

Il haussa les épaules, songeur. De l'autre côté de la rue, une boucherie affichait l'absence d'une partie des denrées, tandis que les clients persistaient à faire une queue qui s'étirait jusqu'à l'angle de la rue voisine.

— La nourriture est là, mais elle n'arrive plus jusqu'à nous, chuchota-t-il. Et les Allemands ne sont ici que depuis trois mois. Imaginez dans un an !

Le ton de sa voix me fit frissonner. J'allais répondre, quand une voix, dans mon dos, dit avec courtoisie : « *Fräulein Arletty ?* »

C'était le plus grand des deux soldats. Il m'avait reconnue avec une admiration timide. L'attitude des tauliers changea aussitôt. Sans que je le demande, on m'apportait une chaise, près des Allemands, ainsi qu'un verre.

— Du beaujolais, ça vous ira ?

Les rares clients de la salle me considérèrent avec surprise, tandis que le soldat se levait pour me tenir la chaise.

— *Le jour se lève* est un film magnifique, me dit-il dans un excellent français. Et *Hôtel du Nord* est si surprenant !

J'étais paralysée. La scène était étrangement figée : moi, plantée telle une statue, debout ; ce premier soldat qui tenait la chaise, plus immobile qu'à Grévin ; et le second qui me parlait, les mains posées sur une revue allemande, dont la couverture montrait la trogne d'Hitler.

L'atmosphère devenait poisseuse, comme si personne n'osait agir.

— Vous… préparez un nouveau film ? reprit le jeune soldat.

D'un geste que je voulus désinvolte, je désignai la couverture du magazine.

— Ça dépend de lui.

Puis je sortis d'un pas vif, sans me retourner.

Mes projets à l'automne 1940 ? Ils étaient au point mort. Après la frénésie de 1939, j'avais décidé de réduire la voilure et m'étais concentrée sur la seule *Madame Sans-Gêne*, dont le contrat me garantirait la tranquillité pour un long moment. Hélas, c'était compter sans la guerre et la défaite. Autant dire que le cinéma n'était pas une priorité. La France se remettait du printemps et chacun tentait de reprendre pied dans ce nouveau monde. Nous étions désormais sous observation. Quoique courtois durant les premiers mois de l'Occupation, les Allemands étaient partout. Ils s'appropriaient les hôtels et les bâtiments administratifs ; ils réquisitionnaient les cinémas, les restaurants, les lieux publics. Nous ne pouvions rien faire, sinon observer leur terrible gourmandise.

— Ils sont chez eux, désormais, constatait Jean-Pierre.

Sous la pression d'Antoinette, je décidai de quitter la rue Mirabeau.

— J'ai besoin de vivre seule, Jean-Pierre.

— Non, tu as besoin de vivre sans moi. Alors que j'ai été au front pendant près d'un an. Tu es dure, Arlette…

Sans doute disait-il vrai : maintenant que la vie à Paris suivait de nouveau son cours, je ne me voyais plus vivre chez Jean-Pierre.

— Tu vas t'installer avec elle, n'est-ce pas ?

Sa jalousie était tuante.

— Jean-Pierre, tu vois ce qui se passe ? Ce qui nous arrive à tous ?

— Elle t'arrange bien, cette occupation, en fait…

C'était la réplique de trop.

Une heure plus tard, j'étais installée à l'hôtel Lancaster, rue de Berri.

— Vous comptez rester longtemps ? me demanda le directeur, flatté de m'avoir sous son toit.

À dire vrai, je n'en savais rien. Mes succès des dernières années avaient bien garni mon bas de laine et j'avais de quoi voir venir.

— Vous voulez déjà me chasser ? plaisantai-je, non sans ambiguïté.

Le directeur rougit, puis s'approcha et murmura, en désignant un groupe d'officiers allemands qui traversait le hall :

— Au contraire, en vous ayant sous notre toit, on se sent encore un peu français…

Qu'il fut étrange, cet automne 1940 ! La vie reprenait peu à peu ses droits, dans une France coupée en deux. À Paris, les Allemands dictaient nos faits et gestes ; à Vichy, un étrange gouvernement était composé de messieurs soi-disant patriotes qui semblaient parfois plus culs-serrés que les nazis eux-mêmes. Ainsi la nouvelle commission de censure mise en place par le pouvoir de la zone libre fit-elle une razzia sur mes films de l'immédiate avant-guerre. *Circonstances atténuantes*, *Désiré* et *Fric-Frac* se virent interdits aux moins de seize ans. *Pension Mimosas*, *Hôtel du Nord* et *Faisons un rêve* furent tout bonnement prohibés pour « immoralité ». Quant au *Jour se lève*, certains plans furent coupés, comme celui où Gabin me voit sortir de la douche, très dénudée. Le plus surprenant était que cette commission fût présidée par l'ancien chantre de la libération des sens pendant les Années folles : Paul Morand !

— Il ne faut pas lui en vouloir, Arlette, me confia Josée de Chambrun, chez qui je dînais le jour même de cette nouvelle. Paul aime le pouvoir et les honneurs.

— Vichy lui tend un hochet, ajouta son époux, tandis qu'on lui apportait dans la salle à manger une magnifique poularde.

— Mais Vichy, c'est ton père, objectai-je à Josée. Il ne peut rien faire ?

Elle haussa les épaules, impuissante et un brin dédaigneuse.

— Pâpâ a des choses plus importantes à régler, ma chérie. Tu n'imagines pas la marmite vichyssoise. Ils sont tous à se faire des crocs-en-jambe, à s'allier le temps d'un soir, à se trahir le lendemain, tout ça sous les yeux du vieux qui ne voit rien et comprend encore moins ce qui se passe. Mon père doit s'efforcer de tout maintenir debout, le plus longtemps possible, sans pour autant froisser les Allemands qui l'observent, comme s'ils nous testaient…

À côté de ça, mes quelques films ne faisaient en effet guère le poids.

Bientôt s'accumulèrent les invitations à dîner. Paris était occupé, mais pas moi : les maîtresses de maison se passaient le mot, et l'on ne cessait de m'inviter, contents de mon franc-parler qui faisait rougir les femmes et excitait les hommes.

— Chère amie, vous étiez le soleil de notre dîner !

— Arletty à la ville est encore plus flamboyante qu'Arletty à l'écran…

Je prenais ces compliments avec flegme, à vrai dire peu touchée par ces saillies mondaines. Je savais comment fonctionnait cette société : les coqueluches faisaient toujours long feu. Disons qu'elles duraient une saison, et que j'étais leur célébrité du moment.

Régulièrement, Richebé me téléphonait, enthousiaste :

— C'est bon, *Madame Sans-Gêne* se débloque!

— Roger, c'est la huitième fois que vous me l'annoncez en trois mois.

— Mais là, c'est la bonne!

— Ça aussi, ça fait huit fois…

Que pouvais-je faire, sinon attendre? Le cinéma français se remettait du K-O et tout le monde s'activait à le ressusciter. J'étais en contact constant avec Carné, Prévert, Pagnol et tant d'autres, qui reprenaient leurs marques dans la nouvelle ère. La présence des Allemands compliquait tout, car il fallait composer avec eux. Ce à quoi la plupart se refusaient… du moins au début.

Moi, j'étais au spectacle et la vision était saisissante! Toute une hiérarchie inédite se mettait en place; les toquards de l'an passé devenaient les cadors du moment; certaines célébrités étaient maintenant clouées au pilori. D'aucuns en profitaient pour chiper des places dont ils avaient rêvé pendant des années, usant d'un système perverti qui avait ses favoris et ses proscrits. Beaucoup de mes amis juifs étaient partis à l'étranger, à l'instar de mon cher Dalio. D'autres se cachaient, conscients que le marasme ne faisait que commencer. Certains avaient encore confiance dans le pouvoir en place, dans la figure du vieux Pétain, dans une sorte d'honneur allemand.

— Nous ne sommes pas à Berlin. Et puis j'ai été décoré par Pétain lui-même, en 1918, me dit un vieux banquier juif, avec qui je dînais chez les Chambrun.

L'ensemble de la table était gêné par sa confiance. Levant son verre de champagne, Guitry sortit alors cette phrase qu'il se faisait un malin plaisir de répéter à chaque dîner mondain durant l'Occupation :

— Ce n'est pas parce qu'on vit une époque dramatique qu'il faut la vivre comme un drame…

Au départ, nous étions embarrassés de nous rendre à ces cocktails, ces inaugurations. Puis, voyant qu'on s'y connaissait tous, on oubliait qui nous invitait. Nous nous retrouvions à boire des vins qu'on ne nous servait plus ailleurs, à picorer des mets interdits de restaurant ; bref, nous poursuivions notre vie d'avant guerre. Était-ce moral ? Je me poserai souvent la question, après la Libération. Nous ne faisions de mal à personne. Et faire vivre ce qu'on appelait le Tout-Paris était, à dire vrai, une mission nécessaire.

— Nous sommes ce qui reste de l'esprit de Paris, remarquait Sacha. Si on nous fait taire, alors la guerre est vraiment perdue.

— Ne me dites pas que faire des bons mots chez les Allemands est un acte de résistance, objectait toujours un convive, que la forfanterie de Guitry agaçait.

— Il ne s'agit pas de résister, il s'agit de continuer.

— Continuer à quoi ? Tout est figé…

— Pas notre esprit. Pas notre liberté de pensée et de ton…

— Si vous en êtes à croire ça, c'est qu'ils sont bien plus forts que vous ne le pensez. Vous êtes un homme de scène, mais ils sont des maîtres de l'illusion.

De tels échanges étaient fréquents, quoiqu'ils se limitassent souvent à des rixes mondaines.

J'avais sans doute moins d'états d'âme. Mon petit monde se remettait en place : mon frère menait sa vie modeste, entre Courbevoie et une humble maison normande que je lui avais offerte en 1938 ; Jean-Pierre était parti s'installer à Lyon, d'où il m'écrivait souvent ; la duchesse tenait salon et me retrouvait parfois au Lancaster, pour un verre, tard dans la nuit.

Je découvris à ses côtés une étrange société. C'était un univers féminin, qui se réunissait pour parler de tout et de rien dans une poignée de clubs très privés. À La Silhouette, au Monocle ou surtout Chez Fred, Antoinette rejoignait un groupe d'amies de son âge et de sa caste, qui faisaient partie d'une même association caritative. Antoinette d'Harcourt, Daisy de Broglie ou Marie-Louise de Tocqueville appartenaient aux SSAF, les Sections sanitaires automobiles féminines, qui avaient prêté main-forte à la Croix-Rouge pendant la débâcle et s'occupaient désormais de ravitailler certains hôpitaux et dispensaires. Autant dire que toutes ces femmes possédaient un permis de conduire, une automobile, le si convoité *Ausweis* (qui permettait une libre circulation dans la France allemande), ainsi qu'un accès direct à toutes sortes de denrées. Les SSAF étaient dirigées par la mystérieuse Edna Nicolle, qui se faisait appeler « la générale » et s'habillait en tenue militaire.

Ces dames offraient l'étrange spectacle d'une société incestueuse, comme un ballet de serpents. Mais je dois avouer que les soirées dans ces clubs trompaient mon spleen. C'étaient des nuits futiles, qui se noyaient souvent dans les vapeurs de l'alcool et les plaisirs rapides. Je m'en réveillais au petit matin, sans honte ni fierté, la barre au front, décidée à ne plus recommencer.

Un vœu bien pieux, car l'ennui est le pire des vices.

CONTINENTAL

Les affaires reprirent à l'arrivée du printemps. Après un hiver hébété, les beaux jours sonnaient le retour d'Arletty : les propositions pleuvaient de toutes parts et il fallait faire le tri. Je devais surtout opérer le bon choix : un choix guidé par mes envies, la logique de ma carrière, mais aussi ma conscience.

Malgré les restrictions et de nombreux techniciens absents ou en fuite, le cinéma français était en train de repartir. Les Allemands étaient même soucieux que la France conserve sa créativité artistique. Dans le grand Reich imaginé par Hitler, la France était un conservatoire des plaisirs où le cinéma avait une place de choix. Mais les occupants prohibaient tout ce qui pouvait s'apparenter à de la résistance symbolique. Aussi les nouvelles productions seraient-elles des comédies légères, des films musicaux ou des adaptations de classiques littéraires. Du moins en apparence…

Le rendez-vous que j'eus en mars 1941, dans de superbes bureaux des Champs-Élysées, me fit comprendre que rien n'était gravé dans le marbre.

On était venu m'apporter le courrier en main propre. La lettre portait l'en-tête de la compagnie Continental et était signée d'un certain Alfred Greven. Cette invitation était une convocation : je devais le retrouver à ses locaux une heure plus tard. L'immeuble étant à deux pas de mon hôtel, j'y arrivai en avance.

On m'introduisit aussitôt dans le bureau de Greven.

— Madame Arletty ! lança-t-il comme un ordre, en se mettant au garde-à-vous.

Derrière lui, je remarquai un buste d'Hitler sur lequel il avait posé son chapeau. Grand, blond et dégarni, l'homme était plutôt élégant et parlait un français parfait.

— Asseyez-vous, madame Arletty.

— Avec les comédiennes, on dit plutôt « mademoiselle », répliquai-je, sans chercher à être désagréable.

L'homme se renfrogna, avant de se laisser retomber sur son fauteuil de ministre.

— Vous savez qui je suis, chère *mademoiselle*.

— J'en ai une vague idée, oui…

Ma désinvolture accentua son agacement.

Depuis quelques mois, impossible de croiser un confrère du cinéma sans que son nom tombe dans la conversation. « Tu as rencontré Greven ? », « Tu as été contactée par Greven ? », « Greven t'a fait des propositions ? », « S'il te convoque, que lui diras-tu ? », « C'est un homme qui ne se contente jamais d'un non, je te préviens… »

Mes amis étaient même surpris que je ne l'aie pas encore croisé. « Pour lui, tu représentes un gros poisson, Arlette. Il va sûrement te dérouler le tapis rouge… » À ces menaces, j'avais répondu par un haussement d'épaules car j'attendais de voir la bête en vrai.

En six mois, Alfred Greven était devenu la tête pensante du cinéma occupé. Celui qui fut un authentique producteur en Allemagne, à la UFA, durant les années trente, avait été envoyé par Goebbels pour remettre sur les rails l'industrie cinématographique française. Les producteurs indépendants avaient de nouveau le droit de travailler, mais il leur faudrait lutter contre l'empire Greven. Désormais, presque tout passait par lui. Il avait racheté à bas prix plusieurs réseaux de salles de cinéma (qui souvent appartenaient à des propriétaires juifs ayant fui la France) et mis sur pied une société de production franco-allemande, au titre symbolique : Continental. Puis, avec une fermeté toute germanique, il avait entamé une danse du ventre auprès de tous les plus grands noms du cinéma français : Carné, Pagnol, Decoin,

Tourneur, Autant-Lara, Christian-Jaque furent l'un après l'autre convoqués dans ce même bureau.

Si tous y entraient décidés à ne jamais travailler pour les Allemands, ils en sortaient moins convaincus. L'héroïsme s'arrête au seuil du bon sens. Les cachets que proposait Greven étaient de trois à quatre fois supérieurs à ceux de ses concurrents. Et il promettait des conditions de tournage uniques pour l'époque, où tout était à la restriction. Et puis – surtout – ses ronds de jambe étaient toujours enrobés de menaces sourdes, comme s'il était délicat de refuser des propositions si généreuses. Ainsi, les mêmes Carné, Pagnol, Christian-Jaque, Decoin, Tourneur signèrent-ils, parfois à leur corps défendant, un contrat avec Greven.

— Tu vends ton âme au diable, s'était vu reprocher Carné.

— Ce type nous laisse champ libre : on fait ce qu'on veut, du moment qu'il n'y a pas de politique.

— Mais tu seras payé par de l'argent nazi…

Marcel avait baissé la garde.

— Si je refuse, je mets toute mon équipe à la rue. Si j'accepte, je permets à cinquante personnes de se nourrir, se chauffer, vivre en famille… À ma place, tu ferais quoi ?

À cette question, que tout le monde se posait, il n'y avait pas de réponse. La conscience est une chose, la faim en est une autre. Et la France avait le ventre creux.

N'ayant pas de famille et disposant de solides économies, je m'étais rendue chez Greven avec l'intention de tout décliner. Mais il n'est pas si simple d'être plus maline que le diable…

— Mademoiselle Arletty, vous êtes la plus grande actrice française…

— Rien que ça ! ris-je, en fixant l'homme dans les yeux. D'ailleurs je préfère le mot « comédienne », c'est plus joli.

À ce petit jeu, j'allais être perdante, car le producteur me foudroya et je vis une pile de scénarios posée sur un coin de son bureau.

— Vous savez sans doute que les plus grands noms du cinéma vont travailler pour moi.

— J'ai appris ça…

— Et j'imagine que vous n'avez aucune intention d'être payée avec des capitaux allemands.

— On ne peut rien vous cacher.

Greven se dérida.

— Les temps sont durs, pourtant, dit-il en se levant afin de tirer le voilage blanc qui masquait une grande baie vitrée.

Les Champs-Élysées s'étendaient là, tristes et vides.

— Une nouvelle ère se met en place, vous savez ? Le train ne passe qu'une fois, ce serait dommage que vous ne montiez pas dedans.

Son ton se durcissait. La danse du ventre tournait à la menace.

— Comme vous savez tout, monsieur Greven, vous êtes au courant de *Madame Sans-Gêne*, non ?

Greven éclata d'un rire carnassier et revint s'asseoir.

— Le projet de Richebé ? J'espère que vous plaisantez !

Quelques jours plus tôt, Richebé m'avait confirmé que le tournage commencerait début mai.

— Son optimisme est bien aveugle. Un film pareil ne se monte plus, chère mademoiselle. Je vous l'ai dit : les temps ont changé.

— À vous entendre, on croirait que c'est vous qui rendez ce tournage impossible...

Greven se figea et un sourire naquit au coin de sa lèvre. Manifestement, il adorait ce petit jeu. Moi, je le trouvais de plus en plus antipathique.

— Il s'agit de choisir son camp, mademoiselle Arletty. Surtout en ce moment. Contrairement à ce que vous semblez croire, l'Allemagne n'est plus l'ennemie de la France. La guerre est terminée depuis le mois de juin : nous devons désormais travailler ensemble, main dans la main.

Ce disant, il griffonna un chiffre sur un bout de papier et le fit glisser sur son vaste bureau.

Je tendis la main avec appréhension, comme si ce geste pouvait m'être fatal. Greven suivait la moindre de mes réactions. Quand il vit mon air effaré, il sembla satisfait.

— Vous voyez que nous pouvons nous entendre...

Je n'en revenais pas !

— Deux millions et demi ?!

— Pour cinq films, sur une durée de dix-huit mois.

Ce serait beaucoup de travail, mais lorsque j'entendais mes amis parler de leurs cachets dans la France occupée…

Déjà mes belles intentions se fissuraient. Greven se rua dans la brèche et sortit une petite liste d'un tiroir.

— Vous aurez à chaque fois le premier rôle féminin, bien évidemment. Pour l'un de ces films, vous partagerez l'affiche avec M. Raimu, qui a signé son contrat il y a quelques semaines.

La simple mention de Raimu me fit monter le rose aux joues, et Greven bicha de cette réaction.

— Et, si l'ensemble des conditions vous convient, nous commencerons rapidement par deux projets qui sont déjà bien avancés : *Mam'zelle Bonaparte*, réalisé par le vieux Tourneur. Et puis un film policier très amusant pour lequel je vais donner sa chance à un tout jeune réalisateur : Henri-Georges Clouzot… C'est inspiré du roman de Steeman, *L'assassin habite au 21*. Vous y aurez pour partenaire Pierre Fresnay.

Greven m'ensevelissait sous les roses. Malgré cela, une petite voix me soufflait de ne pas trop vite me vendre à l'ennemi. La tentation était de taille : outre la somme, qui ferait de moi l'actrice la mieux payée de France, tous ces grands noms avaient de quoi me faire tourner la tête.

Repoussant le bout de papier vers Greven, je pris une profonde inspiration avant de répondre qu'une telle décision demandait un soupçon de réflexion. Le producteur fronça les sourcils.

— Réfléchir à quoi ? Je n'ai pas été assez clair ?

— Pour commencer, personne ne me parle sur ce ton, monsieur Greven. Si vous voulez qu'on travaille ensemble, il va falloir cesser de jouer au maître d'école.

J'avais parlé d'une traite et frissonnai devant mon audace. À ma grande surprise, cette tirade le calma. Greven avait l'habitude qu'on se plie à tous ses désirs, et voilà que quelqu'un lui résistait ; quelqu'un dont il avait terriblement besoin. S'il était maître à Paris, il rendait des comptes à Berlin. Et il lui serait sûrement reproché de n'avoir pas su harponner Arletty. Voilà pourquoi il s'amadoua et empila devant lui une demi-douzaine de scénarios.

— Veuillez pardonner mon indélicatesse, *Fräulein.* Si je parle le français, je pense en allemand. Et ma langue est parfois plus autoritaire que la vôtre...

Cette explication m'amusa, car Greven était renard. Mais je sus que j'avais gagné la première manche.

Il se leva et me tendit la pile de scénarios.

— Voici les films dans lesquels j'aimerais vous voir... rayonner. Lisez-les, dites-moi lesquels vous plaisent et soyez consciente que je suis prêt à beaucoup d'ajustements pour vous compter parmi les *invités* de la Continental...

Ce mot me remit mal à l'aise.

— L'invitée va lire tout ça à son hôtel. Et je vous donnerai ma réponse.

— Bientôt, j'espère ?

— Je ne bâcle jamais rien, monsieur Greven.

Lorsque je fus de retour sur les Champs-Élysées, mes chevilles étaient plus fébriles que des roseaux.

*

Greven avait du talent, cependant il bluffait. Il avait espéré que je signe tout de suite son contrat d'exclusivité, mais j'avais bien fait d'ajourner ma décision. Un simple coup de fil à Richebé me rassura : *Madame Sans-Gêne* était en préparation et le tournage commencerait bien aux premiers jours de mai.

— Greven est un menteur et un manipulateur, Arlette, me prévint Richebé, terrifié de perdre son actrice principale. Méfiez-vous de lui !

— Un menteur qui m'offre deux millions et demi.

— Certes, mais combien de morts cache cet argent ?

Malgré le téléphone, son ton me fit frémir. J'avais pourtant l'intuition qu'il disait vrai. Après tout, j'avais de quoi voir venir, et *Madame Sans-Gêne* serait forcément un succès. Je décidai toutefois, par acquit de conscience mais aussi par curiosité, de lire les scénarios confiés par Greven. Si *Mam'zelle Bonaparte* était un pâle ersatz de *Madame Sans-Gêne*, *L'assassin habite au 21* était une merveille de subtilité et d'humour macabre. Quoique séduite, je retournai l'un puis l'autre à son expéditeur, arguant que l'héroïne du premier était sans saveur et celle du second trop juvénile pour moi.

Avec *Les Évadés de l'an 4000*, mes hésitations furent plus délicates. Cette adaptation d'un roman de science-fiction était signée Jean Anouilh, et mes partenaires y seraient Danielle Darrieux, le jeune Jean Marais, Pierre Renoir, Pierre Larquey, Charles Vanel. Pour couronner le tout, il serait réalisé par Marcel Carné.

— C'est vrai, j'ai signé, m'avoua Marcel, un peu gêné, alors que je l'appelai pour en savoir plus.

— Mais tu comptes faire ce film ?

Silence au bout du fil.

— Tu as bien compris que Greven était retors. On ne peut pas le braver frontalement. C'est un producteur : ces gens-là sont vissés à leur montre, terrifiés de dépasser un budget. La seule chance de contrer ce type, c'est en gagnant du temps…

— Tu ne m'as pas répondu, Marcel : ce film va se monter ou non ?

— Suis mon conseil : accepte, par sécurité et pour avoir la paix. Ne touche pas d'argent avant le début du tournage. Et si ce film ne se fait pas, tu seras dans le suivant : ça, je te le promets…

Greven fut enchanté de ma décision.

— Vous voyez que nous allons faire affaire !

Et quand je lui dis qu'il avait tenté de me rouler dans la farine, à propos de *Madame Sans-Gêne*, il éclata d'un rire d'ogre :

— Je suis producteur, *Fräulein* Arletty. Si je n'étais pas un peu menteur, je ferais un autre métier.

*

Les beaux jours revenaient et Paris connaissait son premier printemps occupé. On a beaucoup décrit le silence de ces « années noires », et je dois dire qu'il régnait dans la ville une paix étrange et asphyxiante. Jamais les oiseaux n'avaient chanté aussi fort, jamais l'air n'avait été si pur. La pénurie de charbon était une aubaine pour le ciel : si les Parisiens avaient froid, les nuages étaient enchanteurs.

Chaque semaine, Greven faisait déposer au Lancaster toutes sortes de scénarios, que je déclinai avec la même courtoisie. Il ne m'en tenait jamais rigueur, comme si le fait de m'avoir sous sa coupe avec le film de Carné suffisait à satisfaire son ego.

J'avais bien compris que Marcel faisait traîner les choses, secrètement occupé à d'autres projets, au sujet desquels il restait mystérieux.

— Je ne peux rien te dire, Arlette, mais sache juste que c'est avec Jacques et que nous comptons sur toi…

La seule idée de retravailler avec Prévert m'enthousiasmait. Carné m'apprit qu'il vivait dans une bergerie sur les hauteurs de Nice, en compagnie d'artistes que leurs origines avaient rendus clandestins.

— Ils travaillent tous ensemble, comme en phalanstère, me dit Marcel. Et ce qui en sortira sera forcément passionnant…

À la mi-mars, on me fit parvenir un courrier des États-Unis. Mon vieil ami le producteur Daven était allé se réfugier à Hollywood, à l'instar de Renoir, Duvivier, Clair, Jean Gabin et quelques autres. Il me proposait tout bonnement de le rejoindre en Californie, car il avait un premier rôle pour moi, dans un film dont le tournage commençait début mai, c'est-à-dire deux mois plus tard !

— Tu ne peux pas tout plaquer ! s'écria Antoinette, moins inquiète pour ma carrière que pour sa propre solitude.

Jean-Pierre, de passage à Paris, fut plus modéré :

— C'est un coup de poker, ma chérie. Parole de joueur, c'est très tentant. Hollywood, c'est La Mecque du cinéma : soit tu deviens une star, soit tu es broyée. Mais si tu pars là-bas, tes amis restés en France ne te le pardonneront jamais…

Jean-Pierre disait vrai : je ne pouvais partir pour Hollywood comme on passe le dimanche à Robinson. Cela revenait également à abandonner cette *Madame Sans-Gêne* pour laquelle j'avais tant combattu pendant deux ans (je n'avais pas tourné depuis le printemps 1939 !). Pouvais-je abandonner Richebé et toute son équipe pour plonger dans l'inconnu ? Nous avions des échos des carrières de nos amis français partis tenter leur chance en Californie : les cinéastes devaient se plier à la loi des studios et les acteurs jouer les utilités, dans un marché déjà saturé par les gloires locales.

— À quarante-trois ans, tu serais prête à redevenir une débutante ? me dit cruellement Antoinette.

Pour déplaisante qu'elle était, sa question était juste. Ne valait-il pas mieux être une vedette dans la France occupée qu'une figurante dans un pays dont je ne parlais pas la langue ?

Les doutes me tiraillèrent pendant plusieurs semaines et je finis par décliner l'invitation. Mon télégramme à Daven fut sans appel : je le remerciais pour sa proposition mais restais française de cœur et d'âme. *Madame Sans-Gêne* attendait son héroïne, et les Français espéraient leur Arletty.

Et puis il y avait autre chose. Un « autre chose » dont je ne pouvais lui parler, car je n'aurais su quoi dire. Il arrive que le cœur manque de mots.

FAUNE

Certaines rencontres font basculer une vie. Elles arrivent tout à trac et s'imposent avec la violence d'une gifle ; ou bien, plus sournoises, elles vous contournent, comme un prédateur flaire sa proie, depuis les sous-bois.

Faune, ce fut d'abord une silhouette. Encore un convive aperçu de loin, au gré de mes dîners en ville. Tout ce qui le concerne est à jamais gravé dans ma mémoire, et notre première rencontre – qui n'en fut pas vraiment une – eut lieu le 11 mars 1941…

C'était un de ces nombreux dîners donnés par les Chambrun, dans leur appartement de la place du Palais-Bourbon, où l'on vivait, parlait et mangeait comme avant guerre. Il y avait ce soir-là le mélange habituel de têtes pensantes – tels Drieu la Rochelle ou Pâpâ Laval – et de péronnelles. Parmi ces dernières, la comédienne Mary Marquet et moi jouions les fortes en gueule. Lorsque le sujet vint sur l'entrevue de Montoire, où s'était scellée la politique de collaboration quelques mois plus tôt, je qualifiai ce tournant de la guerre de « petit incident », ce qui glaça l'atmosphère. Gêné, l'ensemble des convives baissa la tête dans son bar au beurre blanc. La moustache de Laval était souillée de sauce et il s'épongea avec sa serviette brodée :

— Dire que certains veulent donner le droit de vote aux femmes…

Quoique irritée par ma saillie, Josée tapa du plat de la main sur la grande table.

— Pâpâ ! Tu es bien content que les femmes s'occupent de toi, lorsque tu rentres, le soir…

— C'est exactement ce que je dis : à la cuisine, pas aux urnes.

Nouveau silence embarrassé, car nul n'osait contredire le vieux socialiste. Mary Marquet finit pourtant par lâcher, joviale :

— Messieurs, nous vous laissons gesticuler dans vos hémicycles, vos ministères, pour vous donner l'illusion du pouvoir. Mais quand vous rentrez, le soir, le loup devient agneau et se soumet. Depuis l'âge des cavernes, le monde tourne ainsi…

Laval haussa les épaules, peu convaincu, mais la remarque détendit tout le monde.

— Et toi, Arlette, qu'en penses-tu ? me demanda René de Chambrun, espérant qu'une deuxième boutade allège l'ambiance.

Ce fut comme si on me tirait du sommeil. Depuis plusieurs minutes, un regard s'était accroché au mien. Curieusement, alors que j'avais dû lui être présentée au salon, avant de passer à table, je n'avais pas remarqué ce grand jeune homme carré, en uniforme, assis de l'autre côté de la table. Placé entre deux rombières, il avait l'air d'un enfant convié à la table des adultes.

Durant le reste du repas, nos yeux se croisèrent souvent. Bientôt, ce furent des sourires, comme si nous nous connaissions déjà. La scène était d'autant plus étrange que la table était vaste et que les chandeliers, les bouquets de fleurs et les carafes m'empêchaient de distinguer ses traits. Tout juste apercevais-je ses yeux vifs, ainsi que les contours de ses oreilles, bien dégagées par la coupe militaire. Elles semblaient pointues, taillées aux ciseaux.

— Qui est ce jeune homme ? demandai-je à mon voisin, Charles Poniatowski.

— Je n'en sais pas plus que vous. Ces temps-ci, il est bon d'avoir un Allemand à sa table. S'il a belle allure, c'est encore mieux…

— Faut dire qu'il présente bien.

Le ton de ma voix surprit mon voisin.

— On dirait que vous avez faim, chère amie.

Avais-je faim ? Ce n'était pas cela. Mais j'étais intriguée et surprise. Intriguée par un nœud doucereux qui m'enserrait le ventre.

Surprise par mon propre empressement à me faufiler vers Josée, dès que nous passâmes au salon.

— Il n'avait pas l'air de beaucoup s'amuser, ton petit soldat.

— Hans Jürgen ? Oh oui, le pauvre ! Je ne l'ai pas gâté, je dois dire. Il était assis entre deux éteignoirs. J'aurais dû le placer à côté de toi…

Cette remarque me fit tressaillir. J'allais répliquer, mais Josée ouvrit la fenêtre pour dissiper la fumée des cigares.

— D'ailleurs il ne s'est pas fait prier pour filer. Il a reçu un appel de l'état-major. Regarde : c'est lui, là-bas…

Je vis une ombre traverser la place et sentis le nœud se resserrer.

— Il est parti…, murmurai-je, ajoutant pour moi-même : et il ne m'a pas dit au revoir…

Les jours passèrent et mon esprit fut occupé à d'autres choses. Les scénarios pour Greven, l'approche du tournage de *Madame Sans-Gêne*, mes virées nocturnes avec la duchesse, et puis mes recherches pour trouver un véritable logis : l'ombre du joli soldat n'eut aucun mal à s'estomper.

Deux semaines plus tard, Josée m'invita à l'accompagner à un concert, dans la jolie salle du conservatoire de musique. C'était un récital de pièces pour piano d'Emmanuel Chabrier.

— Un Auvergnat, comme toi. Ça devrait te plaire, Arlette…

Je l'ai dit, je n'ai jamais été passionnée par le « grand répertoire », mais le concert avait lieu en fin d'après-midi et je n'avais rien de mieux à faire.

Où en serais-je, aujourd'hui, si j'étais restée chez moi ?

Nous étions assises dans les premiers rangs. Je me félicitai qu'il y eût devant moi un siège vide, offrant une vue parfaite sur la scène. Mais dès que la pianiste entra sous les applaudissements, je perçus un léger brouhaha. Des spectateurs grommelèrent : « Mais enfin, monsieur ! », « Attention, c'est mon pied ! », tandis qu'une voix gênée mais duveteuse répliquait une succession de « Excusez-moi » et de « *Verzeihung* ».

— Ils se croient vraiment tout permis ! maugréa Josée, tandis que le retardataire s'asseyait sur le siège devant moi, bouchant brusquement ma vue. Veux-tu qu'on échange de place, Arlette ?

— Tout va bien…

À dire vrai, je m'en moquais. J'aurais encore moins de scrupule à m'assoupir ! Pourtant, tandis que la pianiste attaquait la première pièce, un détail m'électrisa, renforcé par le contrejour.

— Les oreilles pointues…, murmurai-je, croyant parler dans ma tête.

Josée posa son index sur ses lèvres. Mais déjà le nœud serrait à nouveau mon estomac ; il me semblait que, partout sur mon corps, ma peau devenait plus sensible.

La première partie du concert fut une apesanteur. Lorsque sa tête obliquait ou qu'il semblait battre la mesure, mon cœur s'accélérait. S'il se tournait vers le plafond, je faisais pareil. Et quand les lumières revinrent, à l'entracte, je fus prise d'une terreur muette.

— Tu en fais une tête, Arlette. Le concert ne te plaît pas ?

Au contraire, Josée accomplissait là tous mes désirs, puisque notre voisin reconnut sa voix et se retourna.

C'était bien lui…

— *Gräfin* Chambrun, dit-il en se pliant en deux pour lui faire un baisemain, malgré la rangée de fauteuils qui les séparait.

— Hans Jürgen, quelle bonne surprise !

Aussitôt, il y eut alentour des regards malveillants ou apeurés.

— C'est la fille de Laval, entendis-je chuchoter. Les Allemands sont ses meilleurs amis…

Habituée à ces quolibets, Josée n'y prêta guère attention mais posa sa main sur mon bras.

— Lieutenant Soehring, vous vous souvenez de mon amie Arletty ? Vous avez dîné tous deux à la maison, au début du mois…

Soehring prit ma main et ajouta, un peu cabot mais dans un français parfait :

— Nul besoin de dîner chez vous pour connaître l'héroïne de *Fric-Frac* et du *Jour se lève*…

Ses lèvres effleurèrent mes doigts et je crus qu'on me brûlait la main. Dans un geste étrange, je rabattis mon bras et vis sa surprise peinée, qui lui redonna une raideur militaire. Tout occupée à guetter les silhouettes de sa connaissance, Josée n'avait rien vu.

— Oh, le marquis de Mougins ! Il faut que j'aille l'embrasser. Je vous laisse bavarder…, dit-elle avant de trottiner vers le foyer, en poussant ses petits cris mondains.

Le silence devint d'autant plus pesant que tous avaient filé au bar, en quête d'un champagne distribué gratuitement. Seul un vieux mélomane était resté assis, de l'autre côté de la salle, plongé dans une partition, pointant toutes les erreurs de la pianiste.

— Une amatrice… une amatrice…, maugréait-il, en tournant les pages d'une main tremblante.

— Il n'a pas tort, remarqua Soehring, brisant la torpeur. Vous aimez, vous ?

— Tout ce que j'ai vu, dis-je d'un ton que la timidité rendait agressif, c'est vos oreilles.

Le soldat rougit aussitôt.

— Mes oreilles ? dit-il en pinçant machinalement son lobe droit.

Cette gêne m'enchanta. Lorsqu'il perdait ses moyens, Hans Jürgen n'en était que plus beau.

— Oui, repris-je d'une voix caressante, elles sont pointues, comme celles d'un faune.

— *Ein Faun* ? répéta-t-il dans sa langue, ne sachant comment prendre la chose.

— Ne faites pas cette tête-là. C'est très joli, un faune. Et puis ça n'existe pas ; et j'adore ce qui est imaginaire.

Ce disant, je posai ma main sur son avant-bras et me rappelai ces chevaux un peu farouches, croisés dans les fermes de mon enfance, dont on touchait l'encolure et qui frémissaient sans pour autant s'éloigner.

Soehring parut surpris, d'autant que nous restâmes un long moment en silence, attendant que l'autre baisse les yeux, comme un petit duel muet.

— Mais vous n'avez pas bougé ? s'étonna Josée en revenant vers nous.

La sonnerie venait de retentir et la salle se remplissait. Tout le monde se rassit et mon vis-à-vis me tourna à nouveau le dos.

Alors que la pianiste entrait en scène, les doigts du soldat pincèrent le haut de son oreille gauche, puis la droite, comme s'ils voulaient tâter leur forme, ou les rendre encore plus pointues.

— Il est charmant, ce petit Soehring, tu ne trouves pas, Arlette ?

La question était posée sans malice, alors que nous montions dans la voiture des Chambrun et que Josée lançait : « À la maison, Gilles. »

— Oui, mais il est parti comme un voleur, avant même les saluts.

— Les militaires manquent parfois de manières. Celui-ci est pourtant du meilleur monde : il est assesseur au conseil de guerre de la Luftwaffe et sa famille est très proche de Goering, dont il est un véritable protégé...

— Du beau monde, en effet, ne pus-je me retenir de grincer, tandis que la voiture longeait un restaurant où s'engouffrait une dizaine de troupiers allemands. En retrait, deux couples de Français les observaient, avec un mélange de rancœur et de dépit. Ils étaient plantés devant le menu du jour, qu'ils dévoraient des yeux.

— Tu viens dîner à la maison ? Ce sera juste un coin de table, avec René. Il n'y aura que des restes, mais je déteste jeter. Surtout en ce moment, où tout le monde se serre la ceinture...

La désinvolture de cette remarque me mit mal à l'aise. Josée vivait dans une réalité parallèle et je n'allais pas lui en faire le reproche, moi qui profitais si souvent de sa table.

— Tu es adorable, mais je vais rentrer directement à l'hôtel...

— Comme tu voudras.

— D'ailleurs, déposez-moi là. J'ai envie de me dégourdir un peu les jambes.

— Tu es sûre ? s'étonna Josée, soupçonneuse. Tu vas faire la route toute seule ?

Comment lui dire que je n'avais plus la sensation de l'être ?

Tandis que je descendais de la voiture, Josée m'arrêta :

— Et je n'oublie pas ton histoire d'appartement, ma chérie. J'ai peut-être une idée, mais je t'en parlerai quand ce sera vraiment sûr...

— Josée, je ne sais comment te remercier.

— Je suis comme Pâpâ : j'aime faire le bien autour de moi.

*

Entre Soehring et moi, le printemps fut un chassé-croisé, à croire que nous vivions dans deux fuseaux horaires différents. J'arrivais aux courses, il en partait ; je quittais une réception, il posait sa casquette au vestiaire. À chaque fois, nous nous souriions, heureux de ces entrevues fugitives, comme si tout était un jeu.

— Certaines personnes sont destinées à toujours s'échapper, me dit-il, alors que nous venions de tomber nez à nez au pied de l'hippodrome de Longchamp.

— Un faune, ça se cache toujours un peu, non ?

— Et une biche aussi.

— Une biche ? C'est à ça que je vous fais penser ?

— C'est plus gracieux qu'un être mi-homme mi-bouc.

— Tout dépend pour quoi…

Prononcée sur un ton involontairement graveleux, ma réplique lui mit aussitôt le rouge aux joues. J'explosai de mon rire cristallin qui fit se retourner le petit groupe de soldats qu'Hans avait quitté pour me saluer.

— *Soehring!* lança un officier en tapant du talon sur le sol.

— *Jawohl, Herr Oberst.*

Sans me quitter des yeux, il prit un air impuissant et s'éloigna à reculons, tandis que son supérieur se lançait dans une de ces petites semonces dont les boches ont le secret.

Ces rencontres étaient si fréquentes qu'elles semblaient obéir à une volonté supérieure. Entre Faune et Biche, le hasard avait de moins en moins lieu d'être. Que se passait-il dans ma tête ? Que ressentais-je pour ce soldat inconnu, dont la silhouette occupait tant mon esprit ? Ça non plus, je ne pouvais y répondre, mais j'avais le sentiment de ces explorateurs à la veille d'un grand voyage dont ils savent qu'il sera sans retour.

GROSBOIS

N'en déplaise à Greven, le tournage de *Madame Sans-Gêne* avait commencé. Je m'étais d'ailleurs définitivement séparée de la Continental, car le projet des *Évadés de l'an 4000* était tombé à l'eau.

Voilà deux ans que je n'avais pas tourné et je découvrais le « cinéma occupé ». Tout était plus compliqué, plus lent, plus bricolé. Ce qui était évident avant guerre devenait épineux. Tout manquait, il fallait marchander le moindre matériel. Sans compter nos occupants qui ne nous facilitaient jamais la tâche. Les Allemands se faisaient un malin plaisir à nous rappeler que nous étions chez eux, et non l'inverse. Dès qu'un lieu de tournage les dérangeait, les autorisations étaient annulées. Le film de Richebé n'échappa pas à cette nouvelle loi. Si la plupart des scènes étaient tournées dans les studios de Joinville, cette fresque avait besoin de vues en extérieur. Par ce mois de mai ensoleillé, nous devions filmer dans le beau château de Grosbois, à quelques kilomètres à l'est de Paris.

Deux jours avant le tournage, Richebé m'appela, désemparé :

— Arlette, c'est la catastrophe, on nous interdit Grosbois...

— Interdit?!

— Les Allemands ont réquisitionné le château hier. J'ai passé la journée au téléphone avec les plus haut placés : on ne peut absolument rien faire. « Raison d'État », m'a-t-on dit...

J'essayai de garder la tête froide, toutefois j'imaginai le pire : nous étions déjà en retard sur le budget et cet affront risquait de faire annuler le film qui risquait de perdre trop d'argent. Dans ce cas, adieu *Madame Sans-Gêne*! Et Arletty se retrouverait sans projet, obligée d'aller mendier des rôles de second plan chez Greven. Non! Impossible!

— Et qui la décrète, cette raison d'État?

— N'essayez même pas, chère amie. Grosbois est réquisitionné par la Luftwaffe et l'ordre viendrait directement de Goering.

Un frisson de plaisir me parcourut l'échine.

— Roger, laissez-moi vingt-quatre heures, vous voulez bien?

— Sainte Rita ou vous, au point où j'en suis…

Qu'allais-je dire à mon joli soldat? Je ne savais même pas comment le joindre! Je décidai de demander l'aide de Josée, mais c'est son mari qui répondit.

— Arlette, quelle joie de t'entendre!

Je lui résumai mon problème, sans entrer dans les détails personnels. De sa voix flûtée, René susurra :

— J'ai cru comprendre que ce petit Soehring n'était pas sans te charmer…

— Ce qui me charmerait, c'est qu'il parvienne à lever l'interdiction de tournage.

René déclara qu'il pourrait me donner son numéro, à l'état-major, mais qu'il ferait mieux d'appeler lui-même.

— Je compte sur toi, dis-je, avant de raccrocher… et de passer deux heures à tourner dans ma chambre, en fixant le récepteur sur la table de nuit.

Lorsque René rappela, le combiné glissa entre mes mains moites.

— Ton nom a un certain pouvoir de persuasion, chère amie.

— C'est vrai?!

J'avais crié comme une enfant et René en rit de surprise.

— Tu es même le sésame de cette aventure…

Je ne comprenais plus.

— Hans Jürgen vous rend votre château, mais c'est à toi qu'il remettra la clé.

— Comment ça?

— Tout ce que je sais, c'est que tu as rendez-vous demain matin, à huit heures précises, devant la grille de Grosbois. Et que tu dois venir seule…

Je ne dormis pas de la nuit. Au petit jour, j'avais des cernes et la bouche anxieuse.

— Tu parles d'un rendez-vous ! pestai-je en tâchant de masquer cela sous du maquillage.

Dès sept heures, j'étais devant l'hôtel, rue de Berri, attendant mon taxi. Nous étions au mois de mai, pourtant il faisait un froid perçant. C'étaient les saints de glace.

— Vous êtes bien matinale, madame Arletty, me dit le chasseur.

— C'est *mademoiselle* !

L'inquiétude me rendait agressive.

Il n'y avait personne sur la route et nous arrivâmes en avance.

— Je vous attends là ? demanda le taxi.

— Non, dis-je à mon corps défendant. *On* me raccompagnera.

Qu'en savais-je ? Rien du tout. Mais Faune avait exigé que je vienne seule, et seule je me retrouvai donc sur la grande allée menant à la grille du château.

Pas âme qui vive. De part et d'autre, une forêt qui bruissait des premiers sons du matin. Le soleil faisait déjà fondre les gelées blanches qui couvraient encore la pelouse. Devant moi, la belle façade Renaissance semblait me défier d'avancer. Des petits toupets de vapeur sortaient de ma bouche, de mon nez.

Je consultai la montre de papa : encore vingt minutes. Moi qui prenais toujours un malin plaisir à arriver en retard, comme les rois et les vedettes. Décidément, Arletty n'était plus Arletty.

Je croisai les bras et les pressai compulsivement, car le froid montait, malgré les bottes. Je finis même par éternuer, le bruit résonnant longtemps par-delà le château, dans les bois alentour.

— *Gesundheit !*

Je sursautai.

Il était derrière moi. Comme au théâtre, sa silhouette se découpait dans la lumière. Le soleil dominait maintenant l'horizon, l'entourant d'un halo. La vision était presque surréelle, car il paraissait beaucoup plus grand. Sa démarche était étrangement chaloupée et il me dominait d'un bon mètre. Même ses oreilles semblaient plus lointaines. Lorsqu'un souffle chaud et musqué me caressa le front, je quittai ma torpeur. Mon mouvement brusque effraya le cheval, qui recula. Soehring se raidit sur la selle.

— Vous n'êtes pas du matin, vous.

— Ça dépend pour quoi...

À nouveau, je m'en voulus de cette remarque déplacée. Mais Faune ne s'en émut pas et sauta au pied de sa monture.

— Vous aimez les ruptures de ton.

— Les châteaux, ce n'est pas mon truc. Je viens de la banlieue, vous savez ?

Tirant une clé de sa poche, il passa son bras sous le mien et nous avançâmes vers la grille.

— Ce matin, ce n'est pas un château, c'est *votre* château.

Ce fut une matinée merveilleuse. Hans m'emmena partout, jusque dans les recoins les plus poussiéreux du grenier, d'où nous dominions le parc par de petits œils-de-bœuf. Puis nous traversâmes des salons gigantesques, en enfilade. La lumière du printemps filtrait par les fenêtres, donnant aux meubles, aux objets, des ombres étranges, comme si tout allait bouger. C'était à croire que Faune était chez lui, tant il semblait connaître la moindre alcôve du château, passant d'une pièce à l'autre avec le même naturel que s'il y avait grandi.

— Pas du tout, j'y viens pour la première fois.

— Vous plaisantez ?

— Mais avec vous, j'ai l'impression d'y être déjà venu.

Sa réplique me parut très préparée.

— On dirait une phrase de roman.

— Tant mieux, je compte en écrire.

— Vous êtes romancier ?

— Je le serai après la guerre, si jamais cette phrase a un sens...

Durant un long moment, nous flânâmes dans les allées du parc, nous enfonçant en forêt, gagnant des petites clairières, traversant les fougères. Je ne pouvais croire que Paris ne fût qu'à quinze kilomètres. La promenade était féerique et hors du temps. Faune restait d'une courtoisie intimidante. Pas le moindre geste ambigu ;

sa douceur s'arrêtait toujours au seuil de sa propre pudeur. Et sa timidité me rendait moi-même hésitante. Surtout, je ne voulais pas briser cette harmonie étrange, faite de gestes ébauchés, où nos corps semblaient s'attirer et se fuir, comme un ballet. Pas un baiser, pas même une caresse. Cette visite matinale demeure un des moments les plus érotiques de ma vie.

Lorsque le carillon du château sonna onze heures, Faune tressaillit.

— Qu'est-ce qui se passe ? ris-je. Vous allez vous transformer en citrouille ?

Ce n'était pas loin de ça ! Mon beau chevalier redevint un soldat.

— Le temps passe si vite, avec vous, dit-il en sortant maladroitement un document plié de sa poche intérieure.

— C'est un reproche ?

— Hélas, non…

Il me tendit la feuille et, avec une subite froideur, m'expliqua : il avait obtenu la levée de la réquisition de Grosbois en intercédant directement auprès du maréchal Goering. Il fallait toutefois que le château soit libéré d'ici à neuf jours.

— Et pas une minute de plus ! précisa-t-il sur un ton militaire.

— Oui, mon colonel, dis-je en mimant le salut du soldat, ce qui le laissa de marbre.

— Je ne suis que lieutenant, déclara-t-il tandis qu'une voiture s'avançait vers nous.

Il ouvrit la portière et s'engouffra dans l'habitacle sans me dire au revoir.

— Vous me laissez ici ?! Je dois rentrer à Paris, moi !

Mine surprise de Soehring, qui désigna la grille du château que nous avions verrouillée. À ma grande stupeur, de nombreuses voitures attendaient derrière, et une silhouette me faisait de grands signes. Je reconnus Roger Richebé. Je n'en revenais pas !

— Mais… vous aviez tout manigancé ?

Faune peina à garder son sérieux.

— Je les ai prévenus hier soir. Je leur ai demandé de venir à onze heures, voilà tout.

J'eus une violente envie de le prendre dans mes bras, mais il referma sa portière et descendit la vitre.

— Allez donc leur ouvrir, c'est vous qui avez la clé.

Puis il fit signe au chauffeur de démarrer et la voiture s'éloigna dans un nuage de poussière.

*

Le tournage se passa dans des conditions de rêve; nous finîmes même en avance, ce qui était inespéré. Moi, j'étais sur un nuage : la douceur du printemps s'instillait partout. J'en oubliais les privations de la guerre, l'atmosphère pesante qui grandissait dans Paris, le quotidien si lourd pour tant de gens. Je l'avoue sans honte : j'étais enivrée par cette présence étrange, qui restait insaisissable. On aurait pu croire qu'après cette matinée enchanteresse, mon soldat vînt frapper à la porte de ma chambre, au Lancaster, mais non. Fantôme il était, fantôme il restait.

— Vous ne pouvez pas vous tourner autour éternellement, Arlette, finit par me dire Josée. Nous ne sommes plus au Moyen Âge. Qu'attendez-vous ?

Je n'aurais su dire. La nationalité et l'uniforme de mon soupirant n'étaient pas en cause; à mes yeux, le lieutenant Soehring n'était déjà plus que Faune. Je crois que je goûtais ces éternels préliminaires, cette cour interminable de mon preux chevalier, ces sous-entendus permanents que je savourais, la nuit, seule dans mon grand lit du Lancaster, comme la plus douce des promesses.

— Une promesse qui finit par ressembler à un mensonge, grommela Josée.

— J'ai attendu quarante-trois ans pour me découvrir romantique, que veux-tu ?

Surtout, je souhaitais que le couronnement fût à hauteur de l'attente.

— Ça ne peut pas se terminer dans une banale chambre d'hôtel, comme un couple de vaudeville…

À cette remarque, Josée prit un air malicieux et fouilla dans son sac à main.

— Justement, dit-elle en sortant une clé, je crois que j'ai une surprise pour toi…

LE NID

Rarement j'avais vu un endroit aussi beau ! J'étais souvent passée sous ces fenêtres, lorsque je flânais sur les quais, au gré des bouquinistes. La nuit du 14 juillet 1914, avec mon petit Ciel, tandis que nous dansions sur le pont des Arts, avais-je remarqué cette jolie façade, nichée entre la Monnaie et l'Institut ?

— L'endroit appartient à une vieille amie de la famille de René, Mary Hoyt Wiborg, une Américaine qui est rentrée à New York, dit Josée en passant le superbe porche dans l'impasse attenante. Elle nous a laissé les clés en demandant de lui trouver un locataire fiable…

Alors que nous arrivions dans une magnifique cage d'escalier, ma main se posa sur une rampe de fer forgé très aristocratique.

— Tu penses que je suis fiable, Josée ?

Mon amie me fit un clin d'œil et s'arrêta au premier étage pour sonner à l'unique porte.

— Crois-moi, cet endroit mérite qu'on le soit…

Une petite femme boulotte en tablier ouvrit la porte d'un air revêche.

— Qu'est-ce qu'il y a, encore ?!

Mais dès qu'elle reconnut Josée, elle s'illumina.

— Oh, mame Chambrun ! Quel plaisir !

— Marie, dit Josée en me désignant, je crois que je vous ai trouvé la perle rare.

La camériste commença par froncer les yeux, méfiante. Elle fouilla alors la poche de son tablier pour en tirer des lunettes. Alors elle se décomposa et je crus qu'elle allait pleurer.

— Mais... mais... mais c'est Arletty?

— En chair et en os, répondit Josée, hilare, tandis que la petite femme s'approchait de moi, incrédule, frottant sa main sur son tablier avant de me tendre son poignet.

— C'est vous qui allez vivre ici?

— Peut-être, dis-je, surprise par l'attitude fébrile de cette femme, qui oscillait entre le cerbère et la courtisane.

Une fois dans l'appartement, je corrigeai :

— Pas *peut-être*, sûrement!

— Je t'avais prévenue, Arlette, fit Josée en ouvrant la fenêtre. Je quitterais volontiers la place du Palais-Bourbon pour vivre ici...

La vue était magique! La pointe de la Cité, le Vert-Galant, les quais de Seine, le pont des Arts, le Louvre. Et puis les arbres, si beaux, si verts en cette fin de printemps, gonflés d'oiseaux et de senteurs. Un petit décrochement permettait de poser une table et deux chaises sur le parapet, tel un balcon ouvert sur une carte postale. Je ressentis alors cette impression qui vous étreint à de rares moments de l'existence, où tout semble s'imbriquer avec cohérence, comme si rien ne pouvait être autrement.

C'était arithmétique : le premier étage du 13, quai de Conti était fait pour Arletty.

Me tournant enfin vers la pièce, je découvris un salon merveilleusement décoré, avec des tableaux délicats, des objets raffinés, et puis ces meubles capiteux et confortables, comme seuls les Américains savaient en choisir, quand les Français se satisfaisaient de fauteuils raides pour peu qu'ils fussent d'époque.

La grande chambre donnait sur la Seine, la chambre d'ami sur une petite cour. En réalité, cet appartement n'était pas très grand, mais il valait tous les châteaux.

Au fond de moi, je n'avais qu'une pensée : « Est-ce qu'*il* l'aimera? Est-ce qu'*il* viendra? » J'imaginais sa silhouette enfoncée dans le grand canapé, penchée au balcon, assise au vieux Pleyel, à pianoter ce Schumann qu'il aimait tant, ou – surtout – assoupie sur ce grand lit aux innombrables coussins.

— Alors ? finit par dire Josée. Je peux appeler Mary pour lui dire qu'elle héberge la plus grande actrice française ?

— Dis-lui surtout qu'elle rend une femme heureuse.

*

Je m'installai quai de Conti le 28 mai 1941.

— Vous n'avez que ça ? s'étonna Marie en ouvrant mes valises. Mais il n'y a que des vêtements !

— Voilà des années que j'habite à l'hôtel. J'ai pris l'habitude de faire le tri…

Cette remarque la laissa dubitative.

— Vous êtes comme ça avec les gens, aussi ?

Je ne répondis pas et fis mine de pendre une robe dans la grande armoire qui faisait face au lit.

Marie Lelizour avait une personnalité bien trempée et se comportait en gardienne du temple.

— C'est la seule condition émise par Mary Wiborg, m'avait prévenue Josée. Le loyer est très avantageux, mais tu gardes le service de Marie, qui vit dans une chambre, sous les combles. Tu verras, elle est adorable, très serviable, mais elle a son petit caractère.

Avec son tempérament généreux et rogue, Marie Lelizour me rappelait ma propre mère. Lorsque je lui en fis la remarque, la petite femme s'ébroua comme un hibou.

— Je vous remercie, je ne suis pas si vieille !

Mais au fond d'elle-même, la comparaison la flattait.

— Soyez sûre d'une chose, mame Arletty : tant que vous serez ici, je m'occuperai de vous comme de ma propre fille.

Sitôt installée, je lui annonçai que je comptais faire une petite pendaison de crémaillère.

— En prenant soin de ne rien abîmer, rassurez-vous…

— Oh, je ne m'inquiète pas, fit Marie, qui époussetait le cadre d'une toile cubiste au-dessus du piano. Je me doute bien que vos amis sont des gens bien élevés. Et puis j'adore les artistes, vous savez ? J'avais un oncle peintre, en Haute-Savoie. Il a même fait une exposition à Chambéry, inaugurée par le sous-préfet !

— Ce seront surtout des gens de cinéma et quelques écrivains.

Marie replia son chiffon et gratta du bout de l'ongle une croûte, sur le rebord d'une table basse.

— Vous pouvez bien recevoir qui vous voulez, mame Arletty. Du moment que vous n'invitez pas de boches.

J'allais devoir jouer sur du velours.

*

La fête fut très joyeuse et le mélange pour le moins détonnant ! Réunir dans un même salon les Chambrun, les Guitry, Carné, Cocteau, Coco Chanel et tant d'autres : je pouvais être fière de moi.

Dès que la porte sonnait et que Marie allait ouvrir, elle revenait bouche bée en bégayant :

— Mais c'est… c'est…

— Pablo Picasso, oui, répondais-je en embrassant le peintre, venu en voisin de son atelier des Grands-Augustins.

Vous vous en douterez, une arrivée plus tardive ne provoqua pas le même enthousiasme…

J'avais pourtant dit à Faune de venir en tenue de ville, mais il avait été retenu par une réunion de l'état-major et n'était pas repassé chez lui.

— Je déteste être en retard, s'excusa-t-il à mon oreille, tandis que le silence tombait sur le salon.

— J'aurais préféré que vous arriviez à deux heures du matin, mais pas en uniforme.

Marie était livide. Elle était venue me chercher, sans oser le faire entrer au salon.

— Ça doit être une erreur, madame.

— Pas du tout, Marie, avais-je répondu d'un ton sec, accrochant moi-même le manteau de Faune au perroquet.

Embarrassés, tous voyaient son brassard, rougeoyant sous la lumière des bougies.

Josée me sauva la mise en glapissant un « Hans, quel bonheur de vous voir ici », avant de l'embrasser chaleureusement et de se tourner vers l'assistance.

— Rassurez-vous, les amis, nous ne finirons pas la nuit dans les geôles de la Gestapo. Le lieutenant Soehring appartient à l'armée de l'air, et il est plus inoffensif qu'un moineau.

Ce disant, elle lui pinça la joue comme on le fait à un garnement. La scène était si incongrue qu'elle détendit l'atmosphère et chacun reprit sa conversation. Marie haussa les épaules, toujours aussi méfiante, et fit le tour des coupes de champagne, hostile. Hans était encore plus figé. Il était à la fois humilié par l'attitude de Josée et embêté d'avoir gelé l'ambiance.

— Je gâche la fête…

— Ils s'en remettront, répondis-je en prenant son bras.

Ce simple contact nous fit du bien. Déjà les autres s'estompaient, leurs conversations reléguées au bruit de fond. Puis j'entraînai Hans sur le balcon, où les deux chaises semblaient nous attendre.

Trois heures plus tard, nous n'avions pas bougé de notre alcôve sous les étoiles. Personne n'avait osé venir nous déranger et lorsque je vis l'ombre de Marie moucher la dernière chandelle avant de quitter le salon, je compris que j'avais été une bien piètre hôtesse.

— La soirée est passée si vite…

— Vous vous êtes ennuyée ?

— Je n'en ai pas eu le temps…, dis-je en aspirant une bouffée de printemps.

Ce dont nous avions parlé trois heures durant ? De tout et de rien. Nous avions butiné d'un sujet à l'autre, faisant mine de ne pas vraiment nous intéresser alors que nous ne cessions de glaner des détails, des secrets, sur la vie de l'autre, ses goûts, ses peurs. Hans en sut un peu plus sur mon enfance, mes parents, mes débuts à la scène. De lui, j'appris une jeunesse cossue, une famille bourgeoise, beaucoup de rigueur.

— Je suis vraiment ce que vous autres appelez un « boche ».

Ce que nous n'évoquions jamais ? Les amours. Dès que la conversation approchait du cœur, la pudeur et la crainte obliquaient nos propos et nous partions vers autre chose. Je n'osai lui demander s'il avait une petite Gretchen, là-bas, outre-Rhin. Il se retenait de m'interroger sur les folles amours qu'une comédienne devait avoir. La notoriété de mes frasques n'avait pourtant pas dû lui échapper, mais Hans affectait une retenue qui frisait l'indifférence.

— Est-ce bien raisonnable, tout cela ? finis-je par demander, en remplissant nos coupes avec une bouteille calée entre mes chevilles.

Au même instant, trois heures sonnèrent à l'horloge de l'Institut.

— Vous voulez dire : se coucher aussi tard ?

Je haussai les épaules, irritée par ce jeu de cache-cache.

— Nous sommes des grandes personnes, Hans. Et nous nous comportons comme des enfants.

Soehring devint sombre et se tourna vers la nuit. Pas une lumière dans Paris, sinon une tache de lune sur la Seine.

— Rien n'est simple, Arlette, dit-il d'un ton désolé.

Je saisis alors sa main, très doucement, et le sentis tressaillir. Plusieurs fois au cours de notre soirée, nous nous étions ainsi touchés. Mais ce geste prenait maintenant une dimension solennelle.

— Où est le problème ? Mon âge ? Le fait que j'aie dix ans de plus que vous ?

Hans souffla, agacé, mais ne retira pas sa main. Au contraire, ses doigts se mêlèrent aux miens. Il commençait à trembler.

— Vous avez vu la réaction de vos amis, lorsque je suis entré dans la pièce ?

— C'est donc ça ? dis-je, sincèrement surprise. Vos généraux passent leur temps à dire que nous sommes alliés.

Pour la première fois, Hans prit mes joues entre ses mains et me fixa.

— Regardez-moi droit dans les yeux et dites-moi que les Allemands ne sont pas vos ennemis, que vous êtes heureuse de nous savoir ici, que vous êtes sereine devant l'alliance de nos pays, que, depuis un an, la France n'a jamais été aussi libre et épanouie…

Ma bouche s'ouvrit, mais je fus incapable de répondre. Hans laissa retomber ses mains le long de son corps et déjà sa chaleur me manquait.

— Vous voyez bien, dit-il, fataliste.

— C'est vous qui mélangez tout, Hans. Il ne s'agit pas de nos pays, mais de nous deux…

— Parce que c'est différent ? Une vedette de cinéma et un protégé de Goering ?

Je me renfonçai dans mon siège. Sur le quai, une colonne militaire passa au pas de l'oie, sans s'inquiéter de ce couple assis à un balcon, dans l'obscurité.

— Vous êtes une femme trop libre et je suis un homme trop occupé.

— Trop libre ? dis-je, blessée par le sous-entendu.

Déjà gêné par sa maladresse, Hans corrigea :

— Disons que vous avez le droit d'agir comme bon vous semble, alors qu'il nous est précisément interdit de… de nouer des relations avec des femmes des pays occupés.

Je ne pouvais croire ce qu'il m'annonçait et désignai les boîtes de bouquinistes, devant nous.

— Vous plaisantez ? Et tous ces soldats que j'aperçois au bras de petites Parisiennes, sur les quais ?

— Vous l'avez dit : ce sont des soldats. Mais je suis officier, Arlette. Un officier en vue, avec des relations… L'état-major nous l'interdit, pour des raisons de sécurité…

— Vous avez peur que je vole vos secrets d'État ? dis-je aigrement. Pour ce que je m'en fous, de votre Führer…

Hans baissa la tête, navré, comme si le poids du monde pesait sur ses épaules.

— Et puis vous n'êtes pas une « petite Parisienne ». On vous reconnaît, on vous arrête dans la rue, les gens vous aiment. Pour vous encore plus que pour moi, ce serait une… mauvaise idée…

Sa plaidoirie me semblait fausse, presque hypocrite. J'en étais désemparée et sentis ma gorge se nouer, les larmes me monter aux yeux, telle une petite fille dont on brise le rêve.

— Mais alors… tout ça ?

— Tout quoi ?

— Vous et moi, ce soir, sur ce balcon. Nos dîners dans Paris. Nos concerts. Tous ces petits moments volés à la guerre, à l'Occupation.

— Vous venez de le dire, à nouveau : des moments *volés*. Et en temps de guerre, le vol est passible de la peine capitale.

Il devenait grandiloquent.

— Vous êtes bien wagnérien.

Ma remarque l'amusa. Je le sentais fléchir. Je pris ses mains dans les miennes et me levai. Ses yeux étaient dévorants et je voyais combien il luttait. Avais-je le droit de forcer ses barrières ? C'était pourtant lui qui venait ici, qui s'efforçait toujours de me croiser, qui m'avait fait visiter Grosbois comme dans un conte de fées…

Il secoua la tête et recula vers le salon.

— Il est tard, dit-il en récupérant son manteau dans la pénombre.

Je n'eus pas la force de le retenir.

Déjà il enfilait son pardessus et mettait sa casquette, cherchant à tâtons la poignée de la porte d'entrée.

— Merci pour cette soirée, Arlette. Cet endroit est magn…

Il ne put finir sa phrase. Mes lèvres s'écrasèrent contre les siennes avec une violence de fillette. L'obscurité m'empêchait de voir sa réaction, mais j'avais les yeux pleins de lumière. Puis Hans se précipita sans un mot dans la cage d'escalier. Il rata même une marche et son « *Scheisse!* » résonna comme le plus doux des au revoir.

DÉSŒUVRÉE

Je devais m'y attendre, Hans ne donna plus signe de vie. Je tâchai de m'en montrer indifférente, mais son silence me rongea très vite.

— Vous n'avez pas bonne mine, mame Arletty, me lançait souvent Marie sur un ton sournois. C'est votre boche qui vous travaille ?

« Si seulement », songeais-je, avant de répondre qu'on ne le verrait plus de sitôt.

— Tant mieux, grommelait ma camériste, en frottant frénétiquement les carreaux du salon. Je préfère encore vous voir avec Mme d'Harcourt. C'est peut-être une femme, mais c'est une bonne Française, au moins !

Je ne relevais jamais ses perfidies. À quoi bon ? Reste qu'Antoinette venait souvent frapper à ma porte et qu'elle avait noué une complicité agaçante avec Marie, laquelle était impressionnée par les noms et les titres.

— Une duchesse, tout de même…

Mon amie avait surtout compris que Hans n'était plus en odeur de sainteté, et qu'il était temps de me « rapatrier ». Par dépit, je la suivais à nouveau vers ses clubs féminins, nos nuits s'achevant souvent ici, dans ma jolie chambre du quai de Conti. Marie nous y apportait le petit déjeuner sans s'offusquer, enchantée d'ouvrir les rideaux en trompetant : « Mesdames, le printemps est magnifique, ce matin ! »

Se sachant sur la brèche, Antoinette évitait toute remarque au sujet de Hans. Il n'y avait d'ailleurs rien à dire, rien à savoir. Je l'avais embrassé par surprise, il avait pris peur et s'était enfui. Des enfantillages ! Une bluette !

Autrement complaisante, Josée s'inquiétait de mon spleen.

— Que s'est-il passé avec Hans ? Dès que je l'invite, il demande si tu seras là. Je lui avais proposé de venir ce soir, et c'est ta présence qui l'a poussé à décliner…

Cet aveu me planta un couteau dans le cœur.

— Cette guerre est si bête, Josée. Si bête…

Je n'étais pas aidée par le cinéma, car le hasard des tournages accentuait la vacuité de mes journées. Hormis quelques raccords pour *Madame Sans-Gêne*, j'étais terriblement inoccupée. Je continuais de lire des scénarios, rarement convaincue, et n'avais pas d'autre perspective pour combler le grand vide de cette fin de printemps.

Bien sûr, les mondanités s'enchaînaient, mais je m'y ennuyais souvent. Des nuits au Tabarin avec Lequerica, l'ambassadeur d'Espagne, des déjeuners avec Luchaire, Léon-Paul Fargue, jusqu'à cette lecture que fit le délicieux Paul Valéry, qui venait parfois me saluer en voisin lorsqu'il allait à l'Académie française. Il réunit quelques amis chez le pianiste Alfred Cortot et nous lut, en entier, sa pièce *Mon Faust*. Cela faisait longtemps que je ne m'étais pas autant emmerdée !

Deux rencontres éclairèrent heureusement ces heures si mornes. La première eut lieu lors d'un dîner chez Wilhelm von Bose, un avocat voisin des Chambrun, qui me convia dans son bel appartement de la rue de Bourgogne. J'y allai sans enthousiasme, mais lorsque mon voisin de table, avec ses yeux bleu azur, me demanda si j'étais de Courbevoie, je fus très surprise.

— À quoi vous voyez ça ?

— À ton accent.

Ce tutoiement ne me choqua pas, tant il semblait familier. Nous nous mîmes alors à parler de notre enfance, de nos souvenirs communs, de mille détails envolés depuis des années. L'espace d'un dîner, j'oubliai mes soucis, mes frustrations. Cet homme me faisait voyager dans le temps, ce qui était d'autant plus étonnant qu'il n'avait pas vécu longtemps à Courbevoie.

— Mais ce sont mes premiers souvenirs.

— Et tu fais quoi, maintenant ?

Après un temps d'hésitation, il me répondit qu'il était médecin.

— Tu dis ça comme si tu en avais honte...

Embarrassé, il avoua qu'il n'était pas un bon médecin, du moins pas assez assidu.

— Tu fais quoi à la place ?

Nouveau silence, comme s'il était surpris de cette question. Comme si je pinçais son ego.

— J'écris.

— Des romans ?

— Entre autres, oui.

— Et tu les publies ?

— Jusqu'à présent, oui...

Alors je me sentis toute bête. Mon esprit était si occupé par Faune que tous les autres hommes semblaient sortir d'un même moule. Mon voisin s'était présenté comme M. Destouches, et je n'avais même pas reconnu Louis-Ferdinand Céline ! Ce fut le début d'une relation affectueuse, presque fraternelle, où l'amitié se mêlerait à l'admiration, jusqu'à sa mort, en 1961.

La seconde rencontre du printemps fut d'un tout autre ordre. Tandis que je flânais sur les quais, au gré des boîtes de bouquinistes, je fus arrêtée par une petite voix.

— Vous êtes une dame connue, vous, non ?

La ravissante demoiselle semblait surprise par sa propre audace.

— Connue, je ne sais pas. Mais toi, tu as l'air de me connaître.

— Vous me faites marcher ! Je vous ai vue au ciné, avec mon papa. Il vous aime beaucoup. Il y a même des affiches de vous, à la maison, à Fontenay.

Quel film cette petite avait-elle bien pu voir ? J'allais le lui demander, mais fus interrompue par le bouquiniste qui était assis sur une chaise pliante, au soleil, et qui leva le nez d'un vieil illustré.

— Marianne, laisse Mme Arletty tranquille. Viens plutôt ranger les rayonnages de gauche...

— Voilà ! fit-elle. Arletty : c'est comme ça que mon père vous appelle !

— Marianne ! gronda le marchand de livres, sans pour autant se lever.

— J'arriiiive…

La fillette me lança un clin d'œil puis obtempéra.

— C'est votre fille ?

Le bouquiniste posa le journal sur ses genoux et prit un air épouvanté.

— Dieu m'en préserve ! Son père est un ami et il me la confie parfois, quand il est occupé.

— Elle ne va pas à l'école ?

— Si si, ça m'arrive, répondit la petite en classant avec des mains expertes les petits fascicules, d'où s'échappaient des nuages de poussière.

— Elle est pas banale, votre Marianne !

La gamine eut un sourire grand comme le monde.

— On le dit !

J'éclatai de rire, ce qui l'enchanta.

— Vous reviendrez me voir ? demanda-t-elle avec une étrange avidité.

— C'est promis !

Marianne affecta un air méfiant et désigna mes fenêtres, de l'autre côté de la chaussée.

— T'façon, je sais où vous habitez. Si vous ne venez pas, c'est moi qui viendrai.

— Marianne ! C'est fini, oui ?!

Ce culot me ravit et je rentrai à la maison, charmée par cette jeune inconnue. Dès que j'ouvris les fenêtres du salon, elle me fit un petit signe, depuis le quai.

— Marianne, nom de Dieu !

— Oui, oncle Jules…

*

Alors que le deuxième été de l'Occupation s'installait sur Paris, Hans délaissait peu à peu mon esprit. Les semaines passant, je me faisais une raison. Ce petit gamin capricieux avait voulu jouer aux grandes personnes, et son inconséquence nous avait fait du mal à tous les deux. Je me retenais de demander de ses nouvelles à Josée, qui se gardait bien de m'en donner. Par chance, je ne le croisais plus dans les dîners ou les salons. Sans doute avait-il quitté la capitale, été muté.

« Une tocade, voilà tout », me disais-je en retrouvant le goût de vivre, de me promener dans ce Paris magnifique.

Je passais souvent voir Marianne, ou bien l'invitais à prendre le thé, depuis ma fenêtre. Marie l'avait aussitôt adorée et le bouquiniste ne s'en plaignait pas.

— Vous me soulagez, au contraire.

Seul son père, mon prétendu admirateur, restait le grand absent.

— Oncle Jules habite la rue d'à côté, à Fontenay. Papa me dépose le matin et me reprend le soir…

La vie de cette demoiselle n'était pas bien joyeuse, et nos petits thés constituaient des récréations que je voulais sans nuages.

C'est précisément alors que nous sirotions une orangeade sur ma terrasse, que Marie entra dans le salon, soupçonneuse.

— On a déposé ça pour vous.

Sans rien ajouter, elle me tendit la lettre, agacée. Aussitôt je me sentis blêmir, ce qui renforça l'irritation de Marie.

— Moi qui croyais qu'on avait la paix…

Au dos de l'enveloppe, trois lettres : *H.J.S.*

Mon cœur partit en saccade et j'ouvris, les mains tremblantes.

— Ça ne va pas ? demanda Marianne, qui ne comprenait pas ma fébrilité.

Je crus que le soleil inondait la pièce. L'immeuble était plein nord, mais les rayons incendièrent jusqu'au plus petit recoin du salon.

— Si si, mon cœur. Tout va très bien.

— À t'entendre, on dirait pas…

Il me semblait avoir le même âge que Marianne, sa même innocence, son même enthousiasme.

Le ton était pourtant sec, inévitablement militaire.

Chère Arlette,
Si vous êtes libre ce soir, je vous attends à La Tour d'argent à vingt heures.
Faune

Tu parles d'un écrivain !

ENFIN !

J'arrivai au restaurant à vingt et une heures. J'avais attendu deux mois, il pouvait bien piaffer une heure.

Dès que j'entrai dans la salle, j'aperçus sa nuque et ses oreilles de faune. Mon arrivée fit taire le brouhaha général et les couverts se figèrent dans les assiettes. L'assistance mêlait des Parisiens et des Allemands. Tous levèrent les yeux vers moi.

« *Es ist Arletty…* », entendis-je à ma gauche, tandis qu'une voix, derrière moi, chuchotait : « Tu as vu comme elle est belle ? »

Je me sentis entourée d'un halo. J'avais mis pour l'occasion l'une des plus belles robes que Schiaparelli avait faites pour moi, ce qui avait inquiété Marie (« Vous devriez être plus discrète : surtout là-bas, surtout avec lui… »). Mais je me moquais d'être discrète, je me moquais que les gens me reconnaissent, m'admirent ou me méprisent ; l'important, c'était que lui, et lui seul, me voie.

Alors il se retourna…

Il semblait si perdu dans ses songes que son expression resta un instant voilée. À quoi pensait-il ? À cette femme qu'il avait finalement rappelée, lui donnant rendez-vous à la table la plus romantique de Paris ? Au risque qu'il prenait en bravant les règles édictées par son pays ? Ou bien à sa vie, là-bas, dans une Allemagne qu'il avait quittée il y avait trop longtemps ?

Lorsqu'il me vit, son corps se figea. J'allais prononcer le premier mot quand une ombre se glissa près de moi.

— Mademoiselle Arletty, quel honneur !

Avec sa courtoisie légendaire, André Terrail, le maître des lieux, prit mon bras et m'accompagna jusqu'à ma table.

J'aurais préféré garder le silence, mais nous n'étions pas dans un conte de fées. Hans restait droit devant moi, un peu gauche, ne sachant quel geste serait le plus approprié. Un baisemain ? Un claquement de talons ? Puis, avec une maladresse exquise, il me saisit aux épaules et m'embrassa sur les deux joues !

Derrière nous, les murmures s'accentuèrent.

— Un baiser sur les lèvres aurait été plus discret, dis-je avec une pointe de perfidie, tandis que Terrail tirait la chaise pour moi. Là, vous venez d'embrasser votre vieille cousine de province. Nous sommes à Paris, pas dans une cour de ferme.

Je n'avais pu retenir ce venin.

— Vous me faites payer mon silence, le coup est régulier.

Hans s'apprêtait à me servir du champagne, mais Terrail saisit la bouteille au vol et remplit ma coupe, avant de s'éloigner à reculons, tel un artificier qui vient d'allumer sa mèche.

— À quoi trinquons-nous ? m'enquis-je en levant mon verre.

— Peu importent les vœux, les souhaits, les excuses, les regrets. Vous êtes là, je suis là : buvons !

Puis il cassa sa nuque en arrière et vida le champagne d'un trait.

— Vous alors ! C'est pas du schnaps !

Cette goulée d'alcool lui mit le rose aux joues, comme un gamin s'enivre en secret, un dimanche de communion. Alors il s'amadoua et perdit sa timidité.

— Vous m'en voulez ? demanda-t-il en effleurant ma cheville avec le bout de son pied.

— Vous en vouloir de quoi ? répliquai-je en le repoussant un instant, avant d'enrouler ma jambe contre la sienne.

Il sursauta et jeta un œil alentour, mais plus personne ne prêtait attention à nous.

— De mon silence, dit-il, de mes doutes, de mes scrupules, de mon uniforme, de…

— Tais-toi.

Mon index se posa sur ses lèvres, puis lui caressa le menton, la joue, avant de tremper dans le champagne et de finir dans ma bouche, ainsi qu'on chipe une confiture.

— Tu as un goût d'été, dis-je en me tournant vers la vue.

Face à nous, le soleil plongeait derrière les toits de Paris qui me semblèrent aussi factices qu'un décor de Trauner. La Cité recouvrait sa beauté d'avant guerre, une vision presque désincarnée, donnant l'impression de nous trouver tous deux dans une salle de cinéma. Hans et moi étions au spectacle. Et, de même qu'au spectacle, nous restâmes silencieux. Les mots étaient superflus, comme si une parole pouvait briser notre magie. Pourtant elle était intacte ; elle se fortifiait même à mesure que les heures passaient. Elle gagnait en puissance, en évidence.

Alors que Terrail nous proposait un verre de Chartreuse « pour la route », je fus la première à reprendre la parole.

— Ma route est simple, dis-je en désignant le quai, sous nos yeux, je n'ai qu'à suivre la Seine…

— « Suivez la Seine, jusqu'à la morgue… », fredonna étrangement le patron en emplissant mon petit verre à liqueur.

Cette chanson me parut si incongrue que j'étouffai un fou rire. Pourtant je la connaissais : Saturnin Fabre la chantait souvent dans sa loge, en se maquillant. Aussi repris-je, de ma voix traînante :

— « … Et après, c'est toujours tout droit ! »

Hans nous observait avec une surprise amusée, tandis que Terrail le servait puis s'échappait.

— Jusqu'à la morgue ? s'étonna-t-il.

Je me mis alors debout en titubant légèrement et pris sa main.

— La morgue, c'est pour plus tard. Pour l'instant, je me sens terriblement vivante.

Ce qui se passa ensuite est à la fois si banal, si évident, si intime et si beau que je ne puis me résoudre à l'abîmer en le mettant en mots. Cela faisait des mois que nous nous attendions, que nous nous guettions. Je ne dirai rien de plus, sinon que la Seine fut notre complice. Les quais nous menèrent jusque chez moi et, malgré ses réticences, cette chère Marie avait tout préparé :

ma chambre n'attendait plus que nous. Quand nous nous endormîmes enfin, au matin du 29 juillet 1941, il faisait jour depuis bien longtemps.

*

Faune s'installa dans ma vie avec une douceur militaire. Il avait cette courtoisie un peu sèche des Allemands mais ne détestait rien tant que s'imposer. Si bien que c'était toujours moi qui l'appelais, l'invitais, lui proposais une sortie, une balade, un dîner en amoureux. Conscient que lui-même marchait sur des œufs, il restait en public d'une distance parfois irritante, refusant le moindre geste affectueux.

— Aux yeux de mes supérieurs, nous avons le droit d'être amis, rien de plus...

— Ça t'interdit de me prendre la main dans la rue, de m'embrasser le cou au théâtre ?

— Entre autres, oui...

Je ne pouvais lui en vouloir, car Hans se méfiait de sa hiérarchie.

— Si l'information remonte en haut lieu, je peux être muté. Cela mérite bien un peu de discrétion, non ?

Hans disait vrai et je me conformais à cet ordre des choses. Et puis nous n'aimions rien tant que nos tête-à-tête ! Le 13, quai de Conti était devenu un nid d'amour où nous pouvions rester enfermés deux jours entiers.

— Ouvrez au moins les fenêtres, grommelait Marie, qui déboulait parfois sans frapper dans la chambre et nous toisait comme des adolescents surpris dans le foin de la grange.

À son corps défendant, ma camériste s'avoua conquise par Hans.

— Je dois dire que Monsieur est un honnête homme..., m'avait-elle déclaré, un jour qu'il lui avait apporté un petit pâté de campagne, chipé au mess de la Luftwaffe.

D'autres fois, c'étaient des fleurs, des colifichets.

— À croire que tu fais plus de cadeaux à Marie qu'à moi !

— La gardienne de nos secrets mérite bien quelques offrandes, non ?

Hans et moi étions si bien, dans notre cocon des bords de Seine ! Parfois, Marianne venait traîner sous nos fenêtres et je la faisais monter. Elle picorait alors nos desserts, s'allongeait sur le tapis du salon pour faire des réussites, ou bien récitait des poèmes en allemand qu'Hans lui apprenait, bien qu'elle n'y comprît rien.

— J'adore venir chez vous : j'ai l'impression d'avoir une famille…

Cette remarque nous faisait monter les larmes aux yeux, car nous savions combien Marianne était malheureuse, chez ce père toujours absent, qui la laissait en friche. Son oncle Jules était bien content de nous la prêter et elle montait toujours avec un petit livre, en cadeau, dans un sac de papier.

Nous vivions à ce point en vase clos que j'en oubliais la réalité du monde extérieur. Disons que je m'en détournais à dessein, craignant d'être abîmée par ce qui se déroulait en dehors de notre bonheur.

Il arrivait pourtant que l'Histoire me rattrape, dans ce qu'elle avait de plus laid. Début septembre, un jour qu'Hans était occupé, j'allai, seule, au palais Berlitz, voir la fameuse exposition *Le Juif et la France* qui faisait tant causer, depuis son ouverture fin août. Josée nous en avait parlé un dîner entier, de façon presque obsessionnelle.

— Il *faut* la voir. C'est un devoir citoyen…

Elle était bouleversée par l'attentat que venait de subir son père, à Versailles, alors qu'il inaugurait une unité de la LVF. Pour Josée, tout était lié, et il devenait nécessaire d'aller visiter cette exposition, si l'on se sentait Français.

J'en fus écœurée… L'antisémitisme m'était assez étranger. J'avais connu mes premiers émois de femme entre les bras d'Edelweiss, et je comptais de nombreux amis juifs, Dalio, Tristan Bernard, Henri Bernstein et tant d'autres. Mais les voir ici, placardés tels des malfrats sur de grandes affiches qui détaillaient leur profil, la forme de leur nez, comme s'il y avait un déterminisme physique à la malhonnêteté et à la traîtrise, était aberrant. Ce qui me navra le plus fut cette affiche qui vantait les bons artistes aryens dont la France pouvait s'enorgueillir : à côté de Sacha Guitry, de Pierre Fresnay, je vis ma bouille de bonne Française.

— Ils ne m'ont même pas demandé ! dis-je à Hans, le soir même, résolue à faire retirer cette affiche.

Hans était bien impuissant.

— Cela ne dépend pas de moi. Cela ne dépend même pas de nous…

— De *vous* ?

— Nous, les Allemands, ne sommes pour rien dans cette exposition. C'est une réalisation purement française. Vous êtes le pays de l'affaire Dreyfus, je te rappelle. En matière d'antisémitisme, vous n'avez aucune leçon à recevoir…

Le constat était aussi terrible que vrai. Aussi baissai-je les bras. Aurais-je dû insister ? Faire intervenir Josée ? Était-ce de la lâcheté que de détourner la tête et penser à autre chose ? Sans doute… Mais à l'époque mon cœur était gorgé de passion et je n'aurais laissé rien ni personne briser mon rêve.

L'amour est égoïste.

*

La sortie de *Madame Sans-Gêne* couronna ce merveilleux automne. Richebé n'avait pas le génie d'un Carné, mais son film mettait du baume au cœur d'une population de plus en plus affligée par les privations.

Je dois dire que le rôle était fait pour moi : gouailleuse, rigolarde, sensible, matoise, et toujours bonne fille. Une vraie Française qui leur redonnait espoir, quand leur fierté nationale restait en berne, ternie par tant d'humiliations.

Me doutant que ce film rencontrerait son public, j'avais laissé traîner la signature de mes prochains contrats, afin de marchander à la hausse.

— Tu es une femme d'affaires, en fait, s'étonna Hans.

Sa surprise me vexa.

— J'ai une valeur et je n'ai aucune raison de la brader…

J'étais à la fois honnête et hypocrite, car les tournages annoncés n'avaient rien de bien glorieux. *Boléro*, *L'Amant de Bornéo* et *La Femme que j'ai le plus aimée* seraient des films très dispensables.

— Dans ce cas, pourquoi avoir accepté ? demanda Hans.

— Ce seront des tournages éclair. Nous sommes mi-octobre, et fin mars les trois films seront bouclés. Et puis ce sont des films français, et je suis fière de ne pas être payée par les boches.

À ce mot, Hans tressaillait toujours, comme si je lui rappelais la fragilité de notre lien. Il me savait patriote, malgré tout. Mais je l'amadouai en ajoutant que je voulais des personnages légers, qui ne m'occupent pas l'esprit.

— Car pour l'instant, je n'ai envie d'être occupée que par toi…

— On dirait du Jeanson, rit-il en m'embrassant.

— Henri est plus doué que moi. Les répliques, je leur donne le ton, je ne les écris pas.

*

L'hiver 41-42 fut une saison de douceurs, de plaisirs et de joies. Hans et moi ne nous quittions presque plus mais faisions attention de ne pas trop apparaître en public. Certains détails me rappelaient parfois notre différence d'âge : des réactions immatures, des remarques inattendues.

— Parfois, j'ai l'impression que tu es mon petit frère.

— Biche, ne dis pas ça. Tu sais bien que je déteste…

Curieusement, il souffrait d'être mon cadet, comme si ces dix ans d'écart étaient une menace qui planait sur notre amour.

— C'est plutôt moi qui devrais avoir peur, mon cœur.

— Peur de quoi ?

— Peur qu'un jour tu me préfères une fillette de ton âge…

Nous allâmes passer Noël à Megève. Jean-Pierre nous y rejoignit depuis Lyon, car j'avais décidé de lui présenter Hans. Mon vieil ami se montra d'une grande générosité.

— Je ne t'avais jamais vue comme ça, Arlette, me confia-t-il, un jour que nous étions allés marcher tous deux sur un sentier de montagne.

Autour de nous, les sapins ployaient sous leurs perruques blanches et le soleil les faisait goutter sur mon chapeau tyrolien, à mesure que nous avancions à pas comptés, pour ne pas glisser.

— Je crois que cet homme me rend vraiment heureuse, Jean-Pierre…

Mon ami tourna la tête vers la vallée, suivant le vol d'un choucas.

— Je le vois bien, murmura-t-il, et je ne peux qu'être heureux pour toi.

Il avait dit cela sur un ton funèbre, avant d'ajouter :

— Certaines personnes ne sont faites que pour les amours impossibles…

— Je te remercie, dis-je, pincée. Je ne l'ai pas voulue, cette guerre. Il aurait pu être breton, basque, libanais, peu importe.

— Je ne parlais pas que pour toi, Arlette.

Sa sincérité me bouleversa. Jamais il n'avait cessé de m'aimer. Mais que pouvais-je lui répondre ? Il était un de ces cœurs brisés que je laissais au bord de la route, tout comme j'avais pris mes distances avec Antoinette, qui avait très mal vécu l'irruption de Faune.

— C'est de la folie, Arlette ! m'avait-elle prévenue.

— Parce que toi et moi, c'était raisonnable, peut-être ?

— Il est allemand. C'est un ennemi.

— Non, c'est un homme. Juste un homme.

— Si c'était aussi simple… Mais tu es sur ton nuage. Tu ne vois rien. Alors qu'ensuite, quand le vent tournera…

— On dirait que tu me menaces, duchesse…

— Je n'ai pas besoin de te menacer, tu le fais très bien toute seule. Et le pire, c'est que tu ne t'en rends même pas compte…

LES VISITEURS

Début janvier, Jacques Prévert me rendit visite quai de Conti. Découvrant les lieux, il sembla retenir une boutade ou une vacherie.

— Je sais ce que tu penses, Jacques.

— Je ne pense rien du tout. *Madame Sans-Gêne* est une vedette.

— C'est marrant, mais ça sonne comme un reproche.

— Question d'oreille.

Mâchonnant sa cigarette, Prévert prit un air affectueux. Tous deux nous savions qu'il ne se passerait jamais rien entre nous, cependant nous tenions à ce lien étrange et complice. Avec moi, Jacques peinait à masquer ses sentiments, ses réactions. Raison pour laquelle il avait grimacé en remarquant un manteau oublié par Hans dans l'entrée, en arrivant.

— On a un rôle pour toi, Arlette.

Déjà mon cœur battait.

— Qui ça, « on » ?

— Marcel et moi.

Cela faisait si longtemps que j'attendais ça !

— J'accepte !

— Tu ne sais même pas de quoi il s'agit !

— M'en fous ! À une condition, quand même : ni une femme de chambre, ni une lingère, ni une épicière, ni une pute, ni une femme battue…

À mesure que j'énumérais, les yeux de Prévert se plissaient d'allégresse, puis il secoua la tête de gauche à droite.

— On en est loin, marmonna-t-il en allumant une cigarette. Il va juste falloir que tu oublies ton accent de Courbevoie, que tu montes à cheval et que tu t'habilles comme un homme.

Voyant, sur une console, une photo de la duchesse et moi, sur les banquettes de Chez Fred, Jacques ajouta que ça ne serait pas le plus difficile...

Dominique est l'un des plus beaux personnages qu'il m'ait été donné de jouer. Ce chevalier du Moyen Âge à la beauté androgyne arrive dans un château, envoyé par le diable pour pervertir l'humanité. Mais voilà que l'amour s'en mêle, au point que Satan en personne s'invite au banquet pour achever lui-même son terrible dessein... en vain.

— Rien à voir avec tes rôles habituels, me dit Hans, le soir même, quand je lui montrai le scénario laissé par Prévert.

— Voilà des années que j'attends un personnage différent. Et ça ne pouvait sortir que de l'imagination de Jacques...

Feuilletant le scénario à plat ventre sur notre lit, Hans s'étonna qu'un producteur se lance dans un projet aussi coûteux. Puis il fouina au gré des scènes, des répliques, comme s'il cherchait un vice caché.

— Où veulent-ils en venir, avec cette histoire de diable ?

Je caressais la joue de mon amant, avant de laisser mes doigts jouer avec les galons de sa veste d'uniforme, qu'il n'avait pas encore retirée tant il faisait froid.

— Jacques dit que c'est une parabole, une fable. Que chacun verra ce qu'il veut bien y voir...

Hans restait dubitatif.

— Mouais, dit-il en ôtant sa veste pour la jeter au pied du lit. Ces *Visiteurs du soir* m'ont l'air d'une drôle de métaphore. Et votre diable qui s'invite dans un château a tout d'un occupant ennemi qui...

Il peinait à finir sa phrase.

— Qui s'impose dans un pays où personne ne veut de lui ?

Hans grommela et son embarras attisa mon désir pour lui. Je m'approchai et passai mes bras autour de son cou.

— Qui a dit que je ne voulais pas de toi ?

*

Prévu le 22 avril, le tournage des *Visiteurs du soir* ne commença pas avant le 14 mai. Toutes les scènes en extérieur devaient être filmées au printemps, entre Vence et les studios de la Victorine, dont un étonnant château de carton-pâte imaginé par Trauner, sur un grand champ des hauteurs de Nice. Hélas, des pluies diluviennes s'acharnèrent sur le décor, qu'il fallait rafistoler quotidiennement.

— Si on ne peut même plus se fier au printemps, se lamentait Paulvé, le producteur.

Le retour du soleil, à la mi-mai, rassura tout le monde, et rarement un tournage se passa dans une aussi bonne ambiance. Les conditions si particulières resserraient les liens d'une équipe qui fonctionnait comme une famille, sous l'autorité intelligente de Carné et la douceur patiente de Prévert. La distribution était magnifique ! Dans le rôle du diable, Jules Berry était sidérant. Mais tous étaient admirables : Marie Déa, Fernand Ledoux, Marcel Herrand, jusqu'à l'étrange Alain Cuny, toujours en retrait, comme s'il rechignait à faire partie de la fête. Et puis il y avait ces nombreux figurants, déguisés en pages médiévaux, en servantes, en gardes du château, dont les noms monteraient bientôt aux premières lignes de génériques : Jean Carmet, Jean-Pierre Mocky, Alain Resnais. Parmi ceux-là, je nouai vite une amitié avec la toute jeune Simone Signoret, qui semblait très désireuse d'attirer mon attention.

— Je vous admire tellement, vint-elle me dire, avec sans doute un peu trop d'enthousiasme, dès la fin de la première journée.

Je gardai d'abord quelque distance, mais les comédiens restent sensibles à la flatterie – un défaut de notre profession – et je finis par la laisser m'apprivoiser.

Quand bien même, j'étais prête à beaucoup de clémence, à cette époque. Ma vie était complète et passionnante : j'étais la vedette d'un chef-d'œuvre annoncé, je régnais sur le cinéma français et j'étais passionnément amoureuse. Que demander de plus ?

Hans aurait voulu descendre me voir à Nice, mais je préférais remonter. C'était plus prudent. Dès que je faisais allusion à Faune, Jacques tournait la tête et Marcel changeait de conversation. Quant au décorateur Trauner et au musicien Kosma, que nous allions retrouver, certains soirs, dans le prieuré de Tourettes-sur-Loup où ils vivaient en semi-clandestinité, ils se montraient carrément hostiles.

— Arlette, me dit Trauner, ces gens veulent notre mort, vous ne comprenez pas ?

— Pas Hans, voyons.

— Même s'il est pour vous le meilleur homme du monde, il reste un nazi…

Kosma arriva avec un journal et me pointa un article, au bas de la page.

— Voilà ce qu'il fait, votre bel Allemand, dit-il d'un ton agressif, avant de se laisser retomber sur une chaise en osier, à l'abri d'un grand mûrier platane.

Il faisait un temps magnifique, les cigales chantaient, au loin la Méditerranée apparaissait derrière les collines. Comment croire que le monde vacillait, depuis un si joli belvédère ?

Mais Kosma avait toutes les raisons d'avoir peur…

L'article annonçait que les Juifs étaient exclus de toute activité théâtrale, cinématographique et musicale.

— C'est la mort professionnelle…, ajouta Trauner, désemparé.

Kosma gardait les yeux perdus vers l'horizon et ajouta d'une voix funèbre :

— Avant la mort physique…

Prévert tenta de détendre l'atmosphère en rappelant qu'ils étaient ici à l'abri, qu'ils continueraient de travailler avec eux, quelles qu'en soient les conditions. Même s'il fallait utiliser des pseudonymes.

Trauner le regarda avec une affection lasse.

— Ne pas avoir le droit de sortir, d'exister sous son vrai nom, c'est déjà une petite mort, Jacques.

COMPROMISSIONS

La vie parisienne continuait de battre son plein et je n'avais pas envie de décliner toutes les invitations. L'essentiel était de nous montrer discrets : désormais, Hans et moi arrivions séparément, ne nous parlant qu'à l'occasion mais frémissant de nous retrouver enfin, tard dans la nuit, dans notre cocon du quai de Conti. Ainsi allâmes-nous tous deux à la fameuse rétrospective du sculpteur Arno Breker, le Michel-Ange d'Hitler, à l'Orangerie, le 16 mai 1942. Tout Paris se pressait pour voir de près ce petit être sec et francophile, qui était ami de Cocteau et de tant d'autres dès l'avant-guerre.

À la fin du même mois, Alfred Greven organisa un grand dîner pour le monde du cinéma parisien chez Ledoyen, où je fus bien obligée de me rendre. Il fallait continuer de donner des gages à cet ogre, qui avait encore gagné en puissance. C'est Paulvé lui-même, le producteur des *Visiteurs du soir*, qui me demanda d'y faire acte de présence.

— Greven est capable de tout. Et il est très jaloux de notre projet. Allez donc le caresser dans le sens du poil.

Tout le gratin était là : Danielle Darrieux, Harry Baur, Pierre Benoit, Maurice Tourneur, Henri Decoin, Christian-Jaque... Greven trônait tel un satrape, passant d'une table à une autre. Lorsqu'il arriva près de moi, assise entre Roger Richebé et Georges Simenon, il se planta derrière ma chaise et posa ses serres sur mes épaules.

— La grande Arletty nous fait l'honneur de sa présence : cette soirée ne peut qu'être réussie...

— J'ai vu de la lumière, j'ai entendu de la musique, je suis venue.

Ma plaisanterie fit rire les convives.

Greven lâcha mes épaules et contourna la table, sans me quitter des yeux. Il ne riait pas.

— Toute la France sait que vous êtes sensible à la musique allemande.

L'allusion était grossière, mais je ne pouvais rien répondre. Je me sentis piquer un fard, ce qui enchanta Greven, lequel s'éloigna vers la table voisine distiller compliments et perfidies.

— Quel salaud ! s'offusqua Hans, quand je lui racontai la scène, le soir même, une fois rentrée à la maison.

Il était resté au calme à travailler sur son premier roman, à mon bureau, près de la fenêtre.

— Je peux essayer de lui mettre des bâtons dans les roues, tu sais ?

— Surtout pas ! Ce type est un pervers. Et un rancunier... Ce n'est pas moi, mais tous mes amis, tout le tournage, qui en pâtiraient. Il faut juste avaler ses couleuvres. Ce n'est qu'un mauvais moment à passer...

— Un mauvais moment de passé, corrigea Hans en se couchant sur mes genoux, tandis que je glissais ma main dans ses cheveux.

— Où tout cela nous mène-t-il ? dis-je après un moment de silence, où nous écoutions couler la Seine, par la fenêtre.

Depuis quelques jours, il y avait même une chouette dans les arbres du Vert-Galant.

— Voilà une question qu'il ne faut jamais poser. Nous avançons tous à vue...

— Vivement que cette guerre se termine. J'ai l'impression d'être une adolescente qui fait le mur et se cache de ses parents...

— Les parents n'envoient pas leurs enfants à un peloton d'exécution, Biche.

— Les Français non plus ! Toi et moi ne faisons rien de mal...

— Va expliquer ça aux résistants et aux communistes qui posent des bombes.

— On dirait que tu les défends, maintenant ?

— Un soldat ne doit jamais mépriser ses ennemis, sinon il croit le combat gagné d'avance…

Et ce qui se profilait n'était guère engageant.

À la fin juin, Hans et moi étions chez les Chambrun, en tout petit comité. Le père de Josée devait faire une allocution à la radio et elle voulait que nous l'écoutions ensemble, comme si elle craignait ce qu'il allait dire. Nous étions dans le grand salon de la place du Palais-Bourbon. René avait sorti une bonne bouteille de bourgogne. La TSF trônait sur une commode et Josée faisait les cent pas dans la pièce.

— Pourquoi es-tu aussi anxieuse ? m'enquis-je.

— J'ai un mauvais pressentiment. Papa m'a fait relire son discours ce matin, et nous nous sommes disputés sur certaines formules qu'il voulait conserver, alors que je le lui déconseillais fermement. « Tu ne comprends rien à la politique, ma chérie », m'a-t-il dit. Dans ce cas, pourquoi me demander ?

Il y avait plus que la fierté bafouée : Josée avait peur de ce que son père allait dire à la radio nationale.

— M. Laval est un homme raisonnable, tempéra Hans, qui n'avait d'ailleurs que peu de respect pour le père de Josée mais n'en disait rien.

Faune était un militaire, il n'aimait pas ces professionnels de la politique, capables de passer du socialisme à la collaboration, par calcul et pragmatisme. Mais il admirait la belle intelligence de Laval et son indiscutable talent de diplomate, qui versait parfois dans le marchandage.

— C'est un maquignon, me disait-il. Il serait capable de vendre père et mère pour obtenir ce qu'il veut.

— Peut-être, mais il ne vendrait pas sa fille…

Et c'était vrai : Josée était le cœur secret de sa vie, son absolue passion. Une passion réciproque, ce qui accentuait la tension de la comtesse de Chambrun, qui n'en finissait plus de piétiner le parquet.

— Josée, calme-toi, lui lança René, depuis une petite bergère près de la fenêtre.

Il faisait un temps exquis et nous étions parmi les jours les plus longs de l'année : le 22 juin 1942.

L'allocution commença :

« Nous avons eu tort, en 1939, de faire la guerre, attaqua la voix rocailleuse du politicien, avec ses « r » roulés de bougnat. Nous avons eu tort, en 1918, au lendemain de la victoire, de ne pas organiser une paix d'entente avec l'Allemagne. »

Josée continuait de marcher, récitant d'une voix muette les paroles, en même temps que son père. Elle était tendue, les gestes de plus en plus saccadés.

« J'ai la volonté de rétablir avec l'Allemagne et avec l'Italie des relations normales et confiantes. »

Josée scrutait par la fenêtre l'Assemblée nationale, comme une mère surveille son enfant, tandis qu'il récite une poésie devant la famille.

« L'Allemagne est en train de livrer des combats gigantesques. Elle doit, avec d'autres, consentir d'immenses sacrifices. Et elle ne ménage pas le sang de sa jeunesse. Pour la jeter dans la bataille, elle va la chercher dans les usines et aux champs. »

Josée se raidit. La tension de tout son corps semblait ramassée dans cette main qui se posa sur ses lèvres, tandis qu'elle fixait la TSF.

« Je souhaite la victoire de l'Allemagne, parce que, sans elle, le bolchevisme, demain, s'installerait partout. »

Rarement je vis un être perdre si vite toutes ses couleurs, comme si on lui avait ôté le sang. La jeune femme perdit l'équilibre.

— Josée ! glapit René, tandis que Hans, assis près d'elle, la soutint et l'accompagna jusqu'au canapé, à côté de moi.

Elle restait blafarde.

— Le con…, finit-elle par lâcher d'une voix fluette mais rageuse.

Puis elle commença à taper des pieds par terre, telle une fillette hystérique :

— Le con ! Le con ! Le con !

René s'assit contre elle et prit ses mains.

— Tu connais ton père, c'est une tête de mule.

— Mais tu as vu, René, je l'ai supplié de ne pas dire ça. « Souhaiter la victoire de l'Allemagne. » Il y a des choses qu'on peut penser mais ne pas formuler…

Puis Josée ouvrit de grands yeux secs et respira profondément, comme si elle était déjà passée à autre chose.

— Mes amis, finissons cette bouteille et allons nous coucher…

Tandis que nous rentrions à pied, en longeant les quais jusqu'à l'Institut, je m'étonnai du silence de Hans durant toute la soirée.

— Que voulais-tu que je dise, Biche ?

— Je ne sais pas, tu es allemand, tu es concerné, non ?

— Je suis soldat, tu le sais bien. Et à l'armée, on n'aime pas les traîtres, même s'ils agissent dans notre intérêt. C'est une question de principe, et Pierre Laval n'en a jamais eu…

Hésitant à répondre, je finis par prendre la main de Faune et me serrai contre lui.

— Moi, je ne fais pas de politique et je me dis que grâce à Josée, donc à son père, je t'ai connu…

Hans étouffa un soupir narquois et agacé.

— Ne fais pas de politique, en effet. Je crois que ça vaut mieux.

Ce soir-là, Hans rentra dormir au mess.

PREMIÈRE

La première des *Visiteurs du soir*, le 4 décembre 1942, fut un des grands événements de l'année cinématographique. Tout Paris fit des pieds et des mains pour être invité au cinéma Madeleine. Le trottoir était envahi de badauds, que même les policiers peinaient à disperser.

Hormis Trauner et Kosma, l'équipe était au grand complet, heureuse et anxieuse. Comment les gens allaient-ils réagir ? Que penseraient-ils de cette fable médiévale, aux sonorités si étranges ?

— Les critiques de la presse collabo ne nous aiment pas, avait rappelé Prévert, que j'avais eu au téléphone quelques heures plus tôt. Certains nous reprochent d'avoir démoralisé la France. Pour eux, *Le Quai des brumes* est responsable de la défaite de 40…

Curieusement, je n'étais pas inquiète. Ce film était si atypique ! Au pire, les journalistes ne comprendraient pas, seraient désorientés, mais les qualités artistiques étaient si évidentes.

— Dieu t'entende, Arlette…

— C'est toi qui me parles de Dieu, Jacques ?

— En temps de guerre, tout devient possible…

J'avais insisté pour que Hans fût présent.

— Il n'y a aucune raison, voyons. Je n'ai jamais été convié à ce genre d'événements.

— Mais puisque nous sommes ensemble…

— Biche, tu m'as promis que nous resterions discrets.

— Je n'envisage pas un seul instant cette soirée sans toi…

Faune avait fini par accepter, à condition que nous arrivions séparément et ne nous asseyions pas côte à côte.

— De toutes les manières, l'équipe a son rang, les boches le leur. Vous pourrez ronfler en allemand…

Mon ironie masquait surtout de l'anxiété, car cette soirée était un tournant de ma carrière.

— La voiture te déposera dans une rue voisine puis m'accompagnera devant l'entrée du cinéma, cela te convient ?

— Très bien, fit Hans, qui restait préoccupé.

Lorsque la voiture passa devant le Madeleine, je fus impressionnée par la foule.

— Déposez-moi rue Godot-de-Mauroy, dit Faune en se penchant vers le chauffeur.

— Bien, monsieur…

Mais alors que nous allions tourner, de nombreux passants traversèrent la rue, obligeant le chauffeur à piler. Un badaud tourna la tête vers nous et sa figure s'illumina.

— Les gars, c'est Arletty !

— Et merde…

— Accélérez ! fit Hans au chauffeur, mais déjà les curieux accouraient, encerclaient la voiture comme des loups.

— Démarrez, nom de Dieu !

— Je ne peux pas, monsieur ! Je ne vais pas les écraser, quand même…

Oserais-je avouer que j'y trouvai une certaine volupté ?

— Les gars, y a un boche avec elle…

Je pris sa main et murmurai :

— On n'a plus vraiment le choix…

Faisant contre mauvaise fortune bon cœur, je décidai de jouer les impératrices et ouvris ma portière. La foule recula aussitôt.

Ma robe Schiaparelli provoqua un « oh ! » général, et l'assemblée baissa d'un ton.

— Qu'elle est belle !

— Elle a quel âge, tu penses ?

Je saluai l'assistance puis, d'un mouvement gracieux, tendis la main en direction de la voiture.

Je restai un long moment dans cette position, devant la foule silencieuse. Lorsqu'ils virent une main d'homme se glisser dans la mienne, puis la belle silhouette de Hans se redresser sur la chaussée, il y eut un mouvement d'admiration effrayée.

— Tu n'as pas pu t'en empêcher, n'est-ce pas ? grommela Jacques, lorsque je m'assis entre Carné et lui.

— On s'est retrouvés piégés par la foule...

Jacques balaya l'objection d'un geste irrité.

— Il ne devrait même pas être là ! En uniforme, qui plus est !

Gênée et vexée, je ne répondis rien et tournai la tête vers le « rang boche ». Hans venait de s'asseoir au milieu de ses compatriotes. Il était écarlate et saluait ses voisins, qui le félicitaient comme le prince consort.

La projection apaisa les tensions. Les « oh » et les « ah » du public amadouèrent les deux auteurs. Et lorsque, au mot « fin », la salle entière applaudit à tout rompre, l'un et l'autre prirent mes mains et murmurèrent : « C'est gagné ! »

Et c'était vrai...

Une fois les lumières rallumées, comédiens, réalisateur et scénaristes montèrent devant l'écran, et les applaudissements redoublèrent.

— C'est un chef-d'œuvre ! hurla une voix dans la salle, provoquant une nouvelle salve de bravos.

Nous marchions sur un nuage, oubliant où nous nous trouvions et devant qui...

J'avais l'impression d'avancer dans un rêve cotonneux, coupé des réalités. Tout était doux et paisible. J'étais baignée d'amour.

Tandis que mes yeux glissaient sur le public, ils s'arrêtèrent sur un visage... Qu'il était beau, mon Faune ! Il avait quitté sa raideur de la voiture et me couvait avec une passion absolue et bienveillante. Bientôt, je ne vis plus que cela. Jacques prit ma main en tremblant, ce que jamais il n'osait faire, et se pencha à mon oreille pour murmurer : « Merci. »

*

La projection fut suivie d'un cocktail, dans le hall du cinéma, mais Paulvé n'avait pas été en mesure d'organiser de dîner pour l'équipe. Cela m'arrangeait bien, car je n'aurais pu y venir avec Hans. Nous nous retrouvâmes donc en petit comité chez Josée, autant dire en famille.

— Ce film est une merveille, nous déclara René, alors que Josée apportait elle-même les plats sur la table.

La fille de Pierre Laval était pour une part dans ce triomphe mais n'en disait rien. Plusieurs fois, alors que les circonstances politiques ralentissaient le tournage, j'avais appelé Josée au secours pour qu'elle fasse intervenir son père. En un sens, il n'est pas sûr que *Les Visiteurs du soir* auraient vu le jour sans Pierre Laval.

— On aurait pu le remercier au générique, non ? avais-je dit à Paulvé et Carné sur le ton de la boutade.

L'un et l'autre ne goûtèrent guère la plaisanterie mais ne trouvèrent rien à répondre, car sans mon entregent politique, le film n'aurait sans doute pas été tourné.

Une fois le dîner terminé, nous passâmes au salon, où René avait allumé un grand feu. Le mois de décembre était glacial, ce qui augurait le succès de nos *Visiteurs*.

— Les gens vont se précipiter au cinéma pour se réchauffer, dis-je à René en tendant mes paumes vers les flammes.

Nous versant un verre de calva, René demanda à Hans ce qu'il pensait de la situation, à l'est de l'Europe.

Faune, qui avait fait bonne figure durant tout le repas, perdit son allégresse.

— Les nouvelles ne sont pas bonnes. Si la vie à Paris est très douce pour nous autres, où la coexistence se passe bien, nous sommes dans une bulle… Une bulle qui peut vite crever…

— Cela signifie que tout va se durcir ?

Hans prit un air évasif avant de répondre :

— Tout va devenir plus tendu, pour vous comme pour nous. La guerre n'est pas une science exacte et nous ne sommes que des pions. Des pions que l'on peut envoyer ailleurs, au gré des volontés de l'état-major…

En prononçant ces derniers mots, Hans n'avait pu se retenir de se tourner vers moi. Je tressaillis.

— Cela veut dire que tu vas partir ?

Faune eut une expression navrée.

— On m'a demandé de me tenir prêt à aller en Italie.

— Quand ça ?

— N'importe quand. Dans six mois ou demain matin...

*

Malgré le triomphe des *Visiteurs*, l'hiver 42-43 fut triste et sombre. Chaque jour, Hans guettait son avis de départ, comme le condamné entend passer le bourreau, tôt le matin, dans le couloir de la prison. Celui-ci n'arrivait toujours pas, et cette torture par l'espérance n'en était que plus douloureuse.

— Tu ne peux pas te porter volontaire ? finis-je par lui dire.

— Tu veux que je parte, maintenant ?

— C'est l'incertitude qui est insupportable. Je n'arrive plus à penser, à faire le moindre projet. J'ai la tête qui gronde, qui bout. Tous les jours, je me réveille avec la peur au ventre... J'aurais préféré ne pas savoir...

Pour Hans, c'était une question d'honnêteté. Il n'avait pas envisagé un seul instant de me cacher la chose.

— Tu es encore jeune, mon beau soldat. Il va falloir que tu apprennes à mentir...

— Essaye de penser à autre chose, Arlette. Profitons l'un de l'autre...

— Comme si tu y parvenais, toi...

Hans prenait un air impuissant. Lorsque je lui reprochais cette situation avec trop d'insistance, il finissait par s'énerver :

— Biche, un peu de décence ! Il n'y a aucun plaisir dans tout cela ! Si je pars, c'est pour rallier le front. Toi, tu restes avec tes dîners, ton bel appartement et ta vie de vedette ; moi, je deviens de la chair à canon...

À Paris, la vie se durcissait. On ne trouvait plus rien, sinon au marché noir. Je portais des bas usagés, je prenais garde à mes finances. Antoinette faisait toujours partie des SSAF, avec ses copines à gros bras, et me procurait des denrées devenues introuvables, telles que du beurre et des œufs.

— Ça me gêne de vous faire certains plats, m'avouait Marie, lorsque je lui apportais un poulet ou un rôti acheté à prix d'or.

— Cela vous gêne vis-à-vis de qui ?

— Vis-à-vis de notre pays. De tout ce qui se passe autour de nous…

Les réticences de Marie étaient légitimes, cependant je n'avais pas l'hypocrisie de tout arrêter par solidarité. Et puis nous avions tous mis un frein à notre train de vie. Je savais mon amour en sursis, mais n'allais pas abdiquer mon confort. Du moins pas tout de suite.

Lorsque Faune reçut son avis de départ, à la mi-février, je fus presque déçue de ma réaction. Voilà tant de semaines que je redoutais cette nouvelle… Je ressentis moins du désarroi que du soulagement. L'anxiété allait laisser place à la tristesse, au manque, qui au moins ont un objet, une raison d'être.

Et quand Hans me fit un dernier baiser, sur le pas de la porte, quai de Conti, je lui dis adieu sans verser une seule larme, comme si je jouais un personnage.

LE MANQUE

Je mis plusieurs jours à comprendre, et la chute n'en fut que plus douloureuse. Ne plus le voir, le toucher, lui parler, était intolérable.

Faune n'était qu'en Picardie, à trois heures de Paris, mais cela ne changeait rien.

— Vous ne pouvez pas vous mettre dans un état pareil, me dit Marie en me découvrant prostrée.

— C'est plus fort que moi...

— Pensez à tout ce qui se passe...

— Où donc?

— Mais partout! Les gens qui disparaissent, qui sont pourchassés. La vie qui est si dure pour tant de Français. Vous, vous n'avez qu'une peine de cœur...

Je m'en moquais, car mon chagrin était plus fort que tout.

— Et puis M. Hans n'est pas loin. Il a promis de revenir toutes les deux semaines...

— Deux semaines, répétai-je comme j'aurais dit « deux ans ». Une simple journée sans lui semblait insurmontable. Aussi lui écrivais-je, parfois plusieurs lettres par jour.

Pour la première fois de ma vie, je me laissai aller à coucher mes sentiments, à me dévoiler encore plus que lorsque nous étions en tête à tête. La distance exacerbait ma passion, l'amplifiait, la nourrissait. Nous avions vécu en telle osmose, pendant un an et demi. Quand je me trouvais à Nice, pour le tournage des *Visiteurs*, nous passions une heure au téléphone tous les soirs.

— Et puis vous étiez occupée, madame…

Marie disait vrai : un tournage, un projet, aurait accaparé mon esprit. Hélas, j'attendais un signe de Jacques et Marcel, pour un scénario qu'ils avaient évoqué, le soir de la première des *Visiteurs* : une fresque historique sur les grandes heures du boulevard du Crime, sous la Restauration. Mais pour l'instant, pas de nouvelles…

*

Lorsque Hans eut sa première permission, le 13 mars 1943, on me rendit la respiration. Le printemps pointait du nez et nous passâmes le week-end seule à seul, sans voir personne, sinon Marie qui nous bichonna comme ses enfants.

— Je peux vous dire qu'elle était bien malheureuse, monsieur Hans, fit-elle, faussement irritée, en nous servant une poule au blanc sur le balcon.

— N'en rajoutez pas, Marie!

Je n'aimais pas que Hans m'imagine prostrée, mais Faune se moquait des sarcasmes de Marie Lelizour. Passé la flamme des retrouvailles, je remarquai en lui une brisure; une partie de sa conscience se trouvait encore dans ce cantonnement militaire de Picardie.

— La guerre est un virus, Biche. Il ne se guérit pas en deux jours. Je sais déjà que dans quarante-huit heures, je serai là-bas. Et crois-moi, il s'agit d'un autre monde.

— Ce n'est pourtant pas le front, m'étonnai-je. Au moins, tu n'es ni en Italie, ni en Russie…

Faune restait inquiet. Devant ses yeux dansaient de sombres images.

— Tout m'y prépare. Chaque jour, des camarades s'en vont. Et il est fort possible que mon tour arrive bientôt.

Une fois de plus, j'aurais préféré qu'il ne jetât pas le doute, l'appréhension dans mon esprit. Mais Faune était toujours trop sincère.

— J'ai beaucoup de chance de pouvoir venir souvent, tu sais, Biche ? La plupart de mes camarades doivent rester au mess. Comme toujours, c'est nous qui sommes privilégiés…

— Et moi une enfant gâtée, je sais bien. Que veux-tu, tu m'as habituée à trop de bonheur…

FUNAMBULES

Le mois d'avril fut celui de la diversion. J'étais allée me promener avec Marianne sur les quais de Seine et l'avais invitée à venir goûter à la maison : sa fraîcheur apaisait mon âme cabossée.

Alors que nous entrions dans l'appartement, Marie arriva en trottinant.

— Madame, madame, vous avez du courrier…

Comme à chaque lettre de Hans, mon cœur battait la chamade. Mais je fus surprise de découvrir un gros paquet ficelé, sur la table du salon. Je reconnus le sigle de la Discina, la firme d'André Paulvé, et frémis de joie.

— Enfin !

Déjà mes doigts arrachaient l'épaisse carapace de papier brun.

— C'est gros, dis donc, fit Marianne en voyant l'épais scénario des *Funambules*, que je soupesai tel un poisson.

Puis je pris l'autre document et ouvris des yeux incrédules.

— Paulvé est généreux…, murmurai-je, frémissante.

C'était le contrat. Un contrat en or ! Jamais je n'avais été aussi bien payée.

« 1,7 million de francs », répétai-je dans ma tête, sans oser l'avouer à mes suivantes, qui avaient pourtant compris.

— Je sens qu'on va refaire des poulardes, ironisa Marie.

— En demi-deuil ! ajoutai-je, les yeux luisants, en reposant le contrat sur la table.

La découverte d'une lettre de Hans, m'annonçant son arrivée trois jours plus tard, vint couronner la journée.

— Et maintenant, *Funambules*, à nous deux!

*

Jamais je n'avais rien lu d'aussi beau, d'aussi juste, d'aussi romanesque et d'aussi vrai. Avec son imagination flamboyante et poétique, Jacques avait su ressusciter l'âme du Paris de la Restauration. Je connaissais bien sûr le mime Deburau, le poète assassin Lacenaire, le célèbre comédien Frédérick Lemaître. Mais ce que Prévert en avait fait relevait du prodige : il les faisait entrer dans l'éternité. La fluidité de l'intrigue, l'ambition du récit, la justesse du dialogue, à la fois très écrit et d'un naturel confondant : tout était admirable.

« C'est parce que j'écris en sachant qui dira mes répliques », me déclarait souvent Jacques, comme si cela excusait son talent. Alors qu'il savait mieux que nous ce qui correspondait à notre réalité intérieure.

Et puis il y avait Garance, la prodigieuse Garance. Figure imaginaire autour de laquelle gravitait une constellation de personnages réels, elle était l'incarnation de la Parisienne, de la femme libre, de l'amoureuse; une créature qui vit au gré de ses plaisirs mais se sacrifie par amour. Un personnage admirablement ciselé, d'une profondeur, d'une délicatesse, d'une justesse telles que j'en eus plusieurs fois les larmes aux yeux. Au cœur de la nuit, il m'était arrivé d'en murmurer certaines répliques pour en jauger le ton, l'équilibre. À chaque fois, il me semblait les avoir pensées moi-même, comme si Jacques était venu puiser au plus profond de moi, comme si j'avais tenu sa plume. C'était magnifique!

— Si on loupe ce film-là, alors il n'y aura plus jamais de cinéma, dis-je à Prévert, que j'appelai aussitôt.

Il s'attendait à ma réponse, mais je le sentis bouleversé par mon enthousiasme.

— Garance, c'est toi, tu as bien compris?

— Non, corrigeai-je, Garance, c'est toi et moi. Ce qui est encore plus beau.

Dès son arrivée en permission, Hans se jeta sur le scénario.

— C'est merveilleux, dit-il en refermant le gros cahier, voyant déjà les images que Carné saurait en tirer.

Il restait toutefois dubitatif devant l'ampleur du projet : monter une telle production, alors même que la France était écrasée par les restrictions, que la tension internationale était à son comble, que les résistants faisaient sauter les trains et que les alliés bombardaient le pays ?

— Faisons confiance à Paulvé, me rassura Carné. André s'est associé à une grosse firme italienne, la Scalera, et nous allons bientôt commencer à bâtir les décors du boulevard du Crime dans les studios de la Victorine, à Nice. Tout va bien se passer…

Le début du tournage était prévu l'été suivant, et Carné comptait sur moi pour faciliter certaines difficultés.

— C'est-à-dire ?

— Disons que ton amie Josée nous a rendu la tâche plus simple, sur les *Visiteurs*.

Je ne pus m'empêcher de railler :

— C'est pour ça que Paulvé me paye si bien ? Pour que Pâpâ nous vienne en aide ?

Sans relever, Carné me rappela qu'en ces heures délicates, tout était bon à prendre.

L'important était de tourner ces *Funambules*, le reste n'était que de la politique…

MÔA

Le premier clap étant prévu pour le mois d'août, j'avais cinq mois devant moi. Pour tuer ce temps libre, j'acceptai une proposition de Pierre Brasseur, qui voulait absolument remonter une des premières pièces de Marcel Achard, *Voulez-vous jouer avec moâ ?*

— Trois clowns sont les amoureux malheureux d'une même femme. Je serai l'un des clowns…

— Et moi, la femme…

Pour être honnête, je n'étais pas convaincue par le texte, mais je n'étais pas montée sur les planches depuis cinq ans, et je me disais qu'un petit tour sur scène serait un bon galop d'essai avant d'aborder Garance, qui plus est avec l'un de mes soupirants des *Funambules*. Enfin, Pierre s'était adjoint le concours de merveilleux auxiliaires : le musicien Georges van Parys et le décorateur Christian Bérard.

— L'affiche va avoir de la gueule, trépignait Brasseur : Achard-Arletty-Bérard-Van Parys… et ma pomme. Les Bouffes-Parisiens vont faire le plein.

Pierre voyait juste : dès l'annonce de la pièce et les affiches sur les colonnes Morris, le téléphone du théâtre n'arrêta plus de sonner.

Les répétitions se déroulèrent dans une ambiance de belle et franche camaraderie. Pierre Brasseur était un merveilleux chef de bande ; il fallait juste chaparder les bouteilles de cognac qu'il cachait çà et là.

— Je compte sur vous pour le garder sobre, nous prévenait Odette Joyeux, son épouse, qui jonglait entre les tournages.

En deux ans, elle avait été Chiffon et Douce pour Autant-Lara, devenant l'une des meilleures ingénues du cinéma français. Dans la vie, elle était aussi dure que du roc, et il fallait la voir débarquer en pleines répétitions, son petit Claude de sept ans à la main, pour engueuler Pierre devant tout le monde.

Le temps de la semonce, Brasseur devenait doux comme un agneau. Dès qu'elle quittait la salle, il tapait dans ses mains :

— Le sketch est fini, retournons au théâtre !

Hans revenait toutes les deux semaines et il lui arrivait de suivre certaines répétitions, assis au fond de la salle, dans l'ombre.

— Pas la peine de le cacher, Arlette, finit par me dire Brasseur, surpris de ce petit jeu. Vous êtes le couple le plus connu de Paris… En plus, il a l'air charmant, ton teuton.

Pierre était fraternel, mais cette ouverture d'esprit n'était pas générale.

— On s'en fout des pisse-froid. Le public t'aime, Arlette. Et ce n'est pas ton Faune qui va empêcher les gens de venir applaudir leur vedette favorite.

*

Hélas, nul n'est prophète en son théâtre : Pierre avait été trop optimiste. La générale de la pièce, le 28 mai au soir, fut un désastre !

Dès le lever de rideau, il y eut un grondement sourd, comme le bruit de la mer, au loin. Et il me suffit d'apparaître sur scène pour que ce murmure se change en mots, en cris.

— Collabo ! lança une voix, depuis les places les moins chères, en haut de la salle.

Il y eut des « oh ! » choqués, mais le rang dévolu aux Allemands ne bougea pas. Hans n'avait pu venir ce soir et serait là demain, pour la première.

Moi, je gardai mon calme, concentrée sur mes répliques. Celles-ci étaient drôles et firent vite mouche. Les bons mots d'Achard n'avaient pas vieilli. Il fallut peu de temps pour que le public se détende et rie à gorge déployée.

Lorsque j'arrivai dans une nouvelle robe dessinée par Bérard (je pense n'avoir jamais été aussi bien habillée!), une voix hurla :

— Pute à boche!

La vague d'indignation fut générale, d'autant que la salle était en partie composée de journalistes, de personnalités du spectacle, d'amis et de proches.

— Taisez-vous! cria un homme, depuis l'orchestre.

— Non, répliqua une nouvelle voix, c'est à elle de se taire!

— De toute façon, on saura bientôt lui fermer sa gueule, ajouta un timbre féminin, de l'autre côté de la salle.

— Ouais! Elle ne perd rien pour attendre, cette salope!

La salle était maintenant furieuse. Des silhouettes se levaient, leurs voisins les faisaient rasseoir. À vrai dire, les Allemands étaient les plus discrets. Sans doute leur demandait-on de ne pas réagir, dans ces cas-là. Histoire de ne pas jeter d'huile sur le feu.

Pour ma part, j'étais pétrifiée. Il fallait garder mon sang-froid, profiter de la moindre accalmie pour reprendre mon texte, mais le jeu était périlleux. Pierre Brasseur me fixait. Je percevais des ombres dans la coulisse. La silhouette du régisseur exigeait qu'on fasse tomber le rideau, mais celle de Willemetz, le directeur, arriva pour l'en empêcher et nous fit de grands signes qui nous suppliaient d'enchaîner. Ce que nous fîmes...

Je pense que notre flegme impressionna nos détracteurs. S'il y eut encore quelques cris, le scandale était passé. Mais pour tout le plateau, c'était un marathon : il nous semblait être sur scène depuis huit heures. Et quand le rideau finit par tomber, ce fut un concert de bravos admiratifs, qui portaient moins sur la pièce, le jeu, que sur la seule performance. Sacrifiant à la tradition, je fis taire la salle au milieu des saluts et désignai Achard, assis en retrait, qui me fixait tel un hibou derrière ses énormes lunettes en culs-de-bouteille :

— Mesdames et messieurs, la pièce que nous avons eu le courage de jouer devant vous était de Marcel Achard.

Cette boutade parut une nouvelle provocation et plusieurs « Salope ! » retentirent encore, vite étouffés par les applaudissements.

La première à frapper à ma loge fut la jeune Simone Signoret, que je croisais souvent depuis *Les Visiteurs du soir*.

— Arlette, ce qui s'est passé ce soir est scandaleux !

— Non, corrigeai-je avec un calme exagéré, c'est du théâtre…

Et de me rassurer, de me dire combien j'étais belle, élégante et si juste. Il y avait dans sa voix un ton étrange, que je n'arrivais pas à définir.

Alors qu'elle allait quitter la pièce, Brasseur entra et lança un « Qu'est-ce que tu fous là, toi ? », auquel elle répondit par un haussement d'épaules. Puis elle s'en alla.

— T'es aimable, toi !

— Je me méfie de cette vipère, grommela-t-il en se laissant tomber sur un fauteuil.

De sa poche, il tira une petite flasque de cognac, qu'il vida en trois goulées.

— Tu t'en méfies ?

Pierre rangea la flasque d'un geste tremblant.

— On dit que c'est elle qui aurait orchestré le « spectacle », ce soir.

— Simone ?

À dire vrai, l'hypothèse ne m'étonna guère. La petite Signoret était prête à beaucoup de choses et n'était plus à un paradoxe près. Elle était proche des résistants mais aussi du collabo Jean Luchaire…

— Qu'est-ce qui prouve que c'est elle ?

— Rien, mais méfions-nous. Cette pièce a pris naissance dans un marécage ; il va falloir faire attention aux crocodiles.

*

La presse fut mitigée mais moins assassine que je ne l'avais craint. Dans *Je suis partout*, l'article d'Alain Laubreaux fut le plus lapidaire. « Voulez-vous jouer avec moâ ? Non. »

Je pense que le regard du public sur moi avait changé. On ne venait plus entendre la comédienne de *Fric-Frac* ou des revues de Rip, on venait voir « en vrai » l'actrice de *Madame Sans-Gêne* et des *Visiteurs du soir*. On désirait me connaître de chair et d'os, comme on vérifie une présence. Je n'étais plus une comédienne, j'étais Arletty.

— C'est parce que tu n'as pas fait de théâtre depuis longtemps, me dit Hans, qui arriva pour le déjeuner.

Sa présence apaisa une partie de mes craintes. D'autant qu'il était là pour deux semaines.

— Tu es devenue une vedette, une icône. Le public ne va pas au théâtre, il va à la messe…

— Tu parles d'une madone ! J'espère qu'ils vont se calmer, ce soir. J'aimerais que le spectacle soit sur scène, pas dans la salle.

Pauvre Faune… Il dut passer une soirée bien éprouvante.

Les insultes reprirent avec encore plus de hargne. Fort heureusement, Hans était assis, en civil, seul, dans la loge de Willemetz. Cependant il y avait des soldats allemands dans la salle. L'un d'eux se leva, furieux, au milieu de la bronca, ce qui ne fit qu'accentuer les cris.

— Mort aux boches !

— Salope !

Willemetz s'arrachait les cheveux, mais se refusait à baisser le rideau. Et il avait raison, car toujours les excités finissaient par se calmer, lassés ou enroués.

J'avais demandé à Hans de ne pas me rejoindre dans la loge. Bien que ce fût la première, je m'éclipsai sitôt démaquillée et le rejoignis à l'angle de la rue des Petits-Champs. Personne ne prêta attention à nous.

Faune était désolé pour moi.

— J'en ai vu d'autres, tu sais.

— Je sais, mais c'est un peu ma faute.

— L'amour est un tort partagé.

Hans restait soucieux. Il espérait que ces représentations n'auguraient pas un nouvel ordre des choses.

— Eh ben, tu es optimiste, toi !

À Paris comme ailleurs, l'atmosphère se tendait. Les gens étaient à cran. Cette occupation, cette guerre, ces privations : tout les épuisait. Voilà trois ans qu'ils vivaient sous cloche ; voir une vedette qu'ils admiraient et respectaient en si bonne entente avec leurs bourreaux avait forcément de quoi les heurter. J'aimais la France et j'aimais Hans : faire un choix était au-dessus de mes forces.

J'étais surtout consciente que notre amour s'engageait sur des terrains douloureux. On avait signifié à Faune que sa retraite picarde touchait à sa fin.

— Cela veut dire que tu vas partir pour de bon ?

— Cela veut dire que mes permissions seront plus incertaines, corrigea Hans. C'est pour cela qu'il faut profiter à fond de ces deux semaines.

*

Ces deux semaines eurent la saveur d'un sursis. Sursis d'une histoire qui vivait ses derniers moments d'insouciance. Sursis d'une pièce maintenue sous respiration artificielle, car la bronca était devenue un passage obligé, certains ne venant que pour assister au carnage.

Brasseur en était navré :

— Mais ils veulent notre mort !

Nous tenions pourtant à poursuivre les représentations, car la salle était toujours pleine, et les réservations, bloquées jusqu'à l'été.

— Si vous vouliez abandonner, je comprendrais, nous disait Willemetz.

Les finances de son théâtre se portaient bien, mais il craignait pour la sécurité de la salle, pour peu qu'un exalté mette le feu aux loges…

— Nous n'en sommes pas là, rit Brasseur.

Je n'en étais pas aussi sûre que lui…

J'avais déjà reçu des lettres de menaces anonymes et Faune m'attendait toujours à l'angle des Petits-Champs.

— Tu es mon garde du corps…

— Comment s'est passée la représentation ?

— Pareil. Je suis toujours la pute de mon boche.

L'expression le révulsait et il serrait les poings, comme s'il voulait cogner un ennemi invisible, dans la nuit du couvre-feu.

*

La fin de la permission de Hans sonna le glas de la pièce, car je me sentis incapable d'affronter en même temps la solitude, le manque, la calomnie et les menaces.

— Tu as raison, Arlette, me dit Brasseur. On ne peut pas se laisser insulter tous les soirs. Il y en aura d'autres, des pièces. Et puis ce serait idiot d'arriver démoralisés sur le tournage de *Funambules*...

Démoralisée, je risquais de l'être mais n'en disais rien. Le départ de Faune pour Reims était une plaie ouverte.

Willemetz fit preuve du même soulagement :

— Enfin je vais dormir tranquille...

Quel paradoxe de voir un succès tué en plein vol, à la satisfaction générale.

— Cette guerre provoque des situations inédites, conclut Pierre. Pour l'instant, profitons de ce bel été. Le 15 août, on se retrouve tous à Nice. D'ici là, vive les vacances !

VEILLÉE D'ARMES

Elles furent bien tristes, les « vacances » de l'été 1943. Je retrouvai l'oisiveté asphyxiante du début de l'année, à laquelle se mêlait le départ imminent de mon amant. Celui-ci continuait à m'écrire, à venir au compte-gouttes, seulement son esprit était ailleurs.

— Tu es là, mais c'est comme si tu étais déjà parti…

À ce reproche, Faune répondait par un geste impuissant.

— Il faut que tu t'habitues à cette situation, Biche. Notre amour doit être plus fort que cette guerre, mais les jours à venir vont être durs et sombres… Le 10 juillet, les Alliés ont commencé à débarquer en Sicile. C'est un tournant dans les combats. Tout notre effort doit se concentrer dessus…

— Et moi qui suis censée aborder le plus grand rôle de ma carrière…

— Au contraire, Garance doit être ta bouée de sauvetage. Il faut que tu t'accroches à elle, que tu mettes tout l'amour que tu me portes dans ce personnage, pour le rendre encore plus vrai qu'il ne l'est déjà…

— Quand tu seras écrivain, j'espère que tu feras mieux ça…

Hans se recula sèchement, blessé.

— Tu es si dure, parfois.

— C'est parce que je suis malheureuse. C'est parce que tu me manques.

— Mais je suis là! dit-il en tapant du poing contre son torse.

Je secouai la tête de gauche à droite.

— Hans est encore un peu là, mais Faune est déjà parti…

C'était plus fort que moi, je ne pouvais faire abstraction de cette menace. Dès que le pas de Hans résonnait dans l'escalier, les vendredis de permission, mon cœur battait ; mais avant même qu'il n'ouvre la porte, j'étais foudroyée de chagrin, car je savais que deux jours plus tard…

Tous les matins, je lui écrivais, et ses réponses se faisaient de plus en plus rares. Négligence ? Désamour ?

— C'est un soldat, madame, me raisonnait Marie. Il se prépare au combat. Vous êtes parfois très égoïste…

La franchise de Marie aurait pu m'horripiler, mais ses remarques me rappelaient la réalité des choses. Cela faisait tant de mois que je vivais en tête à tête avec cette passion…

— Tu n'imagines pas mes journées, désormais, Biche…, me dit Hans lorsqu'il arriva, le 30 juillet. C'est même un miracle que j'aie pu arracher cette ultime semaine de permission…

Le mot « ultime » me fit tressaillir.

Je le savais, pourtant. Il resterait à Paris jusqu'au 6 août, puis serait envoyé en Italie.

— L'Italie, dis-je, le cœur serré, me rappelant mes beaux voyages des années trente.

Hans ne put retenir un rire narquois.

— Ton Italie de carte postale a disparu. Ce sont désormais des villes en ruine, des cadavres dans les églises, des musées brûlés, une population affamée, des routes anéanties…

Je frémis.

— Et tu espères me rassurer ?

— Je suis un soldat qui va combattre. L'espoir, c'est pour les civils, les rêveurs. C'est un luxe.

Marie disait vrai : j'étais terriblement égoïste. Mais l'amour n'est rien d'autre.

Nous ne quittâmes presque pas l'appartement. Marie nous mitonnait des petits plats, qu'elle nous servait sur la terrasse. Il nous arrivait de passer un repas entier en silence, comme si nous cherchions à figer la douceur de l'instant. Seulement, lui comme moi étions déjà dans l'après.

— Ça devait être un bouquet final et c'est une veillée funèbre, finis-je par dire, le dernier soir.

— Une veillée d'armes, corrigea Hans. Tu as une fâcheuse tendance à m'imaginer mort. La guerre n'est pas si simple que ça…

Marie entra dans le salon comme une petite souris.

— Madame veut que je débarrasse ?

— Laissez, Marie. On s'en occupe. Allez donc vous reposer, vous avez été merveilleuse, toute cette semaine.

Au lieu de s'éclipser, Marie s'avança vers nous, livide.

— Tout va bien ?

Alors, celle qui avait si longtemps fait montre de méfiance envers Faune s'approcha de lui.

— Monsieur Hans, dit-elle en prenant sa main.

Toutefois, elle ne put finir sa phrase et fondit en larmes.

Je n'en revenais pas, mais fus gagnée par son émotion. Tandis que Hans se levait et serrait Marie dans ses bras, je fus bientôt inondée de ces larmes muselées depuis des semaines.

— Oh, monsieur, monsieur…, sanglotait Marie.

— Si j'arrivais à faire pleurer ainsi mon public, me forçai-je à plaisanter en tentant de dompter ma voix, je serais la nouvelle Sarah Bernhardt.

Ma camériste étouffa un rire nerveux, puis épongea ses yeux, ses joues.

Hans n'avait encore rien dit. D'un geste très doux, il se pencha sur la petite femme et posa un baiser sur son front.

— Allez vous coucher, Marie. Madame va avoir grand besoin de vous, demain…

Hans et moi restâmes longtemps sur le balcon.

— Comme je vais le regretter, ce couvre-feu, dit-il avec une nostalgie vibrante, en allumant une cigarette.

— Tu fumes, toi ?

— Je m'y suis mis la semaine dernière. Il va me falloir un peu de vice, dans les mois qui viennent.

— Les mois…, répétai-je, dans le vague, tant ce mot semblait abstrait.

Hans me décrivit alors avec précision quel allait être son trajet, dès le lendemain. De Paris, il allait rallier l'Allemagne, puis descendrait directement en Italie, sur le front, pour retrouver la Panzer Division Hermann Goering…

Entendant ce nom, je souris avec tristesse.

— Goering te considère comme son filleul, mais t'envoie à l'abattoir.

— Les ogres ont toujours mangé leurs enfants.

L'image me sembla détestable et je me levai.

— Allons dormir. Les cauchemars ont le mérite d'être imaginaires…

Notre dernière nuit fut chaste, douce et triste. Nous restâmes enlacés dans le lit, admirant la lune par la fenêtre ouverte. Lorsque le soleil pointa, mes paupières s'alourdirent enfin. Et quand il jaillit de l'horizon, je m'endormis tout à fait.

C'est le bruit des bottes qui me réveilla.

Hans était en train de les chausser.

Paniquée, je vis la pendulette sur ma table de nuit.

— Neuf heures ?!

Faune boutonnait sa veste.

— Mon train est dans une heure. Je n'ai pas voulu te réveiller. Tu dormais si bien.

— Comment peux-tu être aussi cruel ? Tu pars pour de longues semaines et tu n'as même pas…

Hans me fit taire avec un baiser. Un baiser profond, presque suffocant.

— Un baiser d'adieu…, soufflai-je, lorsqu'il se recula et caressa mes joues du bout de ses doigts.

Il ne semblait plus vraiment malheureux.

— Quelle chance tu as d'être résigné, lui dis-je en me redressant sur mes oreillers.

— On grandit quand on apprend à accepter son sort.

— Et moi, je suis une fillette capricieuse, je sais.

Hans sourit mais la fatigue assombrit ses traits. Il allait s'en aller et déjà je faisais une scène.

— On va s'écrire, me rassura-t-il. J'ai tout mis en place pour que mes lettres t'arrivent, où que tu sois, et que les tiennes me parviennent…

— Les mots…, dis-je en éprouvant, brutalement, le besoin de sentir son corps contre le mien.

Je me retins cependant de bouger, comme si je devais d'ores et déjà mettre ma résistance à l'épreuve.

Hans n'en remarqua rien et enfilait maintenant son imperméable.

— Tu vas avoir chaud, dis-je d'un ton anodin, de même que si nous étions un couple dont le mari se rendait au travail.

Jouant son rôle, il se pencha sur moi, posa un baiser rapide sur mon front et murmura :

— À ce soir, chérie.

— À ce soir.

Puis il partit, sans même se retourner.

À mes yeux, nous ne pouvions avoir de plus beaux adieux. J'étais lasse des sanglots, des cris, du désespoir. Son départ était si abrupt, si banal, qu'il brisait d'emblée tout débordement.

Lorsque Marie arriva dans la chambre, elle fut surprise de mon calme. Son visage était creusé. Elle avait dû beaucoup pleurer, cette nuit.

— Madame est sûre qu'elle va bien ?

— Évidemment, répondis-je d'un ton agacé.

Soupçonneuse, Marie repartit en cuisine en grommelant « Bien bien », puis revint avec le plateau de mon petit déjeuner.

La bonne odeur du café fumant me rasséréna.

— Appelez-moi quand vous en avez besoin, dit alors Marie, comme on parle à une malade. Puis elle sortit à reculons, persistant à rester méfiante.

Mais je restai impassible, étonnée de ma propre sérénité.

Alors que je versais le café dans la tasse, je remarquai une petite feuille, glissée sous le pot de confiture.

Déjà mon calme se fissura.

C'était une page de mon agenda. Une page qu'on avait arrachée.

Lorsque je la dépliai, je reconnus l'écriture de Faune.

Mes mains se mirent à trembler.

Hans avait écrit des deux côtés de la page, comme s'il avait hésité sur la formule à employer.

Au recto : *Vous ne voulez pas devenir ma femme ?*

Au verso : *Pourquoi ne se marie-t-on pas ?*

*

Ni veuve de guerre, ni mère de soldat : ma devise restait immuable. Hans, cependant, venait d'un milieu bourgeois où le mariage était une étape nécessaire. Et puis il était romantique, mon teuton. Il venait du pays de la Lorelei et du Roi des Aulnes. À ses yeux, le mariage était le couronnement symbolique d'une passion qu'il pouvait ainsi arracher aux racines qui furent les siennes – la guerre, l'Occupation, la souffrance, cette satanée collaboration – et lui rendre une virginité presque poétique.

Mais me marier, ç'aurait été prendre dix ans de plus, et l'on ne fait pas sa vie avec une femme de vingt ans son aînée.

L'après-midi même, je m'assis à mon bureau pour lui répondre. Il ne fallait pas qu'il se berce d'illusions. Et puis j'éprouvais le besoin de lui écrire. Je rédigeai un, deux, six, dix brouillons. À chaque fois, les premières lignes étaient enflammées, mais dès que j'arrivais au nœud du problème, les mots se tarissaient. Était-ce à dire que j'allais contre ma nature ? Que j'aurais dû accepter d'être sa femme ? Léonie Soehring, moi ? Cette seule idée me donnait des frissons, comme si l'on crachait sur notre amour. Comme si on le rendait commun. Alors que notre passion avait été (et resterait) une histoire flamboyante et tragique. Quitte à choisir, à la banalité je préférais un amour impossible.

Je me contentai de botter en touche, de faire une allusion détournée à sa demande, sans y répondre. Mais Hans était trop fin pour ne pas lire entre les lignes. Sa réponse me parvint quelques jours plus tard, la veille de mon départ pour Nice :

« Ces dernières deux années à côté de toi auront toujours été ma vie et sont à présent la base de mon avenir. Tu es mon passé et mon futur. Je couche ma tête dans tes mains et je me sens sauvé[1]. »

Du mariage, de sa proposition, de ma réponse : pas un mot. Faune avait compris et je pouvais rejoindre le tournage le cœur un peu moins lourd. Les *Funambules* avaient un nouveau nom : *Les Enfants du paradis*.

1. Tous les extraits de lettres sont tirés du passionnant et très éclairant volume *Arletty-Soehring, Hélas ! je t'aime*, correspondance inédite établie par Denis Demonpion, Cherche Midi, 2018.

CÔTE D'AZUR

J'arrivai à Nice le 15 août au matin. Je n'avais pas dormi de la nuit, car le train s'était souvent arrêté en rase campagne. Par deux fois, des soldats allemands étaient venus dans mon compartiment, soupçonneux. Ils étaient encore plus jeunes que mon Faune, et je leur avais souri, comme s'ils étaient cousins. Les militaires s'étaient donné des coups de coude rigolards.

Sur la Côte d'Azur, il faisait un soleil de plomb. Lorsque j'avançai sur le balcon de ma suite, au Negresco, l'air du large me fouetta. Faune était-il caressé par les mêmes embruns ? Après Venise, il était à Rome, puis devait rallier Naples, Caserte, Foggia, Capri…

Au même instant, un avion déchira le ciel et s'éloigna vers le large, dans un bruit lourd. Je le vis disparaître à l'horizon, sans savoir si c'était un avion allemand ou allié. Quelle différence, après tout ?

Le tournage commença le 18 août, avec une semaine de retard.

— Construire un tel décor, en ce moment, est déjà miraculeux, m'expliqua Marcel Carné.

J'en étais bouche bée ! Sur cette colline en friche des hauteurs de Nice, à la place du château des *Visiteurs du soir*, ce n'était pas un immeuble, un coin de rue, qui avaient été édifiés, mais une véritable avenue ! Avec ses façades, ses œilletons, ses corniches, et puis ses théâtres : le Funambule, les Folies dramatiques... L'illusion était totale !

— Bienvenue sur le boulevard du Crime, se réjouit Carné, qui observait ma réaction avec plaisir.

Autour de nous, les techniciens s'affairaient, les ouvriers plantaient les derniers clous, on tirait des fils, des câbles, on posait des rails, on réglait des objectifs. Et tout ça dans un vacarme qui rappelait l'effervescence des Boulevards.

— C'est… énorme ! finis-je par lâcher, incapable de trouver un autre mot.

— Cent cinquante mètres de long, trente-cinq tonnes d'échafaudages, cinq cents mètres carrés de vitres, deux tonnes de clous, et j'en passe !

Je reconnus le décorateur Léon Barsacq.

— Alors, me dit-il en désignant le décor d'un geste majestueux. On s'y croirait, non ?

J'opinai, époustouflée. Cependant, un détail me chiffonnait.

— Et Trauner, alors ?

À ce nom, Carné et Barsacq me poussèrent aussitôt dans un recoin plus calme.

— Il y a des noms qu'il ne faut pas prononcer ici, chuchota Marcel.

À son corps défendant, Barsacq expliqua que Trauner avait fait les tableaux des décors, que lui-même avait transformés en maquettes, puis en décors grandeur nature.

— Alexandre vit désormais caché et ne pourra jamais venir sur le tournage, fit Carné.

— Moi, je suis à demi-russe, précisa Barsacq, comme s'il s'excusait. Cela passe encore. Mais un Juif hongrois, ce n'est plus possible…

Alors qu'il disait cela, ses yeux scrutèrent derrière moi avec un mélange d'amusement et de méfiance.

— Maaaaaaarchand d'habits ! Avez-vous des habits à veeeendre ?

Je me retournai et restai stupéfaite. Ces haillons, ces cheveux crasseux, cette pipe difforme, cette chemise déchirée, ce chapeau mité. Et puis cette bobine hallucinée, extatique.

— Robert ? fis-je en reconnaissant Le Vigan.

— Pas mal, non ? dit-il en me tombant dans les bras.

Son odeur était telle que je le repoussai.

— Mais tu pues, ma parole !

— On est acteur ou on ne l'est pas, Arlette, répliqua-t-il en reculant pour faire une sorte de révérence. Quand j'ai joué le Christ, je me suis fait enlever des dents. Pour un marchand de chiffons, je peux bien sacrifier quelques douches, non ?

Puis il éclata d'un rire strident, qui fit se retourner une partie des comédiens.

— Je viens de passer deux heures sur le cours Saleya, dans cette tenue. Les cognes ont failli m'arrêter pour vagabondage ! Vous vouliez un mendiant, me voici !

Carné et Barsacq semblaient très satisfaits.

— Bon, c'est un travail de longue haleine, s'entend. Voilà trois semaines que je ne me lave plus. Mon voisin de cabine, dans le Train bleu, est allé dormir dans le couloir !

— Mais qu'il est beau, le collabo ! s'exclama Prévert, qui arrivait vers nous.

Le Vigan était enchanté de son petit succès.

— Et toi, mon Jacquot ? Toujours aussi coco ?

Désignant le ciel radieux, Prévert rappela que le soleil brillait pour tout le monde.

— C'est bien vrai, fit Le Vigan avec un nouveau rire aigu. Les Français, les boches, les youpins : le soleil est démocrate.

Sa remarque nous glaça, mais Jacques s'approchait de moi pour m'embrasser. Nous ne nous étions pas vus depuis des mois et sa présence me faisait du bien.

— Sont-ils pas mignons, ces deux-là, gloussa Le Vigan en se grattant l'aisselle. Arlette aussi, elle fait dans la démocratie : elle aime les Allemands comme les autres…

Le commentaire me sembla déplacé.

— Robert, ta gueule ! On t'aime tous… mais ta gueule.

Tout le monde savait que Robert Le Vigan était le plus engagé d'entre nous. Il avait fait des émissions à Radio-Paris, le poste de propagande, et ne cachait plus un antisémitisme incongru. Carné et Prévert avaient d'ailleurs hésité avant de l'engager dans le rôle de Jéricho, ce chiffonnier qui joue un peu le personnage du Destin, dans *Les Enfants du paradis*. Mais il était un des meilleurs comédiens de sa génération et il trouverait sans doute sa plus belle incarnation.

— Bon, fit Carné en tapant dans ses mains, on n'est pas là pour se tourner les pouces. En piste, mes enfants. Aujourd'hui, on attaque le paradis !

*

Est-il possible que bonheur et peine soient à ce point enchevêtrés ? Mon plus beau rôle devait-il prendre racine dans la souffrance, le manque et le renoncement ?

Je m'efforçais de vivre au jour le jour, de ne pas regarder au-delà de la Victorine, de la baie des Anges. Je savais pourtant bien que si je longeais cette côte, j'arriverais dans un pays de chaos et de fumées, où l'être pour qui mon cœur battait risquait sa vie à chaque instant.

Comment garder l'insouciance ? Comment être la Garance de la première époque, lumineuse et limpide, quand mon âme était labourée par la peur ? Sans doute parce que je suis une actrice. En un sens, Prévert m'avait sauvé la vie : avec un personnage moins profond, des répliques moins parfaites, un projet moins ambitieux, je me serais effondrée. Nous étions tous conscients d'avoir un chef-d'œuvre au bout des mots. Un chef-d'œuvre qui allait naître dans la douleur mais n'en serait que plus beau, car nous vivions la période la plus dure de nos vies mêlées.

Les journées passaient et ne se ressemblaient pas. Certaines étaient allégées par une lettre de Faune qui rappelait son amour et évitait de me décrire son quotidien. J'y répondais aussitôt, quitte à arriver en retard. C'était pour moi l'assurance d'une journée plus sereine. Je lui décrivais par le menu les colères de Marcel, la douceur de Prévert, les extravagances de Le Vigan, les souleries de Brasseur, les craintes de Paulvé… Cette petite gazette devait sembler bien futile à celui qui vivait sous les bombes, mais lui-même me bombardait de questions : « *Dans ce film, tous sont amoureux de Garance. Comment pourraient-ils ne pas l'être une fois les caméras éteintes ? »*

Cette jalousie était un miel qui me replongeait dans les premiers feux de notre passion.

Il est toutefois une découverte que je décidai de garder pour moi… *Les Enfants du paradis* est un film d'hommes et certaines choses doivent rester des affaires de femmes.

Dès le départ de Hans, je m'étais sentie patraque. J'avais mis cela sur le compte de son absence, mais les douleurs s'étaient accrues. Une semaine après le début du tournage, je devais me rendre à l'évidence : j'étais enceinte.

— Encore…, murmurai-je à voix haute, en me fixant dans la glace de ma chambre, au Negresco. Une femme de quarante-cinq ans, enceinte d'un soldat ennemi promis à une mort certaine…

Le destin était tristement farceur et me faisait ce cadeau empoisonné. Faune n'était pas là et je ne pouvais mettre en péril un tel tournage. Qu'elle était piteuse, Garance !

J'aurais pu appeler Jean-Pierre, même Antoinette, mais décidai de me débrouiller sans en parler à personne. La seule à qui je m'ouvris fut cette jeune femme de chambre du Negresco, qui m'apportait chaque matin mon petit déjeuner. Avec son accent chantant, ses joues roses de santé et ses yeux verts, Magali était un rayon de soleil.

Je ne remarquai pas tout de suite qu'elle attendait un enfant. Elle savait nouer son tablier pour dissimuler sa grossesse.

Lorsque je lui demandai, après trois jours : « Vous aimeriez un garçon ou une fille ? », elle tressaillit.

— Oh, madame Arletty, il ne faut pas en parler ! me suppliat-elle en posant le plateau d'une main tremblante.

— Vous n'avez pas le droit d'être enceinte ?

Magali restait paniquée.

— Si monsieur le directeur l'apprend, il va me renvoyer.

— Mais vous êtes mariée, non ?

À cette question, Magali détourna la tête.

— Oui.

— Eh bien ?

Prenant sur elle, Magali m'avoua qu'elle s'était mariée à la veille de la guerre, et que son époux, le beau Vincent, « un gars de La Turbie », était prisonnier en Allemagne depuis 1940…

La situation était en effet délicate.

— Et le père ?

Magali haussa les épaules, désemparée.

— Je ne sais pas trop… Je me sens si seule depuis trois ans. Cet hiver, j'ai arrêté de lutter…

Après un temps d'hésitation, je lui demandai :

— Mais tu veux vraiment le garder ?

Ma question la choqua.

— Je suis une bonne chrétienne, madame Arletty. Jamais je ne ferais une chose aussi abominable !

Sa sécheresse me surprit, et elle vit qu'elle s'était emportée. Un instant, elle avait oublié qui nous étions, elle et moi.

— Ce n'est pas faute d'y avoir pensé, finit-elle par avouer. Il y a un docteur, à Menton, qui fait ça. Mais je ne peux pas. Même si Vincent rentre un jour, je ne peux vraiment pas…

Une semaine plus tard, après avoir longtemps débattu avec moi-même, je retins Magali, qui venait de déposer son plateau.

— Je peux te parler un instant ?

— Bien sûr, madame.

— Ce docteur, à Menton, tu as son adresse ?

*

L'éclipse fut aussi brève que douloureuse. Je parvins à inventer une escapade de deux jours à la frontière italienne, sous prétexte d'y retrouver Hans. Carné grogna mais concéda qu'il pouvait intervertir certaines journées de tournage.

— J'espère que tu reviendras en forme, au moins. Parce que tu n'es pas à ton mieux, depuis quelques jours…

Je lui aurais volontiers mis ma main dans la gueule.

Il disait pourtant vrai : j'étais livide en pleine scène de liesse ou de séduction. Je luttais contre la nausée. Le fameux plan où j'apparais, dans une baignoire, comme l'incarnation parfaite de la Vérité, compte parmi les séquences tournées à ce moment. La maquilleuse dut même trouver des trésors d'astuce pour me rendre mon éclat.

— Vous avez l'air éteinte, madame Arletty, disait-elle, en piochant parmi ses fards.

— Alors donne-moi la lumière…

Ce qui devait se passer à Menton eut lieu. J'enfouis aussitôt ce souvenir dans les catacombes de ma mémoire, dont il ne s'est jamais échappé.

Entre mon départ en taxi, au matin du premier jour, et mon retour au Negresco, le lendemain soir, tout est blanc. Il y aurait désormais l'avant-Menton et l'après-Menton. Depuis, ce simple mot me rend malade.

INTERRUPTION

L'arrivée des Alliés dans le port de Naples précipita les événements.

Apprenant que les Américains campaient au pied du Vésuve, les producteurs italiens décidèrent de tout arrêter pour rentrer chez eux.

— Nous n'avons pas besoin d'eux ! objecta Carné, alors que Paulvé tentait de sauver le navire.

Le malheureux producteur s'arrachait les cheveux à trouver une solution, mais il était empêtré dans une paperasse que la folie ambiante rendait inextricable.

— Donne-nous encore dix jours, André, implora le metteur en scène. En dix jours, je boucle toutes les scènes de foule, on n'a plus besoin du décor à la Victorine et on peut rentrer finir le film à Paris.

Hélas, Paulvé ne disposait pas de ce temps-là. Le surlendemain, les Alliés arrivaient en Corse, donnant le coup de grâce aux *Enfants du paradis*. Les capitaux étaient gelés, les techniciens ne pouvaient plus être payés, et les Allemands interdirent l'utilisation des studios pour des raisons de sécurité.

— C'est mort…, conclut Prévert.

— Ne croyez pas que l'aventure s'arrête ici, dit aussitôt Paulvé en nous distribuant nos billets pour un train de nuit, le soir même. Le tournage n'est qu'interrompu ! Je n'ai pas dit mon dernier mot…

Oserais-je dire que je m'en foutais ? Toute cette débâcle me semblait dérisoire. J'étais sonnée, anesthésiée par cet été épuisant. Qu'était le boulevard du Crime à côté du destin de Hans, désormais au cœur des combats ? Dans la balance, *Les Enfants du paradis* ne pesaient pas bien lourd. Je n'en dormais plus ! Les communications étaient coupées, les lettres m'arrivaient avec trois semaines de décalage et je vivais dans l'angoisse permanente d'une nouvelle fatale.

— On va essayer de se renseigner, me promirent Laval et de Brinon, avec qui je dînai dès mon retour à Paris, chez Josée.

Mais c'était là une promesse mondaine. Ces deux hommes avaient autre chose à faire que panser le cœur d'une comédienne.

— Hans est un officier, Arlette, tenta de me rassurer Josée. Il n'est pas forcément sous le feu des bombes.

— Qu'est-ce que tu en sais ?

— Tu as raison, je n'en sais rien. Mais j'ai envie d'espérer, comme toi.

— Je ne sais même plus ce dont j'ai envie…

*

Mon entregent dans l'état-major permit au moins de sauver deux vies. Les premiers jours d'octobre, je reçus un appel de Sacha Guitry.

— Ils ont arrêté Tristan, me dit-il d'une voix funèbre.

— Tristan ?

— Tristan Bernard. Et sa femme. Tous deux sont à Drancy…

Je me rappelai alors que le vieux dramaturge, dont j'avais joué quelques pièces avant guerre, était issu d'une ancienne famille juive.

Ayant plusieurs fois rencontré avec Hans le ministre Rudolf Schleier, je l'appelai aussitôt. Il accepta de me recevoir, précisant bien qu'il aurait très peu de temps. Lorsqu'il me vit arriver, accompagnée de Sacha, il eut une réaction à la fois ironique et agacée.

— Ce n'est pas une visite, c'est une délégation…

S'attendait-il à un rendez-vous galant ? Lorsqu'il comprit le sens de notre visite, Schleier se rembrunit.

— Je travaille à l'ambassade, s'excusa-t-il. Tout ce qui concerne les Juifs est du ressort de la Gestapo.

Évidemment j'insistai et, levant les yeux au ciel, il finit par décrocher son téléphone.

Nous l'entendîmes baragouiner des ordres pendant une bonne minute, d'un ton saccadé. Les seuls mots que nous comprenions étaient « Tristan » et « Bernard ». Ensuite, il raccrocha, manifestement agacé.

— C'est bon...

Sacha et moi nous regardâmes avec une vraie joie. Puis nous débordâmes de remerciements auprès de Schleier, que notre gratitude semblait horripiler. En un sens, il aurait voulu que ce fût plus compliqué. Alors qu'il avait suffi d'un coup de fil...

D'un geste méprisant, il nous désigna la porte.

— J'étais prêt à m'offrir en otage, dit Guitry, après l'avoir salué.

Schleier devint incisif et décrocha son téléphone.

— Ne me tentez pas, monsieur Guitry.

Sacha perdit son assurance et bafouilla un « merci » pressé, avant de sortir de la pièce sans même me laisser passer devant lui.

*

Remettre *Les Enfants du paradis* sur les rails était un véritable casse-tête. Depuis la mi-octobre, il était interdit de reprendre toute coproduction franco-italienne, puisque la botte était désormais sous contrôle allié. Quant à Paulvé, il était l'objet d'une enquête de la part de la Gestapo, laquelle lui soupçonnait des origines juives !

— C'est insoluble ! se lamentait Carné, qui passait son temps au téléphone pour plaider la cause du film. Commencèrent des tractations avec la firme Pathé et son directeur, Raymond Borderie, pour que *Les Enfants* repartent sous une nouvelle bannière. L'État se portait même garant en cas de sinistre... Mais cela impliquait de refaire tous les contrats.

— Si possible à la baisse, Arlette..., me demanda Carné, qui entendait que j'imite mes camarades, lesquels avaient tous diminué leurs prétentions financières pour que le tournage puisse continuer.

Cela vous choquera peut-être, mais je refusai. Ce n'était pas une question d'argent, mais de principe.

— Depuis le début, tu dis que ce film s'est monté sur mon nom, Marcel.

— Ce n'est pas faux, admit-il, méfiant.

— Eh bien, je ne me brade pas. Si les autres sont prêts à se vendre en solde, tant pis pour eux. Moi, je garde mon tarif...

D'autres acteurs auraient pu être remplacés. Pas moi. Arletty-Garance était le pivot de ce projet et je profitai de cette position. Je ne fais pas de la psychologie de bazar, mais j'étais si affectée par l'absence de Faune que tenir tête à tous ces hommes redorait mon blason.

Carné en mangeait son chapeau, toutefois il était prêt à tout pour son film.

— Et puis tu sais bien que je suis plus qu'une simple comédienne, Marcel.

— Que veux-tu dire ?

— Sans Pâpâ, tes *Enfants* risquent de mourir sur pied.

Cette formule le fit frémir, mais il baissa la garde.

Gagner ce petit duel me fit beaucoup de bien.

*

Le tournage reprit à la mi-novembre dans les studios Pathé de la rue Francœur. Par contrat, une voiture à cheval venait me chercher chaque matin, quai de Conti, pour monter à Montmartre.

— Madame aime bien se faire remarquer, grinça Marie.

La petite Marianne était plus enthousiaste et grimpait parfois avec moi jusqu'au sommet de la butte.

— Tu n'as donc pas école ? s'étonna Brasseur, qui la voyait souvent traîner au pied des caméras.

— J'apprends plus ici, répondit-elle crânement.

Il faut dire que c'était spectaculaire ! En trois semaines, une cinquantaine d'ouvriers avaient construit un véritable théâtre.

— Il pèse quatre-vingt-dix tonnes, m'annonça fièrement Barsacq.

L'illusion était saisissante, tant on se serait cru à la Porte Saint-Martin ou la Renaissance. Il fallait d'ailleurs que ce fût solide, car cette salle factice devait contenir quelque six cents figurants pour la scène de *L'Auberge des Adrets* ou celle d'*Othello* !

Si l'ambiance du plateau avait retrouvé une certaine bonhomie, je prenais beaucoup sur moi. Voilà plus de cent jours que j'étais séparée de Hans et, chaque soir en m'endormant, je serrais son ombre. Ses lettres m'arrivaient, éternellement en retard, et nous avions appris à vivre avec ce décalage.

— Il m'a promis de venir pour Noël, dis-je à Josée, tandis que nous venions de prendre place dans la grande salle de la Comédie-Française, le 27 novembre 1943.

Josée restait dubitative. Elle savait combien la guerre pouvait changer, d'ici à un mois, mais ne voulait pas briser mon rêve.

— Je me doute de ce que tu penses, Josée. Néanmoins, j'ai appris à me contenter du moindre rogaton d'espoir.

Imaginer Hans, chez moi, devant un petit sapin, au bon feu de ma cheminée : rien ne me rendait plus heureuse. Ils étaient bien modestes, les fantasmes de la vénéneuse Arletty, mais Hans était devenu ma maison, mon foyer. C'est même avec une véritable légèreté que j'avalai les cinq heures du *Soulier de satin*.

— Quel lavement ! grogna Josée, au premier entracte.

— Tu n'avais jamais vu de pièce de Claudel ?

— Si, hélas, avoua-t-elle. Mais pas aussi longue.

J'éclatai de rire.

— Jean-Louis Barrault m'a dit qu'il en avait coupé la moitié pour que les gens ne ratent pas le dernier métro !

— Doux Jésus !

Cet interminable *Soulier* était la raison des absences de Barrault, depuis quelques semaines. Il faisait la navette entre les studios de la rue Francœur et la Comédie-Française, pour la plus grande exaspération de Carné.

Il fallait d'ailleurs jongler avec les emplois du temps de nombreux comédiens qui, à l'instar de Barrault, avaient des engagements au théâtre : Brasseur, Herrand, Casarès, tous menaient double ou triple vie.

Ce qui nous affecta beaucoup fut la disparition de Robert Le Vigan. On a beaucoup glosé sur le départ de « La Vigue », racontant qu'il avait abandonné le plateau pour partir en Allemagne, ce qui est faux. Il était à Paris, mais on ne savait où…

— On dit qu'il se cache, nous raconta Louis Théron, le régisseur, qui essayait de le contacter depuis une semaine.

Carné n'en était que plus hystérique.

— On n'aurait jamais dû faire confiance à cette saloperie de collabo !

— Robert a toujours été fou, imprévisible, objectai-je. C'est pour ça qu'il est si juste, à l'écran.

La production engagea en urgence Pierre Renoir qui, par miracle, était disponible. Il n'y avait que bien peu de rapport entre ce magnifique homme de théâtre et la dinguerie de Le Vigan, mais à la guerre comme à la guerre.

L'important était que le tournage se poursuive sans trop d'encombre sous un ciel de plus en plus noir.

*

À l'approche de Noël, je devins fébrile. Je comptais les minutes, les secondes.

— Madame va se rendre malade…

Marie disait vrai. Je vivais dans une telle attente que j'avais scénarisé son apparition, à la manière d'un film. Le bruit dans l'escalier, l'odeur de la pièce… J'avais même installé un sapin, entouré de tous les petits symboles de notre amour : les livres qu'il lisait, sa sacoche et un buste qui le représentait. Marie me voyait opérer avec une crainte grandissante.

— Si jamais monsieur a un contretemps, vous ne le supporterez pas…

Je haussai les épaules, comme on se protège du mauvais sort.

Hélas, ma camériste voyait juste. Le 23 décembre, alors que tout était prêt, je reçus une lettre.

Aux premiers mots, les jambes me lâchèrent.

— Madame ! fit Marie en accourant.

Ma tête bourdonnait, les contours s'amollissaient. Elle dut me soutenir jusqu'au canapé, où je m'allongeai.

La lettre était toujours dans ma main, froissée entre mes doigts.

— Monsieur Hans ne peut pas venir? fit Marie, qui posa un linge tiède sur mon front.

Les yeux perdus, je tournai la tête vers le petit autel. Le buste gardait sa froideur et les colifichets paraissaient terriblement banals, tout à coup si ridicules.

— Comment ai-je pu y croire? On ne le laissera pas quitter l'Italie avant plusieurs semaines…

Hans n'y était pour rien, mais je lui en voulais. Je lui en voulais d'être asservie à son absence, esclave de son silence.

— On avait tout préparé…, dis-je encore à mi-voix, dans un sanglot, petite fille dont on avait brisé les rêves.

Marie se permit de prendre la lettre et tira des lunettes de son tablier.

— Ce n'est pas monsieur qu'il faut blâmer. C'est la guerre. Voyez : la lettre est datée du 2 décembre, il y a trois semaines. Le courrier se sera perdu en route…

Était-ce une consolation? Je me moquais des raisons de toute cette foutue guerre, Hans me manquait comme une partie de moi-même.

« Que t'ai-je fait? C'est désespérant! Plus triste que jamais », lui écrivis-je le soir même, consciente de me montrer injuste. Mais c'était plus fort que moi, il fallait qu'il connaisse mon dépit, mon désespoir. Et je finissais la lettre par cette déclaration fatale : *« Hélas! je t'aime. »*

Marie et moi dînâmes en tête à tête. Jamais je n'avais connu de Noël plus triste. Le dîner était délicieux, mais j'y touchai à peine. Je gardai les yeux rivés sur le buste de Faune, comme s'il allait parler.

— Madame, il faut vous reprendre, implora Marie en débarrassant.

— À quoi bon? Il n'est pas là…

— Vous avez des admirateurs. Des gens qui comptent sur vous, qui attendent vos films, vos pièces. Vous ne pouvez pas aller sur le tournage de M. Carné dans cet état. Ce n'est bon pour personne…

— Je m'en fous. Ils n'ont qu'à se trouver une autre actrice. Marie Bell, Danielle Darrieux, je n'en ai plus rien à secouer…

Mon égoïsme sidéra Marie.

— Taisez-vous !

Je sursautai, car jamais Marie ne m'avait parlé sur ce ton. Elle s'en rendit compte et corrigea, sans ironie :

— Taisez-vous, *madame*...

J'aurais pu prendre la mouche, cependant Marie agissait pour mon bien, comme on gifle une personne évanouie.

— Vous avez raison, Marie, je parle trop, dis-je en me levant pour gagner ma chambre.

Puis je m'approchai d'elle et posai un petit baiser sur sa joue.

— Merci d'être là.

RETROUVAILLES

Comme si les dieux avaient entendu mes suppliques, Hans arriva à Paris le 6 janvier 1944 et resta jusqu'à la fin du mois. Pour la première fois, nos « agendas » s'accordaient : lorsqu'il regagnerait l'Italie, je rallierais la Victorine.

— Voilà si longtemps que nous n'avons pas joué la même partition, Biche, déclara-t-il en s'asseyant au piano.

Je pris place à côté de lui, sur le petit banc. Tandis que ses doigts attaquaient une romance de Schumann, les miens pianotaient sur sa nuque rase, se perdaient dans ses cheveux si courts. Je ne parvenais pas encore à admettre sa présence, me demandant si le destin me jouait un tour. C'était pourtant bien lui, mon Faune, mais un Faune amaigri, usé par la guerre, les nuits sans sommeil, la peur quotidienne, et la certitude de la débâcle.

— Nous allons perdre la guerre, Biche..., me dit-il pendant la nuit.

J'étais blottie entre ses bras. La lune s'enfonçait derrière les toits de zinc. Trois chats venaient de mener une danse étrange entre des cheminées.

— Tu ne t'y attendais pas ?

Hans haussa les épaules et me serra plus fort contre lui.

— J'ai grandi dans un beau rêve, Arlette. On m'a fait croire que notre nation était invincible, que notre chef était infaillible, que notre destin était semblable à celui des dieux du monde d'avant. Que nous obéissions à des forces supérieures, à une logique absolue.

Et voilà que nous rasons des villes, des monastères, des églises. Voilà que l'Italie et l'Allemagne sont réduites en poussière...

— La France aussi.

— Pour l'instant, vous êtes encore protégés. Mais je ne donne pas cher de Paris dans les mois qui viennent...

Son oracle me fit frémir. Hans se redressa sur l'oreiller.

— Promets-moi que tu quitteras Paris si besoin est ?

— Pour aller où ? Je ne vais pas te rejoindre sur le front...

— Ne t'inquiète pas, je vais tout organiser... Tu seras évacuée et mise à l'abri.

— En Allemagne ?

— Ou ailleurs, peu importe. L'essentiel est que tu sois saine et sauve, une fois la guerre terminée. Et que je puisse enfin te retrouver, pour mener une vie normale...

— Une vie normale, répétai-je, découragée, en songeant à ce qu'il faudrait traverser avant d'en arriver là.

Hans s'accrochait pourtant à ce rêve. Il nous voyait déjà – moi, comédienne ; lui, romancier – dans un monde sans douleur ni rancœur. Vision angélique !

— Si cette guerre s'achève, cela prendra des années.

— Nous serons plus forts, puisque nous serons ensemble.

Cet optimisme me sidérait, car il venait d'un homme qui côtoyait la mort chaque jour. Alors que moi, au chaud et à l'abri, je voyais tout en noir.

— J'ai de l'espoir pour deux, Arlette. Je sais que nous allons dépasser tout ça...

Ce disant, il sortit de sa sacoche une pile de feuilles volantes.

— Jamais je n'ai autant écrit que sous le feu des bombes. Et tout cela grâce à toi.

— À moi ?

— Oui, Biche. Tu es ma muse. Si l'inspiration me vient, la nuit tombée, une fois que les combats ont cessé, c'est parce que je sais que là-bas, de l'autre côté des montagnes, au bord d'un fleuve parmi les plus beaux du monde, il est une petite femme qui pense à moi, qui sait que j'écris pour elle...

J'étais touchée par cet enthousiasme adolescent. Mais c'était cette naïveté qui le faisait tenir.

Hans commença alors, avec timidité, à me lire des bribes de ses textes. Tous étaient en allemand et il me les traduisait, parfois maladroitement, ce qui n'en était que plus émouvant.

Impasse était une description de notre cocon, impasse de Conti. *La Nuit* et *Idylle* étaient des textes inspirés de nos moments d'amour. Quant à *Cordélia*, il deviendrait un véritable roman, dans lequel Faune s'était lancé à corps perdu sans savoir où il le mènerait.

— Je me laisse porter par toi, Biche. Je m'assieds à ma table, je prends mon stylo et je pense à ton visage. Alors les mots me viennent, lentement, calmement. C'est l'instant le plus paisible de ma journée, comme si la guerre n'existait plus. Comme si, chaque soir, je te serrais dans mes bras.

*

Ces trois semaines furent très heureuses, bien qu'elles eussent trop vite la saveur d'un adieu. Mais je faisais bonne figure, car à quoi bon tout gâcher par des craintes qui ne changeraient rien ?

Dans les studios de Montmartre, le tournage se passait plutôt bien. Carné restait tendu et concentré. Il était si investi dans son projet qu'il manquait souvent d'humanité, ce dont la pauvre Maria Casarès fit les frais.

— Mais bouge, nom de Dieu ! Articule ! On dirait une limande !

Les tombereaux d'injures, l'agressivité constante, la méfiance : Marcel avait cette petite « dans le nez », laquelle prenait sur elle avec une noblesse assez stupéfiante.

— Ne te laisse pas traiter comme ça, lui disait tout le monde.

— Ce n'est pas grave, répondait-elle, stoïque, en s'épongeant rapidement les yeux. C'est le prix à payer : je suis la plus jeune, je dois en passer par là.

Hans m'accompagnait parfois sur le plateau, néanmoins je lui demandais de ne pas trop traîner car mes camarades restaient méfiants. Ils lui en voulaient moins d'être allemand que d'être mon amant fantôme. Ils savaient combien son absence, ses silences, me faisaient souffrir.

Je ne parlai évidemment pas à Hans de mon séjour à Menton. Quel intérêt ? Ce qui était fait était fait…

L'ambiance de ce mois de janvier était lourde, presque étouffante. Chaque Parisien avait conscience qu'il vivait en sursis. Tout se tendait : les rapports, les échanges, les propos. On savait que la guerre était à un tournant, et les vainqueurs de demain, en silence, aiguisaient leurs couteaux.

C'est presque par accident que j'entendis mon nom à la radio.

Marie écoutait souvent la BBC, lorsqu'elle cuisinait.

— Au moins, on a les vraies nouvelles, se défendait-elle.

— Marie a raison, Biche, ajoutait Hans, qui n'ignorait pas combien nos actualités étaient noyautées par la propagande. Même nous autres préférons écouter les radios ennemies. Comme ça, on sait à quoi s'en tenir.

Ce matin de la fin janvier, ce n'était pas à proprement parler un bulletin d'information, mais une sorte de carnet mondain, où le speaker dressait la liste des personnalités condamnées à mort par le gouvernement d'Alger.

Lorsque mon nom fut prononcé, je ne sursautai même pas. Je sentis même une forme de soulagement.

— Enfin…

Pouvais-je m'attendre à autre chose ? J'étais allée trop loin dans mon amour. Que Hans fût un écrivain, un rêveur, un artiste, un poète, ne changeait rien : il était boche et le resterait.

Faune repartit pour l'Italie le 28 janvier, au petit jour. À croire qu'il ne pouvait en être autrement, le manque fit son retour, immuable.

« *La souffrance de Biche,* écrivis-je dans ma première lettre, rédigée moins d'une heure après son départ, comme si je m'accrochais encore à son fantôme. *Tout ce que tu laisses derrière toi est diabolique.* »

Une nuit sans lui était une éternité.

RIVIERA

Quelle sensation étrange de retrouver le décor de l'été passé : la Victorine, la promenade des Anglais, la lumière du Sud… C'était pourtant un nouveau monde. Au cœur de l'hiver 1944, Nice n'avait plus rien d'une riante cité méditerranéenne. Une chape de plomb écrasait la baie des Anges. Le couvre-feu, les Allemands sur les dents, les trottoirs vides : l'occupant redoutait à chaque instant les attentats terroristes, les débarquements par la mer, la menace italienne. Les rares passants rasaient les murs, étrangers à leur propre ville.

L'hôtel Negresco était aux trois quarts vide et le personnel nous vit revenir avec enthousiasme.

— Madame Arletty ! fit Magali en me sautant dans les bras, avant de me montrer des photos de son petit Augustin, né à l'automne.

— Qu'il est beau, dis-je, le cœur serré.

La femme de chambre avait préparé ma suite avec amour, posant des bouquets qui avaient grise mine.

— Ce sont des fleurs d'hiver, s'excusa-t-elle. Et des fleurs de guerre… Il n'y a plus grand monde, cours Saleya…

Cela me toucha aux larmes. J'étais si fragile que la moindre attention me bouleversait.

À la Victorine, le boulevard du Crime était en place.

— Un miracle que ça tienne debout, me dit Jacques Prévert. On a essuyé une tempête la semaine dernière et il a fallu tout rafistoler en quelques jours.

Jacques était celui que je retrouvai avec le plus de plaisir. Il m'apaisait, me redonnait espoir. Il avait pourtant l'air fatigué, mon Prévert. La vie était difficile, là-haut, dans ce petit prieuré de Tourrettes-sur-Loup. Il habitait toujours avec Trauner, Kosma et quelques autres, mais devait se montrer encore plus prudent.

— Voilà tant d'années qu'ils vivent en sursis…

« La vie en sursis », frissonnai-je en moi-même, songeant à la condamnation de la BBC.

— Il va falloir redonner des couleurs à tout ça, mademoiselle Arletty, me reprocha la maquilleuse. Vous êtes pâle comme la mort. On voit que c'est l'hiver…

Il faut dire qu'il faisait froid !

— On se remue ! On a chaud ! C'est la fête ! hurlait Marcel Carné dans son porte-voix, devant une foule parfois tétanisée.

Nous avions beau être à Nice, le mistral soufflait violemment, nous laissant frigorifiés au milieu des façades de carton-pâte.

— Ce sont des scènes de carnaval, remarqua Brasseur. Et le carnaval, c'est toujours en hiver…

— Oui, mais pas en guerre…

Il y eut pourtant vite une sorte de joie éruptive chez tous ces figurants niçois, qui singeaient l'allégresse. Voilà quatre ans qu'on leur interdisait de fêter ce carnaval, alors ils se rattrapaient.

— *Vous avez souri*, disait Brasseur. *Ne dites pas non : vous avez souri…*

Les émissaires de Pathé se rongeaient les sangs, car le budget – avais-je entendu dire au détour d'une loge – avait désormais dépassé les cinquante-cinq millions de francs !

— C'est une ruine ! se lamentait l'envoyé de la production. Jamais on ne rentabilisera une telle somme…

— On verra bien, répondait Carné, flegmatique.

Ces détails financiers ne le concernaient pas : il avait un film à finir…

Les nouvelles de la capitale n'étaient guère encourageantes : les Allemands avaient placardé une affiche rouge, dans les rues de Paris, pointant des résistants juifs, et ils venaient d'arrêter Max Jacob pour le transférer à Drancy.

— Tu ne peux rien faire, Arlette ? me demanda Louis Salou, qui était proche du poète et savait comment Sacha et moi avions sauvé Tristan Bernard.

— Je n'ai plus aucun contact avec Paris, répondis-je, désolée. Et puis ce genre de demande ne se fait pas par téléphone...

Louis eut une moue fataliste, s'apprêta à répliquer une perfidie, mais haussa les épaules et s'éloigna, sans un mot.

— Tu n'en as pas fini de payer pour tes amours, dit Brasseur, qui avait suivi l'échange.

— Je sais bien...

— Vous serez toujours des deux camps opposés, reprit Pierre en tirant sur sa flasque de cognac. Comme Roméo et Juliette...

Brasseur était le seul avec qui j'abordais ce manque.

— Même Jacques me juge, je le vois à son regard. C'est plus fort que lui.

— C'est un poète, il a une conscience. Moi, je ne suis qu'un acteur, une forme vide. Je me gonfle avec l'air des autres. Et celui de Jacques est magnifique, d'ailleurs...

— Toi, tu m'écoutes, tu me comprends...

— Ce que je comprends, c'est que tu es malheureuse et que ce n'est pas la peine de mourir à petit feu pour un autre...

— Tu n'es jamais amoureux ?

— Moi, brama-t-il, mais je ne fais que ça ! Je suis amoureux, partout, tout le temps. Et c'est ce qui me sauve !

Alors il vida sa gourde et la secoua au-dessus du sol, pour vérifier qu'il n'en restait plus une goutte.

— Et quand je me sens vide d'amour, je me remplis à nouveau. C'est aussi simple que ça...

Lorsque Marcel lança son dernier « Coupez ! », au soir du 10 mars 1944, nous nous regardâmes tous avec surprise. Ainsi donc on y était arrivé ? Ainsi donc nous n'avions plus à craindre les tempêtes, le black-out, le couvre-feu, les coupures d'électricité, ces Allemands qui ne cessaient de venir sur le plateau pour un oui ou pour un non ?

— N'allez pas croire que c'est fini, nous rappela aussitôt Carné. Il nous reste quinze jours de tournage de nuit, à Joinville, début avril. Rendez-vous dans trois semaines !

Le soir même, nous dormions dans le Train bleu et, allongée sur mon lit de première classe, j'écrivais à mon amant : « *Je quitte Nice, le soleil,* Les Enfants du paradis, *de plus en plus sûre que je t'aime.* »

DERNIERS FEUX

Où était Hans ? Dans quelle ville, quel pays ? Était-il blessé ? Était-il seulement en vie ?

« *Je perds toute espérance* », lui écrivais-je à la fin de mes lettres sans réponses.

Lorsqu'il déboula sans crier gare, la semaine du 11 mai 1944, Faune s'étonna de ma réaction : je fus glaciale.

— Tu aurais pu me prévenir…

— Je l'ai fait, Biche ! Seulement, le courrier ne fonctionne plus. Plus rien ne marche, nulle part.

— Pourtant tu es là…

C'était plus fort que moi : depuis des mois, je guettais le moindre signe et voilà qu'il débarquait en hussard, me surprenant au saut du lit, sans dignité.

— Tu ne comprends toujours pas ce qu'est une femme…

Je me sentais trahie : trahie par Faune, de me prendre ainsi par surprise, trahie par mon satané caractère, qui plaçait ma fierté avant mon amour et me faisait jouer les houris, quand j'aurais dû et voulu me pendre à son cou.

Bien entendu, cette hostilité fit long feu. Mon ressentiment s'apaisa vite et j'accueillis le soldat comme il le méritait. C'est lui que je sentis différent. Hans n'était plus un jeune officier fringant mais un soldat désabusé.

— Si tu savais ce que je vois depuis un an, Arlette…

— Tu veux me raconter ?

Tel un enfant après un cauchemar, il enfouit son visage dans ses mains.

— La guerre ne se raconte pas. Elle doit se vivre et s'oublier…

— C'est pour ça que tu n'écrivais plus ?

Il se recroquevilla encore plus.

— Chaque soir je prends ma plume, mon papier, mais ça ne veut plus sortir…

— Tu préfères me laisser dans la peur ?

— Ce sont mes lettres, qui t'auraient terrorisée. Mieux vaut m'espérer sain et sauf plutôt que savoir ce que je vis, ce que je vois…

Les Alliés étaient aux portes de Paris, le Reich se réduisait à peau de chagrin, les Russes approchaient avec une hargne de vainqueurs : Hans et moi savions que cette permission serait la dernière avant longtemps.

— Hitler est devenu fou ! Il reste persuadé que nous avons une arme secrète, qui va redresser le cours de l'Histoire. Mais il a juste perdu la raison. D'ailleurs il se méfie de tout le monde et fait exécuter quiconque lui semble soupçonnable…

— Parce qu'il n'a pas toujours été fou ? demandai-je, sans chercher à le provoquer.

Cette question le fit pâlir et je sentis que j'en avais trop dit. Il ne pouvait admettre ça. Cela revenait à remettre en cause tout ce en quoi il avait cru, parfois au forceps, depuis son enfance. Et puis Hans était soldat : il obéissait, ne contestait aucun ordre.

Durant cette trop brève semaine, Faune n'eut qu'une obsession : organiser ma fuite.

Je le revois encore, à genoux sur le tapis du salon, où il avait déplié une carte de l'Europe.

— Mon père est prêt à t'accueillir à Berlin. Pour l'instant, sa maison n'a pas encore été détruite.

Puis il posa son doigt sur la Suisse.

— Les Fath sont prêts à t'emmener à Genève, sinon. C'est une bonne solution, même si la frontière sera difficile à passer.

Faune ajouta que même Goering était au courant de la situation, et que jamais on ne me laisserait seule dans un Paris à la merci de résistants vengeurs.

— J'ai également parlé à Otto Abetz. S'ils doivent quitter l'ambassade de la rue de Lille et se replier en Allemagne, il y aura une place pour toi dans leur voiture…

Soulagé, il ajouta que beaucoup de gens se feraient un devoir de m'aider.

— Et moi ? finis-je par dire, serrant les poings pour garder un ton aimable.

— Je ne comprends pas…

— Et *moi*, dans tout ça ?

Hans me dévisageait, interloqué.

— Tu parles de Goering, d'Abetz, des Fath, de ton père. Et moi, alors ?

Je voyais mon pauvre Faune perdre ses moyens. Il n'y avait aucune cruauté de ma part à lui parler ainsi, mais je ne pouvais pas lui mentir.

— Tu ne comptes pas me demander ce que j'en pense ?

Hans restait interdit.

— C'est ce que je viens de faire.

— Non, tu as fait ton exposé. Tu as récité ta leçon.

Faune se leva et marcha jusqu'à la fenêtre, car il devinait ce que j'allais dire.

— Il y a juste une chose que tu as oubliée : moi.

— Tu plaisantes ?! Voilà des semaines que…

— … que tu penses à ma place.

Il avança sur le balcon et se laissa tomber sur une des petites chaises pliantes. Le temps était radieux.

— Tu es si cruelle, Biche. Tu n'imagines pas combien j'ai dû remuer ciel et terre pour mettre ce plan sur pied, tout ça entre deux bombes…

Ce reproche trop facile accentua ma colère.

— Une simple question t'aurait économisé tant d'énergie : « Biche, veux-tu partir ? »

Le dos de Faune s'affaissa, comme se dégonfle un ballon.

— Et tu ne veux pas…

— À quoi bon fuir ? dis-je en le rejoignant sur le balcon. Voilà des années que j'assume tout. Ce n'est pas aujourd'hui que je vais me carapater…

— Mais… et moi ? gémit Hans, les yeux rougis par la déception.

Je posai ma main sur son front brûlant.

— La vie est longue, mon Faune. Nous sommes habitués à nous aimer de loin. Laissons cette guerre s'achever et faisons confiance à notre bonne étoile.

Aurais-je refusé de le suivre, si j'avais su que je ne le reverrais pas avant deux ans et demi ?

LIBÉRATION

Le mois d'août 1944 fut celui du chaos et de la peur. En quelques jours, les rues de la capitale devinrent le terrain de combats, de tirs embusqués, de rixes. Impossible de sortir de chez nous : Marie et moi vivions fenêtres et rideaux fermés, mais nous entendions les cris dans la rue.

— C'est là que vit la collabo Arletty, cette pute à boche…

— Encore une dont on va vite s'occuper, moi je te le dis…

Dans ces exclamations, je sentais un mélange d'admiration et de haine. Si je parvenais à garder mon calme, Marie perdait patience :

— Ils vont finir par monter l'escalier et défoncer la porte.

Curieusement, je me sentais en dehors du drame, comme si j'y assistais en spectatrice. Comme si j'étais déjà morte. Le départ de Hans m'avait donné le coup de grâce.

— Vous n'êtes plus vous-même, madame.

— Je suis une actrice, je passe d'un rôle à l'autre…

— C'est bien le moment de faire des bons mots. Les gens sont tués dans la rue ! Ça peut nous arriver, à vous comme à moi !

— C'est peut-être la solution…

Une balle perdue, qui brisa une de nos vitres, le 20 août, acheva de me réveiller.

C'est pourtant moins pour moi que pour Marie que je décidai d'aller me mettre au vert, le temps que s'apaise la folie générale.

— Si jamais elle se calme..., ajouta ma camériste, malgré tout, rassurée tandis qu'elle m'aidait à nouer un baluchon. Puis elle m'accompagna dans la cour de l'immeuble, où m'attendait une vieille bicyclette. Il était juste minuit.

— Il est sûr, au moins, votre Baudoin ?

— Très, la rassurai-je en sautant sur la selle. C'est l'assistant de Carné depuis des années et il a toujours proposé de m'aider, si un jour j'avais des problèmes. Je crois qu'il est un peu amoureux de moi...

— C'est censé me rassurer ?

— La vie sauve vaut bien une partie de jambes en l'air, non ?

Ma réplique offusqua Marie, mais je la serrai dans mes bras.

— Vous êtes mon ange gardien, vous savez ?

Peu coutumière des effusions, Marie se redressa et s'épongea avec le revers de son tablier, comme si elle avait trop chaud. Malgré la pénombre de la cour, ses yeux luisaient d'émotion.

— Filez, madame ! Et surtout, passez par les petites rues...

Quelle nuit magnifique ! Paris était plongé dans le silence, à croire que la guerre faisait une trêve. Alors que les journées étaient giflées par les rafales, les hurlements, je n'entendais que le bruit de ma bicyclette sur les pavés. Il me semblait avancer dans une cité abandonnée.

Je sentis monter une allégresse étrange, cette sensation bourgeonnante, proche de l'ivresse, qui prend aux premières journées du printemps, quand on sait que tout recommence. Je me surpris même à sourire au ciel, aux immeubles, à ces rues vides, dont pas une fenêtre n'était allumée.

— Garde la tête froide, Léonie, me dis-je pourtant à voix basse, pour me faire retoucher terre.

Le porche du 42, rue Fontaine n'était pas fermé. Je n'étais jamais venue dans cet immeuble, mais Baudoin m'avait tout indiqué, de nombreuses fois, comme si rien ne lui serait plus agréable que de me cacher sous son toit.

« Et si c'était un traquenard ? » me dis-je tout à coup, en gravissant le vieil escalier sombre et poussiéreux.

Curieusement, cette idée m'excita. Mon cœur se mit à battre et j'agrippai la rampe.

Je restai cinq bonnes minutes devant la porte, haletante des six étages montés à pied. Devais-je sonner ? Frapper ? À moins que je ne prenne la poudre d'escampette ?

Parfois le corps parle avant l'esprit. Mes doigts cognèrent la vieille porte de bois sans que je le leur demande. Bientôt, des pas s'approchèrent, feutrés et méfiants.

CAVALE

Non seulement Georges Baudoin se comporta en parfait gentleman, mais il avait tout organisé pour que je sois en sécurité.

Presque toutes les heures, il sortait « prendre la température » et revenait, cœur battant et terrifié.

— Les gens se tirent dessus dans la rue !

— Boches contre résistants ?

— Pas seulement, parfois des Français entre eux…

Je savais que sonnait pour moi le début des emmerdes. La rancœur tiendrait lieu de conscience aux esprits les plus étriqués, pour qui libération signifiait épuration.

J'en eus un avant-goût, de façon très directe, tandis que je parlais au téléphone avec Sacha Guitry, au matin du 23 août.

Durant tout cet étrange été, j'avais souvent vu et causé à Sacha. Comme moi, il était retranché à Paris, dans son appartement mausolée de l'avenue Élisée-Reclus.

— La curée est aux portes, Arlette.

Malgré son flegme, je le sentais tendu. Comme pour beaucoup de célébrités qui avaient traversé les années de guerre sans encombre, la Libération risquait d'être douloureuse.

Pour cet ultime coup de téléphone, je l'avais appelé très tôt.

— Tout va bien, me rassura Sacha. Je suis tranquillement chez moi et je m'apprête à prendre un café. J'ai d'ailleurs un pyjama jaune citron et fleuri du plus bel effet…

Je ne pus m'empêcher de rire : Guitry était incorrigible.

— Ça ne tire pas trop, sur le Champ-de-Mars ?
— L'époque est au ball-trap, que voulez-vous...
— Et vous avez des nouvelles de Tristan Bernard ?
Guitry ne me répondit pas.
— Sacha ?
Silence au bout de la ligne.
— Vous êtes là ?
— Attendez, finit-il par dire d'une voix étrange. Je crois qu'on frappe à la porte de...
Il n'eut pas le temps de finir sa phrase. J'entendis des bruits de pas, de meubles renversés, des cris.
« *Veuillez nous suivre, monsieur Guitry* », fit une voix inconnue.
— SACHA ?
« *Messieurs, comme vous le voyez, je suis en pyjama et...*
— *On s'en fout ! Allez, on l'embarque !* »
Je crus que le récepteur me glissait dans les mains.
— Arlette, dit Sacha sur un ton incroyablement placide, file donc à la campagne : les loups sont entrés dans Paris.
« *Mais tu vas raccrocher ça, oui !* »
Puis la communication fut coupée.
Je passai une bonne demi-heure médusée. Soyons honnête je craignais moins pour Sacha que pour moi. Guitry arrêté, j'étais la prochaine sur la liste. J'avais été bien inspirée de quitter le quai de Conti. Mais cette cachette rue Fontaine était-elle vraiment sûre ? Je ne voulais pas non plus que Baudoin paye mes pots cassés...
— Tu restes autant que tu veux, me rassura-t-il aussitôt.
Dans ma tête, tout bourdonnait... Devais-je rester cachée ? Filer à la campagne ? Mon intuition me soufflait de trouver une retraite plus sûre, moins exposée.
— Je te dis que tu peux rester ici, Arlette.
— J'ai entendu les gens parler dans l'escalier... Une gamine du rez-de-chaussée a dit que « Madame Sans-Gêne » vivait au sixième...
Si Baudoin haussa les épaules, il semblait toutefois préoccupé. Je pris donc la décision de faire jouer mes contacts féminins. Malgré le froid de notre relation avec Antoinette, j'avais conservé des liens

avec son gynécée mondain. Les SSAF s'étaient mises au service de la Résistance mais avaient gardé leurs fidélités premières.

— Si tu as besoin d'un coup de main, on est là ! m'avait encore assuré celle qui se faisait appeler la générale Nicolle, quelques semaines plus tôt.

Le moment me sembla opportun…

Bonne intuition ! La générale me donna rendez-vous le jour même, au QG des Sections, rue François-1er.

— Tu es sûre que tu veux faire ça ? insista Baudoin, alors que j'allais quitter son appartement.

Il vivait ce départ comme une rupture…

— Je pense que c'est mieux pour nous deux, dis-je en posant un baiser sur sa joue. Et puis on va vite se retrouver, tu sais ? Ne serait-ce qu'à la première des *Enfants du paradis*…

À cette idée, Baudoin haussa les épaules, peu convaincu. Puis il marmonna : « Adieu, Arlette », avant de fermer sa porte.

Cachée sous un fichu et des lunettes teintées, j'enfourchai ma bicyclette et traversai Paris. Je pédalai comme une possédée, m'interdisant de m'arrêter, de tourner la tête. J'entendais à peine les balles qui sifflaient çà et là, les cris, les hurlements.

— Tu es venue à vélo ? s'étonna la générale Nicolle en m'ouvrant la porte.

— Comment faire autrement ? haletai-je. Je n'allais pas prendre un avion !

— Rassure-toi, dit cette femme dans son uniforme couturé de décorations, j'ai tout arrangé pour toi. Le temps qu'on te trouve une vraie planque en dehors de Paris, tu vas te cacher quelques jours chez Daisy, à deux pas d'ici, avenue Montaigne…

Je ne m'attendais pas à une cachette aussi huppée ! Figure de proue des SSAF, Daisy de Broglie possédait un superbe appartement au 35, avenue Montaigne, où j'emménageai le soir même.

— Je t'ai préparé la chambre d'ami, mais c'est à la bonne franquette, me dit-elle en m'accompagnant dans une superbe chambre, dont la fenêtre donnait juste au-dessus des arbres de la célèbre avenue.

— Toi qui as l'habitude de voir le monde depuis la scène, à ton tour d'être aux premières loges…

Daisy ne croyait pas si bien dire ! Le lendemain, malgré le danger, je passai la journée à mon balcon pour assister au changement de règne. Sous mes yeux, des silhouettes couraient, poussaient des cris, tiraient, lançaient parfois des grenades. À plusieurs reprises, je dus me projeter en arrière pour éviter des balles perdues. Mais aussitôt je retournai sur mon promontoire, comme si je contemplais la tempête depuis un phare. La sensation était d'autant plus puissante qu'il pleuvait des cordes, donnant à cette Libération des allures de fin du monde.

Le jour d'après, je découvris des soldats inconnus, qui se mirent à grouiller sous nos yeux.

— C'est la deuxième DB du général Leclerc, m'apprit Daisy. Ils sont arrivés cette nuit. Ça veut dire que c'est la fin des combats…

Daisy disait vrai : le soir même, à dix-sept heures, le général von Choltitz signait la capitulation à la gare Montparnasse.

En quelques heures, les trottoirs de Paris se couvrirent d'une foule ébahie, incrédule, qui peinait à admettre ce qui avait enfin lieu.

— La Libération… dis-je, à la fois heureuse et le ventre noué, alors que des chars américains avançaient en rang d'oignons sous mes fenêtres, hérissés de petites Françaises qui agitaient des drapeaux yankees.

Les soldats saluaient la foule en liesse, lançaient des chewing-gums aux enfants, embrassaient à pleine bouche des inconnues, sous les applaudissements des Parisiens. La scène était émouvante, mais je craignais déjà ce qui allait suivre…

Le 26 août, Charles de Gaulle descendait les Champs-Élysées en milieu d'après-midi, après avoir fleuri la tombe du Soldat inconnu. Il se rendait à Notre-Dame pour y entendre le *Te Deum* de la victoire.

J'eus la subite envie de me mêler à cette foule, qui accourait pour rejoindre les Champs.

— Surtout pas, Arlette ! Les gens risquent de te reconnaître.

— Et alors ? On est libérés, non ?

Daisy sembla surprise par ma candeur. Mais j'étais hypocrite : je savais très bien ce qui risquait de m'arriver…

— La pute à boche…, murmurai-je, tandis qu'un groupe de petits garçons poursuivaient une fillette, avant de la faire tomber sur le trottoir et de la rouer de coups du bout de leurs sandalettes.

Ce que je vis depuis ma chambre, les jours suivants, confirma mes craintes. Passé la liesse venait le temps de la revanche.

— La curée, répétai-je, songeant au mot de Guitry.

Où était-il, d'ailleurs, Sacha ? Subissait-il le sort de ces pauvres types, exhibés tels des animaux, qu'on poussait avec des fusils, des bâtons, de simples balais ? Était-il juché sur une estrade, le crâne tondu, à l'image de ces femmes passées à la postérité pour avoir couché avec l'occupant ? C'est évidemment cette vision, restée fameuse, qui me terrifia.

Allais-je subir le même sort ? Combien de temps faudrait-il me cacher avant que la folie s'apaise ? Ne finirais-je pas par être repérée, moi qui vivais sur l'une des avenues les plus exposées de Paris ?

— Si, et c'est pour ça que tu vas aller t'enterrer en banlieue.

Le 28 août, la générale Nicolle était venue à la nuit tombée me chercher chez son amie Daisy.

— Je te préviens, ça ne sera pas du même standing, rit-elle, alors que nous montions dans une voiture couverte d'une grande croix de Lorraine. Et maintenant, cache-toi sous cette couverture !

Combien de temps passai-je, allongée sur cette banquette arrière ? Suffisamment pour que la lumière du réverbère m'éblouisse, lorsque la générale arracha la couverture.

— On est arrivés…

Clignant des yeux, je me redressai et découvris une ruelle comme j'en avais connu durant toute mon enfance.

*

Passer de l'avenue Montaigne à Choisy-le-Roi : quel déclassement ! Je ne pensais pas troquer l'appartement d'une princesse pour le cabinet d'un gynécologue. L'époque était vraiment aux surprises.

Le docteur Evenou était un petit être courtois, un peu pincé, qui se disait résistant. Il occupait avec son épouse un étroit pavillon en meulière, dans une toute petite rue, non loin de la Seine.

— Madame Arletty, dit-il en me serrant la main de façon très virile, quel honneur de vous accueillir chez nous.

Puis il me fit entrer dans un salon au mobilier noiraud, avec bibelots, guéridons à voilettes et copies de toiles de maître. Son épouse m'apporta aussitôt un remontant, sur un petit plateau.

— Vous devez être épuisée, madame Arletty, dit-elle d'un ton servile, avant que son époux ne lui fasse signe de se taire.

Il adressa ensuite une sorte de salut militaire à la générale Nicolle.

— Vous pouvez dormir tranquille, votre amie sera ici sous bonne garde.

— À la bonne heure !

Une fois seule avec ces gens, je sentis monter une sensation étrange. Dans quoi m'étais-je encore fourrée ?

Fier d'accueillir sous son toit une célébrité, le docteur Evenou gardait un côté petit-bourgeois et autoritaire, comme s'il tenait à rappeler qui était le maître de maison.

— Nous vous avons préparé la chambre d'ami, au dernier étage, dit-il en indiquant à son épouse de prendre ma valise tandis qu'il ouvrait la marche, une lampe Pigeon à la main. L'électricité devrait revenir d'ici à quelques jours, rassurez-vous...

Heureusement, la pièce était claire et pas trop mal arrangée. Et puis ma fenêtre donnait sur un jardinet dont Mme Evenou s'enorgueillissait.

— Vous verrez, demain, quand il fera jour, mes dahlias sont superbes...

— Il ne nous reste plus qu'à vous souhaiter une bonne nuit, finit par dire le docteur en reculant vers la porte, tel un domestique.

— Je ne sais comment vous remercier, répondis-je, forçant un brin mon ton de voix. D'ailleurs avez-vous une idée de...

— Du temps que vous passerez ici ? Aucune.

Il affecta un air mystérieux puis baissa d'un ton.

— Je suis en contact avec les plus hautes instances. Dès que tout sera calmé, je serai parmi les premiers à le savoir. Alors vous pourrez rentrer chez vous…

Puis il s'éclipsa et je l'entendis houspiller sa femme dans l'escalier.

— Qu'est-ce que je fous là ? murmurai-je en me laissant tomber sur la courtepointe du vieux lit bateau, dont le sommier gémit comme un lépreux.

J'avais connu l'angoisse, la peur, le manque, mais à Choisy-le-Roi, c'était l'ennui qui régnait en maître. Ennui de ces repas pris presque en silence, car le docteur faisait taire sa femme. Ennui de ces heures à aider Mme Evenou dans son jardin, écoutant son pipi d'eau tiède. Ennui des rares promenades que l'on m'autorisait, où je marchais jusqu'à une Seine livide après avoir traversé des rues sans âme, sans charme, sans rien.

— Ne vous faites pas remarquer, m'avertissait à chaque fois le docteur, toujours inquiet de me voir partir.

Je ne filais jamais longtemps, car cette ville me semblait encore plus grise que le pavillon de mes « bienfaiteurs ».

L'étaient-ils vraiment, d'ailleurs ? Souvent, le soir, en me couchant, je m'interrogeais sur l'utilité de ma présence ici. Ne pouvais-je pas rentrer à Paris ? Craignais-je vraiment pour ma vie ? N'était-il pas temps de plaider ma cause, car les colères devaient être apaisées ?

— Ne croyez pas cela, me répondait Evenou. L'épuration est atroce, sauvage. Les gens sont lynchés sans procès, sans intervention policière, à même le trottoir.

Ces vérités, le docteur me les sortait avec une morgue irritante, n'admettant aucune réplique. Et si je réclamais la presse, mon hôte m'expliquait qu'il refusait de lire ces « torchons de mensonges ». En un mot : j'étais coupée du monde. Evenou m'avait même demandé de ne pas utiliser son téléphone, persuadé d'être sur écoute.

— Votre voix est célèbre entre toutes, madame Arletty. Si les espions vous identifient, ils seront là dans l'heure…

Les premiers temps, ces avertissements suffirent à m'effrayer. Mais j'eus bientôt le sentiment de bouillir.

— Ça ne peut plus durer, il faut que je rentre à Paris ! déclarai-je un soir, durant le dîner. Il faut que je sache ce qui se passe…

Evenou devint écarlate. Il tapa du poing sur la table, faisant valser la soupière qui étala du velouté aux épinards sur la nappe en dentelle.

— Vous perdez le sens commun ?! Je vous interdis de sortir !

Pour moi, c'était la menace de trop.

— Mais enfin ! Je ne suis pas votre prisonnière ! Je pars quand je veux !

Evenou inspira profondément et fit mine de prendre sur lui, tandis que sa femme épongeait la nappe avec sa serviette.

— Croyez-moi, ma prison est meilleure que la leur… Mais si vous estimez que ma femme et moi ne valons pas mieux que des geôliers, alors sentez-vous libre de partir quand bon vous semble.

Cette dernière phrase avait été prononcée avec une peine sincère. Les Evenou étaient blessés par mon ingratitude.

Tant pis pour eux ! Voilà un mois que je me cachais à Choisy-le-Roi, pas question de végéter plus longtemps. Demain soir, je dormirais à Paris.

HÔTEL LANCASTER

Le 28 août, j'avais quitté une ville en charpie, les rues jonchées de drapeaux déchirés, de gravats, de palissades brûlées. Le 20 septembre, Paris avait retrouvé une curieuse forme d'insouciance. Si les commerces de bouche affichaient toujours le rationnement, il y avait dans l'air un indéniable sentiment de liberté. Les soldats allemands avaient été remplacés par des pioupious américains ou français. Alors qu'on changeait de trottoir quand passait une colonne de *Feldgrau*, les Parisiens (surtout les jeunes filles !) se précipitaient pour saluer les libérateurs, qui s'attablaient joyeusement en terrasse des cafés ou des restaurants. Les panneaux en lettres gothiques avaient disparu des carrefours et les horloges publiques n'indiquaient plus l'heure de Berlin…

— La tempête est passée, me dis-je, soulagée, tandis que le taxi me déposait rue de Berri, devant l'hôtel Lancaster.

Alors que le chasseur prenait mes bagages, trois jeunes filles m'abordèrent timidement pour me demander des autographes. Signer ces quelques bouts de papier me fit un bien fou !

— Quand sort votre prochain film ? demanda la plus jeune d'entre elles.

— Très vite, j'espère, répondis-je, bien décidée à prendre des nouvelles de Carné et Prévert dès aujourd'hui.

J'avais une vie entière à rattraper !

— On compte sur vous ! lança une autre des demoiselles, gaiement, tandis qu'elles s'éloignaient en comparant les mots sur leurs billets.

L'accueil fut tout aussi jovial à la réception de l'hôtel.

Prévenu par le chasseur, le directeur vint lui-même m'accueillir.

— Mademoiselle Arletty, quel plaisir de vous revoir !

Quelques mois plus tôt, son hôtel grouillait de dignitaires allemands qu'il traitait avec la même cautèle. Désormais, une partie des chambres avaient été réquisitionnées par les nouvelles autorités, qu'il flattait avec tact, persillant ses phrases de « *how do you do* » et de « *nice to meet you* ».

Cet homme avait d'ailleurs bonne mémoire.

— Vous n'aviez pas un appartement sur le quai de Conti ? s'étonna-t-il, en me faisant signer les gros registres de l'hôtel dans lequel je vis, séparés par un blanc de un mois, les noms anglo-saxons succéder aux patronymes prussiens.

— On me le prêtait, hélas, mentis-je à moitié.

Parmi les rares coups de téléphone que j'avais pu passer chez les Evenou, j'avais appelé Marie. Avec un ton étrangement neutre, elle m'avait annoncé que madame était revenue. J'avais fini par penser que « madame », c'était moi, mais Mrs Hoyt Wiborg voulait récupérer son bien. Je me doutais qu'elle n'était pas encore là, mais Marie avait dû recevoir des consignes. Cette nouvelle ne me surprit guère. Et je fus moins affectée par la perte de ce paradis que par la froideur de Marie.

— Mais comment allez-vous, *vous*, Marie ?

— Bien, madame.

— Pourrai-je passer vous embrasser ?

— J'ai beaucoup de travail, madame.

Était-ce donc ainsi que s'achevaient trois années de complicité ?

— Je ferai venir chercher mes affaires dans les jours qui viennent, lui annonçai-je.

— Cela ne presse pas, madame. Tout est déjà dans des cartons. À la cave.

La chambre 56, au cinquième étage du Lancaster, était une geôle plus avenante que ma cellule de Choisy-le-Roi : j'avais un téléphone, un poste de TSF et un restaurant qui me montait de bons petits plats.

En dépit de la rencontre avec mes trois admiratrices, je décidai de rester discrète. Pas de bain de foule, pas de sortie au restaurant, au théâtre, au cinéma. Pas trop de dîners chez mes amis parisiens, qui se firent d'ailleurs assez méfiants quand ils me surent revenue. Après avoir été la femme la plus invitée de Paris, je devenais la plus évitée !

Certains se montrèrent en revanche enchantés.

— Viens ce soir à la maison, proposa aussitôt Carné. Jacques est à Paris. Nous pourrons tout te raconter !

Malgré la tentation de les revoir, je choisis encore la prudence : Marcel était un homme connu et surveillé, mieux valait ne pas trop attirer l'attention.

— Je préfère attendre un peu. Les braises sont encore chaudes.

Carné ne pouvait qu'approuver. Lui-même devait mener un numéro de claquettes pour retomber sur ses pattes. Trois semaines plus tôt, dès le début septembre, avait été mis en place le Comité de libération du cinéma français, qui dressait la liste de tous ceux qui avaient continué de travailler pendant l'Occupation.

— Donc presque toute la profession ! m'expliqua Carné. Si on suit leurs oukases, on met l'industrie du cinéma au tapis. Autant dire un suicide !

Heureusement, l'épuration sauvage des premières semaines, qui avait sévi dans tous les milieux, était remplacée par des directives plus sages, moins radicales.

— On avance encore masqués, m'avoua le cinéaste, toujours très malin.

Conscient que le vent tournait, il avait gelé le montage des *Enfants du paradis* à la veille de l'été, pour que le film sorte une fois les Alliés chez nous.

— Nous serons ainsi le premier grand succès de la Libération ! déclara-t-il fièrement, s'improvisant résistant.

Je n'osai lui rappeler que son film, comme le précédent, n'avait pu être réalisé que grâce à la complaisance du pouvoir. Mais l'heure n'était pas aux règlements de comptes ; l'essentiel était que ce film sorte au plus tôt sur les écrans parisiens…

— Pas avant le début de l'année prochaine, me dit Marcel. Il y a quelques problèmes de postsynchro. Il faudra sans doute que tu viennes faire un raccord au studio, dans les semaines qui viennent.

— Quand tu veux, mon Marcel. Le moins qu'on puisse dire, c'est que j'ai du temps…

Si je n'ai pas évoqué Hans depuis un moment, c'est que je restais sans aucune nouvelle. Faune était toujours en moi, telle une présence douloureuse, mais je m'efforçais de repousser les souvenirs, car la moindre image faisait remonter un manque acide, qui me mettait les larmes aux yeux. Où était-il ? Dans quel pays ? Était-il seulement en vie ? Mes contacts avaient disparu en même temps que les Allemands et je restais impuissante face à ce terrible silence.

*

Au matin du 6 octobre 1944, on frappa à la porte de ma chambre.

— Bonjour, madame, je suis l'inspecteur Valade.

L'homme était jeune et même joli à regarder. Il semblait perdu dans cet uniforme trop grand, comme s'il avait endossé la défroque de son père. La croix de Lorraine luisait à son revers et il vérifiait parfois dans le miroir de ma chambre, à la manière d'une femme ajustant sa coiffure.

— C'est une visite de courtoisie, m'avertit-il aussitôt, après que je lui eus servi du thé, boisson de laquelle il semblait peu coutumier.

— Dans ce cas, soyons courtois, jeune homme. Que voulez-vous savoir ?

Le soldat était gêné aux entournures, comme s'il avançait entre deux eaux. Il n'était pas venu m'arrêter, pas même me mettre en garde – il n'en avait pas l'autorisation –, c'était une mission de reconnaissance.

— Ainsi que vous le savez sans doute, dit-il après s'être éclairci la gorge, beaucoup d'enquêtes sont diligentées sur beaucoup de gens…

— Et vous êtes venu faire cette enquête ?

— Pas moi, non.

— Vous aviez juste envie d'un thé ?

Ma réplique et l'éclat de rire qui suivit achevèrent de le mettre mal à l'aise. Le voyant rougir, je ressentis une forme de pitié et m'assis à côté de lui, sur le canapé. Il n'en devint que plus écarlate.

— Écoutez, jeune homme, je n'ignore pas les bruits qui courent sur mon compte. On me reproche d'avoir eu comme ami un officier allemand, pendant l'Occupation, mais, puisque je n'ai rien fait de répréhensible envers mon pays, j'attends le résultat de l'enquête du Comité d'épuration du cinéma avec confiance.

L'inspecteur Valade me fixait avec une certaine stupeur. Il ne s'attendait pas à ce que je lui sorte tout, d'un coup. En un sens, je lui mâchais le travail. Surtout, je lui donnais le signal pour se carapater, car ma présence, tout contre lui, l'embarrassait.

— Bien, bien, dit-il en se redressant avec maladresse, renversant à moitié la tasse sur la moquette. Je prends bonne note de votre déclaration.

— Déclaration ? Je croyais que c'était une visite de courtoisie…

— Euh… je… enfin vous… bref, il faut que vous restiez ici.

— À l'hôtel ? Dans cette chambre ?

— Ne quittez plus Paris, madame Bathiat, dit-il en enfilant sa veste galonnée. (L'uniforme lui rendait son aplomb.) Nous pouvons être amenés à vous convoquer rapidement…

Cabotine, je pris sa main et la serrai doucement, sans cesser de le fixer.

— Rassurez-vous, inspecteur, ce sont les coupables qui fuient…

POLICES

Durant deux semaines, je ne bougeai pas. J'aurais pu m'éclipser, mais c'eût été avouer une faute que je n'avais pas commise. Il me semblait plus normal – et plus élégant – de rester dans ma jolie suite. Si je n'avais objectivement rien fait de répréhensible, j'établis toutefois une manière de défense, opposant point par point des réponses à ce que l'on ne manquerait pas de me demander : qui était Hans, comment nous nous étions connus, combien de temps cela avait duré, quelles avaient été mes accointances politiques, etc. Ces gens étaient rompus à la rhétorique. Ils pouvaient vous faire avouer tout et son contraire, sans même recourir à la menace. Voilà trop d'années que je récitais la prose des autres pour ne pas connaître le redoutable pouvoir des mots. En un sens, je m'entraînais telle une athlète qui ne connaîtrait pas la date de la compétition.

Le vendredi 20 octobre, à la mi-journée, je perçus un brouhaha dans le couloir. Puis on cogna à la porte de ma chambre.

— Ça y est…, dis-je, endossant mon imperméable avant même de leur ouvrir.

Les trois policiers furent surpris de ma tenue.

— Vous alliez sortir ? demanda le premier.

— C'est plutôt vous qui m'emmenez, non ?

Les flics étaient décontenancés.

— Bathiat, Léonie ? demanda le premier.

— Présente…

— En vertu de l'ordonnance du 4 octobre sur l'internement administratif des individus dangereux pour la défense nationale ou la sécurité publique, nous avons ordre de vous emmener à la préfecture de police…

Les trois hommes s'attendaient sans doute à ce que je regimbe, que j'exige un mandat – ils n'en avaient pas, tout était expéditif, à l'époque –, et furent surpris de ma placidité.

— Messieurs, je suis toute à vous…, dis-je en gagnant le couloir.

Ils me suivirent comme des toutous jusqu'à l'ascenseur.

Je voyais bien que ma désinvolture les irritait.

Une fois dans le hall, notre petit groupe suscita stupéfaction et inquiétude.

— Madame Arletty, tout va bien ? s'enquit le directeur en s'approchant.

Les flics le tinrent à distance avec un « Bas les pattes ! » bien vulgaire.

— Ces messieurs veulent me passer à la question. Ça tombe bien, je commençais à trouver le temps long.

Me tournant vers les trois flics, je tendis mes poignets et ricanai d'un ton étonné :

— Et alors, pas de menottes ?

Tous trois se consultèrent, résolument perdus.

— Ce n'est pas la peine, madame Arletty.

— Vous avez tort. Je suis un « individu dangereux pour la défense nationale ou la sécurité publique ».

L'arrivée à la préfecture de police fut moins guillerette car le rideau était tombé. Les inspecteurs me firent sortir de la voiture sans ménagement et me poussèrent devant eux avec des bourrades.

— Allez, Bathiat, le spectacle est terminé !

Disons plutôt qu'il ne faisait que commencer. Moi qui avais si souvent joué les gouapes, les putes, les filles de mauvaise vie, je me retrouvai calée sur un banc, entre un colosse en tricot de peau, les bras couverts de tatouages, et une jeune femme au maquillage fané, qui poussait des hurlements de rage dès qu'un policier passait devant elle.

Mes forfanteries de l'hôtel me semblèrent soudain bien vaines.

Après plusieurs heures sur ce banc, un policier un peu embarrassé vint me voir.

— Madame Bathiat, on est désolés mais le temps a filé. On va devoir remettre l'interrogatoire à demain…

Agacée mais soulagée, je me dressai d'un bloc.

— Tout ça pour ça… Vous me raccompagnez à l'hôtel ou vous me commandez un taxi ?

Ma question fit hurler de rire mes deux voisins, mais je compris qu'ils se moquaient de moi.

— Vous n'irez pas si loin, répliqua le policier, avant de saisir mon bras de ses doigts de fer.

Je n'avais jamais été au cachot. Ce n'était pas une cellule, mais une de ces pièces grillagées telles qu'on en voyait dans ces films où les personnages « dorment au poste ». Autant dire que je ne fermai pas l'œil de la nuit.

Au petit jour, alors qu'une odeur de café brûlé flottait dans les couloirs, ma belle assurance s'était émoussée.

— Cela fait partie de leur technique, murmurai-je, décidée à ne pas me laisser impressionner.

Mais après une nuit sur une paillasse, dans une odeur de sueur et d'urine, à quelques centimètres d'une pocharde à moitié évanouie, ma désinvolture se fissurait.

En milieu de matinée, on vint me chercher.

— Bathiat, c'est à vous…

Mon ventre se noua.

La pièce était longue, assez étroite, et puait la transpiration. Une quinzaine d'hommes debout me scrutaient, agressifs. Certains étaient appuyés à la crosse d'une mitraillette, comme un pliant à la chasse.

— Tu parles d'un comité d'accueil…

Les types entouraient un petit bureau, derrière lequel un homme assis était plongé dans des dossiers, sans remarquer ma présence. Lorsqu'il leva la tête, il désigna la chaise face à lui.

— Asseyez-vous…

La voix était neutre et douce. Ses traits étaient fins, juvéniles, et il avait des allures de comédien.

Voyant que je peinais à prendre place, un des flics brandit sa mitrailleuse et grogna :

— Alors, vous crânez moins, madame Sans-Gêne ?!

Je reconnus l'un des trois inspecteurs venus me chercher hier, au Lancaster. Cette vision me regonfla. M'asseyant sur la petite chaise, je désignai l'arme du policier et dis d'un ton gouailleur :

— Faites marcher ça, que je voie plus vos sales gueules !

Déjà les flics se mettaient à hurler et mon vis-à-vis dut taper sur son bureau avec la crosse d'un revolver.

— S'il vous plaît !!!

Tout le monde se tut et les messieurs se raidirent comme des militaires.

— Je suis le préfet de police adjoint Maurice Kaouza, se présenta-t-il, exagérément courtois.

— Je mérite un préfet ? C'est flatteur..., dis-je en observant son uniforme, couturé de symboles résistants.

— Adjoint, précisa-t-il, seulement adjoint...

On ne m'avait pas envoyé un sous-fifre, cela arrangeait-il mes affaires ?

Une célébrité comme moi lui vaudrait une promotion, il n'allait donc pas prendre mon cas à la légère. Sur ce dernier point, j'avais raison : l'interrogatoire dura toute la journée et reste un souvenir épuisant ! Je savais que ces procédures jouaient sur le temps, la lassitude et la fatigue des prévenus. Même les quinze témoins vacillaient d'ennui en entendant le préfet reposer les mêmes questions, auxquelles je faisais les mêmes réponses, d'une voix de plus en plus lasse.

— Reprenons, disait-il, impassible, comme si la fatigue ne l'atteignait pas. Où avez-vous connu le commandant Soehring ?

— Je vous l'ai dit huit fois...

— Recommencez.

— En mars 1941, au cours d'un concert à la salle du conservatoire...

— Qui vous l'a présenté ?

— La comtesse de Chambrun...

— Et vous êtes tout de suite devenus amants ?

Cette question me blessait à chaque fois. Ces mots si laids, si communs…

— Non, pas avant l'été 1941.

— Pendant combien de temps ?

— Notre liaison a duré jusqu'en mars 1943, date à laquelle il a été envoyé sur le front italien.

— Quand l'avez-vous vu pour la dernière fois ?

— Au cours d'une permission en juillet 1944, puis il a regagné son unité sur le front…

Pour répondre à ces questions, je gardais un ton froid, administratif, seule manière de ne pas sombrer. Les quinze policiers étaient touchés par mon épuisement. Certains consultaient la pendule, au mur, au-dessus de Kaouza, et se donnaient des coups de coude.

— Quelles informations importantes le commandant Soehring vous a-t-il confiées ?

À cette question, je martelais que mes relations avec le commandant Soehring avaient toujours été d'ordre purement sentimental.

— Il n'était jamais question entre nous des événements militaires…

Kaouza opina du chef, comme s'il admettait que je puisse dire vrai. Cette réaction me redonna espoir et je demandai si l'interrogatoire pouvait s'arrêter.

— Du moins pour aujourd'hui ? Je suis épuisée…

Sans me répondre, il tira un autre dossier et l'ouvrit devant lui.

— Après le courrier du cœur, passons à vos activités professionnelles…

Une vague de protestations muettes passa chez les policiers. C'était moins de la compassion que de l'ennui. Ils étaient debout depuis des heures et commençaient à piétiner.

Kaouza se tourna vers eux.

— Messieurs, je ne vous garde pas, vous savez ?

Soulagement des quinze témoins. Tandis qu'ils sortaient, l'un d'eux me donna une bourrade à l'épaule.

— On t'a à l'œil, salope…

— Allons, fit Kaouza sans même lever les yeux de ses dossiers, nous ne sommes pas à la Foire du Trône.

L'interrogatoire nous tint jusqu'à la tombée de la nuit. J'étais soupçonnée d'avoir tourné pour les Allemands, d'avoir reçu des subsides de la Continental, d'avoir participé à des activités de propagande, etc., etc., etc.

Je pouvais toutefois répondre à chaque accusation.

— Pour plusieurs films, j'ai été sollicitée avec une certaine pression, mais j'ai opposé à chaque fois un refus énergique...

J'ajoutai que j'avais toujours décliné les voyages en Allemagne, malgré des pressions réitérées...

— Allez plutôt demander à mes petits camarades qui sont allés à Berlin, en 42, dis-je avec moins de perfidie que d'exaspération, sans pour autant citer nommément Darrieux, Delair, Romance, Astor, Dary et les autres...

— C'est de vous qu'il s'agit aujourd'hui, Bathiat, rétorqua Kaouza. Ce qui m'étonne, c'est que vous soyez restée à Paris, en août dernier...

— Plutôt qu'aller en Allemagne ?

— Vous y aviez des points de chute, non ?

Je martelai à nouveau que mon affaire était purement sentimentale et sans aucun rapport avec les événements politiques...

L'interrogatoire se poursuivit encore pendant plusieurs heures. Ce Kaouza était une machine ! Et je devais prendre sur moi pour garder un ton sinon courtois, du moins posé.

Il me fallut certifier que je n'avais jamais possédé d'autorisation spéciale délivrée par les autorités allemandes, que je n'avais pas bénéficié des services d'une voiture, que je me déplaçais par mes propres moyens... Le préfet alla même fouiner du côté de mes relations avec Antoinette, s'étonnant de mes liens avec la générale Nicolle...

Lorsqu'il referma ses dossiers, il était près de minuit.

Dans mon dos, la greffière poussa un profond soupir. Je me retournai et découvris une femme amicale, comme si nous avions subi la même torture.

— Bon, dit Kaouza en se redressant derrière son bureau, nous allons maintenant étudier tout cela.

— Je peux rentrer à l'hôtel ? demandai-je sans trop y croire.

Kaouza affecta une expression désolée.

— Pour l'instant, nous vous gardons encore un peu…

— Pour l'instant ?

Kaouza pressa une sonnette sous le plateau de son bureau. Aussitôt, deux policiers à képi entrèrent dans la pièce.

— Comme hier ?

Kaouza secoua la tête de gauche à droite mais sembla éviter mon regard.

— On manque de place, ce soir, dit-il d'une voix moins assurée.

— Alors on en fait quoi ?

Le préfet adjoint se tourna vers moi et murmura, avec un même ton calme et posé :

— Conduisez-la à Drancy.

PRISONS

Drancy… Une petite commune du nord-est de Paris, au nom qui fleure bon l'Île-de-France. À mesure que la guerre avançait, ce nom était devenu synonyme de peur, de menace et d'inconnu. Dans les années trente, on avait henni d'admiration devant cette cité de la Muette, qui possédait les plus hauts gratte-ciel de France. La guerre avait changé l'usage de ces tristes tours de quinze étages, qui n'avaient plus rien d'immeubles d'habitation : l'ensemble était devenu un camp d'internement. On parquait ici les résistants, les Juifs, les communistes, avant de les expédier à l'Est, on ne savait encore où… La Libération en avait juste changé les occupants.

J'arrivai en pleine nuit, groggy de fatigue. On me fit descendre du fourgon de police pour me pousser, sans ménagement, dans cette cour que fermait une grille de barbelés.

— On vous apporte de la viande fraîche, dirent mes chauffeurs d'un ton gouailleur.

Mécontent d'être tiré de la somnolence, le vigile à l'entrée grommela que j'avais plutôt l'air faisandée…

Puis il s'approcha et m'éblouit avec sa lampe torche.

Stupéfaction du gardien…

— Mais c'est Arletty !

— Bah ouais, grasseyèrent mes chauffeurs, à qui le gardien rétorqua sur un ton agressif :

— Et vous me l'amenez comme une putain de Clignancourt ?! Allez, foutez-moi le camp !

Décontenancés, les envoyés de la PJ reculèrent vers leur fourgon en bégayant des « mais… euh… » auxquels le gardien ne prêta plus la moindre attention. Il était en revanche tout embarrassé de voir que je n'avais même pas un bagage, un sac à main, qu'il pourrait porter. Il finit par me tendre son bras, ajoutant d'un ton intimidé :

— Faites attention, madame Arletty, il y a des choses qui traînent partout, ici…

Nous avançâmes dans la vaste et sombre cour, suivant le tracé de la torche, presque à tâtons.

— Ces connards ne respectent vraiment rien, finit par lâcher le gardien, alors que nous montions les marches conduisant à un perron. Vous savez que je suis allé voir quatre fois *Fric-Frac*, à la Michodière ?

— Ah oui ? dis-je, méfiante, car on n'est jamais à l'abri d'un coup bas.

— Et puis *Les Visiteurs du soir*… quel beau film ! Avec Monique, ma femme, on y est allés trois samedis de suite, au Colisée…

Malgré la situation si incongrue, je me sentis sourire. L'enthousiasme de ce petit homme à képi me redonnait un soupçon de courage. Et Dieu sait s'il en fallait ! Dès le vestibule, l'odeur me prit à la gorge. Ici, tout sentait la mort.

— Entre le départ des boches et l'arrivée des… des autres… On n'a pas eu le temps de lessiver.

Sa remarque me surprit.

— À vous entendre, on dirait que vous travaillez ici depuis longtemps…

— Je suis fonctionnaire de police, madame, répondit-il sans malice. J'obéis au préfet en place. Et je suis à Drancy depuis le printemps 43.

Après deux escaliers, nous arrivâmes devant une porte. Je vis, affichée avec une punaise, une liste de noms dont beaucoup étaient rayés.

— Il y a du passage ici, fit le gardien en tirant un gros trousseau de clés.

Il faisait trop sombre pour que je puisse lire, et je ne parvins à déchiffrer que le dernier, pas encore rayé : Germaine Lubin. J'avais vu sur scène cette grande cantatrice française. C'était d'ailleurs elle qui incarnait Isolde, un soir que j'avais retrouvé Faune, à l'opéra, pour *Tristan* de Wagner. Lubin passait aussi pour être la chanteuse préférée d'Hitler… Du beau monde, quoi !

Au même instant, sans lâcher son trousseau, le gardien biffa ce nom avec un crayon de bois qu'il venait de tirer de sa poche.

— Madame Germaine est partie hier. On va vous donner son lit. Au moins, elle avait de l'hygiène…

Cette remarque me fit frémir et le gardien ouvrit la porte.

Impossible de distinguer quoi que ce fût dans ce qui ressemblait à un petit appartement, qu'on avait rempli de lits ou de simples paillasses.

Le gardien bouchait le bout de sa torche avec la paume de sa main.

— Je ne veux pas réveiller tout le monde, chuchota-t-il en reprenant mon bras. Venez, je vais vous conduire à votre lit.

Remonta en moi un souvenir très lointain : celui, toute enfant, de ce pensionnat de Montferrand, lorsque je traversais le dortoir endormi pour aller faire pipi.

Mais ici, les lits n'étaient pas sagement alignés en parallèle. Il fallait enjamber des corps, des paquets, des objets sur lesquels on butait. Un grondement sourd montait de ces êtres au sommeil douloureux, qui ronflaient, marmonnaient dans leurs rêves.

— Y a quelqu'un ? fit une voix très jeune.

— C'est le marchand de sable, répondit le gardien sur un ton qui n'avait rien d'une plaisanterie.

Enfin, cette odeur de corps sales, de fatigue, de vêtements râpés, vous prenait à la gorge.

— Le voilà, dit le gardien, soulagé, en me désignant un lit. Il est contre le mur et près de la fenêtre. Au moins, vous n'aurez pas de voisin.

Tandis que je me laissais tomber sur ce matelas posé à même le sol, il ajouta que, tout comme Mme Germaine, je méritais la première classe. Était-il sérieux ? Tel un groom d'hôtel, il se recula d'un pas et s'inclina, fier d'avoir rempli sa mission.

— Eh bien, je vais vous souhaiter une bonne nuit, madame Arletty…

Je m'entendis répondre : « Bonne nuit à vous aussi », sans croire à ce vieux réflexe. Il s'approcha à nouveau et finit par m'avouer :

— Dites, demain, vous pourrez me signer mon carnet d'autographes ?

— Euh… bien sûr…

— C'est pas pour moi, c'est pour Monique, ma femme. Depuis deux mois, y a beaucoup de vedettes qui passent ici. Avec les Allemands, c'était moins drôle, on ne connaissait personne…

Puis il disparut dans la nuit.

Je restai longtemps immobile, comme si le moindre mouvement risquait de rendre la scène réelle.

« Je vais me réveiller », me dis-je même, espérant que la femme de chambre du Lancaster frappe à la porte. Mais non. Lorsque je m'allongeai sur cette paillasse, me glissant sous l'unique couverture rêche et très épaisse, posée à même le matelas, je compris que ma nouvelle vie avait commencé.

*

Contre toute attente, je dormis d'une traite. Le réveil n'en fut que plus violent. Un instant, je tendis la main pour trouver l'interrupteur de ma lampe de chevet, mais mes doigts se refermèrent dans le vide.

— Le mobilier laisse à désirer…

Je me redressai en clignant des yeux, le dos tiraillé par les courbatures.

L'homme m'observait derrière ses lunettes. Accroupi sur son matelas, il était adossé au mur délavé. Je constatai alors que le gardien m'avait en effet « choyée » : cet homme et moi étions dans une sorte de renfoncement, en décalé du reste de l'appartement et des autres « lits ». Nos deux paillasses étaient posées sous la fenêtre, par laquelle je vis poindre un jour gris et terne.

L'inconnu – un beau quinquagénaire élégant malgré la fatigue – continuait de m'observer. Ma surprise semblait l'amuser.

— Longchamp, 25 octobre 1942, prix de l'Arc de Triomphe…

— Vous me parlez de quoi, là ?

— Vous aviez parié sur le favori, Djebel, alors que les Chambrun se sont obstinés à soutenir Huairveux, qui appartenait à leur ami Ballanda… Mais vous savez combien Josée est têtue…

Ces noms, surgis dans ce lieu saumâtre, étaient telles des étoiles dans la nuit. Les souvenirs commençaient à remonter.

— En revanche, le lieutenant Soehring a un flair de cavalier, lui. Il n'a pas hésité une seconde : Djebel était son favori.

J'en eus les larmes aux yeux ! L'inconnu remarqua mon trouble et s'en voulut aussitôt que ces souvenirs me mettent dans un tel état.

— Pardonnez-moi, dit-il en se dressant à moitié pour me tendre la main. Je suis François Dupré…

Alors je me souvins.

— Le monsieur des hôtels ?

Ce raccourci sembla l'irriter.

— Si vous voulez, oui…

J'avais parfois croisé cet homme d'affaires délicat, petit-fils de peintre, qui avait fait fortune et possédait certains des plus beaux palaces de Paris. Je n'en étais que plus surprise de le trouver ici !

— Je suis comme vous, me dit-il sans ironie, ma vie ne s'est pas arrêtée en juin 1940. Mes hôtels ont continué de tourner, avec une clientèle essentiellement allemande… Je n'allais pas mettre des centaines de salariés à la porte, à l'heure où la France se serrait la ceinture…

Je ne pouvais qu'approuver son raisonnement, que j'entendrais si souvent dans les années d'après-guerre. À en croire certains épurateurs, la France aurait dû cesser de respirer dès l'invasion nazie et vivre en apnée jusqu'à l'arrivée des « libérateurs ». Mais la vie est – hélas… – moins binaire. Sans compter ceux qui surent jouer sur les deux tableaux, comme ces grands patrons du BTP qui édifièrent le mur de l'Atlantique avant de reconstruire les villes détruites pendant l'Occupation. La morale s'arrête devant la raison d'État.

Propriétaire du Plaza, du George V, du Regina et de quelques autres grands hôtels parisiens, François Dupré faisait comme moi l'objet d'une enquête. Et, comme moi, il avait été parqué à Drancy.

— Au moins, les gardiens y sont plus humains que les coupeurs de têtes de la préfecture, dit-il en désignant notre modeste alcôve. Ce sont de braves policiers, pas des communistes assoiffés de vengeance…

À ce mot, il désigna une petite vieille, recroquevillée sur elle-même, à trois mètres de nous. Elle sursautait dans son sommeil, comme si on la frappait. Je remarquai une tache étrange sur son front. Plissant les yeux, je m'approchai et frémis.

— Mais…, dis-je en me retournant vers Dupré, épouvantée.

— Oui, fit-il, navré. Nous vivons une charmante époque.

Ce n'était pas une tache, ni une mèche de cheveux figée, mais une cicatrice. Plus qu'une cicatrice, c'était une plaie encore suintante, purulente par endroits, qui figurait une croix gammée.

— On lui a fait ça sur une estrade, rue des Pyrénées, il y a un mois, avec la pointe d'un couteau de cuisine…

— Vous n'allez pas me dire qu'à son âge, elle a couché avec des Allemands ?!

Dupré secoua la tête de gauche à droite, fataliste.

— Sa fille est partie travailler en Allemagne, en 1943, et puisqu'elle n'est toujours pas rentrée, ils se sont rabattus sur sa vieille maman.

J'étais écœurée. Ainsi étaient mes compatriotes, ces bons Français cocardiers et généreux, si fiers d'avoir retrouvé leur liberté chérie. J'avisai l'ensemble de ce petit appartement dont on avait ôté les portes : partout, des lits avec des inconnues épuisées, tuméfiées, le bras en écharpe, qui restaient toutes silencieuses, les yeux fixés sur le plafond, comme les pensionnaires d'un asile psychiatrique. Il n'y avait ici que des femmes.

— Lorsque je suis arrivé, il n'y avait plus de place dans le quartier des hommes, m'expliqua Dupré. Et puis on a dû estimer que je n'étais pas une menace.

— Vive la France, murmurai-je en m'enroulant sous la couverture, la gorge nouée.

*

Je ne passai qu'une semaine à Drancy, mais ces sept jours semblèrent durer six mois.

Les prisonniers politiques et le délit d'opinion créent une ambiance étrange, faite de dépit et de dégoût. Nous n'étions pas dans un cénacle de surineurs, d'apaches, de détrousseurs. Une partie des « locataires » ne comprenaient même pas ce qu'ils fabriquaient ici. Si on croisait d'authentiques délateurs, des profiteurs assassins ou des miliciens sanguinaires, les proies les plus dangereuses se trouvaient ailleurs, dans de véritables prisons, quand elles n'étaient pas déjà fusillées. Drancy gardait son rôle de l'Occupation : une zone de transit. Ce purgatoire menait-il à l'enfer, au paradis ? Personne n'aurait pu le dire, mais il nous semblait vivre entre deux eaux. Nous errions dans cette cour sordide, ces couloirs délavés, le long de ces façades écaillées, tel un gigantesque poulailler.

On s'en doute, mon arrivée fut une attraction. Pour la plupart des pensionnaires, j'étais une vedette. Certains se sentaient fiers d'être emprisonnés avec Madame Sans-Gêne. L'autre « célébrité » était Tino Rossi, qui évitait de se mêler aux prisonniers mais que nous entendîmes chanter un bouleversant *Ave Maria*, le dimanche, lors de la messe obligatoire. Tino avait réussi à obtenir une pièce isolée, dans laquelle il restait enfermé toute la journée. Pour ma part, je dois avouer que cela me faisait du bien de jouer mon rôle. Autographes, anecdotes de tournages, secrets de coulisses, tous ces pauvres gens étaient avides d'étoiles.

— Et M. Gabin, il est comment ?

— Et Jules Berry, c'est vrai qu'il passe son temps au casino ?

— Dans *Le jour se lève*, on vous voit à poil, non ?

À ces questions, je répondais toujours volontiers, joviale, m'efforçant de faire des plaisanteries que la tristesse des lieux rendait aussitôt hilarantes, car les gens étaient prêts à tout pour un brin de lumière. J'étais même entourée d'une petite cour silencieuse et intimidée.

Je n'avais guère l'âme à jouer les divas, cependant cela m'évitait de trop réfléchir. L'image de Hans me hantait et je la repoussais, car j'y appliquais forcément tout ce que je vivais depuis quelques jours. Si tel était mon sort, quel serait le sien ?...

— Dans un lieu tel que celui-ci, il faut éviter de trop penser, me conseillait François Dupré, qui devint mon compagnon de misère.

Outre sa gentillesse et sa courtoisie, il était le dernier lien avec ma vie d'avant, et je m'accrochai à lui comme à une bouée. Je compris que je lui étais tout aussi indispensable. Lorsque l'un flanchait, l'autre le regonflait. Nous racontions nos souvenirs, comparions nos vies, si différentes. François était un grand bourgeois, moi une fille du peuple, néanmoins nous partagions la même déroute.

— Je suis vraiment heureux que l'infortune nous ait mis côte à côte, disait-il en désignant nos paillasses.

Plusieurs fois, je me demandai s'il allait avoir un mauvais geste, mais non. J'étais à ce point en manque de Faune qu'au plus noir de la nuit j'aurais pu accueillir un soupçon de douceur. Seulement l'horreur de ces lieux aurait rendu toute sensualité plus laide qu'un cadavre.

*

Le 28 octobre, sans explication, les policiers vinrent me chercher.

— Où m'emmenez-vous ? demandai-je alors qu'ils me conduisaient, avec d'autres détenus, vers une fourgonnette garée devant la porte du camp.

Apercevoir les rues de Paris à travers les vitres grillagées me fit une impression désagréable : la familiarité s'y mêlait à la crainte. Me conduisait-on dans une vraie prison ? Ou bien vers une exécution sommaire ? J'avais entendu tant d'histoires épouvantables, pendant une semaine…

Quand on nous fit entrer dans la Conciergerie, je devinai qu'après Drancy, je ne gagnais pas forcément au change.

— Pourquoi m'a-t-on amenée ici ? demandai-je au geôlier, tandis que l'on me poussait dans une petite cellule individuelle qui n'avait pas dû être nettoyée depuis l'Ancien Régime.

— Sans doute pour vous avoir sous la main…

— Ça veut dire que mon affaire avance ?

Le maton haussa les épaules.

— Ce que j'en sais, moi…

Puis il ferma la porte, me laissant avec mes doutes.

Kaouza m'envoya chercher quelques heures plus tard. Mon cas semblait l'intriguer... Ses questions furent exactement les mêmes, mais il se faisait un malin plaisir à les formuler autrement. J'évitai de répondre du tac au tac, car il rebondissait sur chacune de mes répliques comme si elle pouvait mener à une culpabilité. C'est lors de ces interrogatoires que je sortis certaines phrases passées à la postérité (et que je ne suis, avec le recul, pas sûre d'avoir prononcées).

À la question de Kaouza : « Comment allez-vous, Bathiat ? », je répondis mon célèbre « Pas très résistante », ce qui fit pouffer la greffière tout en laissant mon contempteur de marbre. Quant à ma tirade sur mon cœur qui serait à la France mais mon cul international, je suis bien en peine de dire si elle est de moi ; mais on ne prête qu'aux riches, non ?

Ce qui est certain, c'est que j'affectai une ironie de principe et un détachement hautain qui allaient devenir ma marque de fabrique. L'arrestation et la semaine à Drancy m'avaient immunisée contre la bêtise générale. Je ne cherchais plus à trouver de la logique à tout cela. Nous vivions des temps de paradoxe et de mensonge, et je devais m'y conformer, sans pour autant y perdre fierté ou raison. Il en fallait, pourtant, de la force d'âme, pour affronter cette folie générale.

Terribles et chaotiques, ces journées s'emmêlent dans ma mémoire. À force de vivre sous une lumière perpétuelle, la différence entre jour et nuit était ténue. Dès que je quittais ma cellule, je me sentais entourée d'un mélange de sympathie et de méfiance. Qu'ils fussent matons ou prisonniers, les plus modestes étaient flattés de me parler, s'inquiétant de mon sort. Cette empathie n'en était que plus horripilante aux yeux des autorités, lesquelles redoublaient de suspicion.

— Ici, il n'y a ni caméras ni public, me répétait Kaouza, lorsque je sortais de ma réserve pour lui envoyer un bon mot.

Ce type ne semblait pourtant pas jouir de la situation. Nulle vengeance tordue dans son attitude, mais le souci de bien faire.

— Nous avons reçu une belle lettre de M. Tristan Bernard, m'annonça-t-il sans émoi, le 2 novembre.

Je n'en savais rien et cette nouvelle m'émut profondément.

— C'est un vieil ami. Je l'ai aidé à sortir de Drancy, en 1943...

— En faisant intervenir vos « relations allemandes », compléta-t-il d'un ton pincé.

— Autant que ça serve, non ?

— C'est une façon de voir les choses...

Kaouza était terriblement retors. Ce qui pouvait jouer en ma faveur était une nouvelle preuve de culpabilité.

— Tristan et sa femme ont été libérés, non ? Sinon ils auraient été déportés avec tous ces malheureux...

— Que vos « amis allemands » déportaient chaque jour, en effet...

Je n'ajoutai rien, car il pilotait mes propos.

Kaouza replia alors le dossier devant lui et croisa les bras sur son bureau.

— Bon, je vais être honnête avec vous, mademoiselle Bathiat.

Cette précaution oratoire ne me disait rien qui vaille.

— Je vous écoute.

— La direction de la police judiciaire propose de vous libérer et de classer le dossier...

— C'est vrai ?!

Je n'avais pu retenir ce cri, qui dérida la greffière mais embarrassa Kaouza.

— Disons que les charges retenues contre vous relèvent de la juridiction de l'épuration du spectacle et non des tribunaux.

Je balayai l'objection d'un geste.

— Ça me va très bien !

Puisque je n'avais jamais tourné pour les Allemands, cela voulait dire que tout s'arrêtait maintenant.

Toutefois, Kaouza restait figé.

— J'ai l'impression qu'il y a un « mais ».

Il cligna des yeux et ouvrit un autre dossier.

— Quelles étaient vos relations avec le dénommé Goupil ?

— Pardon ?

Je ne comprenais décidément plus rien.

Kaouza sortit la photo anthropométrique d'un homme d'une trentaine d'années.

— Ça ne vous dit toujours rien ?

— Jamais vu…

Le préfet affecta un air soucieux et se renversa sur sa chaise pour fixer les rainures du plafond.

— Goupil était un résistant, prisonnier au Cherche-Midi, en 1943.

— Eh bien ?

— Il a été fusillé après qu'on est venu témoigner contre lui.

— Qu'est-ce que j'ai à faire là-dedans ?

— Le témoin, c'est vous…

— Moi ?!

Je crus tomber de ma chaise. Mes tempes se mirent à battre et mes mains tremblèrent si fort que je m'agrippai aux bras de mon fauteuil. Une réaction que Kaouza pouvait fort bien prendre pour un aveu ! Mais il m'observait en silence.

— Je n'ai jamais vu ce type ! Je ne connais rien de cette affaire ! Qui vous a dit que j'étais venue témoigner contre lui ?

— Doléans, le codétenu de Goupil.

J'étais si abasourdie que je ne trouvai rien à répliquer.

— Mais… mais… je ne connais aucun de ces deux types. C'est de la pure calomnie, ou alors de l'invention… ou simplement une erreur…

Kaouza était visiblement embêté :

— Je voudrais bien vous croire, Bathiat, mais c'est votre parole contre celle de Doléans. Vous imaginez bien qu'on ne peut pas vous relâcher avant d'avoir éclairci cette histoire.

— Eh bien, éclaircissez ! Éclaircissez ça aujourd'hui ! Maintenant !

Mon ton péremptoire l'irrita et il cogna du poing sur son bureau.

— Pensez-vous être en mesure d'exiger quoi que ce soit ?

Je ravalai aussitôt ma colère et, sans m'excuser, baissai les yeux. Le préfet s'amadoua.

— Le problème, c'est que des affaires comme ça, nous en avons des centaines. Et la vôtre n'a rien de prioritaire…

Je commençais à saisir.

— Ça veut dire qu'en attendant, vous allez me garder au frais ?

Kaouza afficha un air plus conciliant.

— Le service de la sécurité militaire accepte que vous soyez libérée, mais exige que vous occupiez une résidence surveillée, avec obligation d'émarger chaque semaine pour cause d'une « suspicion de dénonciation à l'ennemi ».

— Dénonciation à l'ennemi, répétai-je, incrédule…

— Nos services vont réfléchir aux modalités de cette assignation à résidence. D'ici là, sans éléments supplémentaires dans l'affaire Goupil, je n'ai plus besoin de vous…

Je quittai le bureau de Kaouza la tête en feu. Je ne comprenais rien à cette nouvelle accusation. Baiser avec un boche, j'assume ! S'il avait fallu le refaire, je n'aurais rien changé. Mais dénoncer un Français ?! Moi ?!

RACCORD

Une semaine plus tard, j'étais toujours dans le noir absolu. Aucune nouvelle de Kaouza, de cette « affaire Goupil » ou de ma possible libération sous contrôle. Je n'avais pas quitté ma cellule, en tête à tête avec mes doutes, mes peurs, mes fantômes. Jamais Hans ne m'avait autant manqué. À Drancy, je pouvais faire diversion, parler avec mes camarades de misère. Dans ma geôle de la Conciergerie, je n'avais d'autre choix que de me plonger dans un examen de conscience.

Au fil de ces journées, je gagnai en paranoïa. Ne disait-on pas, de cellule en cellule, que la justice était de plus en plus expéditive ? Untel s'était vu promettre une libération anticipée, pourtant on était venu le chercher à l'aube afin de l'emmener à Montrouge, où on l'avait fusillé !

Comment ne pas avoir le ventre noué lorsqu'au petit matin, j'entendais des pas résonner dans le couloir et parfois s'arrêter devant ma cellule ?

Quand la porte s'ouvrit, au matin du 9 novembre, je crus que mon heure était venue. Kaouza me fixait avec sa redoutable impassibilité, mais je crois bien qu'une lueur de plaisir traversa ses yeux en me voyant à ce point démunie.

— Habillez-vous.

Tandis que j'enfilais mes vêtements en tremblant, j'étais à nouveau ravagée de questions. Était-on venu me conduire au peloton ? Ou me libérer ?

— Ni l'un ni l'autre, m'annonça Kaouza tout en prenant place à côté de moi dans une voiture, conduite par un policier en képi.

Nous traversâmes la Seine. Il faisait un temps splendide, mais je me foutais bien de la météo.

— À quoi jouez-vous ? finis-je par dire, exaspérée par le silence de Kaouza.

— Je ne joue pas. C'est vous, la comédienne…

Bientôt, la voiture se gara sur le trottoir d'une rue en pente. Et lorsque je reconnus les deux silhouettes, mes larmes furent irrépressibles.

— Jacques ? Marcel ?

Très gênés, ne sachant s'ils avaient le droit de m'embrasser, Carné et Prévert me souriaient.

— Bonjour, Arlette…

— Vous en avez pour la journée ? demanda Kaouza sans même quitter la voiture.

— On devrait avoir fini à dix-neuf heures, répondit Marcel.

— Pas de bêtise, hein ? fit le préfet, comme il aurait sermonné des enfants.

Puis la voiture repartit, me laissant pour chaperon un policier de la préfecture, trop heureux de passer une journée dans les studios Pathé de la rue Francœur.

— Le montage est presque terminé, m'expliqua Marcel, mais il nous manque un raccord sonore…

— Et on ne pouvait rien faire sans ta voix, ajouta Jacques en pressant son bras contre le mien.

J'étais bouleversée de retrouver mes amis ! Voilà des semaines que je n'avais vu personne. À les entendre, Carné et Prévert n'avaient vécu que par et pour *Les Enfants du paradis*, à croire que les affres de la Libération ne les avaient pas atteints.

— Ce film va être magnifique, Arlette ! Et c'est ton plus grand rôle…

— Je risque de suivre sa sortie depuis ma cellule.

Jacques et Marcel affectèrent une moue complice.

— Tu avais tes entrées pendant la guerre, c'est nous qui avons le bras long, maintenant…

Carné baissa d'un ton, comme s'il ne voulait pas que mon policier à képi entende notre conversation. Mais celui-ci était de toute façon trop intrigué par les câbles, les caméras, les éléments de décor entassés autour de nous. Nous étions dans ces grandes salles vides, qui n'en étaient que plus étonnantes à découvrir.

— On sait que tu dois être assignée à résidence, reprit Jacques, et on est en train de t'organiser quelque chose de… confortable.

J'eus beau insister, il ne voulut pas m'en dire plus.

Cette journée fut très douce et très triste. Me replonger un instant dans l'ambiance des *Enfants* fit remonter mille souvenirs de l'an passé, les meilleurs comme les pires. Et je savais qu'une fois cette journée terminée, je retrouverais mon quotidien de misère.

— Puisqu'on te dit qu'on s'occupe de toi, Arlette, insista Jacques.

Je voulais croire à son optimisme, seulement j'avais appris à ne plus me réjouir.

Le retour au dépôt, le soir, fut terrible. J'avais entrevu la liberté, embrassé des êtres chers, et voilà qu'on me replongeait la tête sous l'eau.

Une nouvelle semaine passa, sans la moindre nouvelle. Chaque jour, j'essayais d'en savoir plus, interrogeant les matons, demandant à parler à Kaouza, mais je me heurtais à un mur.

— Soyez patiente, madame Arletty, tentait de me rassurer Léon, le maton de nuit.

— Mais si on m'avait menti ? Si c'était une nouvelle manière de me faire avouer ce que je n'ai pas commis ?

— Vous savez, dit Léon en appuyant son menton sur la tablette du petit parloir, la justice, c'est très bête, très con, très lent, mais ce n'est pas méchant.

Au soir du 16 novembre, lorsque Kaouza entra dans ma cellule, je crus à nouveau qu'il venait m'annoncer le pire.

— Bathiat, on vous change de château.

VIE DE CHÂTEAU

La Houssaye-en-Brie était un rêve un peu fou, un fantasme de nouveaux riches. Édifié au Moyen Âge, ce château avait conservé des douves impressionnantes, mais seule une aile avait survécu, rafistolée au gré du temps.

Jacques et Lélette Bellanger l'avaient acquis à la fin des années trente et se passionnaient pour cet édifice, à une vingtaine de kilomètres de Paris, près de Melun. Jacques était un baron du béton ; il avait même inventé un bitume particulièrement résistant, qui lui avait rapporté une fortune. Nous nous étions croisés de loin en loin, durant la guerre, car ils aimaient beaucoup recevoir chez eux, avec faste et sans souci des étiquettes politiques. Qu'ils se portent volontaires pour me recueillir ne m'en surprit pas moins…

Prévert et quelques autres bons amis avaient battu le rappel parmi nos proches, pour me trouver une retraite plaisante. Alors que la plupart s'étaient défilés – nous étions à l'automne 44 et la guerre n'était même pas encore terminée, comment leur en vouloir ? –, les Bellanger s'étaient aussitôt proposés.

— Ça nous a semblé évident, me dit Jacques, tandis que le fourgon de police repartait vers Paris.

Après ces semaines épuisantes, quel calme ! Nous étions tous les trois devant ce château de conte de fées, dont les contours se découpaient dans une nuit sans lune. Pas un son, sinon des bruits étouffés dans la forêt alentour, le murmure des poissons qui affleuraient des douves, et puis le vent caressant la cime des arbres, autour de nous.

— Nous sommes tellement heureux de vous rendre ce petit service, me dit Lélette, qui prit mon bagage.

— À cette heure-ci, le personnel est couché, précisa Jacques. Mais je me disais qu'une arrivée en petit comité vous serait plus agréable.

— Petit comité ? répétai-je en levant les yeux vers ce vaste bâtiment.

Jacques nous précéda dans l'entrée.

— Venez, mes amies. Ce n'est pas le moment d'attraper froid !

J'avais gardé un souvenir imprécis de ces vastes pièces, ces salons en enfilade, cette bibliothèque si riche, entourée de canapés où l'on rêverait de se blottir au coin du feu.

— Vous allez être bien, murmura Lélette en posant sa main sur mon bras.

Tous deux m'observaient avec satisfaction et une pointe d'orgueil.

— Attendez de voir la chambre, fit Jacques avant de s'engager dans le grand escalier aux murs couverts de portraits. Ce ne sont pas mes ancêtres, juste des tableaux chinés aux puces, mais nous les trouvions amusants.

Ma chambre se trouvait au bout d'un long couloir. Et lorsqu'ils me firent entrer dans cette pièce délicieuse, avec son grand lit à baldaquin, je fus au bord des larmes. Quelques heures plus tôt, j'étais encore sur ma paillasse de la Conciergerie !

Jacques traversa d'un pas vif et ouvrit grand la fenêtre. L'odeur végétale envahit la pièce.

— Nous l'appelons la « chambre du parc », elle donne directement sur les arbres.

J'étais sans mots, me laissant enivrer par les odeurs de la nuit, de la campagne, de la forêt.

Nouveau regard complice des Bellanger.

— Vous êtes ici chez vous, me dit Lélette.

— Reste à savoir pour combien de temps…, objectai-je en posant mon bagage sur le lit.

— Cela n'a aucune importance, répliqua Jacques. En ces temps si troublés, si les esprits libres ne se serrent pas les coudes, la vie n'a plus grand sens. Et nous sommes heureux de vous avoir sous notre toit.

— Et maintenant, bonne nuit, fit Lélette en effleurant ma joue de ses lèvres.

Puis tous deux s'éclipsèrent tels des elfes, me laissant au calme de ma nouvelle cellule.

*

Les Bellanger me traitaient à la fois comme une proche et comme une invitée de marque. Quelle que fût l'assemblée réunie, j'avais toujours la place d'honneur, je présidais le repas. Me sentant débitrice de mes bienfaiteurs, je jouais mon rôle avec application, ce qui n'avait rien d'un pensum. Au contraire, il régnait ici une légèreté telle que je n'en avais pas connu depuis des années. Et puis Jacques et Lélette s'assuraient toujours que je sois en bonne entente avec les amis qu'ils comptaient convier.

— Si vous ne l'aimez pas, il ne viendra pas…

Parmi les habitués de La Houssaye, en cet étrange hiver 44-45, Sacha Guitry occupait une place de choix. Il avait passé deux mois en prison et avait été libéré quelques semaines avant moi. Son cas n'avait toujours pas été réglé, mais il n'était pas assigné à résidence. Il était en revanche indésirable sur les scènes des théâtres et dans les studios de cinéma. Comme pour moi, on lui faisait payer une gloire jamais éteinte. Guitry avait pris trop de place, avec trop de talent, trop de succès, trop de femmes. Il fallait qu'il paye et l'occasion était si belle. Ôte-toi de là que je m'y mette !

Voilà pourquoi Sacha avait lui aussi de longues heures à perdre.

Un dimanche de janvier, alors que je demandais des nouvelles de Jacqueline Delubac, dont il était divorcé depuis déjà longtemps, il se lança dans une de ses diatribes contre les femmes. Habituée à ses bons mots, j'écoutais d'une oreille distraite, plus intéressée par les récits de mon voisin de gauche, l'étrange industriel lyonnais

Charles Gillet. Voyant qu'il perdait mon attention, Sacha eut un geste inédit. Sous la table, il saisit mon poignet.

— Mais vous me faites mal, voyons !

Guitry me fixait avec une expression que je ne lui avais jamais vue, à la fois dévorante et implorante.

— Arlette, depuis quelques mois, j'ai bien réfléchi et j'ai trouvé la solution à tous nos problèmes.

Où voulait-il en venir ?

— Eh bien ?

— Si on se mariait ?

J'avais commencé à boire une gorgée de pommard et crus que j'allais tout cracher sur la nappe.

— Vous et moi ?!

Guitry restait impassible mais luttait pour ne pas montrer son trouble.

— Je ne vous parle pas d'amour, bien sûr, plaida-t-il en retrouvant son flegme. Soyons pragmatiques : nous nous connaissons depuis vingt ans, nous nous sommes toujours bien entendus, nous saurons respecter nos territoires, nous partageons les mêmes amis et, si je puis dire, les mêmes valeurs. Un couple idéal, non ?

C'était mon tour de rester impénétrable. Je fixai Sacha sans un mot, moins pour lire en lui qu'en moi-même. En un sens, son raisonnement se tenait. Il y aurait même de nombreux avantages à cette union si inattendue. Pourtant, moi qui avais décliné tant de propositions, y compris celle de Faune, pourquoi deviendrais-je la cinquième Mme Guitry ?

Reposant le verre sur la nappe, où il fit une auréole rouge, je m'entendis répliquer :

— Et pourquoi pas ?

Sacha blêmit et, pour la première fois de ma vie, je le vis perdre ses moyens.

— Vrai ? fut sa seule réponse, incrédule.

— À une condition.

Aussitôt, il s'assombrit.

— Laquelle ?

— Que le pape célèbre nos noces.

Sous la table, sa main lâcha mon poignet. Puis, sans même rebondir, il retrouva un ton mondain et se pencha vers sa voisine de gauche.

Nous n'en reparlâmes jamais.

*

La vie à La Houssaye s'écoulait avec douceur, monotonie et confort. Mes geôliers de luxe se mettaient en quatre pour satisfaire mes désirs. Je m'efforçais d'ailleurs de me faire le plus discrète possible, pour ne pas déranger leur intimité. Mais lorsque je descendais plus tard le matin, que je m'isolais à dessein, ou que je faisais mine de vouloir leur laisser un peu d'espace vital, tous deux semblaient blessés, tels des amoureux éconduits.

— Venez plutôt jouer aux échecs, Arlette, me disait Jacques en tirant le plateau au coin du feu.

Et je m'exécutais, mi-figue mi-raisin, sans trop oser dire que j'aurais préféré rester plongée dans un des volumes de la bibliothèque.

Rarement j'avais autant lu. Je me frottai à d'innombrables classiques que je n'avais jamais eu le temps – ni le courage, ni l'envie – d'aborder : Voltaire, Renan, Byron, Dante, Schopenhauer ou encore mon cher Baudelaire accompagnaient ces journées parfois interminables.

Je passai de longues heures à marcher dans le parc, autour des douves ou sur les sentiers. Quel serait mon sort ? Cette « affaire Goupil » était-elle un prétexte pour me garder sous cloche ? Quand pourrais-je retrouver ma liberté ? Quand reprendrais-je le chemin des studios, de la scène ? Et puis Hans, mon beau fantôme, dont je n'avais toujours pas la moindre nouvelle…

— Le silence est souvent bon signe, tenta de me rassurer Lélette, un jour que nous chevauchions ensemble dans le parc.

— Pour moi, le silence, c'est la mort…

— Toutes les communications sont coupées, Arlette. On ne sait pas ce qui se passe là-bas, en Allemagne, à l'Est. Il faut être patiente. Et garder espoir…

Ce dernier mot me parut bien amer.

— Voilà longtemps que je ne l'utilise plus…

Une fois par semaine, le samedi, je devais aller signer un registre à la gendarmerie la plus proche, au village de Mortcerf, de l'autre côté de la forêt. Qu'il pleuve ou qu'il vente, je parcourais le trajet à pied ou à bicyclette. Certains gendarmes prenaient un malin plaisir à me faire attendre plusieurs heures sur une chaise, tandis que d'autres s'empressaient de m'apporter le registre et proposaient de me raccompagner en glissant mon vélo dans leur fourgon.

— Ce sont des gens simples, me disait Jacques. Il ne faut pas leur en vouloir…

Ce n'était pas à eux que j'en voulais, mais à la lenteur du processus judiciaire, qui me laissait dans une totale opacité. Un quidam n'aurait pas connu un tel sort.

— Vous auriez été tondue sur une estrade, m'objecta Lélette. Est-ce mieux ?

— Mais ensuite je serais rentrée chez moi…

— Vous n'êtes pas heureuse, ici ? rétorqua-t-elle, vexée.

Je me ravisai aussitôt, ce n'était guère le moment de blesser mon hôtesse. Si j'étais bannie de cette retraite, je n'en trouverais sûrement pas d'aussi douce.

— Bien sûr que je suis heureuse, Lélette. Mais vous savez comme moi que le film va sortir. Et ça me fend le cœur d'observer cela de loin… derrière les barreaux de ma jolie prison.

Au mot « prison », je désignai le parc déplumé. Nous étions en février et les arbres étaient de grands corps décharnés, fichés dans la glaise. Lélette savait combien je souffrais d'être exclue de la sortie des *Enfants du paradis*. Elle jetait même au feu tout journal qui en faisait mention. Il était pourtant impossible d'échapper à cette campagne publicitaire. Des reportages, des affichettes dans les magazines, des interviews des comédiens, tout y passait ! Brasseur, Barrault, Casarès, Carné, Herrand : chacun répondait aux questions des journalistes, soufflait des secrets du tournage, ouvrait l'appétit d'un public qui attendait ce film comme le Messie. Mais moi, rien… Pas une mention, pas même mon nom, en petit, sur l'affiche.

— On corrigera ça une fois que tu seras sortie d'ici, me rassurait Prévert, qui déjeunait au château presque chaque dimanche.

C'est lui qui me tenait au courant de l'avancée du film, et il rechignait à entrer dans trop de détails, sachant combien cela m'était douloureux.

— Nous avons fait une projection privée, le 22 décembre, et la réaction a été unanime : les gens ont adoré.

Puis Jacques corrigea :

— Ils *t'ont* adorée…

— Pas au point de me citer…

— Ne dis pas n'importe quoi. Garance est le pivot du film.

— Garance, oui. Pas Arletty.

— Ces controverses passeront, Arlette. La production nous a imposé cela, tu sais bien. Les gens sont encore à cran. Il faut les comprendre…

C'était la phrase de trop.

— Les comprendre ?!

Nous étions à table et les convives se turent. Le philosophe Emmanuel Berl et l'historien René Héron de Villefosse débattaient depuis une heure de l'histoire du Palais-Royal, mais mon cri leur coupa le sifflet.

M'essuyant la bouche d'un geste sec, je quittai la table en m'excusant à peine.

— Je suis fatiguée…

Puis je courus dans le parc.

Quelques minutes plus tard, Jacques m'y rejoignit, tel un amoureux éconduit. Il mâchonnait sa cigarette et vibrait de tics. J'étais assise sur un banc, face aux douves, et jetais des morceaux de pain rassis à un couple de carpes.

— Pardonne-moi, Arlette. Mes mots ont dépassé ma pensée.

— J'ai beau vivre en châtelaine, je suis sans amour, sans travail, sans liberté. Qu'on me laisse au moins être Garance…

*

La première des *Enfants du paradis*, le 9 mars 1945, eut lieu au palais de Chaillot.

— Le public n'en a pas eu pour son argent, m'avoua Prévert, lorsqu'il m'en fit le récit le dimanche suivant.

La salle n'était pas faite pour le cinéma et les conditions techniques furent déplorables : l'image était floue, le cache mordait sur les coins de l'écran et le son grésillait.

— Les gens sursautaient sur leurs fauteuils et certains se bouchaient les oreilles. Marcel a passé son temps à enjamber ses voisins, dans le noir, pour filer à la cabine de projection...

Au récit de Jacques, je ne pus retenir un rire mauvais.

— Sans compter qu'à mi-parcours, les spectateurs ont commencé à quitter la salle...

— Ça ne leur plaisait pas?

— Si, mais ils ne voulaient pas rater le dernier métro, et les invitations ne précisaient pas que le film dure trois heures... Il fallait voir la tête de Marcel lorsqu'on a rallumé les lumières sur une salle à moitié vide...

— Tu parles d'une soirée..., dis-je à Jacques, alors que nous étions assis près de la cheminée dans la bibliothèque de La Houssaye.

À mon sens, Jacques avait exagéré les anicroches pour apaiser mon dépit. Je me doutais bien que *Les Enfants du paradis* étaient une réussite, et il me suffit d'en lire les critiques, une semaine plus tard, pour en être amèrement convaincue.

La presse était enthousiaste! Sans souci de couleur politique, les critiques de tous bords encensaient le film, célébrant un chef-d'œuvre instantané. On louait la beauté des images, la justesse des dialogues, l'ambition du sujet, son originalité. Enfin, les comédiens étaient à la fête : les articles soulignaient combien chacun avait trouvé ici son plus beau rôle.

— Et moi, rien...

— Vous vous y attendiez, Arlette...

— Ça fait quand même mal.

Jacques Bellanger m'avait trouvée en train d'éplucher des journaux qu'il avait précisément isolés pour les jeter.

— Je voulais vous épargner ça. Je suis désolé..., dit-il en fourrant la grande pile dans la cheminée, où montèrent des flammes vigoureuses.

— Rassurez-vous, je ne trouve ces journaux qu'aux chiottes, et mon cul ne sait pas lire.

Jacques eut un rire gêné.

— J'en ai vu d'autres, vous savez ? repris-je. Je suis juste effarée que tous ces journaleux soient aux ordres, comme si je n'existais pas… Ils ont même dû se creuser la cervelle pour résumer le film sans jamais me citer, ni parfois mentionner mon personnage…

Jacques et Lélette étaient d'ailleurs allés voir le film, un soir de la semaine. Au départ, ils n'avaient pas osé me le dire, puis me l'avaient avoué.

— On ne voulait pas vous faire de peine…

J'étais à nouveau touchée par leur tendresse.

— Au contraire, racontez-moi…

Ils en rajoutèrent évidemment sur ma performance, mon personnage, ma « lumière », disaient-ils.

— Ce que Carné a fait est assez prodigieux ! Ce type est un génie…

À cette remarque, j'opposai un bémol, qui me serait confirmé quand je verrais le film quelques mois plus tard.

— Le verbe est dieu, vous savez, mes amis ? Après, il y a bien sûr un grand technicien qui fait le film. Dans *Les Enfants du paradis*, enlevez la pensée de Prévert, il reste quoi ? Des gens qui se baladent sans parler…

*

Le 8 mai 1945, la guerre s'acheva pour tout le monde, sauf pour moi. Le 30 mai, comme s'il n'avait que cela à faire, le ministre de l'Intérieur Adrien Texier confirma mon maintien en résidence surveillée.

— Mais qu'est-ce que je leur ai fait, Bon Dieu ?! demandai-je à mes hôtes, qui me trouvèrent en larmes, assise devant les douves.

— Rassurez-vous, Arlette. Ça ne doit plus être qu'une question de jours, me dit Jacques.

Désignant le parc alentour, Lélette ajouta que je devais profiter du printemps.

Je souris à mes bienfaiteurs, sans rien trouver à répondre. Je lus toutefois en eux une gourmandise un peu cruelle. Malgré leur compassion, ils n'avaient guère envie que je les quitte. Le triomphe des *Enfants du paradis* avait donné un sang neuf à leurs repas, car tout le monde voulait féliciter Garance… Et je dois avouer que ces louanges me faisaient du bien.

— Vous venez célébrer le fantôme ? disais-je avec ironie, à tous ces admirateurs.

— Ce film est magnifique !

— Vous avez de la chance. Moi, je ne l'ai pas encore vu ! répondais-je avec un éclat de rire forcé.

Les semaines passant, cette joie s'émoussa. Ma claustration se doublait du manque de Hans, dont la douleur ne s'apaisait pas. Je ressentis même, au cours du mois de juin, un désir de mort comme je n'en avais jamais connu. Je me dis qu'il se pourrait qu'un jour, ces douves me happent. Ne serait-ce pas une fin théâtrale pour une comédienne disgraciée ? Ma vie deviendrait un destin et la proscrite, une martyre.

Mais mon goût de la vie était plus fort que mon dépit, et j'ai toujours trouvé lâches ceux qui choisissent l'abîme.

L'AFFAIRE GOUPIL

Aux premiers jours de septembre, un inspecteur de la PJ vint m'interroger à La Houssaye. Il fallait voir la tête de ce petit bonhomme à moustache, qui ne voulut par ôter son imperméable alors que nous nous assîmes en plein soleil, sur les chaises de la grande pelouse. Il suait à grandes eaux et observait autour de lui, irrité par tant de beauté. Lélette lui apporta un verre d'orangeade, qu'il refusa d'un ridicule « Jamais pendant le service », avant de me regarder boire le mien avec une envie manifeste.

— Vous avez tort, c'est plein de vitamines.

Mais l'inspecteur Le Brun n'était pas là pour le plaisir.

— Pourquoi êtes-vous allée à la prison du Cherche-Midi, en 1943 ?

— Je n'y ai jamais mis les pieds.

— Comment connaissiez-vous Goupil ?

— Je ne l'ai jamais rencontré.

— Et Doléans, son codétenu, qui vous a reconnue dans les couloirs de la prison ?

— Jamais vu…

Un dialogue de sourds ! Notre échange était d'autant plus absurde que j'avais déjà tout dit à Kaouza, l'année précédente. Était-ce pour répéter cet interrogatoire stérile qu'on m'avait parquée ici pendant dix mois ?!

— La procédure est lente, madame Bathiat, grommela Le Brun en se levant de sa chaise de métal. Il jeta un dernier regard – dévorant d'envie – sur la belle pelouse, la cime des arbres, la silhouette du château.

— Nous reviendrons vers vous, dit-il en regagnant sa petite voiture qui attendait devant la grille. D'ici là, ne bougez surtout pas.

— Pauvre con, chuchotai-je entre mes dents.

Il fallut attendre encore un mois pour que je sois convoquée à la police judiciaire. La scène fut moins bucolique et l'inspecteur Le Brun semblait satisfait que les rôles soient inversés. Son imperméable était pendu à une patère, derrière lui, et il gardait les pouces coincés dans les revers de son gilet, comme un sous-chef de bureau chez Courteline.

— Cette affaire est épineuse, madame Bathiat, car c'est votre parole contre celle de M. Doléans.

— Mais il dit quoi, au juste, votre Doléans ?

Des curieux avaient passé le nez par la porte. « Les gars, y a Arletty ! »

Ces murmures ne firent qu'horripiler l'inspecteur.

— Doléans déclare que son codétenu, Goupil, travaillait pour l'Intelligence Service. Et ce même Goupil se serait vanté de vous connaître… *très intimement.*

La façon dont le flic insista sur ces mots m'exaspéra.

— Vous vous foutez de moi ? Je ne connais absolument pas ce…

— Laissez-moi finir !

Dans les couloirs, les murmures reprirent un instant : « Oula, ça barde ! »

— Toujours selon Doléans, Goupil a été interrogé par les Allemands, dans une pièce de la prison… Il se trouve que Doléans était précisément dans le couloir qui donnait sur cette pièce ; il attendait sur un banc qu'on l'appelle au parloir. Et depuis ce banc, il entendait les hurlements de son camarade…

— Et qu'est-ce que je viens foutre là-dedans ?

Le Brun restait incisif.

— À vous de me dire, madame Bathiat. Au bout d'un certain temps, Goupil a vu passer devant lui une « grande femme élégante » qui est entrée dans la salle d'interrogatoire. Elle y est restée un bon moment, et les cris ont été encore plus terribles. Le soir, dans la cellule, Goupil n'est jamais revenu…

C'est moi qui n'en revenais pas! La colère me donnait envie d'arracher les yeux de ce petit bonhomme si fade, qui ânonnait ses fiches.

— Et c'est pour ça que je suis assignée à résidence depuis un an?!

— Cette femme en noir, c'est vous, Bathiat. Vous connaissiez Goupil, Doléans vous a fermement identifiée.

— Mais je ne connais ni l'un ni l'autre, nom de Dieu!

— C'est ce qu'on verra la semaine prochaine…

Cette entrevue n'avait servi à rien, sinon confirmer l'absurdité de cette enquête.

Une semaine plus tard, le 2 octobre, la scène fut encore plus ubuesque car je m'y retrouvai aux côtés de la générale Nicolle et de la chère Lélette. Comme cela se fait toujours lorsqu'un témoin doit identifier un suspect, j'étais « mélangée » à d'autres femmes qui, de loin, auraient pu me ressembler. Cela permettait surtout de créer un doute salutaire dans l'esprit du témoin.

Et nous voilà, toutes les trois, debout comme des fusillés, dans cette petite salle de la PJ. Lélette était venue avec moi en voiture, et nous avions retrouvé la générale Nicolle, que je n'avais pas vue depuis des mois. L'hiver précédent, elle était venue me rendre visite à La Houssaye et, après un repas trop arrosé, m'avait avoué ses sentiments au détour d'une balade de nuit, dans le parc du château. Je m'étais efforcée de l'éconduire le plus courtoisement possible – c'était tout de même elle qui avait organisé mes premières planques, à la Libération –, mais sans ambiguïté. La pauvre générale en tomba des nues!

— Mais enfin, Arlette, j'ai toujours cru que…

— À cause de mon lien avec Antoinette?

— Entre autres, oui…

J'avais alors dû lui faire comprendre que si j'aimais la compagnie de sa basse-cour, je ne picorais pas forcément le même grain.

Blessée par cette métaphore, la générale repartit sans même me dire au revoir. Depuis, nous ne nous étions plus revues et elle avait été convoquée par la PJ sans que j'en sois informée.

— J'adore jouer les reprises de justice ! fit Lélette.

La générale était moins guillerette. Elle avait eu maille à partir avec la justice, à l'hiver 45, et était comme moi assignée à résidence.

— Il n'y a aucune comédie là-dedans, croyez-moi, dit-elle à Lélette d'un ton sinistre.

— Mesdames, je vais vous demander de vous taire…, fit l'inspecteur Le Brun, qui s'assurait que nous étions bien raides, bien droites, dans cette petite pièce grise dépourvue de meubles et de fenêtres. Faites entrer le témoin…

Une porte s'ouvrit et une silhouette se faufila, intimidée.

Le voilà donc, mon Doléans ! Un petit être chétif, sans saveur, sans relief, sans âge. En se grattant la gorge d'un air gêné, il chaussa des lunettes de métal dont il coinça les branches derrière ses oreilles et nous décrypta longuement.

Il s'approcha même de nous et nous examina, l'une après l'autre, telles des statues dans un musée. Nous sentions son haleine d'oignon cru et de fromage rance.

— Alors ? fit Le Brun, qui commençait à s'impatienter. Reconnaissez-vous la femme vue à la prison ?

Sans répondre, Doléans repassa devant nous, une à une, plissant les yeux, comme on tente de se repérer sur une carte routière. Puis il se tourna vers l'inspecteur et haussa les épaules.

— Ce n'est pas elles…

Le soulagement me fit tressaillir.

— Aucune des trois ?

— Non, confirma Doléans, terriblement embarrassé.

— C'est bon, vous pouvez sortir…

Tandis que le témoin disparaissait derrière la porte, Le Brun affecta une mine affable. Il semblait même enchanté de lui.

— Eh bien voilà ! Vous voyez qu'il ne fallait pas vous inquiéter, madame Bathiat.

Je n'en revenais pas de cette désinvolture !

— Vous voulez dire que l'affaire…

— Va être classée, en bonne logique.

Je fus prise d'un tel vertige que mes deux amies durent me soutenir.

— Apportez une chaise, nom de Dieu ! aboya la générale.

Pris de court, Le Brun blêmit et un flic fit aussitôt venir un tabouret, sur lequel je me laissai tomber.

— Un an ? dis-je à Le Brun, qui commençait à comprendre mon désarroi. Un an pour ça ?

— Ce sont des temps difficiles pour tout le monde.

*

L'automne 1945 fut une saison d'amertume et de dépit. Paris était libéré depuis un an, la guerre finie depuis six mois, mais l'atmosphère restait à la suspicion et la rancœur. La liesse des premiers temps avait fait place à la lassitude, car tout le monde comprenait que rien ne serait plus comme avant. Je suivais cela depuis mon cocon doré de La Houssaye, tout en sachant que le rationnement restait de mise, que les tribunaux n'en finissaient pas de condamner les « traîtres » et que la justice était souvent parodique.

Je dois avouer que je ressentis un dégoût profond lors de l'exécution de Pierre Laval, le 15 octobre. Outre mon affection pour Josée, que j'avais peu vue ces derniers mois, mais que je devinais terrassée par la nouvelle, je trouvai odieuse la façon dont il n'avait pas été jugé. Creuser la complexité de ce personnage, c'eût été mettre en avant toutes les ambiguïtés de la France pendant quatre ans.

Son exécution lamentable et tragique – à moitié mort, car il avait avalé une pilule de cyanure puis subi un lavage d'estomac – provoqua une gêne globale, même chez ses plus farouches opposants. Aux yeux de ces derniers, cette mort était à l'image de sa vie : ignominieuse.

Je me fendis d'une longue lettre à Josée, laquelle répondit par une photo de son père au dos de laquelle elle avait simplement écrit *« merci »*.

En comparaison, mes petites contrariétés étaient évidemment bien dérisoires, néanmoins je commençais à penser que le sort s'acharnait contre moi. Le 16 novembre 1945, alors que l'affaire Goupil avait été classée un mois plus tôt, mon astreinte à résidence fut renouvelée, sans la moindre explication.

— Nous n'avons pas à nous justifier, madame Bathiat, me dirent les gendarmes qui m'apportèrent l'ordre, à La Houssaye.

Les Bellanger tentèrent à nouveau de me rassurer, mais ils étaient à bout d'arguments. D'autant que cette nouvelle se doublait d'une autre crainte : ma libération ne garantirait pas mon retour sur les écrans. La commission d'épuration du cinéma n'avait toujours pas statué sur mon cas, et je pense qu'ils attendaient que je quitte La Houssaye pour commencer à s'y plonger.

Et puis, encore et toujours, l'absence de Faune.

Depuis des mois, par le biais d'un émissaire qui avait été notre messager dès la fin de l'Occupation, je faisais passer des lettres qui restaient sans réponse, comme autant de bouteilles à la mer.

— Une fois en Allemagne, elles suivent leur cours, Arlette, me dit-il au téléphone. Impossible d'en savoir plus. C'est un réseau de communication très discret et très étanche. Je n'en suis qu'un maillon.

Le 29 décembre, décidée à ce que ces mots soient les derniers, comme si je voulais tirer un trait sur cette année détestable, j'écrivis à Hans :

« *Faune*
Rien au monde...
Biche »

Deux semaines plus tard, contre toute attente, Lélette entra sans frapper dans ma chambre.

— Arlette ! Vous avez une lettre !

*

« *Ta pierre est sur mon cœur. Tu as été, tu es et tu seras toujours la seule et unique à la remplacer.* »

Combien de fois l'ai-je lue, cette lettre, au cours du glacial hiver 1946 ? Hans évoquait ici une petite topaze que je lui avais donnée, pendant la guerre, un soir qu'il allait repartir au front.

— C'est un petit peu de moi que tu auras au fond de ta poche…

Voilà tant de mois que je dialoguais avec un spectre. Savoir Hans vivant, en bonne santé et toujours amoureux changeait tout ! Le bonheur restait possible. Au vrai, une partie de ma conscience – la plus sombre, la plus désespérée – vivait mal ce retour de l'absent. À la longue, je m'étais habituée à mon sort et m'étais engluée dans l'inertie avec un confort morbide. Songer que tout pouvait renaître était à la fois excitant et terrifiant. Si le mauvais sort continuait de s'acharner sur moi, le prochain coup de boutoir me serait fatal. Aussi pourquoi m'imposer cette torture ?

— Chassez ces mauvaises pensées ! me dirent les Bellanger. Cette lettre marque la fin de votre calvaire.

Mes hôtes avaient raison. L'inaction des dix-huit derniers mois m'avait plongée dans une dangereuse apathie et cette lettre était la preuve que je devais, plus que jamais, prendre ma vie en main. D'ailleurs, mon imaginaire travaillait pour moi. Désormais, alors que je l'avais volontairement exclu de mes rêveries, je me projetais avec Hans. Sa silhouette apparaissait, éclatante et victorieuse, dans tous les plans que je tirais sur la comète.

Afin d'accélérer la procédure qui me gardait encore à La Houssaye, j'engageai un avocat.

— Votre cas est absurde, me confirma-t-il. Aucune charge n'est retenue contre vous. C'est comme le fait du prince.

Je ne saurai jamais s'il fut d'un quelconque appui pour ma libération, mais je reçus le 18 mars 1946 une annonce officielle de remise en liberté, signée par le ministre André Le Troquer en personne.

Très échaudée par mes récentes expériences, je dus relire avec circonspection la lettre que me tendaient les gendarmes. Eux-mêmes furent surpris par ma méfiance.

— Réjouissez-vous, mame Bathiat. C'est bon, vous êtes libre…

Nous étions devant le château, le printemps pointait son nez et Lélette sortit aussitôt une bouteille de champagne, à l'enthousiasme des deux képis. Si l'on m'avait dit que je trinquerais un jour avec les types qui m'avaient fait émarger chaque semaine, je ne l'aurais pas cru.

— Sans rancune, mame Bathiat !

— C'est du dom pérignon, précisa Lélette.

— Pas mal. Mais ça ne vaut pas un bon crémant.

— Aux innocents les mains pleines..., ricana Lélette.

Innocente, je l'étais aussi, mais il avait fallu un an et demi pour que l'administration le reconnaisse. Sans compter qu'il faudrait encore un mois pour que soit confirmée mon autorisation de libre circulation.

— Ce sera rapide, ça, bégaya le premier gendarme en titubant jusqu'à la grille. Faut que le préfet de police contresigne l'autorisation de remise en liberté, puis on vous l'apportera en main propre.

— Comme ça, on ouvrira une autre bouteille ! ajouta son compère, enchanté de cette perspective.

Lélette et moi les regardâmes partir, bras dessus, bras dessous, et je ne pus m'empêcher de grommeler :

— Elle est jolie, l'après-guerre...

Le 20 avril, les deux guignols m'apportèrent le fameux document. Cinq jours plus tard, je quittai La Houssaye. Les Bellanger furent élégants jusqu'au bout, facilitant mon départ, organisant chaque détail, me prêtant leur voiture, leur chauffeur, pour que tout se passe pour le mieux.

— Vous nous avez donné de grandes joies, Arlette, dit Lélette en me serrant contre elle.

— C'était un honneur de vous avoir chez nous, ajouta Jacques.

À les entendre, c'était à eux de me remercier !

Détestant les longs adieux, je lançai d'un ton jovial :

— Rassurez-vous, à la prochaine épuration, je me réfugie chez vous.

LIBÉRÉE !

Libre, nom de Dieu ! Dormir seule, sans personne pour me suivre, me surveiller. Tandis que nous entrions dans Paris, par la porte de Bagnolet, ce sentiment me parut vertigineux. J'étais si enivrée que, lorsque la voiture me déposa devant l'hôtel Regina, rue de Rivoli, mon cœur s'accéléra. N'était-ce pas là l'ultime fourberie d'une justice cruelle, qui allait me passer les menottes sitôt que je serais sur le trottoir ? Mais l'homme qui m'ouvrit la portière n'avait rien d'un policier.

— Arlette, dit-il en me baisant la main.

— François, nous avons fait du chemin depuis Drancy.

François Dupré avait été libéré quelques jours après moi. Ne faisant l'objet d'aucune accusation, il avait pu reprendre son activité, récupérant sans encombre son chapelet de palaces. Alors que nous étions encore prisonniers, cherchant à me donner un peu d'espoir, il m'avait souvent répété que j'aurais toujours chez lui une chambre d'*amis*.

Quand la date de ma libération avait été confirmée, j'avais appelé mon compagnon de cellule.

— Chère amie, je n'ai qu'une parole.

Difficile de faire plus central que la place des Pyramides. Les théâtres étaient à deux pas, les bons restaurants à un jet de pierre, la Seine à cinq minutes : c'était parfait ! Après une aussi longue absence, je comptais me rattraper. D'autant que la fameuse effervescence de l'après-guerre battait son plein et que les nouveautés pullulaient. Pièces, films, musiques, bars, je voulais profiter de tout, et sans attendre !

— Sois prudente, m'avertit pourtant Prévert, qui fut parmi les premiers à venir boire le thé dans ma suite.

— Je suis libre, non ?

Jacques contempla ma magnifique vue sur les Tuileries et objecta que mon cas faisait toujours grincer des dents.

— Les jaloux ne sont pas morts, Arlette. Et tu n'es pas encore passée devant la commission d'épuration.

J'eus le sentiment qu'il m'enfonçait la tête sous l'eau.

— Ça ne s'arrêtera donc jamais ?

Timidement, Prévert s'approcha et prit ma main.

— C'est le bout du tunnel. Et tu n'es pas la seule, je te rassure. Dès que c'est réglé, tu es dans notre prochain film.

Carné achevait le tournage des *Portes de la nuit*, sur un scénario de Jacques, mais ce dernier songeait surtout au film suivant, un sujet qui lui tenait à cœur depuis l'avant-guerre et dont il m'avait souvent parlé :

— Une histoire d'évasion dans un bagne pour enfants, sur une île de Bretagne. Ça peut faire un film magnifique...

Sortir du silence avec un premier rôle dans le nouveau Carné-Prévert, je ne pouvais rêver mieux. Néanmoins ce ne serait pas pour tout de suite.

— Reprends tes marques, Arlette. Fais en sorte que l'on se souvienne de toi, mais que l'on... *gomme* ce qui dérange.

Autant me demander de renoncer à tout ce qui m'animait. Je savais qu'il fallait faire oublier mes amours, ma légèreté, mon inconséquence. Ma liberté, en somme. J'avais cependant enduré trop de souffrances pour tirer un trait sur l'homme qui m'avait rendu possible cette traversée du désert : Hans.

Au contraire, étant sans travail, j'avais tout loisir de me consacrer à lui. Faune vivait désormais dans une petite ville de Bavière, Marquartstein, non loin de la frontière autrichienne, où il était plus ou moins assigné à résidence. La zone étant sous occupation américaine, cet ancien officier de la Luftwaffe devait forcément passer par les autorités yankees pour obtenir la moindre autorisation. Il partageait là-bas le quotidien d'une petite société de proscrits artistes, et profitait de cette claustration forcée pour se lancer dans son plus ancien projet : un roman.

Nous nous écrivions désormais à un rythme régulier.

À la mi-juillet, dans une lettre-fleuve, il me demanda à nouveau de l'épouser. Jamais ce sujet n'était revenu entre nous, depuis ce petit mot laissé sur ma table de nuit à son départ pour l'Italie. Je restai au moins trois jours perplexe, anxieuse, devant le bureau de ma chambre. Le papier était sous mes yeux, la plume dans ma main, mais les mots ne sortaient pas. Hans me suppliait de ne pas prendre sa demande à la légère, de ne pas y répondre par une boutade. Maintenant que la guerre était finie, rien ne s'opposait à cette union qu'il désirait depuis si longtemps.

Rien… sauf moi.

Non sans amertume, je songeai à la pitoyable proposition de Sacha Guitry, un an plus tôt. N'était-ce pas le moment de sauter le pas ? Le couronnement de cette passion si belle et profonde ? Et puis merde aux pisse-froid qui ne manqueraient pas de moquer notre différence d'âge. Hélas, mes vieux démons remontaient et le spectre de Ciel s'imposait dans ma mémoire.

Je ne dis rien… Ma réponse parla de mille autres choses : je lui décrivis ma récente installation dans un autre fleuron de l'empire Dupré, le Plaza Athénée ; je parlai des retrouvailles avec mon vieux Jean-Pierre, bien silencieux depuis la Libération ; j'évoquai *L'Île des enfants perdus* de Carné et Prévert, que la commission d'épuration rendait encore très hasardeux.

Avec le recul, je pense que si je me sentis incapable de donner une réponse claire à Hans, c'est que nous ne nous étions pas vus depuis trop longtemps. Avant toute chose, il fallait nous retrouver, nous toucher.

La guerre était finie, mais l'Allemagne restait une terre sensible, où les zones d'occupation militaire étaient soumises à des règles très strictes. La dénazification était loin d'être terminée, tout comme le procès de Nuremberg qui suivait son cours, terrible et effarant.

J'étais pourtant déterminée à rejoindre Hans dans ce petit village des montagnes bavaroises, dont il me dressait un tableau si bucolique.

Le beau rêve s'écrasait hélas devant le cauchemar administratif. Il fallait surtout que je passe devant la commission d'épuration du spectacle. Allais-je être à jamais bannie des écrans français ?

— Peut-être pas..., murmurai-je, à la fois soulagée et anxieuse, en recevant un courrier aux premiers jours de novembre.

Enfin j'allais connaître mon sort. J'avais rendez-vous le surlendemain, à dix heures du matin...

CONSEIL DE DISCIPLINE

Combien de camarades étaient passés avant moi, dans cette salle sans charme du ministère des Beaux-Arts ? Trois maigres ampoules pendaient d'un plafond lézardé, évoquant du papier tue-mouches, et se balançaient tels des condamnés au bout d'une corde.

J'étais ponctuelle mais ils me fixaient comme si j'avais une heure de retard.

— Asseyez-vous.

Une petite chaise faisait face à la haute table en surplomb.

Ils étaient cinq, qui m'attendaient comme un jury de conservatoire. Je ne savais pas du tout à qui m'attendre. En règle générale, les comédiens qui versent dans la revendication politique sont des artistes que leur médiocrité rend dispensables. À défaut de talent, ils brandissent leurs droits. Ce sont des personnalités nécessaires, mais si l'on creuse leurs motivations, on trouve bien souvent de l'amertume, de la frustration et des échecs répétés. Un artiste en berne devient critique ou bureaucrate.

— Armand ? dis-je en reconnaissant ce bon vieux Lurville, qui rougit et plongea dans ses dossiers.

Armand Lurville était l'un de ces « excentriques » du cinéma français, qui butinaient d'un film à l'autre, rarement plus d'une scène. Ce vétéran du cinéma muet avait trouvé son plus beau rôle dans celui du juge de *La Passion de Jeanne d'Arc*. Nous nous étions connus sur le tournage d'*Hôtel du Nord*, où il incarnait le commissaire qui me met au trou. Juge et flic : des rôles prémonitoires !

— Toujours du côté de l'ordre, ne pus-je m'empêcher de lui dire, sans que les autres membres de l'assemblée comprennent l'allusion.

Ceux-ci n'étaient pas directement liés à l'industrie du spectacle. Le président de la commission était le dénommé Maurice Côme, avocat à la cour d'appel de Paris. Les trois autres étaient des techniciens cégétistes, venus vérifier qu'on respectait les directives du parti des fusillés.

— Mademoiselle Bathiat, Léonie, dite Arletty, née à Courbevoie le 15 mai 1898, etc., etc., etc.

D'une voix chevrotante, le président se lança dans un assez long résumé de ma vie et de ma carrière, ce qui ne semblait guère passionner les trois clampins. Armand finit par croiser mon regard et ne put retenir un sourire amical, qu'il ravala aussitôt.

Alors que je m'attendais à devoir défendre pied à pied mes choix, rappeler chacun de mes actes pendant la guerre, je fus surprise d'entendre le président faire les questions et les réponses.

— La présente commission admet que Mlle Bathiat, Léonie, dite Arletty, n'a participé à aucun voyage de propagande, qu'elle n'est intervenue dans aucune émission de radio, qu'elle n'a prononcé aucune déclaration antialliée…

J'étais à la fois soulagée et irritée. On m'aurait fait poireauter si longtemps pour entendre ce constat d'évidences ?

Lurville sortit alors de son mutisme pour rappeler à la commission que j'avais également intercédé auprès des autorités afin de faire sortir Tristan Bernard de Drancy.

— Mlle Bathiat et M. Sacha Guitry ont évité à ce grand dramaturge une mort certaine…

Je me rappelai alors qu'Armand s'appelait Baruch Josephson, et qu'il avait déserté les plateaux de tournage pendant l'Occupation…

— Eh ben, donnez-moi une médaille de la Résistance, dis-je sur un ton gouailleur, croyant le réquisitoire achevé.

Le jury se raidit et perdit toute aménité. Je me sentis blêmir, car j'avais parlé trop vite. Mon satané caractère avait encore joué contre moi.

Claquant du doigt en direction du fond de la salle, où roupillait un huissier à cordelettes, le président ordonna d'un ton sec :

— Faites entrer le témoin...

Je sursautai.

— Un témoin ?

Lurville me dévisagea. Ses yeux n'exprimaient aucune agressivité mais m'intimaient de laisser passer l'orage.

La porte s'ouvrit lentement, comme si tout tentait d'éprouver mes nerfs. Puis la silhouette s'approcha avec timidité.

— Bonjour, madame..., fit-elle, manifestement gênée de se retrouver à côté de moi.

Je ne savais plus quoi penser. Je n'avais pas vu Marie depuis ma fuite du quai de Conti, le 20 août 1944. J'avais une brûlante envie de la serrer dans mes bras. Néanmoins, j'étais forcément méfiante : témoin privilégiée de mon intimité, Marie Lelizour était-elle ici à charge ou à décharge ?

— Lelizour, Marie, jurez-vous de dire toute la vérité, rien que la vérité...

— Je le jure, marmonna la vieille femme.

Commença un interrogatoire embarrassant, auquel Marie répondit avec précision, sans jamais affecter un ton ambigu ni vengeur. Elle racontait ce qui s'était passé avec une honnêteté qui força mon respect.

À mesure que son témoignage avançait, je me sentis regagnée par une affection profonde.

Le jury ne la ménageait pourtant pas. Après l'avoir interrogée sur les invités du quai de Conti – les noms de Céline, Chambrun, Morand, Le Vigan firent évidemment tressaillir –, ils lui demandèrent si je recevais des dignitaires allemands.

— Jamais !

— Et le lieutenant Soehring, alors ? s'étonna Maurice Côme.

— Lorsqu'il venait chez madame, le lieutenant Soehring ôtait son uniforme et devenait *monsieur*.

La réplique amusa Lurville mais, avec un regain d'agressivité, les trois cégétistes se permirent alors des questions, parfois très indiscrètes, sur la nature de mes relations avec Faune. Je devais enfoncer mes ongles dans mes paumes pour garder le silence.

— Ne me faites pas dire ce que vous aimeriez entendre ! s'énerva Marie. L'amour et la politique sont des choses bien différentes. Si l'on faisait l'un et l'autre en même temps, le monde aurait sans doute une autre bobine.

À nouveau amusé, Lurville en profita pour prendre la parole :

— Madame Lelizour, puisque vous étiez aux premières loges, avez-vous jamais entendu le lieutenant Soehring – ou *monsieur*, comme vous l'appelez – tenir le moindre propos qui ait pu attenter à la sûreté de l'État ?

Ainsi formulée, la question était la preuve de son absurdité, et je soupçonne ce bon Lurville de l'avoir fait exprès.

— Madame n'est pas Mata Hari, répondit Marie. Et heureusement qu'elle ne s'est jamais mêlée de politique. La connaissant comme je la connais, je peux vous dire qu'elle aurait sûrement préféré tomber amoureuse d'un autre homme. Elle n'en serait pas là aujourd'hui. Mais l'amour n'est pas une science exacte et c'est sur monsieur que c'est tombé. Il y a des choses qu'on ne choisit pas, vous savez ?

— Rien ne l'obligeait à nouer des liens avec un officier ennemi, objecta l'un des cégétistes, furieux.

— On voit bien que vous n'avez jamais été amoureux, vous...

Le technicien allait se récrier mais demeura sans voix. Cette saillie sonna le glas de l'interrogatoire et l'on fit sortir Marie. Alors que je voulus tendre la main, elle détourna étrangement la tête et quitta la salle sans un mot. J'en eus le cœur serré, toutefois j'avais bien compris que Marie avait depuis longtemps refermé sa « parenthèse Arletty ».

Restait à connaître mon sort...

Après un assez long moment, durant lequel les cinq messieurs chuchotèrent à couvert sans pour autant me demander de quitter la pièce, le président se tourna vers moi, livide.

« Eh merde... », me dis-je, bandant tous mes muscles.

Il se lança alors dans une de ces litanies comme seuls les magistrats en ont le secret, à coups de « eu égard » et autres « attendu que », pour achever d'un ton presque distrait :

— La commission sanctionne donc Mlle Bathiat Léonie d'un blâme.

À nouveau, j'étais sans voix. Un blâme ? Comme un coup de règle sur les doigts ? Cent lignes à copier : « Je ne dois pas tomber amoureuse d'un officier de l'armée d'occupation. »

L'angoisse, les nuits sans sommeil, l'interdiction des studios : tout ça pour ça ?! Une sanction pour figurante. J'en étais blessée pour Hans. Notre passion flamboyante, illicite, ne valait guère plus qu'une pichenette.

Tandis que je quittais la rue de Valois, Lurville tenta de m'arrêter :

— Arlette, on boit un pot ?

Je ne me retournai même pas, grognant :

— Fous-moi la paix, Armand. J'ai besoin d'être seule avec mon blâme.

*

J'étais si furieuse que mon talon martelait le trottoir de la rue Saint-Honoré. Certains passants se retournaient, surpris ou amusés.

— Regarde, c'est Arletty…

J'avais décidé de rentrer à pied et me moquais qu'on me reconnaisse. Il fallait digérer la nouvelle et l'enfouir au plus profond de moi.

Nous vivions une époque d'iniquité et de vengeance : Suzy Delair interdite trois mois et Darrieux qui passe entre les gouttes. Elle était forte, la petite Danielle. Toute sa vie, elle resterait du bon côté de la barrière, alors que nous trinquions aux mêmes cocktails. Mais aux heures sombres, elle avait choisi un playboy et moi un officier. Question de style… Quand bien même, ces condamnations étaient une roulette russe. Trenet et Tino Rossi auraient maille à partir avec la justice alors que la Môme Piaf, cette abominable punaise, avait passé la guerre dans un bordel à deux pas de la rue Lauriston, et se gobergeait grâce au marché noir, avec les caciques de la Gestapo française. La Libération la trouverait quasi résistante et donneuse de leçons. Pouah ! Décidément, la justice était à plusieurs temps et tout dépendait de qui on connaissait, à quel moment et selon quel angle.

Animée de ces noires pensées, j'entrai dans le hall du Plaza sans prêter attention à la réceptionniste.

— Madame Arletty, fit-elle une première fois, alors que je me dirigeais vers l'ascenseur.

Elle m'appela une bonne dizaine de fois et il fallut que le groom, sous son petit calot rouge, me tire de l'apathie.

— Quoi ? Qu'est-ce qu'il y a ? aboyai-je, aussitôt gênée du ton de ma voix, car tout le hall se retourna.

— Il y a eu un appel pour vous, ce matin, balbutia la réceptionniste en me tendant un papier.

Si j'avais pu étrangler quelqu'un, sans doute l'aurais-je fait. Il arrive que des journées soient des catastrophes en chaîne. Je n'avais pas entendu sa voix depuis trente mois et il téléphonait au moment précis où je n'étais pas là !

— M. Soehring a dit qu'il rappellerait dimanche, murmura la réceptionniste.

Sans répondre, je montai dans l'ascenseur et grommelai :

— Un blâme, nom de Dieu… un blâme…

HANS

La voix disparaît de la mémoire. On se rappelle plus facilement un visage, des gestes, une odeur, alors que le timbre se noie dans le brouillard. Je suis souvent peinée d'avoir oublié la voix des géants du théâtre qui n'ont pas daigné faire de films. Voilà pourquoi celle de Hans, au matin du 10 novembre 1946, après deux ans et demi de silence, me sembla étrangère.

— Faune, c'est bien toi ?

— Tu ne me reconnais pas ?

Après tant de lettres, tant de mots pensés et pesés, tant de phrases ciselées, la spontanéité était difficile. La présence immédiate, physique, se passe de mots. Là, il fallait lutter contre une froideur technique, qui rendait les silences presque hostiles. Le lyrisme d'une missive n'a pas lieu d'être et les serments perdent toute saveur au téléphone. J'obliquai donc vers ce qui nous occupait vraiment : nos retrouvailles.

— Un ami producteur doit me présenter un militaire, le colonel Thomas, qui va me procurer un laisser-passer pour te rejoindre en Allemagne…

Je m'attendais à un cri de joie et n'eus droit qu'à un silence embarrassé.

— Venir ici ? Toi ?

— On dirait que cela ne te fait pas plaisir…

— Si, bien sûr ! se reprit-il aussitôt. Seulement, je me méfie des promesses, car je n'en peux plus d'attendre en vain…

Cette réponse me rassura. Hans était comme moi, échaudé par l'espérance. Il se gardait de tout enthousiasme superflu.

— Quand penses-tu venir ? demanda-t-il avec anxiété.

— Cela dépendra des transports, des frontières, des autorisations. Mais je vais tout faire pour passer Noël avec toi.

Ce disant, je croisai les doigts. Néanmoins, les temps avaient enfin changé, la guerre était finie et c'est presque avec incrédulité que je montai, au soir du 23 décembre 1946, dans un train de nuit qui filait à Munich.

*

Je n'avais pas pris le train depuis mon retour de Nice, au printemps 44. Tellement de choses s'étaient passées, entretemps. La Libération, la séparation, les prisons, les humiliations. À dire vrai, j'étais terrorisée par ces retrouvailles. Hans avait quitté une vedette au sommet de sa gloire, il allait retrouver une star déchue de quarante-huit ans. Serait-il déçu ? À quoi s'attendait-il ? Quels seraient ses premiers mots ? Serions-nous seulement capables de parler ? Ne faudrait-il pas plutôt s'étreindre, se serrer l'un contre l'autre, se taire ? Il y avait eu tant de mots, depuis deux ans et demi. Tant d'attente, de déceptions. Mais c'était plus fort que moi, les idées s'entrechoquaient dans ma tête et j'étais telle une pile électrique sur le lit de ma couchette, quand le doux chaos du train aurait dû m'endormir.

Les pensées, les images, les souvenirs, me gardèrent éveillée durant tout le voyage. Heureusement, le bonheur est une cure de jouvence. Lorsque je descendis sur ce petit quai de campagne, au milieu d'une nature enneigée, j'étais aussi fraîche qu'après neuf heures de sommeil. Après tout, je dormais depuis trente mois.

*

Les oreilles, d'abord. Elles me semblèrent plus pointues, plus effilées. La figure s'était creusée, comme si les yeux cherchaient à aller plus loin ; ils en avaient trop vu, trop supporté. L'ensemble avait gagné en profondeur, car les traits s'étaient émaciés.

— Il a grandi, murmurai-je.

J'avais quitté un enfant, je retrouvai un homme.

Adossé à cette petite barrière blanche, Hans me contemplait. Je l'aperçus dès ma descente du train et ne m'offusquai pas qu'il reste immobile, qu'il ne se précipite pas pour m'aider, qu'il me laisse porter ce petit sac de voyage. Lui aussi avait dû écrire mille et mille fois le scénario de nos retrouvailles et voulait que tout obéisse à ce dont il avait rêvé, depuis notre séparation. Après tout, j'étais chez lui : à moi de me conformer à son film.

Il y avait bien peu de gens qui descendaient en gare de Marquartstein, et les rares voyageurs avaient déjà retrouvé leurs proches ou leurs voitures. Le tortillard avait repris sa route, après un grand coup de sifflet, et nous fûmes bientôt seuls, sur le petit quai gelé.

— Ne glisse pas, furent ses premiers mots, tandis que j'avançais vers lui, peinant à trouver l'équilibre.

Hans était sanglé dans une grosse veste bavaroise à boutons de corne, mais il avait ôté son chapeau de feutre, qu'il gardait coincé sous son bras, comme un stick d'officier. Sa culotte de peau s'enfonçait dans de hautes bottes beiges, et ses gros gants lui faisaient des pattes d'ours.

Autour de nous, la nature était magnifique. Le soleil se reflétait sur les glaciers, les montagnes, les sapins, le toit des maisons, le clocher à bulbe de l'église. Pas un nuage dans le ciel et pas un son, car la neige étouffait tout, comme si nous étions dans une nature de coton.

De l'autre côté de la barrière passa un joli traîneau à cheval, où une famille riait des cahots de la route.

— Je croyais que tu aimais Wagner et nous voilà dans *L'Auberge du Cheval-Blanc*…

Avec un immense sourire, Hans rétorqua que Wagner avait disparu sous les bombes, comme Hitler.

— Bon débarras ! dis-je en me jetant sans ses bras.

Le baiser que nous échangeâmes n'avait rien d'une opérette.

Combien de temps restâmes-nous ainsi, sur ce quai, enlacés ? Nous étions comme les amoureux à la fin des *Visiteurs du soir* : une statue. Je ne pensais à rien, strictement rien, et cela ne m'était pas arrivé depuis longtemps. L'abandon, le ravissement. Je n'existais plus. Je faisais corps avec les lieux, le ciel, les arbres, ce quai, cette barrière, ces montagnes, et puis cet homme prêt à me broyer. La scène aurait eu tout d'un cliché si elle n'avait pas été d'une beauté douloureuse. Nous avions le sentiment de rattraper ce que nous avions perdu depuis notre séparation. Cet instant devait s'éterniser, se figer à jamais, comme si nous devinions qu'il serait sans doute le plus beau, et peut-être le dernier, de cette passion si étrange. Pas un mot n'était échangé, pas même un regard puisque nous fermions les yeux. Mais tout en nous chantait, criait, hurlait le bonheur et la terreur de ces retrouvailles. Était-ce bien lui, qui m'enserrait tel du lierre ? N'allais-je pas me réveiller dans ma chambre du Plaza, ma geôle de la Conciergerie ? Et lui, qui tenait-il entre ses bras ? Une femme, une actrice, une passante, une inconnue ?

Hans nous avait réservé une chambre dans le plus bel hôtel de la ville. Il habitait une maison voisine, avec une bande de jeunes passionnés de littérature qui s'étaient baptisés « Les Conjurés », toutefois il ne voulait pas que ce phalanstère fût le théâtre de nos retrouvailles.

— Ils sont adorables, mais ils entrent dans ma chambre pour un oui ou pour un non…

Voilà pourquoi nous nous installâmes dans ce ravissant chalet blanchi à la chaux dont la façade était ornée de bois de cerf. Avec ses édredons épais, ses fauteuils à coussins et cette cheminée où le feu ronflait chaque soir, notre chambre était un appel au repos. Le matin, des femmes de chambre blondes et nattées nous apportaient un chocolat fumant et ouvraient nos fenêtres sur une nature splendide en barrissant : « *Grüss Gott!* »

— C'est dans cet hôtel, et je crois même dans cette pièce, que Richard Strauss a composé *Le Chevalier à la rose*…

— Tu sais, moi, l'opéra…

Hans se rappela les soupirs que je poussais lorsqu'il m'emmenait au concert, à Paris.

— Ce que je veux dire, Biche, c'est que c'est un lieu propice à l'inspiration…

Tous les matins, lorsque je dormais encore, mon amant quittait mes bras et se faufilait à un petit bureau, où il allumait une bougie et écrivait en silence. Si je me réveillais, je me gardais bien de le déranger et observais sa jolie nuque, penchée sur sa feuille. Son corps entier semblait concentré. Parfois il se tournait vers la fenêtre et je voyais ses jolis traits éclairés à la seule flamme de la chandelle. Une vision incroyablement apaisante, comme si, tout à coup, chaque chose prenait sens. Un aperçu de ce que serait ma vie, désormais… Du moins ce qu'elle pourrait être, car il est des démons contre lesquels on ne peut lutter.

Cinq jours plus tard, après un Noël merveilleux, en tête à tête, lovés l'un contre l'autre, Hans me prit la main d'une façon étrange. Le départ s'approchait et nous faisions tout pour ne pas le nommer. Hans et moi étions partis en promenade sur les hauteurs avoisinantes. Il voulait me montrer une petite chapelle, nichée au faîte d'une colline, qui dominait la vallée.

— De là-haut, on aperçoit le lac de Chiemsee…

Depuis notre départ, il avait perdu son naturel. Lorsqu'il me pointait un arbre, me montrait un oiseau, m'embrassait, il paraissait engoncé et inquiet.

— Que se passe-t-il, Faune ? Tu es bizarre…

Hans tenta de botter en touche, mais je savais que quelque chose clochait.

Quand nous arrivâmes devant la chapelle, il passa derrière moi et croisa ses bras contre ma poitrine.

— Tu as vu combien c'est beau ? murmura-t-il, encore essoufflé par notre marche.

Son menton s'était posé sur mon épaule et je lui mordis l'oreille.

— Je te connais, Faune…

Hans se redressa et s'ébroua, comme s'il cherchait à se réveiller.

Puis, très maladroitement, il tira une liasse de feuilles pliées en quatre de sa poche intérieure.

Dieu qu'il pouvait être indélicat, parfois !

Avant même de déplier le document, j'avais compris. Lire nos noms, nos dates et lieux de naissance ne me surprit pas. Voilà si longtemps qu'il essayait, louvoyait, tentait sa chance. Hélas… Mon inertie était à la mesure de sa volonté. Un nœud enserra alors mon estomac et, consciente que j'allais lui faire une peine profonde, je lui rendis les papiers officiels.

Faune se décomposa mais savait qu'insister était inutile. Il désigna pourtant la petite église, dans notre dos, et murmura :

— Cela serait si joli…

— *C'est* joli, répondis-je en désignant d'un grand geste tout le panorama. Puis nous descendîmes sans échanger un mot.

*

L'insomnie du retour fut bien différente. À la douleur de la séparation s'ajoutait la culpabilité d'avoir fait tant de peine à Faune. Et puis j'étais en colère. Contre moi, de me montrer si dure, si têtue ; contre lui, d'avoir gâché nos retrouvailles par cette demande illusoire, quand tout était si parfait. Pourquoi donc se marier ? Quel besoin ? Notre amour était-il si fugace qu'il faille le sceller dans le marbre et le crier à toute une vallée bavaroise, comme les vaches meuglent à l'étable ? Je me montrais injuste, mais c'était plus fort que moi. Et puis avais-je le droit d'enchaîner un homme qui avait encore la vie devant lui, quand la mienne était déjà bien avancée ?

Malgré cela, le manque fut immédiat, aussi violent qu'au premier jour… Et je ne pouvais pas imaginer la vie sans lui.

« *Faune,* lui écrivis-je, à peine arrivée à Paris, *faisons tout pour nous rejoindre définitivement.* »

N'était-ce pas jouer avec sa volonté et ses sentiments ? Toute relation amoureuse est une affaire de possession et de dépendance, et Arletty ne pouvait vivre sans Soehring.

Durant mon séjour à Marquartstein, nous avions souvent évoqué l'installation de Hans à Paris. Bien qu'il adorât la société de ses amis Conjurés et de la charmante petite Hanni, une étudiante qui était leur mascotte et le couvait de ses yeux énamourés, il avait trop souffert de ce pays qui avait précipité son peuple dans la ruine.

— Pour vivre en France, il faut que j'y aie du travail.

— Pour un écrivain, c'est très aléatoire.

— Un écrivain, peut-être. Mais pas un traducteur...

Il voulait proposer ses talents à des auteurs et éditeurs français, en vue de les traduire en allemand, et entendait profiter de mes relations.

— Tu connais Anouilh, Claudel, Sartre, Achard, Montherlant...

J'avais même une mission : que Faune devienne l'ambassadeur du théâtre contemporain français chez nos anciens ennemis.

Je devais toutefois rester prudente, car ma carrière était aussi importante. Hans avait la vie devant lui quand je devais reconquérir mon public. Bien que François me fît un prix, la vie au Plaza était chère, et mes finances s'amenuisaient. Je n'avais pas tourné depuis trois ans et les places étaient rares. Enfin, j'étais victime de mon âge : finies les jeunes premières, les grisettes, les caméristes mutines. Garance avait été le chant du cygne de ma féminité et j'allais entrer dans le monde des femmes mûres et des mères affligées. Il était donc essentiel que je réussisse ce passage, qui laisse tant d'anciennes vedettes sur le carreau. Voilà pourquoi *La Fleur de l'âge* allait marquer l'apparition de la nouvelle Arletty.

BELLE-ÎLE

Certaines œuvres ont le mauvais œil. Elles ne portent pas malheur, elles sont maudites.

Cela faisait dix ans que Prévert rêvait à ce fait divers des années trente, une révolte dans le bagne pour enfants de Belle-Île-en-Mer, qui s'était soldée par une chasse à l'homme. Malgré le fiasco des *Portes de la nuit*, Carné avait encore les reins solides. *La Fleur de l'âge* – son nouveau titre – allait enfin voir le jour !

C'est lors d'une soirée à La Tour d'Argent que toute l'équipe fut réunie pour signer les contrats, à la fin du mois d'avril 1947. Je n'étais pas revenue dans cet endroit si cher à mon cœur depuis l'Occupation, et restai figée. La petite table était toujours là. Et la vue était immuable...

— Tout va bien, Arlette ? s'inquiéta Prévert.

— Quelques fantômes, lui répondis-je, étourdie par tant de visages amicaux.

— Viens plutôt que je te présente...

Jacques se serra contre moi et fut mon poisson-pilote. Il y avait ici la vieille garde de la « bande à Carné » : Kosma, Trauner, le costumier Mayo, le chef-opérateur Roger Hubert, qui tous me tombèrent dans les bras. Je retrouvai également mes vieux complices Jean Tissier et Julien Carette, toujours aussi affectueux. Enfin, je fis la connaissance d'une jeune garde de comédiens, dont l'aîné se nommait Paul Meurisse, les cadets Serge Reggiani et Martine Carol, et puis l'extraordinaire benjamine de quinze ans, Anouk

Aimée... Avec de telles fées, ce film pouvait voguer tranquillement vers le chef-d'œuvre.

— Je crois qu'on va se retrouver dans un drôle de bateau, me glissa pourtant Carette de sa voix traînante, à la fin de la soirée.

— Pourquoi dis-tu ça?

— Trois mois enfermés sur une île, ça risque de faire des étincelles, non?

Julien ne croyait pas si bien dire...

Notre arrivée à Belle-Île, une semaine plus tard, se fit dans des conditions cauchemardesques! Alors qu'on était aux premiers jours de mai, une tempête se déchaîna au large du Morbihan et nous crûmes ne jamais pouvoir accoster.

— Je t'avais prévenue que ce serait le vaisseau fantôme, fit Carette, verdâtre, en posant un pied tremblant sur le quai, avant de vomir dans une pile de cordages.

Mon vieux camarade voyait juste. Jamais tournage ne fut si calamiteux. Je l'ai dit : *La Fleur de l'âge* semblait frappé de mauvais sort, comme si une force invisible interdisait que le film se tourne. Il y avait une malédiction divine à voir foncer les nuages, brusquement, avant que n'éclate un orage. Roger Hubert s'arrachait les cheveux pour jongler avec cette lumière perpétuellement changeante.

— C'est la Bretagne, ça, monsieur..., ricanaient les pêcheurs sur le port, hilares devant ces Parisiens qui gesticulaient.

— Mais on m'avait assuré que mai-juin était la date la plus calme, objecta Marcel au maire de Belle-Île.

— On a les quatre saisons en une seule journée, m'sieur Carné. Faut faire avec...

Le cinéaste tentait de garder son calme et d'entretenir la confiance d'un producteur de plus en plus navré par ce ciel de malheur. Hélas, la météo n'était pas notre seule ennemie.

Lors des nombreuses scènes en bateau, une partie des comédiens ne résistait pas au mal de mer, et je me souviens de la petite Anouk qui dégobilla son déjeuner sur les genoux de Paul Meurisse, lequel resta imperturbable comme s'il s'agissait d'un numéro de cirque. En parlant de cirque, nous devions tourner avec des chiens dressés, dont le plus important glissa sur la margelle du quai et sortit paralysé par l'accident. Et que dire de Maurice Teynac, qui s'amusait à jouer les bolides sur les petites routes de l'île et s'emplafonna dans un arbre ? Et ce bateau réservé à l'équipe technique qui fit naufrage ? Enfin ce pauvre figurant qui tomba du bateau et se noya sous nos yeux ?

— C'est une catastrophe, Arlette, finit par m'avouer Jacques Prévert, un jour qu'il s'était violemment pris le bec avec Carné.

Depuis l'échec des *Portes de la nuit*, les deux hommes s'engueulaient souvent. Ils s'étaient accrochés à ce projet comme un couple en plein divorce porte trop d'espoirs dans un voyage de reconquête.

Carné était conscient que, sans le verbe de Prévert, il manquerait d'âme. Jacques, en revanche, en avait assez des projets collectifs. Le triomphe de *Paroles*, un an plus tôt, lui ouvrait de nouveaux horizons : jamais recueil de poésie n'avait remporté un tel succès.

— Maintenant que je peux vivre de ma plume, pourquoi m'emmerderais-je avec tout ça ? me dit-il en désignant une tempête qui arrivait à nouveau sur nous, changeant le ciel en déchirures.

À ce moment de l'aventure, j'avais atteint un certain détachement. Nous étions fin juin et je n'avais enregistré que deux phrases. Outre les avaries techniques, le tournage avait été interrompu plusieurs jours, car les fonds n'arrivaient plus. Comble de l'ironie, c'est durant ces pauses forcées que le soleil faisait son retour, transformant notre bagne cinématographique en délicieuse villégiature estivale.

Aussi passai-je de longues heures à la plage ou sur les rochers, souvent seule, à lire le dernier Koestler ou à écrire à Hans, pour qui je continuais d'œuvrer à l'installation parisienne. C'est d'ailleurs en pensant à lui que je tombai en arrêt devant une exquise maison de pêcheurs, à Donnant. Faune m'avait souvent dit qu'il rêverait d'écrire dans un phare, face à une mer déchaînée. Cette bicoque était au bord de l'eau et, par jour de tempête, on devait s'y sentir seul au monde.

« J'ai trouvé ton cadeau d'anniversaire », écrivis-je à Faune, qui était né le 23 juillet.

— Tu as donc envie de revenir ici ?! s'indigna Carné, quand je lui annonçai l'achat de la maison, le soir même.

Il prenait comme un camouflet que j'aie pris du plaisir à ces trois mois de galère, alors que le producteur venait de lui apprendre l'interruption définitive du film.

Dont acte : le 27 juillet, la caravane remontait dans le bac qui conduisait au continent. Ironie ultime, il faisait un temps splendide et les vacanciers vinrent nous voir partir en agitant des mouchoirs, depuis la margelle du quai.

Pour la plupart de l'équipe, c'était un triste soulagement. Jacques et Marcel ne s'adressaient plus la parole. Ils étaient moins brouillés que déçus et fatigués.

— Ce n'est que partie remise, murmurait Carné en dressant déjà dans sa tête un plan de bataille pour conquérir un nouveau producteur. J'ai déjà de quoi monter vingt minutes d'images...

Fiché à l'avant du bateau, telle une proue burinée, Prévert mâchonnait son mégot et maugréait, à la fois navré et extatique :

— Qu'on ne me parle plus jamais de cinéma...

AUTOMNE

Ce naufrage n'arrangeait guère mes affaires. Je me retrouvai ainsi à l'automne 1947 sans aucun projet. Le mauvais œil de *La Fleur de l'âge* rejaillissait sur moi et je ne parvenais pas à dénicher de nouveau rôle. Et dire que je venais d'acheter une maison !

— Rassurez-vous, Arlette, vous restez ici autant que vous le souhaitez, me dit François Dupré, à qui j'avouai mes délicatesses financières.

Les touristes et les curieux étaient flattés de croiser, dans le hall, au bar ou même dans l'ascenseur, un Prévert, un Carné, un Brasseur, un Michel Simon, un Jacques Fath…

— Vous êtes l'appât, je suis l'hameçon.

— Je ne pensais pas être un ver de terre, François.

— Une mouche, ma chère. Une fort jolie mouche…

L'une de mes plus grosses déceptions de l'automne 1947 fut le retour de Sacha Guitry. Nous ne nous étions plus revus depuis sa ridicule demande en mariage, à La Houssaye. Il ne répondait pas à mes appels et ne donnait plus signe de vie. Ce silence était moins de son fait que de celui de la redoutable Lana Marconi, aventurière roumaine qui vivait avec Sacha depuis deux ans.

Guitry annonçait la création de sa nouvelle pièce, *Le Diable boiteux*, sur Talleyrand ; la sortie d'un nouveau film, *Le Comédien*, inspiré de la vie de son père Lucien Guitry ; mais aussi la publication d'un livre dont le sujet m'intéressait au plus haut point : *Quatre ans d'occupations*.

Début octobre, le jour même de sa sortie en librairie, j'allai l'acheter chez Galignani. Puis je m'assis sur un fauteuil des Tuileries, au bon soleil de l'été indien.

Certains passants durent être choqués par mes jurons.

— Ah, le fumier !

— Pardon, madame ? me demanda un gardien.

— Le fumier ! Le fumier !

J'étais ulcérée !

Que Sacha adoucisse le tableau de sa vie mondaine, à l'époque d'Otto Abetz, passe encore. Mais qu'il raconte le sauvetage de Tristan Bernard en se donnant le beau rôle, c'était proprement dégueulasse ! À l'en croire, c'est lui qui avait mené la danse. Guitry me reléguait au rôle du joli carlin amené là pour adoucir le soldat, alors que c'est lui qui m'avait suivie comme un toutou ! Comble de l'exaspération – et de l'aveuglement ? –, deux semaines plus tard, Sacha fit porter le volume à mon hôtel, avec une dédicace ronflante telle qu'il en avait le secret. Sous son envoi, je barrai aussitôt le titre et ajoutai, d'une plume rageuse, « *ou le roman d'un tricheur* ». Puis je lui renvoyai le paquet le jour même.

Nous ne nous reparlâmes jamais.

*

Comme l'an dernier, j'allai passer l'hiver à Marquartstein.

Nous ne nous étions pas vus depuis douze mois et nous retrouvâmes avec l'effusion affectueuse de vieux amants. Ma profonde tendresse pour Faune était intacte, et je me jetai dans ses bras dès que je le vis. Toutefois, passé l'instant des retrouvailles, une douce froideur se mit en place, faite de discussions pragmatiques et de tracasseries administratives. Lui et moi continuions à batailler pour qu'il puisse s'établir en France, mais le dragon de la bureaucratie ne cessait de nous entraver. Sans compter que les dramaturges et éditeurs rencontrés entretemps ne m'avaient fait que des promesses floues.

— Oublie les traductions, Biche. *Cordélia*, mon nouveau roman, est terminé depuis deux semaines. Laisse-moi plutôt te le lire…

Ce fut sans doute le plus joli moment de mon séjour. Comme lors de la balade de l'an passé, nous gagnâmes la petite chapelle sur les hauteurs, mais Hans ne fit pas la moindre allusion à notre première excursion. Au contraire, sans lâcher ma main, il resta plongé dans le manuscrit de son roman, dont il me fit la traduction simultanée, alors que nos pas s'enfonçaient dans la neige.

J'aurais beau m'en défendre, j'en fus bouleversée. Sa traduction hésitante, maladroite, n'en était que plus touchante. Voilà tant d'années qu'il me promettait ce roman inspiré de notre aventure, et je le découvrais, éblouie par le soleil des montagnes. Je ne pouvais m'empêcher de lire entre chaque ligne, dont la moindre inflexion était le baiser muet d'un auteur pour sa muse.

— Qu'en penses-tu ? me demanda-t-il, haletant, vidé d'avoir tant parlé, tandis que nous redescendions dans la vallée.

Le roman de Faune m'avait bouleversée et lorsque, pour seule réponse, je fondis en larmes dans ses bras, il en fut tout aussi ému.

— Tu es un écrivain, mon amour, un vrai, dis-je en prenant ses joues dans mes mains. Et quand tu découvriras la petite maison que je nous ai achetée, à Belle-Île, tu sauras combien notre vie va être jolie…

Étais-je sincère ? Croyais-je à ces propos enflammés ? À cet instant précis, oui, sans doute. Hans et moi venions de vivre une expérience intime, infiniment plus sensuelle que nos retrouvailles muettes, dans le lit de notre chambre à l'hôtel, qui avaient – c'était fatal – une saveur de réchauffé. J'avais également remarqué combien l'amitié de Hans et de la jeune Hanni, rencontrée l'année précédente, s'était approfondie. Si, du moins en ma présence, il ne lui montrait pas d'attention particulière, elle le dévorait des yeux et sursautait dès que j'entrais dans une pièce. J'aurais pu questionner Hans, mais m'en gardai bien. Sitôt installé en France, Faune tirerait un trait sur son épisode alpin, et il fallait bien que jeunesse se passe.

Pourtant, lorsque Hans me raccompagna à mon train, au soir du 5 janvier 1948, je lus dans ses yeux la marque d'un certain soulagement.

ERRANCES

Dieu que je me sentis désœuvrée, une fois à Paris! Mon séjour bavarois m'avait laissé un goût amer et je n'avais pas la moindre perspective professionnelle. Déjeuners annulés, appels sans réponse, silences coupables : les projets avortés s'enchaînaient. Moi qui, depuis ma rencontre avec Paul Guillaume, un beau matin de 1919, n'avais jamais eu à me battre pour ma carrière, j'en étais à quémander le moindre rôle…

Sans doute est-ce l'inactivité qui me poussa à accepter la très bancale proposition de Serge T. de Laroche. *Buffalo Bill et la bergère* se voulait une fantaisie poétique, dans laquelle une femme seule accueille dans sa grande maison des enfants abandonnés après l'exode. Le scénario était idiot mais j'avais absolument besoin de travailler. Et puis c'était un moyen d'occuper un été où j'avais pensé rejoindre Hans en Allemagne, mais le blocus de Berlin avait rendu tout voyage impossible. Enfin, le tournage se passait sur la Côte d'Azur…

Mes partenaires étaient presque tous des enfants de la région, et leur fraîcheur me fit beaucoup de bien.

— Z'allez bien, mame Arletty?

— Z'avez l'air un peu triste, mame Arletty…

— Faut sourire, mame Arletty…

Qu'auraient-ils compris au cœur brisé d'une quinquagénaire?

Je m'interrogeais souvent sur la sincérité de Hans, sur la réalité de son envie de venir en France, sur sa vie quotidienne, là-bas, en Allemagne, mais je repoussais ces pensées comme on cache la poussière sous le tapis. Je préférais ressusciter nos plus beaux souvenirs, la folie des premiers mois, le bonheur sans fard des amoureux. N'était-ce pas un leurre?

Comble de la déception, au milieu du tournage, Faune m'annonça que nous pouvions nous retrouver en Suisse, quelques jours plus tard! J'étais hélas coincée par ce film et ne pouvais prendre le risque de planter mon seul rôle depuis Garance…

La chose était d'autant plus rageante que je découvris bientôt la fragilité de ce projet. Il y avait de quoi devenir paranoïaque. Comme *La Fleur de l'âge*, *Buffalo Bill* se retrouva empêtré dans des problèmes financiers et la production dut s'interrompre à plusieurs reprises, jusqu'à l'automne.

Enfin, lorsque le producteur m'annonça, la mort dans l'âme, aux premiers jours de novembre, qu'il abandonnait le film, je crus qu'on me poignardait.

— La production n'a plus un centime et nous ne pouvons même pas vous payer…

Je restai sans voix.

Dans ma tête, tout se bousculait : les projets, les erreurs, les rendez-vous manqués, l'immense flou de ma vie depuis quatre ans…

*

Les premiers jours de janvier 1949 semblèrent plus cléments. Après des mois de batailles administratives, j'eus la confirmation que Hans aurait un visa pour la France. Enfin!

— Je n'arrive pas à y croire, me dit-il, lorsque je lui annonçai la nouvelle au téléphone.

— On dirait que cela te fait peur…

— Je n'ai pas vu Paris depuis près de quatre ans. Tout va être si… différent.

— Je suis là, moi. Je te semble si différente?

Il y eut un long silence sur la ligne. D'une voix joviale mais forcée, il me demanda quel serait le meilleur moment pour venir.

— Le printemps, dis-je, songeant que nous allions marcher au bord de la Seine, retrouver « notre » table de La Tour d'Argent. Bientôt, je sentirais sa présence contre la mienne, dans une ville apaisée où nous étions deux vieux amoureux qui avaient sans doute trop attendu.

Le cinéma sembla se souvenir de moi. Alors que j'organisais l'arrivée – forcément discrète – de Faune à Paris, j'eus des nouvelles de Serge T. de Laroche. Nous ne nous étions pas parlé depuis le fiasco de *Buffalo Bill* et voilà une semaine qu'il tentait de me joindre.

— M. de Laroche a encore laissé un message, me disait la réceptionniste du Plaza.

— Déchirez-le. Et si ce faisan rappelle, dites-lui de mettre sa caméra où je pense…

La saillie fit rougir la réceptionniste et glousser les clients.

Vers la fin janvier, on frappa à ma porte.

— Entrez…

Quelle ne fut pas ma surprise de découvrir Laroche, aussi penaud qu'un communiant.

— Arlette, vous ne me rappeliez pas…

Le pauvre bougre semblait vraiment désolé.

— Vous êtes venu me régler mon cachet ?

S'attendant à cette question, il détourna les yeux. Il sortit alors de son cartable une série de photographies, qu'il disposa sur la table basse comme pour une réussite.

— C'est quoi ce rébus ?

— Vous les reconnaissez ?

Agacée mais intriguée, je m'approchai. C'étaient des portraits. Il y avait là Pierre Brasseur, Jules Berry, Erich von Stroheim, mon vieux copain Dalio, le chef-opérateur Roger Hubert, le compositeur Maurice Thiriet, le scénariste Charles Spaak… Je reconnus même la plantureuse María Montez.

— Du beau monde, non ?

— Vous préparez le gala de l'Union des artistes ?

Laroche secoua la tête de gauche à droite.

— Imaginez tous ces gens dans un même film…, dit-il, avant d'ajouter une photo au-dessus des autres : la mienne.

— Vous avez fait votre numéro à tous?
— Je viens ici en ami, Arlette.
— Les amis payent leurs dettes…
Laroche se renfrogna mais retrouva aussitôt une aménité cauteleuse.
— Il s'agit d'un mélodrame assez fou, qui se passe dans le monde du cirque. Vous seriez la femme de Pierre Brasseur, qui est acrobate spécialiste de cascades à moto…
— Vu sa descente de cognac, c'est risqué!
Laroche retrouva ses couleurs et sortit la photographie d'un être poupin, aux yeux perçants, les dents serrées sur un énorme cigare.
— Alors celui-là, je ne le connais pas…
— Normal, c'est un Américain. L'enfant terrible de Hollywood, qui ne jure que par le cinéma européen et veut réaliser un film avec les plus grands acteurs français… « *I want Arletty!* », m'a-t-il encore répété, pas plus tard que ce matin…
— Il s'appelle comment, votre Amerloque?
— Orson Welles…

*

Avouez que vous en auriez rêvé : un film réunissant l'officier de *La Grande Illusion*, le diable des *Visiteurs du soir*, le marquis de *La Règle du jeu*, Garance et Frédérick des *Enfants du paradis*, le tout sous la caméra de *Citizen Kane*! Avec cela, le chef-op' de Carné, le scénariste de Renoir et une vamp de Hollywood…
C'était trop beau pour y croire, et on m'apportait cette merveille sur un plateau. Après l'impasse de *Buffalo Bill*, voilà qui allait me remettre en selle! Sans compter que ce Welles avait l'air délicieux. Jacques Gauthier, le producteur, organisa un cocktail flambant chez Carrère, pour célébrer l'arrivée parisienne de cet étrange surdoué. Le plus singulier, c'est que malgré sa bedaine colossale et ses airs de poussah, il avait un rire d'enfant.
— Il n'a que trente-quatre ans, me glissa Berry, qui détaillait l'étrange dégaine du cinéaste américain, lequel riait comme un ogre et faisait des tours de cartes à ceux qui s'approchaient de

lui, n'hésitant pas à chiper leur portefeuille pour le tirer de ses chaussettes ou du revers de son pantalon.

— Tu as vu *Citizen Kane* et *The Lady from Shanghai* ? me demanda Stroheim, qui semblait avoir une véritable fascination pour le jeune prodige. Ce type est un génie. D'une histoire sans queue ni tête, il te tire un chef-d'œuvre.

— Tant mieux, dis-je, rassurée, car le scénario m'a semblé étrangement bancal.

— *Thanks to you all, we're gonna make a masterpiece!* s'enthousiasma Welles, lorsqu'on lui demanda de prononcer quelques mots dans un micro.

Il embrassa la foule puis nous fixa un à un, tel un fakir.

— Moi, il me fout un peu les jetons, votre surdoué. Il a surtout l'air du type trop joyeux pour être honnête ; la tronche du gars qui se tire avec la caisse…

— Tu vois tout en noir, Arlette, fit Brasseur en passant son bras autour de mon épaule.

— Il y a de quoi. Depuis quatre ans, tu tournes, toi…

Pierre posa un baiser sur ma joue et me glissa, avec une haleine alcoolisée :

— Je tourne et je suis bien content de retrouver ma Garance…

Les lecteurs cinéphiles l'auront tout de suite compris, le film ne se fit pas. Pire, il se fit *mal*. Sans me prendre pour Cassandre, j'avais eu raison : le jour du tournage, Welles ne se présenta pas. Il avait touché un cachet colossal mais s'était carapaté.

— Où est-il ? demandai-je, incrédule, à Jacques Gauthier.

Le producteur était effondré.

— En Italie. Il commence un *Othello* !

Il y avait pourtant un film à faire et nous étions allés trop loin pour tout abandonner : *Portrait d'un assassin* existerait, même sans l'escroc Orson Welles.

On nous annonça un remplaçant de choix en la personne d'Henri Decoin, qui demandait quelques jours de battement pour modifier certains détails du scénario. Mais, le jour du tournage, nous nous retrouvâmes en face d'un parfait inconnu.

— Doux Jésus, fit Jules Berry, épouvanté, mais c'est Bernard Roland !

De toute la distribution, Jules était le seul à connaître ce réalisateur de troisième zone, avec qui il avait tourné deux films alimentaires sous l'Occupation. Il nous fallut prendre sur nous pour accueillir cet invité surprise, à qui la production faisait un cadeau empoisonné.

— Je suis très fier de reprendre ce projet, et nous allons faire un travail magnifique, balbutia le pauvre garçon, qui suait dans son costume trop serré...

Au même instant, un courant d'air fit vibrer le grand chapiteau sous lequel nous étions tous installés.

— Effectivement, souffla Brasseur, ça va être le grand cirque.

Si ce film ratait, je pouvais aller planter mes choux, et je décidai de m'y impliquer du mieux que je pouvais. Mais la chose ne serait pas évidente, car l'ennui avec lequel je me rendrais chaque jour sur le tournage se doublait d'une nouveauté autrement excitante : dans quelques jours, Hans arrivait à Paris.

RIDEAU

Jamais je n'avais connu l'automne d'un amour. À toutes mes histoires, j'avais mis un terme avant qu'elles ne perdent leur magie. Avec Hans, pouvait-il en être autrement ? Nous n'avions pas eu le temps d'être contaminés par la routine, mais celle-ci nous rattrapait sous la forme d'une lassitude sourde. Et puis cette différence d'âge, grisante huit ans plus tôt, devenait un frein. Hans était encore à l'orée de sa vie, alors que je m'acheminais, tranquillement, inexorablement, vers autre chose…

Nous fûmes pourtant bien heureux de nous serrer l'un contre l'autre, au soir du 27 mars 1949. La semi-clandestinité de sa présence à Paris – il était là sous un nom d'emprunt et serait hébergé dans l'appartement d'une amie, derrière la mairie du XIVe – redonnait du piment à notre aventure. J'étais si frémissante de le retrouver que j'avais quitté le tournage en trombe, sans même prendre le temps de me démaquiller ni de repasser par ma chambre du Plaza.

Le contraste n'en fut que plus frappant…

Vision étrange que celle de ce petit bonhomme en civil, assis dans le petit fauteuil de ce petit appartement d'un petit quartier. Il avait quitté Paris en uniforme et voilà que tout retrouvait une normalité presque suffocante.

Cette vision donna le *la* de son séjour français.

Des promenades silencieuses, il y en eut de plus en plus, durant les deux mois que Faune passa en France. Chaque jour, lorsque je le rejoignais, j'avais une boule au ventre. Je faisais mon possible pour ne pas avoir de remarque déplacée, et lui-même semblait compter ses mots.

— On perd notre naturel, Faune…

À nouveau, il ne répondait rien, préférant un déni silencieux.

Lorsque approcha le moment du retour – Hans n'avait pas encore le droit de passer plus de deux mois en France –, je le vis s'animer, retrouver ses couleurs.

— Avoue qu'elle te manque…, lui dis-je.

— Qui ?! s'écria-t-il, tel un enfant pris en flagrant délit.

— Ton Allemagne…

Ma réponse l'apaisa, mais j'avais lu une vraie terreur dans ses yeux.

Inutile d'insister…

Certains romans s'étirent sur des centaines de pages et s'achèvent de façon abrupte, comme la mort vous fauche à un coin de rue. Il en fut ainsi de Biche et Faune. Nous nous étions menti trop longtemps pour persister dans notre aveuglement. Amants, nous l'avions été, à perdre haleine ; amoureux, nous le resterions toujours un peu, car il y avait eu trop d'intimité entre nous pour virer vieux camarades ; complices, nous ne cesserions jamais de l'être, car il s'était passé entre nous quelque chose d'autre, quelque chose de plus…

Mais l'amour, la romance, les secrets du soir, la douceur des caresses, la jolie musique du quotidien, tout cela était bel et bien fini.

Mon séjour à Munich, trois mois plus tard, scella notre tombe, et sans doute était-ce pour le mieux.

Je reste surprise qu'Hans ait accepté ma venue. N'aurait-il pas été plus simple pour lui de tout m'annoncer par lettre, ou bien au téléphone ? Mais le lieutenant Soehring était soldat et homme d'honneur.

L'appartement dans lequel il m'accueillit, ces cinq petits jours, n'était plus celui d'un célibataire. Il y avait des robes dans les armoires. Et puis j'eus droit à la chambre d'amis.

— Tu y seras plus à ton aise…

Le plus triste – ou le plus apaisant –, c'est que je n'en fus pas vraiment chagrinée. Hans avait eu l'élégance de me prendre à témoin et non en traître.

— C'est Hanni, n'est-ce pas ? demandai-je, pointant le portrait d'une jeune femme glissé dans le cadre d'un miroir.

Malgré tout intimidé, Hans détourna un instant les yeux.

— C'est elle…

Depuis ma première venue à Marquartstein, je savais qu'elle aimait Hans. Elle ne disait jamais rien, mais ses yeux étaient enflammés.

— Elle est douce ?

— Très.

— Elle te comprend ?

— Elle me laisse écrire…

J'allais demander : « Tu l'aimes ? », mais n'en eus pas la force. Et puis je m'en moquais. Ce que Faune et moi avions partagé, traversé, supporté, était unique.

— Alors je suis contente, finis-je par dire, la gorge serrée.

Il y eut un long silence, très doux, très tendre, que je finis par briser.

— Où est-elle, en ce moment ?

— À Buenos Aires.

— Mais c'est très loin.

— Sa famille vit là-bas…

— Et pourquoi est-elle partie ?

Un instant, il hésita. Je le vis pâlir, néanmoins il se força à soutenir mon regard, car toute dérobade aurait été une lâcheté.

— Elle voulait être avec sa mère… pour la venue du bébé…

Une fois de plus, je mentirais en disant que je restai de marbre. C'est pourtant bien la pierre, le minéral, qui vint à mon secours. Une partie de ma conscience se pétrifia pour ne pas s'enflammer. De même qu'on projette de l'eau glacée sur une matière en fusion. Puis, presque aussitôt, la douleur, fulgurante, disparut.

Hans me connaissait si bien. Il avait lu en moi. Je sentis chez lui un immense apaisement, comme s'il avait enfin soulagé son âme, sa conscience, son cœur.

Je me dressai alors d'un bloc, arborant mon plus beau sourire.

— Maintenant qu'on a bien causé, tu m'emmènes déjeuner ? J'ai une de ces dalles !

TRAMWAY

La rupture avec Hans eût été autrement plus douloureuse si je n'avais reçu une bouée de sauvetage inespérée : mon retour au théâtre. L'été 1949 marque même un des derniers tournants de ma vie.

Comme souvent, tout se passa dans la rue. Au milieu du printemps, alors que je marchais sur le boulevard de Strasbourg, je tombai sur Simone Berriau, qui dirigeait le théâtre Antoine.

Nous causâmes boutique quelques minutes puis elle sortit un manuscrit de son sac.

— Tu as un bon œil, Arlette. Tu pourrais me lire ça et me dire ce que tu en penses ?

— *Un tramway nommé désir*. Drôle de titre.

— Et drôle de pièce. Tennessee Williams est un jeune auteur américain dont s'est entiché Cocteau, qui en a fait la traduction.

— Et tu hésites ?

— Voilà...

Je lus la pièce dans la nuit et téléphonai à Simone le lendemain, à la première heure.

— Tu es matinale, dis donc !

— Et toi, tu m'as fait faire une insomnie. Cette pièce est magnifique !

Simone semblait surprise par mon enthousiasme.

— Vraiment ?

— C'est profond, c'est violent, c'est cru, c'est vrai. Et c'est incroyablement moderne. Ça tranche avec tout ce qu'on a pu voir depuis longtemps, y compris les pièces de Sartre. Y a pas de politique, là-dedans, juste de l'humanité.

Ma lecture semblait plaire à la mère Berriau.

— Et… tu verrais qui, dans les rôles? me demanda-t-elle sans malice.

Mon ventre se noua. Je n'osai lui avouer que j'avais lu la pièce deux fois de suite. La seconde, à voix haute, en me piquant peu à peu au jeu, au point d'imaginer les scènes, le décor, les costumes. Au point de prendre à bras-le-corps le personnage de Blanche DuBois, une femme mûre qui s'enfonce peu à peu dans la folie.

— Si ça t'intéresse… je veux bien jouer Blanche.

Silence au bout de la ligne. Simone était prise de court.

Pour toute réponse, elle me dit : « Je peux te rappeler dans une heure? », puis elle raccrocha.

Au fond de moi-même, je sentais poindre un sentiment de victoire. Malgré tout ce que j'avais traversé, j'étais encore capable de m'émerveiller.

Simone me rappela au bout de dix minutes. Elle avait téléphoné à ses coproducteurs, qui étaient tous enthousiastes, au premier rang desquels Pierre Lazareff.

— Avoir un patron de presse derrière soi, ça aide, crois-moi. Et Pierre pense qu'on peut monter la pièce sur ton nom!

J'en aurais pleuré de joie!

Le spectacle se monta au théâtre Edouard-VII et les répétitions se déroulèrent comme dans un rêve. J'eus l'impression de retourner à l'école. Rarement j'avais joué une pièce « sérieuse », et je m'y appliquai avec une rigueur qui impressionna mes partenaires. C'est pourtant moi, qui étais timide. Timide de revenir sur scène, six ans après les huées des Bouffes-Parisiens. Timide de travailler avec Raymond Rouleau, metteur en scène génial et d'une grande douceur. Timide de me montrer à nu, aux antipodes de tout ce que j'avais joué jusqu'alors. On était loin de *Fric-Frac*! Mais interpréter un rôle tragique était une question d'honneur. Par respect pour tous ceux qui avaient souffert à la Libération, je ne voulais pas revenir en faisant rire, comme une sorte d'hommage à mes camarades qui avaient été punis.

— Qu'est-ce qui va se passer ? demandai-je à Cocteau. Ils ne vont pas me lancer des tomates ?

À mesure qu'approchait le saut dans le vide, je perdais le sommeil. Pour ne pas prêter le flanc aux quolibets, j'avais imposé une seule modification au texte : à un moment, Blanche disait « J'ai toujours suivi les étrangers », que je remplaçai par « J'ai toujours suivi les inconnus ». Alors que mon histoire avec Hans venait de s'achever, je ne voulais pas que cette réplique attise des haines qui n'avaient plus lieu d'être.

— Tout va bien, Arlette ? me demanda Simone, le matin de la générale.

— Je ne dors plus, j'ai mal au ventre, j'ai envie de foutre le camp.

Elle éclata de rire.

— Il était temps que tu remontes sur scène. Le cinéma, c'est pour les trouillards et les faisans. Tu as simplement le trac, c'est la plus belle des maladies.

La première fut un triomphe. Brusquement, toutes les rancœurs s'envolaient. J'avais retrouvé la légèreté de mes débuts sur scène. Comme si je voyageais dans le temps. J'étais pourtant bien là, devant un public qui avait lui aussi traversé la guerre mais ne m'en tenait plus rigueur. Un public qui criait : « Bravo, Garance ! » Un public fidèle, ému, embarrassé de m'avoir trop longtemps ignorée et heureux de me retrouver.

Ce furent dix mois de bonheur. Presque chaque soir, en arrivant au théâtre, je sentais bondir en moi un cœur de jeune fille. Le théâtre retrouvait son empire, prenant la place d'un fantôme qui m'avait trop longtemps dévorée. Il arrivait que je passe une semaine entière sans plus penser à Hans. Et lorsque tout à coup son image refaisait surface, au gré d'une balade, d'un parfum, d'un geste qui en rappelait d'autres, je savais dompter ces souvenirs.

Biche était morte, Arletty vivait.

NAVETS

J'ai commencé et fini sur scène. Le cinéma fut une parenthèse parfois miraculeuse, souvent alimentaire. À dater de mes cinquante ans, le septième art ne me fit plus de cadeaux. J'avais atteint l'âge critique des maquerelles, des fortes en gueule et des veuves. La vie au Plaza, mes maisons de Collioure et Belle-Île, mon quotidien : tout cela coûtait cher, mais je n'entendais pas tirer une croix sur mon train de vie. Aussi acceptai-je sans doute trop de rôles au débotté, parce qu'il fallait me renflouer, parce que parfois on dit oui sur un coup de tête, sans réfléchir, pour le plaisir de bosser avec des copains.

Navets ? Nanards ? Ou juste des petites aventures qui, sur dix ans, me permirent de voyager à Tahiti ou Buenos Aires, de jouer avec Fresnay, Bourvil, Reggiani, Poiret, Serrault, Belmondo, Aznavour ou encore mon cher Jean-Claude Brialy.

Soyons honnêtes, au théâtre aussi j'eus des choix hasardeux. Parmi mes grands regrets, ne pas avoir travaillé avec Marcel Aymé, qui m'avait pourtant proposé *Lucienne et le Boucher*, puis *Clérambard*, que je déclinai.

*

Les démons de la Libération étaient enfin partis. Dîners mondains, émissions de radio, de télévision, premières de spectacles : Arletty était de retour. Si l'on avait dit au microbe Kaouza que dix ans plus tard, je ferais partie du jury du festival de Cannes, l'aurait-il cru ?

Je restais pourtant iconoclaste. Infréquentable, même, aux yeux de certains. Pour moi, c'était une question de fidélité. Je continuais d'aller chez mes amis Chambrun, qui organisaient des goûters du souvenir, où l'on croisait Paul Morand, Marcel Jouhandeau, Maurice Bardèche, Jean Jardin, Xavier Vallat et tant d'autres nostalgiques des années Laval.

Au nom de cette même fidélité, je témoignai en faveur de Céline, lors de son procès par contumace, déclarant : « Né comme moi à Courbevoie, il n'a pas pu trahir. » Dès son retour à Paris, j'allai souvent le voir dans ce petit pavillon qu'il avait acheté à Meudon, route des Gardes. Pouilleux, hirsute et génial, il recevait avec sa femme Lucette dans cette maisonnette, entouré d'animaux de toutes sortes qui rendaient la conversation impossible. Il disait du mal de presque tout le monde, exagérant ses airs de poète maudit, puis partait s'enfermer dans son bureau où les pages de ses romans étaient pincées sur des cordes à linge. Avec Pierre Brasseur et Michel Simon, nous enregistrâmes même des passages du *Voyage* et de *Mort à crédit*, ce qui me valut des remarques acides de certains camarades.

— Tu es incorrigible, Arlette !

— Je sais et je m'en fous.

Telle était ma réponse, dès qu'on me faisait des reproches sur ma conduite, mes goûts, mes choix. Aux artistes engagés qui pensent à gauche et vivent à droite, je préfère les dégagés. En un sens, je me sentais plus libre que jamais. Je n'appartenais plus à personne et j'avais même quitté le Plaza pour un charmant petit appartement du 31, rue Raynouard, où je m'installai en décembre 1952.

Depuis combien de temps n'avais-je pas été vraiment chez moi ? Le Plaza, La Houssaye, le quai de Conti, le Crillon, l'appartement de Jean-Pierre... Cela faisait près de trente ans que je vivais en couple ou à l'hôtel. Étrange sentiment de sédentarisation, comme si, enfin, je prenais racine.

*

Hans et moi continuions de nous écrire. Les torrents étaient passés et nous échangions des nouvelles, des vœux. Nous ne nous revîmes qu'une seule fois, en février 1952, alors que j'accompagnais l'équipe de *Gibier de potence* au festival de Punta del Este, en Uruguay. Je n'avais jamais voyagé aussi loin et j'étais excitée de découvrir l'autre côté de la planète. Mais si j'avais accepté ce périple, c'était dans l'espoir de croiser Faune, qui s'était installé en Argentine. Nostalgie ? Regain d'amour ? Besoin de réentendre ce qui avait été dit ? Curiosité, surtout. J'avais envie de voir mon Faune en père de famille dans la pampa.

Comme je le craignais, nos retrouvailles furent fades. Alors que j'avais croisé la veille, presque par hasard, dans le hall de l'hôtel Alvear, mon vieux pote Le Vigan, qui vivait en exilé mais avait conservé toute sa folie, j'éprouvai un ennui sourd à prendre ce café avec Faune. En un sens, j'avais bien fait de venir. Comme s'il fallait définitivement refermer le livre. C'était d'ailleurs la littérature qui l'avait poussé ici : devant l'insuccès de ses romans, Hans s'était lancé dans l'import-export…

— Qu'as-tu fait de tes beaux rêves, mon Faune ?

— Je suis passé à autre chose.

— Le confort ? Les enfants ? Le foyer ?

Hans opina du chef, avec un mélange de tristesse et de fierté.

— Tout ce que tu as toujours fui, Biche.

Hans disait vrai. Des images brûlantes me montèrent alors à l'esprit. Des souvenirs de douleur, de frustration, de médecins sauvages et de maux intimes. Je les repoussai. Pas de regrets, surtout ! Encore moins de remords ! Mais en voyant les jolies photos que me montra Faune, j'eus de la peine à retenir mes larmes. Ces deux enfants, Olivier et Claudio, étaient le portrait de leur père. Et Hanni, la douce Hanni, souriait à l'objectif avec une morgue sereine : elle savait qu'elle avait gagné.

Au moment de nous quitter, Hans me serra longtemps dans ses bras. Le temps d'un éclair, nous étions quai de Conti, à La Tour d'Argent, dans Paris, en plein couvre-feu, jouant à cache-cache avec la guerre, avec le temps, avec notre amour. Puis Faune se recula et Hans Jürgen Soehring conclut :

— On s'écrit ?
— Forcément…
Soyons honnêtes, j'écrivis plus souvent que lui car j'avais à cœur d'entretenir nos échanges. Hans était intarissable à propos de ses garçons, comme il l'avait été au sujet de ses romans rêvés, quinze ans plus tôt.
Étrange paradoxe, c'est dans l'appareil d'État que Soehring connut un nouveau souffle. De retour en Allemagne, il entra en janvier 1954 au ministère des Affaires étrangères de la RFA, et se vit nommé quelque temps plus tard ambassadeur à Luanda, capitale de l'Afrique-Occidentale portugaise. Qui l'eût cru ?
Cette nouvelle fonction n'allait pas arranger notre correspondance et je ne reçus bientôt plus aucune lettre.
À l'été 1958, sans nouvelles, je finis par lui envoyer :

« *De-ci,*
De-là,
Un mot m'enchanterait
Car
Rien au monde !
Deine Alte »

Ce courrier restant sans réponse, il fut le dernier. Rien n'est plus odieux que ces vieilles maîtresses geignardes qui quémandent un signe, comme une obole. J'avais trop de fierté pour verser dans ce rôle. Hans était parvenu à passer à autre chose, sans doute était-ce pour le mieux, et il finit peu à peu par déserter mon esprit. Mais il suffit parfois d'une pique pour que le manque, la douleur, l'incrédulité, l'effroi reprennent leur empire.
Toute ma vie, je me rappellerai la scène…
Nous étions en pleine répétition de *L'Étouffe-Chrétien*, de Félicien Marceau à la Renaissance, en 1960, et je me reposais dans ma loge. Francis Blanche était passé causer avec moi et nous bavardions joyeusement, croyant encore que la pièce serait un succès.
— Je ne sais pas si j'aurais aimé être Agrippine, mais j'aurais adoré avoir un fils comme toi.

— Eh bien, adoptez-moi !

— Tu persistes à me vouvoyer, Francis. Ça m'agace.

— On ne tutoie pas une impératrice.

— Ça dépend où et quand, dis-je avec un air volontairement grivois.

— De l'inceste, en plus ? Il vous faut donc tous les vices, maman !

Alors que nous éclations de rire, le téléphone de ma loge sonna.

Je décrochai et tout sembla s'amollir. La pièce, les meubles, jusqu'à la silhouette de Francis, qui devint courbe, tel un spectre.

— Ça ne va pas ? demanda-t-il en s'agenouillant devant moi, inquiet.

Je ne m'entendis pas lui répondre. Tout juste eus-je la sensation brûlante de ce combiné entre mes mains, que je reposai sur le récepteur après avoir lancé un « Très bien, merci de m'avoir prévenue », comme si les mots sortaient de ma bouche sans que je les formule.

— Arlette, insista Francis, vous voulez que j'appelle quelqu'un ? Un médecin ?

— Trop tard, dis-je en m'allongeant sur la banquette.

— Pourquoi trop tard ?

— Trop tard pour le médecin, il est mort.

Pauvre Francis, qui ne comprenait rien. Je le vis chercher alentour, en quête d'un médicament, une bouteille d'alcool, quelque chose qui pût me remonter.

Une sonnerie retentit dans le couloir, suivie par la voix du régisseur :

— Reprise de la répétition dans cinq minutes !

Telle un automate, je me redressai et souris à la glace. Derrière moi, Francis Blanche suivait la scène avec un certain effroi. Sans doute vit-il mon visage défait, ravagé de cernes, qui peu à peu reprit sa douceur, retrouva son équilibre. Il ne m'avait pas fallu plus d'une minute pour m'imposer un masque. Décidément, j'étais née comédienne.

Avec le recul, je reste sidérée par mon abnégation. La volonté est une faculté essentielle, et la mienne est d'acier trempé. Elle se trouvait pourtant rudement mise à l'épreuve : à quelques jours de la première d'une pièce comique, j'apprenais la mort de l'être que j'avais le plus aimé.

Cela contribua-t-il au four de *L'Étouffe-Chrétien* ? Je ne pense pas. Je l'ai dit, ma volonté était inflexible et je mets au défi quiconque me vit à cette époque de s'être douté de quoi que ce soit. Car je ne racontai rien, à personne. Comme si Faune m'appartenait encore un tout petit peu, avant d'entrer dans la cohorte des « chers disparus ».

Si j'utilise ce mot, ce n'est pas un hasard. Hans avait *disparu*. Alors qu'il se baignait dans un fleuve avec son fils, l'ambassadeur dans la toute jeune République du Congo avait été emporté par le courant. L'enfant avait vu son père s'enfoncer sous les eaux brunes pour ne jamais reparaître. Malgré les recherches, on ne repêcha pas son corps. Les autorités congolaises soulignèrent avec embarras que, le fleuve étant infesté de crocodiles, il était peu probable qu'on retrouve sa dépouille.

Quelques mois plus tard, *Le Canard enchaîné* publiait un entrefilet narquois décrivant la mort d'un ambassadeur allemand, dévoré par des sauriens. Le titre de l'article : *Gut Appetit.*

Comme requiem, ça se pose là.

*

Si la mort de Faune reste un souvenir d'effroi, elle n'était hélas pas la première.

Lorsque j'appris le terrible accident de Lélette Bellanger, à l'été 1951, je ne voulus pas y croire. Cela ressemblait à une scène de film policier. Ma chère Lélette était sortie, de nuit, promener ses chiens dans le parc de La Houssaye. Inquiet de voir les bêtes revenir seules, Charles avait fini par aller la chercher. Il avait pourtant dû attendre le lever du jour pour découvrir son cadavre qui flottait dans l'étang, de l'autre côté du parc. Lélette n'avait pas un tempérament suicidaire et il n'y avait aucune raison qu'on ait voulu l'assassiner. Mais sur les bords de la rive, à même la glaise, on aperçut des traces de griffures, comme si elle avait désespérément cherché à se tirer de l'eau alors que l'étang l'attirait vers ses profondeurs…

Antoinette d'Harcourt n'était guère plus âgée lorsqu'elle mourut d'un cancer, en septembre 1958. Quarante-neuf ans n'est pas un âge pour passer l'arme à gauche. Étrange enterrement, où se trouvaient rassemblées toutes les vies parallèles de ma duchesse : les plus beaux noms de France, les gens du spectacle et des essaims de jeunes femmes apeurées, qui avaient pourtant voulu venir rendre un dernier hommage à l'une de leurs semblables.

La mort de Sacha me fit un pincement au cœur car j'aurais bien voulu faire la paix avec ses mensonges. Tant pis… La disparition de Céline me prit quant à elle au dépourvu : j'étais à Belle-Île. Je crois que c'était la mort de trop. Pour la première fois depuis des années, je fondis en larmes. Voir partir peu à peu tous ces gens était une forme d'adieu au monde. Comme si des parties de moi-même tiraient leur révérence, me laissant seule avec mes souvenirs. Seule avec la nuit. Car cela coïncide avec ma plongée dans l'obscurité.

LES YEUX

Tout commença au mois de décembre 1953. J'étais en train de tourner *Le Grand Jeu* dans les studios de Billancourt. Depuis quelques semaines, j'avais remarqué un halo noir sur les pourtours de mon champ de vision. Je pensais que la chose passerait, mais elle tendait à s'aggraver.

— Tu dois absolument voir un médecin, me dit Jean-Pierre Dubost, qui restait mon confident pour ces désagréments.

Il avait raison, je souffrais d'un double glaucome et devais être opérée de toute urgence, au risque de perdre la vue.

— On attrape ça comme ça ? m'étonnai-je, sans crainte réelle, auprès du docteur Guillaumat.

— Vous faites de l'hypertension, madame Bathiat.

— Moi ? Mais je suis calme comme un étang, voyons. Regardez, dis-je en tendant le bras.

— Si c'était aussi simple, rit le médecin. Votre vie peut vous sembler calme, mais votre corps le vit différemment… Avez-vous été sujette à des pressions, ces derniers temps ?

— Pas plus que beaucoup d'autres gens.

Jean-Pierre, qui était dans la pièce, ne dit rien. Je savais pourtant ce qu'il pensait. Il n'avait de cesse de me dire de me ménager : je sortais trop, j'enchaînais les tournages, je voyageais. Et puis j'avais trop aisément mis Hans dans un coin de ma cervelle, comme un vague souvenir.

— Tout ne se digère pas aussi facilement, me disait-il, se retenant de rappeler que lui-même avait eu le cœur brisé bien longtemps par ma faute…

L'opération se solda par un semi-échec. Guillaumat put sauver l'œil droit, pas le gauche.

— Cela veut dire que je vais être borgne ?

— Cela demande quelques aménagements, surtout si vous conduisez, mais c'est une question d'habitude.

— Pour ce qui est des aménagements, je suis rodée.

Je me tournai alors vers Jean-Pierre, assis en retrait dans ma chambre d'hôpital.

— En revanche, c'est un secret qui reste entre nous trois, vu ? Personne n'a besoin de savoir ça. Si les producteurs apprennent qu'Arletty n'a plus qu'un œil, ça risque de me jouer des tours…

Ainsi, pendant près de dix ans, je ne dis rien. Films, pièces, émissions, rencontres, festivals : je traversai tout cela sans encombre, mon secret bien enfoui, d'un seul œil.

La suite est moins heureuse… Une étourderie peut parfois mener à la catastrophe. Nous étions en juillet 1962. Comme tous les étés désormais, je me trouvais dans ma maison de Belle-Île. Mon frère Pierrot était venu passer une semaine avec moi. Depuis quelques années, nous nous étions rapprochés. Avec l'âge, il avait mis de l'eau dans son vin et le contraste de nos vies le dérangeait moins. Disons que nous aimions être en tête à tête pour causer de notre enfance, de nos souvenirs, de nos parents. Jamais il ne parlait de mes films ou de mes pièces, et je ne lui en voulais plus. J'aurais pourtant aimé qu'il vienne, ce printemps, me voir dans *Un otage* de Brendan Behan. Après le four de *L'Étouffe-Chrétien*, c'était mon vrai retour sur les planches. Georges Wilson avait fait une mise en scène magnifique et j'étais grisée d'incarner une tenancière de bordel sur la scène de l'Odéon. La critique avait été enthousiaste et nous avions joué à guichets fermés jusqu'à la mi-mai.

— Tu viendras la voir en septembre, puisqu'on la reprend ? proposai-je à Pierrot, qui comme toujours haussa les épaules.

— Tu sais, moi, le théâtre…

Je n'insistai pas et montai me coucher.

— Je vais aller me promener sur le port pour voir les étoiles, dit Pierrot.

— Très bien. N'oublie pas d'éteindre la lumière.

Comme chaque soir depuis neuf ans, je devais mettre des gouttes dans mes yeux. J'étais si habituée à ce rituel que je n'y réfléchissais plus depuis longtemps. Une bouteille pour l'œil gauche, une autre pour l'œil droit.

— Surtout ne vous trompez pas ! m'avait prévenue le docteur Guillaumat.

Que se passa-t-il, ce soir de l'été 1962 ? Où avais-je la tête ? Un esprit malin avait-il interverti les deux fioles ?

La sensation fut immédiate : on me brûlait l'œil droit. Puis la nuit tomba d'un coup, comme si les plombs avaient sauté.

— Pierrot ? PIERROT ?!

La vie insulaire a des charmes à double tranchant. Il fallut attendre le lendemain pour que je sois transférée en urgence à l'hôpital de Nantes. Pierrot ne lâcha pas ma main. Le bilan n'était pas gai : glaucome aigu, cataracte, plusieurs opérations nécessaires… J'y voyais encore, mais tout était flou. Quant à lire, il n'y fallait plus penser. Je ne pouvais déchiffrer que les gros caractères.

Je quittai ma chambre à la fin de l'été, dans un état de profond désarroi. Alors que je devais remonter sur la scène de l'Odéon, je me vis contrainte d'annuler cette reprise.

— Vous êtes sûre ? insista Wilson.

— C'est trop dangereux, lui répondis-je, la mort dans l'âme.

L'état de mes yeux se doublait de la douleur de devoir l'annoncer à tout le monde. Pendant dix ans, j'avais gardé mon secret. Désormais, il en allait de ma sécurité et de celle de mes partenaires. Tout cela était tristement humiliant…

C'est pour ne pas voir les trognes apitoyées de tout le cinéma français que je décidai de ne pas aller au grand gala organisé sous la tour Eiffel, à la fin du mois de septembre, pour la sortie en fanfare d'une grosse machine hollywoodienne sur le débarquement en Normandie, dans laquelle je joue une scène : *Le Jour le plus long*. Je renonçai donc à croiser Bourvil, Jean-Louis Barrault, Madeleine Renaud, Fernand Ledoux, Pauline Carton et tous les autres copains qui y faisaient des apparitions, aux côtés de Richard Burton, John Wayne, Sean Connery, Robert Mitchum, Henry Fonda…

Le même mois, je déclinai la proposition de Marcel Carné, qui m'offrait un rôle dans *Du mouron pour les petits oiseaux*. Le tournage du nouveau film de Gilles Grangier, *Le Voyage à Biarritz*, était en revanche trop proche pour que je les plante. Tous au courant de mes malheurs, les membres de l'équipe furent d'une profonde générosité. Chacun était là qui m'aidait, me soutenant sans insister, m'indiquant où regarder, comment me déplacer. Le plus patient fut Fernandel, qui jouait le rôle principal et se montra d'une extraordinaire affection. Et lorsque le tournage s'acheva, le 30 novembre 1962, je rentrai chez moi l'âme en berne, car je savais que je disais adieu au cinéma.

*

Dès lors commença ma grande bataille pour la vue. Résolue à ne pas me laisser avoir par le mauvais sort, j'étais prête à tout pour retrouver mes yeux.

— Il n'y a qu'un médecin, me dirent les Chambrun, c'est le docteur Paufique, à Lyon.

— Il sera mon docteur Miracle?

— Peut-être, répondit Josée. Mais presse-toi, les gens viennent du monde entier pour le rencontrer.

Mes amis disaient vrai, l'attente était longue. Je finis par obtenir une consultation dans sa clinique lyonnaise, et le docteur m'assura qu'il pourrait me rendre sinon tout, du moins une partie de l'œil droit.

— Il va falloir être patiente, je n'ai pas de place avant octobre prochain.

— Mais c'est dans un an!

Paufique me rassura. Mon œil était trop abîmé pour être opéré plus tôt, et il me conseillait de profiter de cette « année sabbatique » pour me détendre, me reposer, rester à l'abri de toute tension qui pourrait augmenter ma pression artérielle.

— Vu que je vis dans le flou, je vais avoir le temps…

Durant cette étrange année où je distinguais les silhouettes mais pas les traits, la lumière mais pas les couleurs, les livres mais pas leurs pages, mes amis furent d'une merveilleuse constance. Souvent je me suis demandé ce qu'il en aurait été si j'avais eu des enfants. Se seraient-ils montrés aussi présents, aussi aidants ? L'auraient-ils fait par devoir ou par amour ?

Je me mis à beaucoup écouter la radio. Ne parvenant plus à déchiffrer les mots, j'avais des amies qui venaient me faire la lecture. J'entraînais également ma mémoire, me remémorant les poèmes appris dans ma jeunesse, jouant toute seule, sur mon canapé, les pièces que j'avais interprétées parfois quarante ans plus tôt.

Au mois de mai 1963, sur le conseil de Paul Morand, j'allai faire une cure de jouvence à La Prairie, la clinique du docteur Paul Niehans, en Suisse. Je m'étais au départ cabrée contre l'idée de ce « centre de recherche sur la thérapie cellulaire », où l'on injectait aux patients des cellules animales vivantes ! Mais Adenauer, le duc de Windsor et même Pie XII furent les hôtes de cet endroit délicieux, au bord du lac Léman, où la vie était aussi douce que l'addition copieuse. On racontait beaucoup de choses sur le docteur Niehans : rompu à la chirurgie esthétique, il aurait modifié les figures de certains Allemands qui voulaient se carapater, en 1945. Sans doute était-ce une invention, mais l'esprit de la clinique n'était pas bien « résistant ». Mon médecin attitré, le docteur Walter Michel, était lui-même un grand admirateur de Göring et avait fondé, en 1940, le Mouvement national suisse. Mais la médecine n'a pas d'odeur et l'essentiel était que je passe un bon séjour, ce qui fut le cas. Cette cure fut même un succès et je quittai la clinique ragaillardie par l'injection de toutes ces cellules d'agnelets !

J'étais sur une bonne pente et le sentais.

— L'opération va bien se passer, répétai-je tout l'été aux amis qui s'étaient succédé pour m'assister à Belle-Île, où je ne pouvais plus vivre seule.

— Quand doit-elle avoir lieu ?

— Le 9 octobre…

Le Bon Dieu m'aurait-il entendue ? L'opération se passa bien. Très bien, même. À mon réveil, je voyais ! La bonne face du docteur

Paufique était penchée sur moi, et il tenait un stylo entre deux doigts, qu'il faisait passer d'un œil à l'autre.

— Suivez mon doigt...

Je n'en revenais pas ! J'étais si habituée à mon mauvais sort que je soupçonnais déjà quelque fourberie du destin.

— Cessez d'être cynique, rit le médecin. Et prenez cela comme un cadeau de la vie.

— Généralement, quand la vie me fait des cadeaux, elle les reprend.

— Eh bien, si ça devait être le cas, profitez de cette vue retrouvée... tant qu'elle est là.

Déjà je me cabrai.

— Parce que ça peut repartir ?!

— Tout dépend de vous...

— Comment ça ?

Paufique s'assit sur le coin de mon lit.

— Vous n'êtes plus une jeune fille, mademoiselle Bathiat. Vos yeux sont fragiles parce que vous les surmenez. Laissez-les... *respirer*.

J'opinai, bien décidée à ne plus jouer avec mes yeux comme on s'aventure à la roulette. Quand bien même, je n'allais pas retrouver la vue de mes vingt ans : il me faudrait désormais alterner lentilles et grosses lunettes.

— Au moins, tu es autonome, Arlette, s'enthousiasma Henri Jeanson, que j'avais rejoint au théâtre de l'Odéon pour célébrer les douze ans de la mort de Jouvet.

Celui qui avait su si bien le faire parler évoquait, sur la scène du théâtre, quelques souvenirs de Louis. Henri peut d'ailleurs s'enorgueillir de m'avoir fait rompre un serment. Était-ce parce qu'il était l'auteur de la réplique ? Ou bien en hommage à Louis ? Ou juste parce que j'étais heureuse d'être là, ce soir, sur une scène, devant un public que je *voyais* ? Lorsqu'il me dit, imitant Jouvet : « J'ai besoin d'atmosphère, et mon atmosphère, c'est toi », je répondis sans hésiter : « Atmosphère ! Atmosphère ! Est-ce que j'ai une gueule d'atmosphère ? »

Depuis 1938, ce fut la première et dernière fois.

La convalescence dura plus de deux ans. Le docteur m'ayant conseillé la prudence, je déclinai toutes les propositions, alors que ma vue m'aurait sans doute permis des films et des pièces. Mais j'étais trop heureuse de mes yeux retrouvés pour prendre ce risque.

Restait le problème de mes finances… La cure, l'opération et les séjours qui allaient suivre coûtaient fort cher. J'avais certes quelques économies, mais elles fondaient comme une neige de printemps. Il n'était pour moi pas question de vendre Belle-Île, m'étant déjà séparée de ma maison de Collioure. C'est ainsi que, sans me le dire, fut organisée une collecte, afin que je puisse bénéficier d'une rente mensuelle. Y contribuèrent Josée de Chambrun, Madeleine Renaud, Charles Gillet, Guy de la Frégonnière et quelques autres amis, qui tous eurent l'élégance de ne jamais en parler devant moi.

Ces deux années d'oisiveté forcée me virent à Divonne-les-Bains, à Quiberon, et bien entendu dans ma chère Belle-Île.

Toujours est-il qu'à l'été 1965, cette vie finit par m'horripiler.

À quoi bon voir, si c'est pour se regarder dans le miroir ? dis-je à Jean-Pierre, sur les rochers de Belle-Île.

— Tu ne te plais plus ?

— Je suis vieille, la chose est entendue. Ce que je veux voir, c'est le regard des autres. Le public. La scène.

— Le docteur Paufique te l'a pourtant interdit…

— Je sais, je sais… Mais c'est loin d'un théâtre que je me sens vraiment aveugle.

À l'automne, je craquai. Le théâtre des Célestins, à Lyon, me proposait de jouer le personnage d'Esther, dans *Les Monstres sacrés* de Cocteau. Cette pièce étrange, qui met en scène un couple de comédiens vivant ensemble à la ville comme à la scène, était faite pour moi. J'avais l'âge, l'expérience et la profondeur du rôle. Et puis Esther n'allait pas exiger une pression trop forte, tant le personnage me ressemblait. Enfin, le jeune Yves Saint Laurent dessina pour moi une sublime robe blanche qui acheva de me convaincre.

— Je le fais ! dis-je au metteur en scène Henri Rollan, le cœur battant de retrouver ce qui avait toujours constitué le sel de ma vie.

Le spectacle fut un succès. Il n'y eut que quelques représentations, mais la presse et le public furent enthousiastes.

— Quel dommage que nous ne soyons qu'à Lyon, dis-je à Henri avec une certaine indélicatesse.

— Attendez quelques jours, j'ai peut-être une bonne nouvelle...

Celle-ci arriva la semaine suivante. Alors que j'achevais de prendre mon petit déjeuner, le téléphone sonna :

— Arlette ? C'est Henri. Le théâtre des Ambassadeurs voudrait reprendre *Les Monstres sacrés* en septembre. Leur seule condition : que vous soyez toujours de la partie... qu'en dites-vous ?

*

Du 5 septembre au 10 novembre, ce furent deux mois merveilleux. L'un de mes plus jolis souvenirs de théâtre. Les gens redoublaient de douceur, les admirateurs m'attendaient en foule à la sortie des artistes, mais se montraient patients et courtois avec moi. Quant à mes amis, ils me sentaient revivre.

— Tu ressuscites, Arlette, admit Jean-Pierre, qui venait souvent me chercher après le spectacle pour me raccompagner rue Raynouard.

— Oh non, mon chéri, c'est bien plus banal. Dès qu'ils quittent la scène, les acteurs ne sont que des morts-vivants...

Et puis il y eut la soirée du 10 novembre.

La *terrible* soirée du 10 novembre.

Toute la journée, je m'étais sentie fatiguée.

Je ne saurais dire pourquoi, mais la représentation fut une épreuve. Nul ne s'en rendit compte, bien entendu. Lorsque j'étais en scène, je savais toujours masquer mes doutes.

Reste que je me retins d'écouter les saluts, tant l'épuisement tomba sur mes épaules alors que se baissait le rideau.

— Ça ne va pas ? demanda Yves Vincent, mon partenaire.

— Je n'ai pas bien dormi, mentis-je. Je vais rentrer tout de suite.

— Tu fais bien. À demain, Arlette...

Je me changeai sans même me démaquiller et filai hors du théâtre, bien décidée à prendre le premier taxi. Hélas, j'avais oublié Nicole Chollet. Cette amie m'attendait à la sortie des artistes, la bouche en cœur.

— C'était formidable, dit-elle en me sautant au cou. On dîne toujours ensemble, n'est-ce pas ?

Je n'eus pas la force de dire non et la suivis à la brasserie Chez Francis, au carrefour de l'Alma. Le dîner fut un calvaire, car je dus vraiment donner le change. Sur scène, je répétais un texte sans avoir à réfléchir. Là, je devais faire semblant de m'intéresser, trouver des questions à poser, me retenir de demander l'heure, ne pas m'offusquer qu'elle veuille prendre un dessert. Tout comme mes partenaires, elle n'y vit que du feu. Elle était même enthousiaste de ce dîner et m'embrassa comme du bon pain.

— C'était une soirée magnifique. Et Dieu que tu es en forme !

Tu parles !

Monter dans un taxi me demanda un effort inaccoutumé. Pousser le porche de mon immeuble et ouvrir la porte de mon appartement me mirent à bout de souffle. Enfin, je me laissai tomber sur mon lit et m'endormis sans même éteindre la lumière.

À mon réveil, tout était blanc. Je suis allée à la fenêtre et je n'ai plus vu Paris.

*

Y a-t-il un acharnement du destin ? Ma carrière au cinéma sabrée par la Libération, mes résurrections théâtrales décapitées par cette satanée vue… Avais-je donc tant péché, moi qui n'avais ni dieu ni diable ? Souvent je me suis demandé si je n'expiais pas mon attitude à la mort de maman. Je l'avais laissée mourir seule, dans son galetas de la rue de Turenne. Était-ce un signe qu'elle m'envoyait depuis les limbes ? Comme on dit : *memento mori*. Une vanité…

Je fus aussitôt transférée à la clinique Eugène-Gibez, dans le XVe arrondissement. On m'y opéra en urgence pour un abcès intraoculaire. Il fallut évidemment interrompre les représentations des *Monstres sacrés*. Le théâtre annonça que j'avais la grippe, plaie fréquente à la mi-novembre. Cela permettait surtout de gagner un peu de temps. Mais lorsque le médecin vint faire son bilan, deux jours plus tard, je sus que je ne reverrais jamais la scène. J'étais dans le flou complet et allais le rester.

— Mais alors le docteur Paufique s'est foutu de moi ?

— Au contraire, objecta le chirurgien, Paufique a fait un travail remarquable. Mais le frottement de la lentille contre votre œil droit a fini par s'infecter.

— Et pourquoi ?

— Surmenage, madame Arletty. Les yeux sont l'une des parties les plus fragiles du corps. Paufique ne vous avait-il pas conseillé le calme ?

Que répondre à cela ? Avais-je péché par orgueil ? Sans doute...

La pièce de Cocteau me coûtait la vue.

Mon nouvel acte de naissance : dimanche 13 novembre 1966.

ÉPILOGUE

LA NUIT

Depuis vingt ans, je vis dans la nuit. Une nuit claire, presque blanche, faite de halos. Parfois passent des ombres, des silhouettes, que je crois pouvoir distinguer, suivre du regard, mais qui s'échappent. Dès le réveil, j'habite le brouillard. Une vie de gestes tremblants et d'objets renversés. Les derniers souvenirs qui vont suivre sont d'une mémoire aveugle. Je ne les ai pas vus, je les ai sentis, frôlés, touchés, entendus, parfois goûtés. La mémoire est un livre d'images, la mienne n'est plus qu'une boîte sonore. C'est la litanie fatale et un peu triste des nouvelles fades, des quotidiens sans lueur, des disparitions…

L'un de mes plus grands regrets est de n'avoir pu être aux côtés de Jean-Pierre Dubost, qui mourut l'année suivante, au cœur de l'été. Il était venu passer quelques semaines avec moi, à Belle-Île. J'avais désormais besoin d'une assistance permanente, surtout à la campagne. Comme toujours, il s'était montré adorable et prévenant. Si j'avais pu voir ses traits, sans doute aurais-je compris qu'il était lui aussi très malade. Mais il ne m'en avait rien dit, se gardant de la moindre allusion. Jean-Pierre souffrait d'un diabète qui le plongea dans le coma peu de temps après son retour à Paris, à la mi-août. Le cœur ne tint que quelques jours et finit par lâcher. Lors de son enterrement, au cimetière de Passy, je n'eus pas la force de dire un mot, que beaucoup attendaient, j'imagine. Qu'aurais-je pu déclarer que Jean-Pierre ne savait déjà ? J'ai toujours détesté les gens qui se donnent en spectacle aux funérailles, faisant profession de larmes et d'hommages. Je préférai lui parler dans ma tête, perdue au milieu de mes souvenirs, parmi cette foule silencieuse. Jean-Pierre, mon plus-que-frère, mon amant de toujours, mon soupirant inconsolable et inconsolé. Il me sera resté fidèle jusqu'au bout, car on ne lui connaissait aucune autre femme. J'aurais tant voulu tenir sa main. On regrette plus ceux qui vous ont aimé que ceux qu'on a aimés. Au fond, on ne pleure que sur soi.

Jean-Pierre fut le premier d'une liste qui n'a cessé de s'allonger au fil des ans, comme si, par une ironie de la vie, la plus infirme d'entre nous devait survivre. Jeanson et Prévert, mes enchanteurs du verbe, moururent à quelques années de distance. Il y eut aussi Pierre Bathiat, mon frère unique, qui passait désormais tous ses étés à Belle-Île, comme si notre famille était enfin réunie. Souffrant d'artérite, il décéda en septembre 1972, et sa disparition me poussa à vendre ma maison bretonne. À quoi bon aller si loin, dans un endroit si beau, si je ne vois plus rien ? En un sens, j'avais commencé le deuil de cette maison en perdant la vue. M'en séparer n'était qu'un complément administratif. Cette vente confirmait la diminution progressive de mon espace vital, commencé quatre ans plus tôt, à l'été 1968.

Sans aucune compassion pour mon état de santé, la compagnie d'assurances qui possédait mon appartement de la rue Raynouard m'avait signifié une augmentation de loyer de 120 % ! Et j'avais huit jours pour me décider… Imposer cela à une septuagénaire aveugle et fauchée, voilà qui était élégant ! Je ne travaillais plus depuis des années et mes économies étaient minimes. Scandalisés, mes amis du cinéma et du théâtre alertèrent aussitôt les journaux, qui y allèrent tous de leur entrefilet outragé. On en parla à la télévision, provoquant une vague de dons anonymes ; un Albertvillois proposa même de m'offrir un de ses yeux, dans l'espoir d'une greffe…

Mais que peuvent la morale, la générosité, la spontanéité, contre une compagnie d'assurances ? Je réussis à grappiller six mois, le temps qu'on m'aide à trouver un nouveau logis, si possible dans ce même quartier, car j'y avais mes habitudes.

Le 13 février 1969, je m'installai dans ce cinquante mètres carrés de la rue de Rémusat, d'où je n'ai plus bougé.

Voilà dix-neuf ans que j'ai ici tous mes repères. Je peux y rester plusieurs jours sans compagnie, car je sais où est quoi. Au fond, dans le prolongement du salon, derrière un paravent décoré par Beaurepaire et qui figure Belle-Île, se trouvent mes trésors : des livres, des objets, des photos, des coupures de journaux. Presque chaque jour je vais les voir, car je les *vois*, bien entendu. Au grain du papier, je sais qu'il s'agit d'un article de *Ciné-mondial*, sorti en 1941. Cette rainure dentelée est celle d'une photographie de mes parents, prise sur le pont de Neuilly, devant un tramway. Ce volume poussiéreux est une copie dédicacée de *Bagatelles pour un massacre*, le terrible pamphlet de Céline, que je me plais à laisser traîner sur la table du salon quand certains amis viennent butiner avec moi du saumon fumé, de la langouste ou de la fourme d'Ambert.

Je l'ai dit, quand on perd la vue, les autres sens prennent leur revanche. Et je suis restée très gourmande ! Il arrive qu'on m'emmène encore à de bonnes tables. Je garde un souvenir très doux de ce déjeuner à L'Orangerie, le restaurant que possède Jean-Claude Brialy, dans l'île Saint-Louis. C'était en 1976 et il avait réuni quelques grognards : Gabin, Darrieux, Ventura, Suzanne Flon. Jean devait mourir quelques mois plus tard et nous avions passé la soirée à nous réciter du Prévert…

J'avoue que je préfère me circonscrire à mes tables habituelles, sur la place de Barcelone, à deux pas de chez moi. Je pense même que je pourrais m'y rendre seule, tant je connais par cœur la moindre lézarde des murs ou du trottoir. Au Hameau d'Auteuil et au San Francisco (un restaurant italien), j'ai toujours *ma* table. On m'y donne du « mademoiselle Arletty » et je peux débarquer à n'importe quelle heure. Le personnel est aux petits soins et ils sont fiers de voir cette vieille dame tout de blanc vêtue (cette couleur qui n'en est pas une et me plaît tant), sans canne (c'est un principe), accompagnée de tant de gens connus : Bernadette Lafont, Annie Girardot, Dominique Sanda, Valérie Mairesse, Dominique Blanc, Isabelle Nanty, Jacques Higelin, le danseur Patrick Dupond, le couturier Alaïa… Il y a aussi ces admirateurs inconnus, qui ont peu à peu constitué une cour un peu étrange, rivalisant tous pour être mon préféré, telle une meute de chiots. C'est un cénacle de bras cassés, sans doute un peu pique-assiette, parfois semi-clochards, que je laisse trop souvent aller prendre de l'argent liquide pour moi. Tous me portent une affection, une tendresse, que je pense sincères. Qu'ils chipent çà et là me semble de bonne guerre. Et puis ils forment une sentinelle contre les vrais cinglés qui débarquent parfois chez moi, à l'instar de cette journaliste qui fond en larmes au milieu de l'interview, de cette admiratrice qui reste allongée sur mon paillasson en chouinant : « Je vous aime, Arletty », au point qu'il faut appeler la police, ou bien de cette folle qui, une fois chez moi, sort un revolver, se le met sur la tempe et hurle : « Vous serez ma dernière vision ! »

La célébrité rend fou. Les gens ont un tel besoin de notoriété qu'ils sont prêts à tout pour happer ne serait-ce qu'un rogaton de ma lumière, moi qui vis dans la nuit.

Longtemps, mes proches ont considéré que ma cécité ne pouvait être un frein à ma carrière.

— Il y a des rôles pour vous, Arlette, m'a souvent répété Brialy.

— Des rôles d'aveugle, oui…

— Pas seulement…

Mais je n'ai jamais voulu. Je refuse qu'on me voie ainsi. Je préfère demeurer intacte dans la mémoire du public. Avec le temps, *Les Enfants du paradis* est devenu un classique, joué en permanence dans un cinéma voisin, Le Ranelagh. La « génération Carné » fait désormais partie du patrimoine français. Cette grande asperge de Giscard, dès son arrivée à l'Élysée, n'a-t-elle pas invité toute la bande à un déjeuner sur l'herbe ? Prévert et moi avons décliné, mais Gabin, Morgan, Simon, Blier, Périer et Carné y sont allés, bien curieux de voir ça.

— C'était sinistre, m'a raconté Michel Simon, au téléphone.

Il était en revanche très fier de la seule remarque qu'il ait faite à Giscard. Désignant le parc de l'Élysée, il lui a sorti, avec son accent genevois : « C'est bien, chez vous, c'est central. »

Moi, j'étais contente de ne pas avoir participé à cette mascarade.

— Une Arletty, ça reste à la niche ! ai-je gloussé à Michel, qui est parti de son rire engorgé.

Je fis presque la même réponse à Pierre Cardin, lorsqu'il me proposa de jouer dans un spectacle en hommage à Cocteau, sur la scène de son théâtre. J'y avais de trop mauvais souvenirs – c'était les anciens Ambassadeurs, où j'avais perdu la vue – et ne m'en sentais pas le courage.

La seule fois où j'hésitai est assez récente, il y a trois ou quatre ans, lorsque je reçus la lettre enflammée d'un aspirant réalisateur, amoureux fou des *Enfants du paradis*. Avec un style presque célinien, il me suppliait de bien vouloir jouer le rôle d'une aveugle dans son premier film. Un instant, je me dis pourquoi pas ? Mais je finis par refuser. Le film se nommait *Boy Meets Girl* et le jeune homme Leos Carax.

— Ma vie se conjugue au passé, dis-je à mes petits compagnons, qui tous m'avaient poussée à accepter.

Je me répète : une fois aveugle, on ne vit plus que dans ses souvenirs. C'est d'ailleurs pour cela que, dès le début des années soixante-dix, je décidai d'en raconter certains. J'étais comme aujourd'hui devant un magnétophone, et mon amie Nicole Chollet avait pour mission de les remettre en forme. J'entendais moins écrire des mémoires que des libres propos, presque des aphorismes. Le livre sortit en janvier 1971, aux Éditions de la Table Ronde, sous le titre *La Défense*. Les mauvais esprits pensèrent que j'y dressais un plaidoyer *pro domo*, cherchant à justifier certains choix, m'excuser pour des moments de ma vie, ce que d'aucuns prirent pour des égarements. Vous vous imaginez bien qu'il n'en était rien. Je ne cesserai d'assumer tous mes choix, c'est là ma fierté. Quand je dois être hypocrite, je préfère me taire. Si les journalistes avaient daigné ouvrir le livre, ils auraient compris que la Défense est ce quartier de la banlieue ouest, depuis lors massacré par des tours iniques, où je vis le jour, le 15 mai 1898. Le livre se vendit assez joliment et me donna l'occasion de répondre à de nombreuses interviews, comme une merveilleuse *Radioscopie* animée par Jacques Chancel.

Depuis, les projets de livres se sont succédé, mais je n'y ai jamais donné suite. L'un de mes compagnons de vieillesse, le charmant Michel Souvais, qui aime à se dire mon secrétaire, a mis bout à bout les confidences que je lui ai faites pendant des années. *Je suis comme je suis* est sorti l'an dernier et, m'a-t-on dit, la lecture en est agréable.

En ce cas, me demanderez-vous, pourquoi avoir voulu en dire plus ? Que vous répondre… ? Sans doute qu'à quatre-vingt-dix ans, j'ai voulu remonter le fil de ma vie. *La Défense* était une mémoire fragmentée, le livre de Michel un recueil d'anecdotes. Je crois surtout que j'avais besoin de tout mettre dans l'ordre, comme on fait le ménage chez soi avant de partir en voyage. Ces mots, ces phrases, qui peut-être deviendront un livre, sont la lettre que je laisse sur la console de l'entrée à l'heure de tirer ma révérence. Mes admirateurs n'y trouveront peut-être pas de réponse à la question qu'ils se posent depuis si longtemps : qui est Arletty ? Moi-même je ne sais pas, ou ne sais plus. J'ai juste voulu dresser le tableau d'une vie, le portrait d'une femme qui a traversé le siècle en y laissant quelques plumes, un peu trop de larmes, mais aucun regret. Qui peut se targuer d'avoir connu tant de gens passionnants, fait tant de choses, enduré tant de souffrances ? Personne et tout le monde, puisque je suis les deux à la fois. Comme vous, comme moi, la vie est une farce qu'on doit affronter avec le sourire. Chaque matin, je me réveille avec un mélange de soulagement et de fatigue. Encore un jour, vraiment ? Est-ce bien la peine ? Et puis je songe à cette phrase de Céline, que j'aimerais avoir pour derniers mots : « La vie n'est qu'une ivresse ; la vérité, c'est la mort. »

Note de l'auteur

Au printemps 1992, Arletty perd tout contact avec le réel. Elle ne parle plus, mélange les vivants et les morts, appelle sa mère. Sa dernière joie est d'entendre les propres enregistrements de ses chansons.

Le 23 juillet 1992, à seize heures, elle tombe dans le coma. Soixante-quinze minutes plus tard, elle meurt.

Le corbillard qui l'accompagne au Père-Lachaise fait une halte devant l'Hôtel du Nord, au canal Saint-Martin. Les admirateurs anonymes applaudissent le cercueil tendu d'un drap rose. Elle est incinérée au Père-Lachaise puis ses cendres sont inhumées dans le caveau familial du cimetière des Fauvelles, à Courbevoie.

Sur sa tombe, pour seul nom : Léonie Bathiat.

Arletty est morte un 23 juillet. Quatre-vingt-quatre ans plus tôt, le 23 juillet 1908, Hans Jürgen Soehring naissait à Istanbul.

Orientations bibliographiques

Livres

Les ouvrages sur Arletty ne sont pas légion.

Deux livres m'ont été essentiels pour la rédaction de cette biographie romanesque : le remarquable et définitif *Arletty* de Denis Demonpion (Flammarion, 1996) et la passionnante correspondance inédite que celui-ci publia vingt-deux ans plus tard : *Hélas ! je t'aime, correspondance Arletty-Soerhing* (le cherche midi, 2018). Sans ces deux livres, le mien n'aurait pu voir le jour.

Concernant les déboires d'Arletty à la fin de la guerre, *Arletty : « Si mon cœur est français »*, de David Alliot (Tallandier, 2016) est très éclairant.

À côté de ces trois volumes, les ouvrages signés Arletty (*La Défense*, la Table Ronde, 1971 ; *Je suis comme je suis,* cosigné avec Michel Souvais, Carrère, 1987 ; *Confidences à son secrétaire*, rédigé par Michel Souvais, Publibook, 2007) sont plus anecdotiques mais possèdent un charme certain.

Les Mots d'Arletty de Claudine Brecourt-Villars (Éditions V&O, 1991) est un recueil d'aphorismes et de propos divers.

Parmi les ouvrages sur l'univers du cinéma durant l'Occupation et l'atmosphère générale des années noires, je citerai pêle-mêle :

– *Le Cinéma sous l'Occupation,* Jean-Pierre Bertin-Maghit, Olivier Orban, 1989

– *Robert Le Vigan, le mal aimé du cinéma*, Hervé le Boterf, France-Empire, 1986

– *La Vie à belles dents*, Marcel Carné, L'Archipel, 1996
– *Journal, 1942-1945*, Jean Cocteau, Gallimard, 1989
– *Quatre ans d'occupations*, Sacha Guitry, éditions de l'Élan, 1947
– *Vichy, années érotiques*, Patrick Buisson, Albin Michel, 2009
– *Et la fête continue*, Alan Riding, Plon, 2012
– *Pierre Laval vu par sa fille*, Yves Pourcher, le cherche midi, 2002

Documents

(Trouvés pour la plupart sur l'inépuisable site de l'Ina mais aussi sur YouTube)

Visuels :

– Interview par François Chalais au moment de « *Maxime* » (1958)
« La Minute de vérité », 4 novembre 1960 (*5 colonnes à la une)*
– Conférence chez Privat, 1971
– *Une légende, une vie*, 7 décembre 1974
– *Le Divan*, 24 octobre 1987
– *Arletty raconte Arletty*, Antenne 2, 27 janvier 1988
– Interview sauvage pour son anniversaire, 1988

Sonores :

– Entretiens avec Marc Laudelout, 1982
– *Nuits magnétiques* avec Laure Adler, France Culture, 13 mai 1987
– Interview par André Asséo, 1988
– *Radioscopie*, Arletty, 1972
– *Radioscopie*, Marcel Carné, 1972, 1979, 1989
– *Radioscopie*, Georges van Parys, 1969
– *Radioscopie*, Maurice Chevalier, 1969
– *Radioscopie*, Gabrielle Dorziat, 1976
– *Radioscopie*, Germaine Lubin, 1975
– *Radioscopie*, Mary Marquet, 1978
– *Radioscopie*, Françoise Rosay, 1968

Remerciements

Cette biographie romanesque n'aurait pas vu le jour sans quelques bonnes fées :

Caroline Lépée et Philippe Robinet, dont la confiance, la fidélité et le coup de fourchette sont proverbiaux.

Lara Debelle, qui a posé sur ce texte un regard neuf.

Jacqueline Bouchet, qui m'a permis de finir ce texte au Balcon de Rosine, dans un monde à l'arrêt.

Ma mère, qui m'a poussé dans les bras d'Arletty, le temps d'un scénario (lequel verra peut-être le jour, qui sait ?).

Camille, qui est, comme toujours, au-delà de tous remerciements.

Photocomposition Belle Page

Achevé d'imprimer en septembre 2023
par CPI BRODARD & TAUPIN (72200 La Flèche)
pour le compte des Éditions Calmann-Lévy
21, rue du Montparnasse, 75006 Paris

PAPIER CERTIFIÉ

CALMANN LÉVY s'engage
pour l'environnement en réduisant
l'empreinte carbone de ses livres.
Celle de cet exemplaire est de :
750 g éq. CO_2
Rendez-vous sur
www.calmann-levy-durable.fr

N° d'éditeur : 5478370/01
N° d'imprimeur : 3053854
Dépôt légal : octobre 2023
Imprimé en France.